大鱼

有爱的青春陪伴者

甜不可攀

六盲星 著

江苏凤凰文艺出版社
JIANGSU PHOENIX LITERATURE AND ART PUBLISHING

图书在版编目（CIP）数据

甜不可攀 / 六盲星著. — 南京 : 江苏凤凰文艺出版社，2021.5
ISBN 978-7-5594-5707-3

Ⅰ. ①甜… Ⅱ. ①六… Ⅲ. ①长篇小说－中国－当代 Ⅳ. ①I247.5

中国版本图书馆CIP数据核字(2021)第058146号

甜不可攀

六盲星 著

责任编辑　孙金荣
特约编辑　不　夏
责任校对　周嘉嘉
出版发行　江苏凤凰文艺出版社
　　　　　南京市中央路165号，邮编：210009
网　　址　http://www.jswenyi.com
印　　刷　长沙鸿发印务实业有限公司
开　　本　880mm × 1230mm　1/32
印　　张　11
字　　数　462千字
版　　次　2021年5月第1版
印　　次　2021年5月第1次印刷
书　　号　ISBN 978-7-5594-5707-3
定　　价　42.80元

目录

第一章 /001

第二章 /023

第三章 /047

第四章 /072

第五章 /096

第六章 /119

第七章 /136

第八章 /158

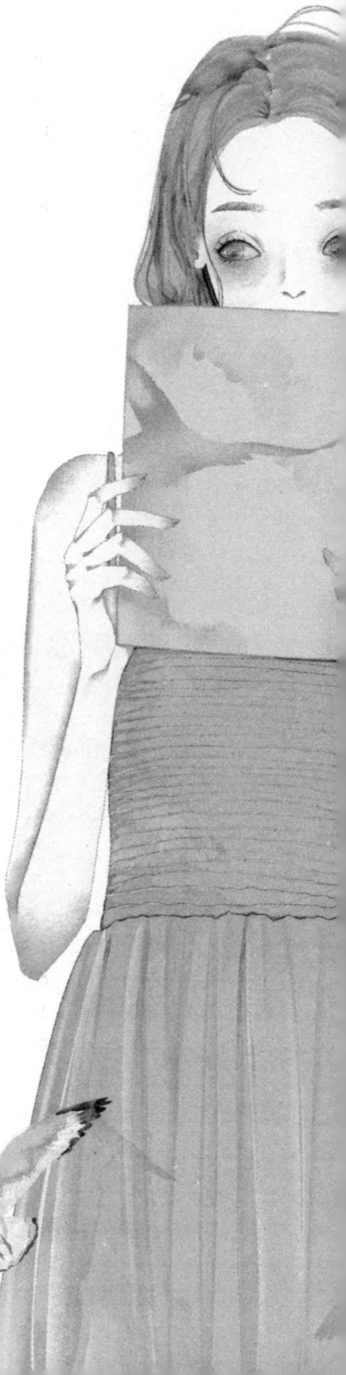

目录

第九章 /180

第十章 /206

第十一章 /237

第十二章 /260

第十三章 /294

第十四章 /313

番外·少年时 /336

番外·情人节 /342

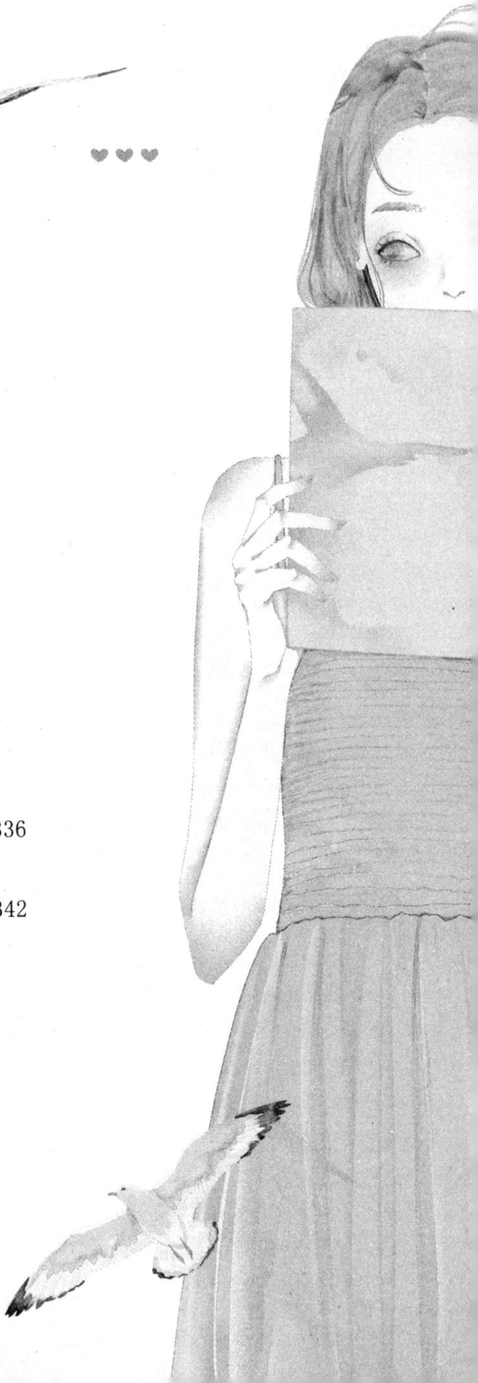

·第一章·

入冬了。

踏出门的那一刻，刺骨的寒意袭来。

关知意把羽绒服拉链拉到了顶端，将下半张脸遮得严严实实。

“叮——”电梯到达二十六层。

门打开后，她走了进去。

下楼的过程中，电梯停了好几次，陆陆续续有其他住客进来。关知意伸手拉低了帽檐，垂眸看着手机屏幕。

手机屏幕上显示的是电视剧《心跳一万次》的官方微博。这部网剧是她去年拍的，今年刚上线视频网站。

这是她第二次担任女主了，但跟第一次一样，她饰演的依然是个傻白角色，甚至都不甜。因为剧情老套，播出后一点水花都没有激起来。没激起来就算了，关知意还被原著书粉抨击，说她饰演的女主形象又蠢又笨。

她看着这些恶评心里又无奈又好笑，也不是她非要这样演呀。实际上，她跟观众一样，也觉得女主的种种行为很让人迷惑，但剧本就是这样，编剧非要这么改这么写，她也没办法啊。

关知意叹了口气，往下继续看评论。

热评最后一条：一看就是本色出演，纯种傻白甜。

看完这条评论，关知意按灭了手机。

屏幕黑了，她透过手机反光看着自己的眼睛。其实她也挺介意自己的长相——经纪公司说她长得过于清纯稚嫩，再加上一张小圆脸，放在荧幕上就是标准的傻白甜形象。

也因为长相，拍戏以来压根儿就没人找她演傻白甜、白莲花以外的角色。

戏路被限她也是一百个不愿意，但以她的知名度，没资格挑。

有戏演已经不错了。

“嗡嗡——”

这时，手机突然振动起来，屏幕上跳出了“爸爸”两个字。

关知意思绪被抽回，接起了电话。

“喂。”

“小五，今天要和华家小公子见面，没忘记吧。”

电梯到了一楼，关知意走出去，压着声道：“还特地打电话来问，就生怕我不去啊……”

“你说呢。”

关知意闷闷道：“我这不是出发了嘛。”

“准时到，迟到了显得没礼貌。”

“知道了。”

“你啊，过过正常日子，别一门心思都在那娱乐圈，你又折腾不出什么水花……”

电话那头的人又在训话了，关知意叹了口气，有些惆怅。

今天她爸关兴怀让她去见个人——华泓希，华氏企业的独苗，众星拱月的小少爷。

她去见他，说委婉点就是认识个新朋友，说直接点，那就是相亲。

她今年才二十三岁，这个年纪在娱乐圈尚属年轻，怎么都不是该谈婚论嫁的阶段。但在京城的利益经济圈，上层社会那些人家哪一个不是早有了门当户对的参考对象？而且，关兴怀因为她母亲的原因，对娱乐圈深恶痛绝，所以一直试图把关知意从演艺圈拉回来。

可她是真的很喜欢演戏，为了进圈，大一放假时偷偷去参加选秀，后来还真被选上了，直接女团出道。

虽然说这个女团没有激起一点水花，但她好歹也算踏入了娱乐圈，还被公司选上能有戏拍。

可是关兴怀却很不喜欢，知道她偷偷去拍戏后还跟她大吵了一架，说什么她不靠家里怎么都不可能在娱乐圈混出头。

当年她也够硬气，直接说从此以后绝对不用家里一分钱，不靠家里一点关系，一定要一个人演出一片天。

关兴怀气得很长一段时间没理她，也不允许家里任何一个人帮她。而她呢，跟她爸一样，都是说到做到的倔脾气。

所以从大二到现在，关知意的学费和日常开销都是靠她自己接戏赚来的。

其实她就是想告诉关兴怀，她靠自己，靠自己喜欢的事业，完全可以养活自己。

从开始拍戏到如今已经四年了，她确实能够养活自己。

但遗憾的是，关知意完全没有演出一片天。

不过这么长时间下来，她跟关兴怀的关系也有所缓和，只是前段日子在他提及要她回公司，不要再在娱乐圈浪费时间的时候，两个人又有开战的苗头。

最后，两人决定各退一步。

关兴怀咬牙说再给她两年的时间让她去演戏去闹腾，但她也必须听他的话，跟他觉得合适的人交朋友，跟他觉得门当户对的人谈恋爱。

关知意当然不是真的想去谈恋爱，但为了稳住她爸，她必须答应下来。因为如果真的把她爸惹毛了，她在圈内怕是会彻底混不下去。

那位华家小少爷把两人见面的地方定在了一家西餐厅，关知意到的时候外面开始下雨，她匆匆从车上下来，小跑到了餐厅门口。

服务员给开了门，询问是否有预约。

关知意点了点头："有个叫华泓希的预约了。"

服务员查了预约单，带着她往里走："您这边请。"

华泓希订的位置并不是包厢，但关知意也不介意——反正很少有人能在路上叫出她的名字，更何况，她今天还包得这么严实。

她等了半个小时，然而约定时间过去许久，华泓希还没出现。

但关知意越等，心情越愉悦，她巴不得他不来。

又是十分钟过去了，关知意觉得差不多了，喜滋滋地拿上手机，打算出门走人。然而这时，边上突然有一个人喊了她一声："关……关知意？"

关知意愣了一下，转头看去，见到一个完全陌生的女人。

看到她转头过来，那女人先前的犹豫和猜测瞬间化为了喜悦，立刻放下手中的叉子："真、真的是你啊，你好你好，我是你的粉丝！"

关知意呆了呆，看了眼自己的穿着。她今天为表自己的随意穿了毫不显身材的羽绒服，又为了不让人发觉裹了围巾，戴了帽子。

按理说，她这种咖位、这种样子，绝对不可能被人认出来的，然而现在竟然有人叫出了她的名字?

这，是真爱粉啊。

"啊……你好你好。"关知意连忙朝那女人点点头。

那女人有些激动道："没想到能在这里看到你啊！我很喜欢你的，你微博更新的 vlog 每一条我都看了，特好玩。"

听多了谩骂，偶尔听到这种夸奖的话，任谁都会觉得高兴。

关知意心里喜悦蔓延，有些不好意思："谢谢啊。"

"其实我刚才还不太确定是你呢，我看你在这儿坐挺久了，你是等人还是……"

"嘿！是你吧。"突然，一个男声打断了两人的交流。

关知意回头，只见一个穿着灰蓝色外套的男生在她对面的位子坐了下来。来人皮肤白皙、五官俊俏，眉眼间透着一股狂野不拘，跟她父亲发给她的照片一模一样。

“华泓希？”

“是我。”华泓希上下打量了她几眼，咧着大白牙道，“哈喽，相亲对象。”

“相、相亲对象？”隔壁桌那粉丝惊呆了。

关知意一怔，连忙对她摇头：“不、不是……”

不是什么呢？好像也没什么好不是的。

关知意解释不出口，干脆拿起面前的水杯，喝了口水压惊。算了……她又不是什么流量大咖，相不相亲、结不结婚，谁在乎啊。

华泓希突然惊觉了什么，他压低声音道：“啊，我听说你是演员，那咱这事是不是得低调点？”

关知意抬眸瞪了他一眼，意思是，您这话是不是说得有点迟了。

华泓希却被她这一瞪，瞪得愣了愣。

他是刚从国外回来的，所以对国内娱乐圈并不熟悉。前几天从家里人那里看到关知意的照片时只觉得这姑娘长得可爱，现在被她那么一瞪……真的是过分可爱啊，眼睛大大的，脸圆圆的，精致瓷娃娃长相，难怪能当演员。

“不好意思啊，路上堵车，所以来晚了。”华泓希言语间并没有什么歉意，眨眼就开始了另一个话题，“嘶……老实说，你真的二十四岁了吗？”

“再过几个月就是了。”关知意说完低声道，“那什么，我也不怪你晚来。我知道你也是被家里逼的，所以咱们见也见了，任务也算完成了，走吧。”

华泓希道：“啊？可是饭还没吃呢。”

关知意实在不想在粉丝的注视下进行这场相亲：“我突然有点事，要不咱们下次再补上？”

“这样啊……那，也行吧。”

关知意见他同意，转头跟那粉丝打了个招呼，立马往外走去，溜得飞快。

华泓希一脸蒙地望着她的背影……

他确实是不想来相亲的，所以故意晚到。不过他是多没魅力啊，这姑娘看着，比他还不乐意。

餐厅很大，关知意从楼上下来后，沿着走道往门口方向走。她脚步有些快，拐过一个弯，正好和迎面走来的两个男人撞上了。

她压着帽檐也没看对面是什么人，说了声抱歉，侧身就要溜过去。结果溜到一半，后领突然被人捏住了。

她呆了呆，伸手就去拽领口，可刚抬手触上领口，整个人就被提了回去。

“哎？”

关知意诧异地抬起头，微带怒意的视线从帽檐下露出。

当她看清眼前的人时，怒意像一缕烟似的，倏地散了。

她没想到会在这里碰见关元白。

这是她亲哥，因为她很长时间没回家，所以也很久没见过哥哥了。此刻，他穿着挺正式的西装，大概是刚从公司出来吃个饭什么的……

“你怎么在这里？”关元白皱着眉头问道。

看来哥哥不知道她被爸爸逼着出来跟人相亲。

关知意拉开他揪着自己领子的手，讪讪地退了一步，刚想开口解释，眼神却瞟到关元白身边那个人身上，顿时怔住了。

那人穿着一身黑色的西装，没系领带，衬衫领口随意地解了一颗扣子，看着没她哥那么严肃，却有着一股内敛的矜贵感。

关知意看着他的时候，他也同样在回视着她。

西餐厅光线幽暗，昏黄的灯光落在他脸上，似给他笼上了一层光。

是个好看的男人。

而且，陌生又……熟悉。

愣了几秒，关知意心口巨震。她匆匆看了关元白一眼，惊讶地指了指他身边的男人：“哥、哥哥，他……”

关元白还没回答，那男人先笑出了声。

很轻的笑声，低沉悦耳。

有了笑意后，男人眼底的轻纱似散开了。下一秒，关知意就听到他淡淡地问：“小五，这是叫谁哥哥？”

关家在京城名声不小，当年关知意的爷爷关鸿在这儿建立起关氏集团时，雷厉风行的手段和决策在如今看来都是一个个教科书般的例子，而关氏经过几十年的发展，如今在许多行业都是翘楚，实力不容小觑。

关鸿现已老迈，退居二线，如今关氏在他儿孙手底下运作着。他有三个儿子，长子给他生了俩孙子，次子底下有个千金，三子则生了一儿一女——关知意就是那个女儿。

她前面有三个哥哥一个姐姐，在家排行老五，所以家里亲戚从小都是小五小五地喊她。

但除亲戚之外，几乎没有别人会这么叫她，除了……

“怎么，几年不见，不认识了？”

男人笑意微敛，眸深如潭。

关知意呆呆地看了他几秒，心底清晰的喜悦和莫名的委屈在意识到眼前人是谁时，瞬间齐刷刷地涌了上来。

她自然是认得眼前这个人的。

戚程衍，从她有记忆开始就已经认识的人。他是她哥哥的好朋友，也是看着她长大的人。

记得她还小的时候，戚程衍就喜欢这样逗她——到底是要关元白这个哥哥，还是要他这个哥哥？

小时候关元白对她要求严格，而戚程衍每次见她都带她吃好吃的玩好玩的，所以她自然回回都说要他当哥哥，不要关元白。

她上初三时，戚程衍出国了，很突然。她那会儿听说他不会再回来后，还伤心了很久……

本来都快遗忘了的，但他现在一句话，似乎就把以前的记忆都扯了回来。

“哥哥是你啊，你是……回来了？”关知意问道。

“还知道叫人，看来还记得。”戚程衍打量了她一眼，“回来了。几年没见，你长得倒没什么变化。”

关知意道：“没有吧……我长高了。”

“也就个头长了点。”

关知意微微瞪圆了眼睛。

她有没有变她不知道，但戚程衍跟几年前比，肯定是有变化的。

如果说刚才见到的华泓希给人一股桀骜大男孩的感觉，那么戚程衍则充满成熟的男人气息。

“还没说你怎么在这儿，一个人来吃饭？”此时，关元白问道。

关知意摇头：“不是，还有一个人。”

“跟谁？”

“就……朋友。”

关知意不想说实话，她突然觉得在戚程衍面前说自己在相亲还挺不好意思的。

然而，她才刚说完，就听到华泓希的声音在后面响起。

“程衍哥！你今儿也在这儿！”关知意回过头，只见华泓希一脸惊喜地走了过来，“你们怎么都站这儿呢，知意，你也认识我表哥啊？”

表……哥？

这么巧？

关知意嘴角微微一抽：“我……认识。”

“对哦，哥，你以前在国内跟他们家关系挺好的吧。”华泓希伸手搭在了戚程衍肩上，“那用不着我介绍了，哥，这就是我那个相亲对象。”

“什么？”

“什么？”

戚程衍和关元白同时转头看向华泓希。

华泓希浑然不觉有什么不对劲，直接道：“对啊，前两天我不是跟你说了嘛，我妈让我去相亲。”

“小五。”关元白微吸了一口气，声音有些沉。

关知意看关元白这眼神就㞞，她眨了眨眼，小声道：“你这么看着我干什么，是爸安排的啊。”

“爸？”

“对啊，不信你去问。”

关元白皱眉。他知道父亲一直有意给关知意安排合适的对象，让她能收收心，可他没想到这么快。

关元白看了华泓希一眼。

关元白没见过华泓希，但从戚程衍口中听说过他这个表弟——华家的独生子华泓希，身家背景倒是可以，就是不知道人品如何。

“难道你是关元白？”华泓希牢记家里要他跟关家打好交道，连忙伸出手，“元白哥你好啊！久仰大名。”

关元白心里不快，但表面还是给了点面子，伸手跟华泓希握了一下：“嗯。”

“小五都到了要相亲的年纪了。”戚程衍说了句，大有感慨的意思。

关知意窘了：“也不是……就是我爸比较着急。”

“我不也没到相亲的年纪嘛。”华泓希道，“哥，你可比我还大几岁啊，你都没结婚，怎么就轮到我了？”

戚程衍睨了他一眼，神情略严肃：“还不是你在舅舅那儿没个正行？”

“我很正经的好不好……”

“行了，那你们俩现在是吃完饭了？”

关知意生怕华泓希说没吃，立刻道：“吃完了！”

华泓希：“咳……算吃过了吧，正打算回家呢。哦，对了，你开车了吗，送我一程。”

“你自己没开车？”戚程衍说完看了关知意一眼，很明显，意思就是跟女孩子出来吃饭竟然没有要送人家回去的意思。

华泓希却接收不到信号，直白道：“本来之后还约了朋友，让他来接我的，结果他放我鸽子了。”

戚程衍又问道：“小五呢？”

关知意一愣：“我？我自己回去。”

“没开车？”

“她开什么车，上路就慌。”关元白道。

戚程衍笑了一下：“那行，坐我车吧，我送你回去。”

关知意看向自家哥哥。

戚程衍微微挑眉，伸手在她额头上敲了一下：“你哥等会儿还有事送不了你。怎么了，我送你不行？”

熟悉的动作，跟小时候一模一样。

关知意摸了摸额头，是熟悉的感觉。

“当然行了。”她怔怔道。

“那就走吧。”

“嗯。”

关元白确实还有应酬，出门后，他开了自己的车走了。华泓希和关知意则跟着戚程衍去了他的车旁。

华泓希走到副驾驶位旁想开门，结果被戚程衍拉开了。

“坐后面去。”

华泓希刚想吐槽，转眼就看到跟在戚程衍后面的小姑娘：“对对，女士优先，知意你坐呀。”

关知意说了声谢谢，坐进了副驾驶座。

“住哪里？”车开上路后，戚程衍问道。

关知意说了地址，然后就看到戚程衍输入导航。

这么多年没回来，他对这座城市是不是有些陌生了？

关知意偷偷瞄他。

戚程衍的侧脸棱角分明、线条漂亮，在车内的灯光下显得清冷。她想，他应该会觉得陌生吧，这七八年来城市变化很大，高楼林立，道路万千，早就不是原来的模样。

“看什么？”突然，戚程衍侧眸看了她一眼，淡笑着问道。

关知意立刻收回了视线：“没什么，就是觉得有点神奇。”

“嗯？”

“没想到哥哥你还会回来，我还以为你不回来了。”

戚程衍握着方向盘，目视前方：“大概是这两年国内更有发展空间吧。”

“所以你是要一直待国内了吗？”

“嗯。”

不可否认，关知意听到这话心里是高兴的。不管怎么样，戚程衍对她来说，是小时候很亲很亲的人，当年关元白在她心里都比不上他。

“听你哥哥说，你这两年一直在拍戏。”

“嗯。”

“你爸和你哥都不喜欢你当演员吧。”

“是不喜欢。”关知意说起这个，有些不高兴，“我也没让他们喜欢，我自己喜欢就行了。”

戚程衍似是又笑了下：“跟小时候一样倔。”

“不是，我是真的喜欢。虽然爸爸和哥哥都不支持我，但没关系，我不需要他们支持，反正我自己认真做这行就好了。”

“挺有志气。”

戚程衍说话的时候语气总是淡淡的，乍一听会让人觉得有些漫不经心，甚至冷漠，但关知意知道，他一向是这样，人不冷，至少她小时候觉得他特好特温柔。

“但自己一个人在那个圈子里，不太好走吧。”

关知意愣了下：“啊？”

“我看，你爸和你哥都是故意的，想让你知难而退。”

没想到戚程衍一下就看透了，关知意道：“我才不知难而退，我要急流勇进。”

“知意，你这态度好，我跟你一模一样，就不爱知难而退。”后座的华泓希把头凑上去，“而且你长得这么可爱这么漂亮，走红只是时间问题啊。”

戚程衍从后视镜看了他一眼：“坐好。”

华泓希眨巴着眼睛，“哦”了一声，乖乖坐了回去。

半个小时后，关知意住的小区到了。

戚程衍把车停在路旁，关知意推门下去。

“注意安全。”戚程衍道。

关知意俯身跟他招了下手：“嗯。那，哥哥再见。”

戚程衍点了下头。

华泓希按下窗户：“知意，再见啊！”

关知意的视线从戚程衍身上落到华泓希那儿：“再见。”

“我们微信联系，下次再约吃饭，或者看电影也行。”

关知意干笑了两声：“好的……”说着，转身朝小区里走去。

待关知意的身影完全消失了，戚程衍才重新发动了车子。这时，华泓希已经从后座挪到副驾驶座来了。

“哎，哥，我记得外公之前说国内娱乐业你也有意涉及，你这次回来，会不会搞点动作？”

“问这么多干什么，你想参与？”

“参与就算了，我忙着呢。”华泓希道，“我就想说，以后要是有什么好资源你让我去帮知意，我对她好点，然后就能拉近跟关家的关系……”

“你以为你去捧小五，他们家会感激你？”

“我也不是要他们感激，就是表达一下我的心意嘛。”

戚程衍道：“少做这些无用功，他们家在把她往外拉，你还想把她推进去？”

戚程衍深知关元白和他父亲对于关知意在这行混有多不满，他也觉得关知意不会在娱乐圈待长久。那个小姑娘从小娇生惯养，没家里的帮忙，真正的苦又能吃多少？现在她态度这么坚定，也就是年少气盛罢了。

戚程衍握着方向盘，突然问道：“你是真的喜欢小五？”

“你们怎么都叫她小五？这是她的小名？还挺有意思。”华泓希笑道，“不过才见第一面也不能说有多喜欢，但这姑娘长得很水灵。”

“不喜欢就别乱来。”

“怎么叫乱来，我没乱来啊，就是约一约，然后……”

话没说完就被戚程衍冷冽地看了一眼，华泓希噎了噎，小声道：“这……这都是谈恋爱的过程嘛。”

戚程衍收回了视线：“小五是我看着长大的，你敢乱来，我先收拾你。”

“知道了，知道了。”华泓希不高兴地扣上了安全带，碎碎念，“怎么还胳膊肘往外拐呢，我才是你弟弟……”

回到家后，关知意脱去了外套，坐在沙发上发了会儿呆。

戚程衍回国让她又惊又喜，惊喜之余，小时候的回忆也随着他的出现在脑子里回转。

戚程衍以前住她家旁边，两家人关系很好，而且他和她哥哥关元白从小学开始就是同学，是一起长大的。

也因为这样，关知意跟戚程衍很亲。

小时候她就爱跟在两人后面跑，每回被关元白教训的时候，她就往戚程衍后面躲。

因为差了六岁，她上学总跟他们岔开。她刚上小学时他们在读初中，等她上初中时他们已经进入大学了。不过虽然没在同一所学校，但戚程衍还是经常会帮关元白来学校接她。

她最喜欢戚程衍来接她回家了，因为关元白不许她吃外面的东西，但如果她缠着戚程衍的话，他会软下心给她买……

关知意想起小时候自己那无赖的样子就有些好笑。

"叮咚——"

这时，门铃突然响了。关知意回过神，起身去开门。

这个时候能来按她家门铃的只会是对门的人。果然，打开门后，她的好友宋乔菲出现在门后。

"噔噔噔——"宋乔菲把手里的托盘捧了上来，"来！尝一个！"

关知意看了一眼："你做的啊？"

"对啊，做了好久呢，给你一份。"

刚出炉的饼干味道浓郁，关知意嗅了嗅，强迫自己把视线从托盘上挪开，然后坚决道："我最近好像胖了好多，得减肥。"

宋乔菲翻了个大大的白眼："减肥？减什么肥！人各有命，再瘦再好看，那些角色也不是你的。"

宋乔菲和关知意是从同一个女团出道的，后来两人一起当了演员。从那时到现在，宋乔菲就和关知意一样在五六七八线游离，演艺生涯堪忧。

关知意："什么意思？"

"哎，意思就是我都减到超模身材了，可是有什么用呢？《风投》那个角色还是拿不下来。"

关知意愣了下："这部戏你上次不是说十拿九稳了吗……"

"我打脸了行吧，反正转眼就被咱公司赵总朋友的同学的女儿给拿走了。这世道，有点背景就是王道。"宋乔菲拿了块饼干丢进嘴里，"你说我们都混了这么久了还是十八线，好剧本摸都摸不到，是不是该考虑转行了？"

关知意一噎，把她手上剩余的半块饼干拿了过来："别这么说。"

"事实嘛。"

关知意咬了口饼干，含糊道："喜欢就得继续啊。"

"那也得赚到钱。"宋乔菲惆怅道，"啧……难道说真的要爬爬总裁们的床，勾搭勾搭老板什么的？"

关知意扑哧一笑："小宋同志，邪念不可有。但就算真的有……老板们也不见得要你的。"

宋乔菲一顿，气笑了：“关知意！”

“开玩笑，开玩笑，那什么，饼干多给我几块，还挺好吃的。”

说实在的，宋乔菲说的话也都在理。

演戏是她的梦想不错，可生活也是要过的。当初她信誓旦旦说不靠家里养活自己不是开玩笑，但养活自己就得赚钱啊。

想想她从上个剧组出来都快半年了，一个剧本都没接到……房租要钱，出行装备也要钱，她口袋里的钱已经没剩多少了。

送走宋乔菲，关知意坐回沙发，一边忧虑一边吃饼干。但才吃了一块，经纪人刘云的电话就打了进来。

关知意看到来电显示吓了一跳，立刻把剩下的饼干放到一边。

“喂，喂？”她匆忙接起了电话。

“在干什么呢？”

“没干吗，刚吃完饭。”

“吃饭？”刘云对手底下艺人的体重控制得很严格，她立刻问道，“晚上吃什么了？”

关知意看了眼饼干：“水煮菜。”

“最好是。”

“当然是了。云姐，你打电话过来是有什么事吗？有戏找我？”

“噢，是这样，最近有个真人秀邀约，里头其他艺人都确定了，现在他们可能要找一个价格不高的女艺人凑人数。原本呢，他们是偏向一个新人的，但我把你推出去了。你胜在有点名气价格还便宜，所以位置算是给你抢过来了。”

价格便宜……

真是正中红心的评价！

关知意其实对参加真人秀真的没什么兴趣：“那，叫什么名字啊？”

“《滚蛋吧，脂肪！》，录制时长一个月，真实记录艺人生活中的饮食和运动情况，通俗点说，就是一个减肥健身的节目。”

“啊……我没胖到要去录减肥节目的地步吧？”

“你以为真的是去减肥的？减肥只是次要的，重要的是观众喜欢看明星的日常生活。”刘云道，“我知道你不喜欢参加这些综艺，可是知意，不是我说，你没有曝光量没有流量，不会有人找你拍戏的。而且我让你去也是为你好，你要是不愿意，后面还有一大把人等着呢。”

关知意知道她说的都是实话，确实，如今大部分艺人光靠拍戏已经不足以保证自己在大众视野里的曝光量了，而且……她已经好久没拍戏了，接个综艺也算多个收入来源。

“怎么样，不想去？”

“想！我要去的！”末了，关知意又问，“那……剧本那边有没有适合我的？”

“剧本？最近倒是《朝野》还在选女角。”

“《朝野》？是我知道的那个《朝野》吗……蒋晓晨的？”

“你看过？”

“当然看过啊！我上大学时这本书可火了，我特别喜欢。”关知意顿时激动了，“云姐，有试戏吗？什么时候可以去试戏？什么角色都可以！”

关知意自身条件其实不错，但因她之前拍的戏没什么水花，公司又新人辈出，所以一直以来她都处在一个不上不下的位置，公司也没特意要去捧她的意思。

“这个 IP 咱们公司早年买下了，最近才开始招商筹拍。对了，亦桐也有意参演这个戏。”

关知意：“这样……”

郑亦桐是他们公司比较火的演员，虽然不算一线，但二线绝对是算得上的。只是她脾性不太好，眼高于顶，和他们这些跟红沾不上边的人平时没什么交集。

刘云想了想：“其实是有几个名额可以安排咱们公司自己的人……这样，明晚赵总和投资方有个饭局，你跟我一起去。”

“饭局啊，不是试戏吗？”

“你去露露脸留个印象，试戏能多点把握，懂不懂？”

关知意不太喜欢饭局，一直以来都是如此。

“知意？知意？”

“啊……我在。”

“明晚我来接你，稍微收拾一下。”

“云姐，那个……”

“想要角色就跟我去！你这回可别再搞出那么多借口不去了，吃个饭而已，没把你抽筋扒皮，别老想着怎么推掉！”

关知意被猜中心思，有些尴尬：“我知道了。”

“那行，挂了啊，明天准时等我。”

“哦。”

挂了刘云的电话，关知意有些惆怅。她是真的不太会说话，没法适应各种饭局。

但惆怅过后，关知意又有些欣喜。怎么说也是《朝野》啊！不仅是她很喜欢的一部小说，还是个大 IP，这机会有多难得根本不用刘云说。

反正也就是吃个饭而已，如果她露个脸就能增加命中率，不亏。

第二天晚上，关知意提前一个小时给自己化了个妆。到了约定时间后，关知意直接去到地下车库，坐上了经纪人刘云的车。

车子开了四十分钟左右，在一家酒店前停了下来。

关知意往外一看，愣了一下。

南爵五星级酒店。

她对这家酒店很了解，不仅仅因为这家酒店在京城很有名，更大的原因是——这家酒店是关氏旗下产业，由关元白打理。

这可真是太巧了。

“发什么呆，下车了。”刘云道。

“好。”

关知意抿了抿嘴，安慰自己肯定不会那么巧，她哥日理万机，哪能随便在这儿遇到。

下车后，门童来泊车，关知意跟着刘云一块儿往里面走去。

“今天来的都是准投资人，你不要乱说话，表现好一点。”

“当然。”关知意想，如果能光吃饭不说话就更好了。

“我知道你空很久了，知意，咱作为普通人，没身家没背景，有了机会可就要更积极地抓住。”

关知意点头如捣蒜：“您说得对！”

“嗯，进去吧。”

饭局设在酒店餐厅的一个包厢里，关知意到的时候，餐桌边上已经围坐了很多人。

她能认出的有四个。

一个是他们公司的赵总赵志晖，还有三个是他们公司的演员，一男两女，郑亦桐也在其中。

“我们来晚了，抱歉抱歉。”刘云变脸速度极快，一进门就换上标准应酬脸。

关知意乖乖跟在她身侧，朝在座的人点头。

“刘云来了啊，你这确实晚了啊，该罚酒。”

“当然了黄总！等会儿我肯定多喝一杯。”刘云把关知意往前带了带，“先给大家介绍一下，这是我手底下的艺人，关知意。”

关知意打了个招呼：“大家好。”

“坐坐坐。”黄总很热情地起身，将自己身侧的椅子拉开，道，“都别客气，反正今天是你们赵总请客。”

赵志晖道：“黄总，听您这意思，今天是要吃垮我啊。”

“开玩笑，赵总哪能被我们吃垮。”

众人一阵笑。

桌边只剩三个空位了，一个在对面，她肯定坐不到，还有一个刘云坐着，关知意只能坐在黄总拉开的椅子上。

不过坐下后，她有些奇怪地看了对面那座位一眼。那位置在赵总边上，是包厢主位。

主位怎么是空着的？

她心里正这么想着，刘云已经先问出了口：“赵总，是人没来齐吗？”

赵志晖道：“再等等，应该快到了。”

刘云点点头，坐下后跟关知意小声道：“看来今晚有个大人物到。”

真是个大人物，不然也不会这么多人坐了这么久，除了冷菜，一个菜都没上。

不过关知意也管不了那么多，她就按刘云的意思刷个脸，乖乖打一圈招呼，然后就安静坐着听众人说话就行了。

而在大家的交流中，她也知道了《朝野》这部剧的男主已经定下来了——靠演技出名的李玄，在圈内算是老戏骨。但说是老戏骨，李玄其实也才三十岁，只是他十七八岁就出道，资历比较深。

除了演技担当李玄之外，近两年正火的新生代流量小生肖燃也加盟了《朝野》。

这样的阵容定下来后，剧也算火一半了，于是自然就有众多艺人挤破脑袋也想进组。

“看样子亦桐想要的是皇后那个角色。”刘云道。

关知意点了下头，立刻就对上号了。

《朝野》是大男主戏，并没有绝对女主，在小说中，出彩的女性角色有三个，一个是男主的皇后，一个是男主的亲妹妹，还有一个则是女官。

在关知意的印象中，小说里相对来说戏份比较多的是皇后，而且这是个特别有气势的角色。

难怪郑亦桐想要。

“我的意思是你去争取男主妹妹昭阳公主这个角色，你怎么看？”刘云道。

关知意：“当然可以。”

刘云意外地看了她一眼：“我以为你现在会排斥这类可爱跳脱的角色。”

毕竟，正在播的那部剧，她饰演的就是傻白甜。

关知意笑了一下：“不会，我很喜欢这个角色。”

昭阳公主确实可爱俏皮，可看过小说的人都知道，昭阳并不只是这样而已。

“你也是艺星的？以前好像没见过你啊，新人？”

正喝着东西，突然有人搭话，关知意连忙放下了杯子，看向旁边的黄总：“我不是新人，只是拍的戏不多，黄总您可能没有印象。”

“长这么可爱的小姑娘怎么会拍戏少呢，刚出道不久吧。”黄总笑意盈盈地看着她。

关知意略尴尬道：“其实我出道有四五年了。”

“这么久了？”黄总道，“你这是童星啊。”

“不不不，我大一拍的第一部戏，现在大学毕业一年了，不是童星。”

黄总一脸意外，意味深长地拍了拍关知意的肩：“看着这么小，我还以为你未满十八岁呢，哈哈哈。”

关知意干笑一声，往刘云身侧挪了一点，可黄总就跟没察觉似的一直逮着她说话。

就在关知意想着两人之间尴尬又没营养的聊天什么时候能结束的时候，

身后传来了开门的声音。

接着，关知意就看到赵志晖起了身，走向了门口。

甚少看到赵志晖这么殷勤的样子，来的是哪位?

关知意回头往包厢门口看去，当目光落在进门的那个人身上时，她猛地愣住了。

戚程衍一身黑色长大衣，身形挺拔，脸上挂着客套疏离的笑意。

进到包厢，他脱下大衣，内里是极深的藏蓝色西装，再里面是白衬衫。

跟上次见面不同，这次他系了领带，整个人多了一分生人勿近的肃然，看着极有味道。

戚程衍并没有注意到她，赵志晖走过去跟他握手后，他微微点头，让人觉得亲近了几分。

几秒后，他的眼神望向了餐桌这边，关知意几乎就在瞬间回了头。

她紧紧盯着眼前的餐盘，心底震动。

她怎么都没想到会在饭局上遇到戚程衍，而且看赵志晖的样子，好像对他很尊重。

他来干吗?

关知意甚至都在想要不要开溜了，可冷静过后，又觉得也没什么。

以戚程衍的身份，认识影视投资人并不奇怪；而她作为艺星的艺人，出现在这儿也不奇怪。

只要他们俩装作不认识对方不就行了?

想到这儿，关知意连忙拿出手机想给戚程衍发消息，可微信都还没点开，就被刘云拍了一下。

“什么时候了还玩手机，专心点。”刘云压低声道，“竟然是戚程衍，难怪……”

关知意垂着脑袋：“云姐，你认识?”

“我之前听说戚氏有意进军娱乐业，没想到这么快就看到了戚程衍。他刚从国外回来你应该不认识，这个人啊，在生意场上名声可大着呢，厉害得很。嘶……他今天出现在这儿，难不成有意投资《朝野》这部剧?”

关知意两耳不闻窗外事，哪里知道这些小道消息，而且上次见面也没听戚程衍说起。

刘云：“手机放下，等会儿有机会跟人搭几句话，混个脸熟也好啊。”

“哦……”

戚程衍在众人的殷勤中在一直空着的主位坐下，这时，赵志晖才让服务员上菜。

“不好意思，临时有点事，让大家久等了。”戚程衍开了口，慢条斯理。

他不见得是真的不好意思，但这场面话还是顾全了大家的脸面。

赵志晖立刻道：“怎么会，我们也都是刚到，没等多久。”

戚程衍笑笑：“赵总坐吧，别站着了。”

“哎，好。”赵志晖坐下后，立刻向他介绍，“戚总，这是我们艺星的艺人郑亦桐。”

赵志晖有意把郑亦桐安排在戚程衍边上。

郑亦桐先前一直很安静地待着，也没怎么跟旁人说话，这会儿赵志晖介绍完后，她扬起十分灿烂的笑容：“您好，我叫郑亦桐。”

一句话一个眼神，跟方才同其他人自我介绍的时候截然不同。

显然，今夜她是有备而来。

戚程衍只是微微点头，说了声“你好”。

赵志晖意味深长地跟郑亦桐对视了一秒，自然而然地开始介绍下一个。

一桌子十多个人，按赵志晖这介绍法，迟早得说到她。关知意深吸了一口气，放下了假装在额头上抓痒的手，把低着的头抬了起来。

戚程衍没有立刻注意到关知意，只是礼貌性地关注每个被介绍的人。快介绍到关知意的时候，戚程衍余光一瞥，眼神突然顿了顿。

然后，他的视线自然而然地就落到了那张熟悉的脸上。

关知意看到他眼神落在她身上时心口一紧，紧张过后，朝他用力地眨了眨眼睛。

半分惊讶半分狐疑，但转瞬就被戚程衍压下，只余一个似笑非笑的表情。

关知意轻咳了声，摇了下头。

戚程衍嘴角极淡地扯了下。

“戚总，这位也是我们公司的，关知意。”赵志晖只是简单地介绍了下，接着想跳过她继续。

然而一直没说话的戚程衍身体突然往前倾了倾：“关知意。”

赵志晖一顿：“嗯？哦，对，关知意，我们公司的演员。”

郑亦桐眉头微皱了一下。

关知意脸上挂着敷衍的笑，心里却开始紧张了。叫她做什么！难道他没有领会到她的意思？！

“嗯，挺好。”就在关知意以为戚程衍要说明两人认识的时候，他看向了她边上的人，“这位是黄总吧。”

“哎，对，戚总您好。”

……

老总们开始商业闲聊。

关知意悄然松了口气，还好他没有要“认识”她的意思。

不过刚才……他是故意吓她吗？

戚程衍到了之后，这场饭局才真正开始。

觥筹交错，众人都喝了不少。

“知意啊，来，我跟你喝一杯。”黄总突然把矛头对到了她身上。

关知意连忙拿起酒杯跟他碰了一下：“黄总，应该是我敬你。”

“别别别，别说敬不敬酒的，咱们就是喝酒。”黄总侧头看着她，镜片后的眼睛被酒气熏得通红。

关知意扯了扯嘴角，把自己杯子里的酒喝光。

戚程衍时不时有注意关知意，但他看出小姑娘根本不想让人知道他们认识，于是也就随了她。只是看到她把那杯红酒喝下去时，他眉头皱了下。

都这么会喝酒了？

赵志晖侧眸，正好看到戚程衍的视线落到对面，他顺着戚程衍的目光看了眼，轻笑了声道：“黄总的口味果然一如既往，难过清纯可爱这关啊。今天叫知意来还是没错的。”

赵志晖也喝多了，所以说话多了几分放荡随意。可他没想到，话刚说完，边上的人脸色便沉了下去。

赵志晖愣了一下：“戚总？”

对面的黄总显然已经喝高了，兴致起来后，接二连三地给关知意灌酒。关知意先前敬酒喝了一些，方才又被黄总劝着喝了两杯，她知道自己的酒量，这下是怎么都不肯喝了。

“黄总，我再喝真的会醉，要不我以茶代酒吧。”

“那可不行，你是不是不给我面子啊，喝茶有什么劲。”

“但是……”

“来来来，就一杯，最后一杯。”

刘云也给关知意挡了挡：“黄总啊，我们知意酒量是真的一般，这样，这杯我来。”

“你来算什么。”黄总语气顿时冷了下来。

这边声响不大，但桌边的人都望了过来。

演员们爱莫能助，老总们则见怪不怪。

刘云笑意略带尴尬，她不想让关知意喝醉，但是更不敢得罪黄总。她看了眼关知意，踌躇片刻，只好示意关知意把这杯当最后一杯喝了，先应付过去。

关知意也是无奈，深吸了一口气，缓缓伸手……

“关知意。”就在这时，有个声音从对面传来。

包厢此时一片安静，这声音便格外引人注意。

众人怔了下，都看向了开口的那人。

接着，他们便见一晚上都和颜悦色的戚程衍此时眉眼凌厉，缓缓开口道：“你过来。”

一晚上下来，戚程衍和关知意没有丝毫交集。在场的人都能看出，赵志晖有意安排郑亦桐陪戚程衍。可谁都没想到，戚程衍突然叫了关知意。

关知意自己也蒙了。她错愕地看向他，在看到他那眼神时，顿时就反应过来了——这跟她小时候干了什么错事被他逮着时的眼神一模一样！

关知意立刻松开了拿酒杯的手。

刘云在戚程衍和关知意之间扫视几秒，伸手扯了扯关知意的衣服，低声道：

“发什么呆，还不过去。”

关知意讪讪地起身，一边用眼神询问，一边朝戚程衍挪了过去。

戚程衍没给她什么回应，只是在她走到身侧时，对黄总淡淡笑了一下：“黄总，我看过这位关小姐的电视剧，突然有一些问题想问问她，打扰你们喝酒了，不介意吧？”

他脸上的凌厉已经收了，可语气依然让人感到压迫。

黄总哪敢介意，连忙道：“不会不会，您有什么就说。没想到，戚总还看过知意的电视剧啊。”

话虽这么说，但在场压根儿没有一个人信。别说戚程衍会看关知意那些傻白甜偶像剧了，就算他真的看了，这会儿哪会有什么问题要问。

分明就是寻着一个借口罢了。

在场众人一时面色各异，赵志晖也傻了，他没想到戚程衍对郑亦桐没兴趣，反而对关知意有意思。

“郑小姐，不知道方不方便换个座位？”戚程衍看向他身边的郑亦桐。

郑亦桐脸色一变，强撑着站了起来：“当然……”

“谢谢。”

关知意在众人或诧异或艳羡的目光中，在戚程衍边上坐了下来。

“来来来，黄总，我来敬你一杯啊。”赵志晖为避免冷场，开始活跃气氛。

在场其他人虽对戚程衍的举动有些惊讶，但到底不敢多看，又说笑着喝酒聊天去了。

“喝多了吗？”见众人视线不在他们身上后，戚程衍才问道。大概为避免旁人听到他们的对话，他问的时候往她身侧倾了倾，声音很低。

关知意看着他的侧脸，小幅度地摇了下头：“还好。”

戚程衍却有些严肃：“脸都红了，还敢说还好。”

关知意没吭声。

“来这种场合想做什么？”

关知意怕他误会，连忙道：“我经纪人带我来的，我就是……就是露个脸，下次想去试戏。”

“你想进《朝野》？”

“嗯。”关知意好奇地道，“你呢？我经纪人说你想投资？”

“可能。”

“哦……”

“以后要注意，弄清楚是来露脸吃个饭，还是别的什么。”

关知意摸了摸脸颊，心里明白戚程衍的意思。

其实方才黄总不停地要她喝酒，手脚也开始有些不规矩的时候，她就已经感觉不适了。

关知意有些尴尬，桌下的手偷偷拉了拉戚程衍的衣袖：“那、那个……别告诉他。”

“元白？”戚程衍睨了她一眼，“还怕被他唠叨？”

“怕他生气……”

确实，别说关元白会生气了，就是他也有些怒。

关知意自小在他眼皮子底下长大，他待她就跟待妹妹一样，所以完全能想象若是关元白看到这场景的心情。

她哪里是这些乱七八糟的人可以动的。

“乖乖坐着，酒一点都别碰了。”戚程衍道。

关知意点点头。

戚程衍见她安分地坐着，这才继续同旁人说话。

半个小时后，戚程衍要离开了。

赵志晖上前敬了最后一杯酒：“戚总，那希望咱们有合作的机会。”

“自然。”戚程衍说完，朝在座其他人微微颔首，“各位好好喝，我就先走了。”

“您走好，您走好。”

……

一众人殷勤起身，唯有一人还稳稳地坐着。

戚程衍走了一步，回头：“发什么呆？”

众人跟着戚程衍看向关知意。

关知意被酒意熏得有点困，抬眸就看见一屋子人的视线落在自己脸上。她愣了一下，缓缓看向戚程衍：“你在跟我说话？”

戚程衍淡笑：“关小姐刚才不是说有事要走的吗，正好一块儿吧。”

包厢内一片寂静。

关知意轻咳了声，看向了对面的刘云，显然是在征求自家经纪人的意思。

然而刘云大概是被惊到了，一时竟也忘记说话。

说起来她手底下的艺人有好多个，对关知意她也说不上有多上心。一直以来，她都觉得这姑娘看似软绵绵但原则性太强，她认为关知意没有豁出去的意识，也没有破釜沉舟的勇气。

可现在……关知意什么时候跟戚程衍搭上线了？

那是戚程衍啊，就连郑亦桐这种家世背景好到可以带资进组的都巴巴往上凑，什么时候她家这位不温不火的艺人得人另眼相看了？

“云姐，那我先走了？”关知意见刘云一直没说话，以为她不同意，只能再确认一下。

刘云这会儿哪敢留人，回过神后立马道：“好……那，到家给我打电话。”

关知意眼睛一亮：“嗯！”

至于她会不会到家，又是到谁家，众人心底另有答案。

关知意却没想这么多——她可不想再留下来被逼着喝酒了。

关知意跟着戚程衍一块儿走出了包厢，门关上后，众人神情各异。

赵志晖和刘云相视一望，在眼中看到的是金钱利益的流动；黄总面色有些冷，但显然不敢说什么。今天他是看上了关知意的，可谁知半路杀出个程咬金；郑亦桐的脸色就更差了。她今天原本不想出席这个饭局，但后来听说戚程衍会来才让赵志晖安排一下。她来这儿压根儿不是为了什么角色，因为那角色本来就是她的。她今天会来，只是为了跟戚程衍这个人拉上关系而已，但她没想到竟然被一个她从来没放在眼里的人给截和了。

走出包厢，戚程衍的助理走了上来。助理看了关知意一眼，将大衣披在了戚程衍身上。

“经常跟着你经纪人出来吃饭？”戚程衍问道。

关知意摇头：“从前有过那么一次，但那次之后云姐就不带我了，她觉得我不会说话……不过我自己也不想去。”

“不算太傻。”

关知意摸了摸鼻子：“这次也是因为……咳，实在想要这个角色。”

“哪个？”

“昭阳……”关知意说完又道，“说了你也不知道。”

戚程衍微微扬眉：“确实不知道。”

“嗯……”

“小五，要帮忙？”戚程衍停了下来，转头看她。

关知意抬眸看了他一眼，直截了当：“你会帮我才怪呢。”

戚程衍嘴角微微一弯：“你怎么知道。今晚这情况再加上你现在跟着我出来，饭局上的人可都以为我向着你了。”

关知意想到包厢里的人脑子里的想法，自己也有些不好意思。不过她清楚得很，戚程衍只是给她解围而已，帮她走后门拿角色这事，他不会做。

不是他没能力，而是他不愿意。

“你要是帮了我，我哥知道了不就糟了。”

戚程衍点点头，认同道：“确实，回国后还有好多地方要你哥帮忙，这会儿不能得罪他。”

哼……明明就是跟人统一战线而已。

关知意心里嫌弃了一番，面上却是乖乖道：“我也不用帮，是我的就是我的，不是我的就是我不够格呗。而且我从前在他们面前发过誓不用别人帮忙，我不能打我自己的脸。”

戚程衍默了默：“真那么喜欢？”

“喜欢。”关知意认真道，“非常。”

眼前小姑娘的眼神亮得夺目，仿佛她口中说的真是她最珍贵的东西。

戚程衍几乎有那么一瞬间心软了，他也不知道关元白是怎么狠下心的，竟然就真的做到对她不管不问。

戚程衍沉默片刻，刚想再说什么的时候，突然看到关知意脸上的神情从认真变成慌张。

“我、我哥！”

她立马躲到他身后。

戚程衍顺着她的视线往前看去，果然见走廊拐角处一伙人走了出来。走在最前头的就是关元白，此时他正跟旁边的人说着什么，显然还没看到他们。

“程、程衍哥哥！我先下楼了！”关知意立刻去按电梯。

真是出师不利，今天关元白竟然真的在酒店！

她可不想在这儿被他逮到，要不然他顺藤摸瓜，知道她今天是来干吗的，肯定要揪她回去一通骂。

然而电梯好像在跟她作对，在一楼停了好一会儿，完全没上来的意思。

关知意眼看要被关元白发现，扭头就想往走廊另一侧走。

“别跑了。”

刚转过身，她就被一件黑色长风衣罩住了。

关知意下意识地想去掀衣服，戚程衍的声音从头顶传了过来：“不想被发现就乖乖的，别说话。”

关知意揪住了他的衣服，小声道：“这样不是更容易被发现吗……”

“信不过我？以前你惹了事，哪次不是我帮你在元白眼前混过去的？”戚程衍的声音里带着玩味。

身旁的助理看了戚程衍一眼，眼中有讶异一闪而过。

他是戚程衍从国外公司带回来的，跟了戚程衍这么久，见过其在酒局上长袖善舞，见过其在生意场上搅动风云，也见过其在职场上雷厉风行。对方给人的印象一贯是友善、谦和、客气……但他知道，这些都是假象。

真正温和柔软的人，怎么可能扛起戚氏那么大一座山。

但今天，面对眼前这个小姑娘，助理却觉得戚程衍的情绪是真实的。

难得的真实。

“程衍？”关元白已经走了过来，他看了戚程衍一眼，又望向了戚程衍身边被黑色大衣遮得结实的人，“你这是？”

戚程衍淡定地哦了一声，将边上人的肩揽了过来：“一个艺人朋友，喝多了，不太方便被人看到。”

突然被戚程衍揽住，关知意整个人一僵。

大概是看不见，她觉得自己的触觉和嗅觉特别敏锐，此刻感受到他身体的温度，只觉得熟悉得吓人。

也不知道是不是脑子抽了，关知意突然微微仰头，鼻尖靠近了衣服料子，悄悄地嗅了一下。

唔……他身上的味道好像还和小时候一样啊，清冽的，好闻到让她觉得安心。

脸莫名地有些热了。

关知意愣了愣，立刻低下头。

她在干吗？什么时候了，还偷偷闻味道……

关元白看着被戚程衍遮得严严实实的人，有些意外。他了解戚程衍，能让他这么护着的女人想必是什么重要的人，而且这姿势太亲密，不像只是朋友。

关元白心里了然，微微一笑："要不要帮忙，我让人带你们走另一条通道？"

戚程衍揽过关知意这个动作就是想混淆关元白的视听，此时见目的达到，直接道："那倒不用，我们下楼就行，车已经等着了。"

"好吧。"

"叮——"

电梯到了。

戚程衍带着人走进电梯，对关元白说："先走了。"

关元白不疑有他："嗯。"

·第二章·

门关上后，电梯开始往下运行。

戚程衍看了眼边上还不敢动弹的关知意，把她身上的大衣拿开。

“这么大了，怕你哥这毛病还一点没改。”

关知意小声哼哼：“你也知道他脾气差。”

“差吗？”戚程衍笑。

关知意肯定地点点头。

因为被闷了一会儿，她的脸颊红扑扑的，发丝也有些凌乱。戚程衍看着有趣，伸手拍了下她的脑袋。

“啊，干吗打我？”

戚程衍见她一脸委屈，指尖沿着她凌乱的发丝往下顺了一下：“大明星，是不是要整理下你的仪容？”

关知意望着他，似乎又闻到了他的味道，衣袖上飘来的，极淡。

她心口莫名一跳，连忙伸手整了整头发：“没事……反正没人拍我。”

“这么没自信。”

“不是没自信，是我本来就不红。”关知意道，“哥，今天谢谢你了，下次有机会我请你吃饭。”

“嗯，记着了。”

“记着吧。”关知意笑了笑，“我先走了。”

“等等。”

“啊？”

戚程衍问：“刚才是跟经纪人一块儿来的？”

“对。”

“那你现在自己怎么回去？”

“这个……打车。”

戚程衍匪夷所思地看了她一眼：“我送你吧。”

“不用，你忙的话——”

“不忙，送你这小屁孩的时间还是有的。”

“哦。”

车子行进在路上，光线错落，忽明忽暗。

关知意不动声色地往边上人身上瞥了一眼，此时他靠在椅背上，侧头看着窗外，略显疲惫。

他今晚应该喝了挺多，虽然说不见醉态，但闻还是能闻出一点来的。

其实他方才在餐桌上的样子她很陌生，生意场上的他并不是她记忆中那个笑容好看的大哥哥。但也因为陌生，让她产生了一点好奇的情绪。这个人这么些年下来，过的都是什么样的生活？

“戚总，到了。”车子停了下来，助理回过头道。

关知意推开车门：“那我先走了。”

“好。”戚程衍看了眼她身后，小区灯火通明，门口还有门卫。

他放下了心：“注意安全，到家给我发消息。”

“嗯，知道。”

关知意下了车往小区里走，走几步回头看一眼。进了小区后，她还远远地朝车的方向招手。

戚程衍被她逗乐了，嘴角微扬。

助理从后视镜看了他一眼，忍不住道：“戚总，这是关先生的妹妹吗？”

“嗯。”

“没想到跟您的关系也这么好。”

戚程衍道：“看着长大的。”

“难怪，我瞧着您对她可比对您弟弟妹妹好多了。”

戚程衍垂眸：“是吗？”

“是啊。”

戚程衍没再说什么，因为这确实是事实。

除了华泓希，他跟他那些有血缘关系的兄弟，关系都不怎么样，尤其是堂兄堂弟，保持表面和平已是难得，所以那种表面亲戚自然不如小五这种在面前宠大的来得亲。

虽然之前因为公司和家里的事，让他在国外很多年抽不开身回来，但对这个小姑娘，他的记忆和感情还是很深的。

关知意回到家后给戚程衍和刘云分别发了消息报平安，没过几分钟，刘云就直接打电话过来了。

关知意刚接起来，刘云激动的声音就从手机里传了出来：“你真在家啊？”

关知意知道刘云脑子里想的是什么，她道：“真的在家，云姐，你别想歪了。”

“我这哪算是想歪啊。”刘云道，“明眼人都看得出来戚程衍对你有意思。”

“哦……其实我们就是聊聊电视剧而已，聊完了，人家就送我回来了。”关知意生硬地撒着谎。

刘云沉吟片刻，道：“看来戚程衍不是急躁的人，喜欢循循诱之。”

关知意一头黑线：“云姐，我觉得你还是不要想太多比较好。”

“啧，你要我说你什么好呢。”刘云道，“现在大好的机会摆在你眼前，你得把握住明白吗？你不是想要昭阳那个角色吗，只要戚程衍开口，你还愁拿不到？等等……你方才有跟他提过这个吗？”

“昭阳啊，是有聊到，但是……”

“那就对了！”刘云激动道，“没想到啊知意，看来一直以来是我小瞧你了。”

关知意一怔。

“下下周试戏，到时赵总那边肯定有消息。”刘云笑道，“这个角色不出意外就是我们的了。”

关知意张了张口，不太忍心打破刘云冲破天际的幻想。

“那个，所以下下周我真的可以去试戏了？”

“试，怎么不试！虽然现在有十足把握，但你还是要走一下过场的，咱们不能太骄傲。”

“行……”

“那你好好准备一下，明天我就把试戏剧本送过去给你。”

“好的。”

不止刘云信心满满，那晚过后，小道消息就传遍了整个公司：

“郑亦桐凑上去都没见有个笑脸的戚氏总裁，转眼间就跟名不见经传的关知意好上了！”

“这下郑亦桐在公司的地位怕是要动摇了。”

“关知意的资源肯定有飞一般的变化啊。”

“原来那位大佬喜欢这一型啊？”

……

闲言碎语口口相传，越发离谱。

宋乔菲从公司排练室回来后，哐哐哐地砸关知意的门。

“我的知意宝贝啊，你可真是真人不露相啊你！说，什么时候跟戚程衍谈上了！”门刚开，她就激动得要扑上来。

关知意赶紧往后退了一步：“乔菲，怎么你也信了大家传的那些话。”

宋乔菲一滞：“这话什么意思，不是真的？”

“当然不是真的。”关知意道，“不过多说了两句话，大家就脑洞大开了。”

“可大家都这么说啊，而且我今天碰到郑亦桐，边上有人好奇八卦了一句你跟戚程衍的事，你猜怎么着？她直接发火走人了！这种恼羞成怒让传言显得真实至极啊。”

“行吧，但我跟……跟戚程衍不是你想的那样。”

宋乔菲看关知意一脸认真，顿时泄了气，她知道关知意不会骗她：“有没有搞错，白高兴一场。”

“你高兴什么啊……”

“差点以为你要飞黄腾达……哎，算了算了，看来这种捷径根本不适合我们，还是洗洗睡吧。”

关知意被她逗笑：“你知道就好。行了，别站门口了，进来吧，我正好叫了外卖。”

“你不是减肥吗？”

“我偶尔吃一顿好的行不行……”

关知意知道这事不需要解释，因为时间会证明一切。

本来这几天她高高兴兴熟悉剧本就好了，可谁想到父亲关兴怀一通电话打来，问了两句她和华泓希相处得怎么样，她这才想起来还有这么一档子事！

她敷衍了几句挂了电话，然后立刻给华泓希发消息——两人早在相亲之前就加了微信，只是除了相亲那天交流过见面地址之外，就再没发过消息。

关知意：请问现在方便聊两句吗？

华泓希倒是很快回复了：好巧！我刚想给你发消息！

关知意：怎么了？

华泓希没回复，直接发了语音聊天申请过来。

关知意接起来：“喂。”

华泓希：“知意！是这样，我妈今天刚打电话问我们俩相处得怎么样。”

关知意：“我爸也是……”

华泓希顿时紧张了：“你、你怎么说的？我跟我妈说我们挺好！你没说我们那天饭都没吃就走了，还有我们之后都没联系吧？！”

“没有，我也说相处挺好。”

华泓希松了口气：“那就好，那就好，我还担心口供不对呢。”

“我还担心你说的不一样来着。”

华泓希乐了：“哎，我瞧着你也被你家里人逼得紧，要不这样，咱们互帮互助，在家人面前装装样子呗。”

关知意迟疑了下：“这怎么装？”

“就爸妈问的时候就说我们在一起了啊！你放心，我知道你是公众人物，我们对外肯定不这么说，就只让爸妈安安心，而且我知道你一点都不喜欢我，只是被家里逼的。我呢，其实也还没玩够，完全没想交女朋友的意思，所以你愿意的话，我们可以打打配合。”

关知意想起她爸的唠叨样，隐约有点心动。

她知道，如果她跟关兴怀说自己对华泓希不满意，过不了多久她爸就能给她安排下一个。

那样的话，什么时候是个头啊……

她一心只想要好好拍戏，不被打扰。

“能行吗？”

“能，绝对能。”华泓希道，“只要你不说我不说，他们肯定信！这样就不会再逼着我们找下一个。等以后时机成熟，咱们再‘和平分手’就行了。”

“你想的也不是没道理……”

“当然了！你同意了吧？要不就这么定了？”

关知意纠结了片刻，这真的是个好办法，互惠互利，她爸以后都不会烦她了。

“知意，知意？”

“啊？”

“怎么样？”

关知意咬了咬牙，豁出去了：“行！”

华泓希立刻道：“但是这事只有我们俩知道真相，对谁都不能说啊，尤其是我表哥！”

“为什么？”

“我表哥要是知道我拿这事胡闹，肯定要捅到我爸妈那儿去，到时候咱们就穿帮了啊。”

关知意犹豫了下。

其实她是不太敢骗戚程衍的——心里会发虚。可想来想去，这会儿也真是被家里逼得没办法了。

“好吧，谁都不说。”

“行！”

挂了语音，关知意松了一口气，感觉交男朋友这关总算是过了。

但她心里又莫名有点怪怪的，此时她唯一觉得欠妥当的竟然是，如果让戚程衍知道她和他弟弟联合骗人，会不会生气？

应该……不会吧？

因为这也不是真的，只是她为了继续自己的娱乐圈之路耍的一个小伎俩。

关知意皱着眉头沉思。算了……以后她会跟他解释的，相信他肯定能理解。

这么想着，关知意放下手机，泡了个澡，早早就睡了。

所以她并没想到，她和华泓希才约好开始一场除了家人，其他人都不知道的假恋爱时，当晚，微博上有个 tag 的讨论度慢慢升温，从粉丝圈进入到大众网友视线。

tag 名称：# 关知意相亲 #

关知意出道以来演过几部偶像剧，有些是配角，有些是主角，但多数是扑街剧，所以她的知名度并不高。但是她还是有粉丝的。早年那个女团出道的综艺让她有一批妈妈粉，后来参加真人秀，因为甜美的长相还吸了一批颜粉。

那天相亲遇到的女人确实是她的粉丝，而且那位粉丝回去后，立刻就跟自己三次元的姐妹分享了这个消息。后来这事在粉丝圈里越传越广，转发量也上去了。

【我爱豆太惨了，赚不到钱只能跑去相亲。】

【女儿！你还小啊！为什么这么想不开！！】

【还不是艺星这个吸血鬼，资源压根儿分不到女儿身上就算了，分成还那么高，女儿日子多穷苦我们都看在眼里的好吧！】

【就是就是，好歹也是个演员啊，竟然连助理都没配一个。之前有姐妹去接机，说咱女儿都是一个人……】

【意意真的是太穷了呜呜呜呜呜……】

【听说我们意意都有意退圈了！】

【啊啊啊啊不要啊！众筹求回归，女儿！妈妈养你啊！】

……

原本关知意的事只是在粉丝圈里传一传，在娱乐圈是扑腾不起多大水花的，可这次不一样，一个晚上时间，话题竟然被顶到了热搜第五位。

原因其实很简单：关知意热度虽不高，但毕竟是演员。演员相亲，多新鲜啊！而且看过关知意粉丝们的哀怒之后，也触动了很多其他明星粉丝的心弦。

【我家哥哥也很可怜哪，莫名其妙被雪藏很久呜呜呜呜……】

【影视寒冬啊，很多人都快失业了。】

【现如今资源分布太不均了，投资人都是有眼睛的，有流量才有人埋单！】

【我的天，明星也相亲的吗？】

【这人是谁……】

【这是关知意啊，我看过她演的剧，傻白甜！】

【哈哈哈哈只有我觉得她穿得很可爱吗？】

【是人长得可爱，普通人裹成这样就是个铁憨憨。】

……

关知意睡觉向来习惯把手机静音，所以她是在第二天醒来才看到自己手机上的一堆来电和微信消息。

她吓了一跳，立刻就给刘云去了电话。

“喂，云姐，一大早你……”

“关知意！”

“啊？怎、怎么了？”

“你竟然跑去相亲？这事你怎么没告诉过我？！而且你相亲……那你跟戚程衍又是怎么回事！”

关知意蒙了下：“你怎么知道我去相亲了？”

“你还问我怎么知道，全网都知道了！”

关知意心里一惊，几乎立刻就想到了相亲时遇到的那个粉丝。其实她当时也想过粉丝可能会告诉别人，但是后来转念一想，她又不红，就算有一部分粉丝知道也传不开，毕竟没人感兴趣吧……

“全网……有这么夸张吗？！”

“你说呢？都热搜第五了！”

“什么？”关知意一个激灵，一下子从床上坐了起来。

她竟然上热搜了？！

上热搜对“糊人”来说绝对不是坏事，可她当艺人这么久，第一次上热搜竟然是因为相亲？

这也太扯了……

刘云咬牙切齿道：“你最好给我个解释。”

关知意揉了揉眼睛，解释道：“云姐，这事……唉，这是我家里人非让我见的一个男孩，我没要谈恋爱，我只是去一下让我家人安心而已，真的。至于怎么会闹成这样，我确实没想到。”

“你——”

“还有戚程衍，我跟他真的不是你们想的那样……”

“那天戚程衍对你的态度我看在眼里！”刘云道，“算了算了，戚程衍的事先不说，但相亲这事肯定得否了，你对外也不准说相亲，你就是和朋友吃个饭，听见没！”

“我知道的。”

被刘云逮着训了一通后，关知意才挂了电话去看微信，一大拨圈内好友都发来消息表示震惊。

关知意解释了一通，这才无奈地躺了回去。

她翻了个身，窝在被子里点开了微博。

她的名字真的出现在了热搜榜上，而且从第五升到了第三。

关知意叹了口气，点了进去，然后便看到了自己当天在西餐厅的照片，不过还好华泓希是素人，所以被打了马赛克。

后来，她又点进了自己的微博，评论区里，粉丝一片鬼哭狼嚎。

关知意看得又好笑又无奈。

过了一会儿后，她干脆发了条微博。

放心放心，本人热爱演员这个职业，不会退圈的！

相亲的事在网上传开后，公司内部其实也有议论。

而对关知意和戚程衍的关系，时间果然证明了一切——接下来两周的时间里，关知意没有接到任何重要角色和活动资源，公司的人由此对绯闻的真实性产生了巨大的怀疑。

不仅他们如此，刘云也是一脸绝望。

“云姐，你别哭丧着脸啊。”从《朝野》试戏出来，关知意跟在刘云边上开解道。

刘云：“你以为我为什么哭丧着脸啊！”

“可我早跟你说了我跟戚程衍没关系，是你不信……”

“你还敢提！”

关知意往边上躲了躲，道：“没关系的，还有好事呢。比如我有预感，今天试戏肯定能成。”

说起今天试戏，关知意确实让在场的人很满意，导演和原著作者兼编剧还对她的演技和外貌符合度给予了巨大的肯定。

想到这一层，刘云心里舒服了些，冷哼了声道：“今天你表现还可以。”

“谢谢云姐夸奖。”

“所以这次机会你一定得珍惜！”

关知意严肃道：“我会的。”

刘云盯着她那双水灵灵的大眼睛，想说什么又不知道从何说起。

刘云抚额，无语凝噎。

难，太难了，要从关知意身上赚大钱可太难了……

两天后，关知意去到艺星娱乐签综艺节目《滚蛋吧，脂肪！》的合同。

综艺下周就开始录制，而《朝野》如果被选上的话，会在年后开机，所以时间上并不冲突。

签完合同后，刘云还有事需要处理，所以关知意便从办公室出来，准备去排练厅找宋乔菲。

最近宋乔菲有一档跳舞的综艺，她一直在练舞。

去排练厅的路上，关知意跟郑亦桐迎面撞上。关知意和郑亦桐并不熟，所以微微点头示意后便想走过去，但没想到，郑亦桐叫住了她。

“你和戚程衍没有什么关系，对吧。”郑亦桐突然道。

关知意看着她，不明所以地点了下头。

郑亦桐眼尾顿时带了丝轻蔑，说话也越发不客气：“我就知道，你哪能入了他的眼。”

郑亦桐因为家世不错，家里和赵志晖又有生意往来，所以在艺星向来眼高于顶。可自那天在饭局上因为关知意吃了瘪，公司里很多人暗地里嘲讽她，这让她憋了一肚子气。

“我当然入不了他的眼。”关知意丝毫不在意，“戚总眼光高，亦桐你应该也领教过了。”

郑亦桐：“你什么意思？”

关知意摇头：“没什么意思，我只是说他眼光高。”

“可那天要不是因为你，我也用不着换位置！”

关知意认真道：“嗯，我相信。”

郑亦桐冷哼了声：“我还以为他都带你一起离开，你已经抱上人家大腿了，结果你直接被晾着了？真是可笑。”

“嗡嗡——”

关知意刚想说什么，手机突然振动。她拿出来一看，戚程衍的名字显示在屏幕上。

她停顿了一秒，将手机屏幕背向郑亦桐。

“我确实就这么点能耐，不像郑小姐你前途敞亮。”

郑亦桐的跋扈全公司都知道，关知意一点都不想跟她对上。关知意笑了笑，道：“既然你这么喜欢他，那我祝你早日追到手。那什么，我还有事，就先走了啊。”

“喂！你——”

关知意一路小跑，溜得飞快，郑亦桐一肚子火完全没处发。

关知意小跑至拐角处，确认没人后，这才把电话接了起来：“喂？”

“小五，在哪儿？”戚程衍的声音从手机里传了出来。

关知意：“我在艺星。”

戚程衍：“在干什么？很忙？”

关知意想起方才郑亦桐的样子有些想笑：“不忙，就是和一个同事……聊聊天。”

“嗯，我正好离艺星不远，我去接你。”

“啊？”关知意道，“干什么？”

“你哥约吃饭，不过他还在忙，让我把你给带上。”

她哥约吃饭？

关知意一听就没什么好事，于是支吾着说：“我能不能收回我刚才的话，我其实……挺忙的。”

戚程衍低笑了声：“就是吃饭而已，没人要训你。”

“我怎么就不信……”

“我在，要是你哥真的唠叨你，我帮你挡回去还不行？”

关知意：“真的？”

“真的。”戚程衍道，“十分钟后到，在停车场等我。”

关知意顿时放心了：“哦！”

戚程衍来得很准时，关知意按照他发的位置和车牌号找到了他的车。

“不冷吗？”关知意开门坐进来后，戚程衍问道。

关知意从公司出来一路走到停车场确实冷得发抖，她今天穿了件呢大衣，薄薄的一件，光好看了，完全不保暖。

“冷，但是今天去试镜，不能穿得太肿。”

戚程衍轻摇下头，转身从后座把毯子拿了过来：“盖上。”

“哦。”

车子开动，戚程衍调高了车内的温度。

身体渐渐回暖后，关知意便迫不及待地想跟他分享快乐：“哥哥，我前两天去试戏了！”

“《朝野》吗？”

“对啊，我觉得挺有希望的。”关知意歪头看着他，“经纪人说我发挥得不错，而且导演和编剧都说我的形象特别合适。”

戚程衍嘴角微微一扬：“很厉害啊，是不是需要给点奖励？”

戚程衍的声音浅浅淡淡，满是宠溺。

关知意愣了一下，忽地想起了小时候她考了好成绩也会这么凑到戚程衍面前邀功，那时他也总会说一句小五很厉害，然后会问她想要什么奖励。

从前，她总是蹦蹦跳跳要这要那的……

关知意眼里含了笑，心脏突然像落在了棉花糖上，又甜又软。

“但名单还没出来呢，如果我真的被选上了，那时再说也不迟。”

戚程衍：“行，那到时候再给你庆祝。”

“嗯，好呀。”

半个小时后，戚程衍带着关知意来到了一家中餐厅。

餐厅临湖，地理位置很好。一路走进去，入目之处都是古香古色的摆件，件件价值不菲。

其实关知意对这里挺熟悉，因为这家餐厅开了十几年，她哥哥关元白常来。

走到常去的包厢门外时，服务员帮着开了门。

门开后，一整面落地玻璃窗映入眼帘，视野极为通透。再往里些是一张紫檀木桌，桌上茶具热气升腾，清香萦绕。

此时，桌边正坐着一个男人，面容俊朗，仪表堂堂，正安静地喝着茶。

是关元白。

“来得挺快。”戚程衍走过去，在他对面坐下。

关元白嗯了声，抬眸看向关知意。

关知意嘴唇一抿，丝毫没犹豫地坐到了戚程衍边上。

关元白冷哼了声：“还以为你会找几百个借口不来。”

关知意脸上堆起了笑容：“怎么会，哥，你很久没约我吃饭了，我当然要来。”

“是你太忙，我约不到。”

关知意嘴角微微一抽，桌底下的手揪了揪戚程衍的衣摆。后者会意，很配合地转移话题：“点菜了吗？”

关元白收回视线：“还没。”

服务员连忙拿了菜单过来，先递到了女士手上。

关知意这会儿狗腿得很，立马把菜单转了个方向，推到了关元白前面：“哥，你点。”

关元白：“自己想吃什么点什么。”

“不用不用，哥，你点的我都爱吃。”

关元白瞥了她一眼，笑骂：“瞧你这样子，好好说话！”

关知意看他笑了，这才放下心：“我这不很正常嘛。”

“油嘴滑舌。”

关元白低眸点菜。

他对关知意虽严厉，但也确实好，点的菜都是关知意爱吃的。

他点完后，又把菜单递给戚程衍：“今天要不是你，她估计也不会来。”

戚程衍：“哦？是吗？”

关知意：“哪有啊……你能不能有点自信。”

“你还敢否认？”关元白道，“之前多少次我打电话叫你回家或者叫你出来吃个饭，你都推三阻四说自己有事情很忙。”

关知意眨巴着眼睛，开始装失忆：“有吗？”

关元白懒得理她，淡淡道：“程衍，你记得吧，这人从小就追着你跑，你说什么就是什么，我说什么她就不听什么。”

戚程衍看着菜单，嘴角微扬。

关元白道：“她八岁的时候，我说让她跟你姓，当你妹妹算了，她竟然当真了，高兴得一整晚没睡着。”

陈年糗事竟然还要扒出来说？！

关知意看着戚程衍似笑非笑的表情，耳朵都红了。

“哥，你能不能说点好的！”

“什么好的？”关元白往后一靠，缓缓道，“哦，那就说说你那男朋友吧。”

关知意浑身一僵。

戚程衍微微一顿：“男朋友？”

关元白一脸冷漠：“你不知道？你那表弟也没告诉你一声？”

戚程衍跟华泓希不常联系，还真不知道发生了什么。

关元白看他的样子，解释道：“你表弟跟小五在一起了。”

戚程衍眉头一皱，看向关知意：“真的？”

关知意其实不太敢在戚程衍面前撒谎。他平时对她很好很温柔，但如果他真的不高兴了，那威慑力对她而言比关元白还厉害。

所以，她看到戚程衍质疑的眼神时，说话都结巴了：“哦，这、这个啊，我们在一起了……吧。”

戚程衍眼眸微眯：“什么叫‘吧’？”

“没有没有，就是在一起了。”关知意想起和华泓希的约定，咬咬牙说道，“就前几天的事。”

戚程衍放下菜单，脸色有些严肃：“你们才见过几面就在一起？”

关元白盯着她，显然也在等答案。

关知意强行稳住心神：“一见钟情这种事，有时候只需要一秒。”

戚程衍：“……”

关元白：“……”

关知意喝了口茶冷静了下：“哥，你怎么知道的？爸告诉你的？”

关元白：“要不然呢？呵，知道你跟华家那小子在一起了，他别提多高兴。”

“真的啊。”关知意顿时觉得值了，爸高兴就好，爸一高兴，就不会来干扰她了！

“小五，谈恋爱不是开玩笑，你确定喜欢泓希？”戚程衍问道。

关知意看向戚程衍，可她发现自己越看他越心虚，于是干脆只盯着自己的手指：“我，挺喜欢他的。”

“你了解他多少？”

“你不是很了解他吗……”关知意小声嘟囔，“华泓希怎么说也是你弟弟，应该还可以吧。”

“怎么，你觉得是我弟弟就是三好公民了？”

“啊……”

戚程衍伸手敲了她脑袋一下：“清醒点，先好好了解。”

关知意身子缩了缩，捂着脑袋看他。

戚程衍目光微沉：“听见没有？”

“听见了……”

菜慢慢上来了。期间，关元白和戚程衍两人不间断地训了关知意一通。

关知意一脸心塞。本来想着戚程衍在这儿她就能少被她哥骂，结果现在倒好，两人一起骂……真是来错了。

后来两个哥哥总算消停，终于开始吃饭。

她安安静静地吃饭，只求降低存在感，另外两人则边吃边有一搭没一搭地聊天，股票上涨下跌、公司项目什么的……

一个字也听不懂。

饭吃到一半的时候，关知意的手机突然响了，是刘云打来的。

关知意接了起来：“喂？”

“知意，昭阳那个角色……”

“已经有结果了吗？”关知意的心一下子提到了嗓子眼，“怎么样了？”

刘云迟疑了下，沉声道：“没了。”

“没了……怎么会？”

刘云道：“之前试戏的时候看大家的反应，我也以为肯定是你的了，但是……唉，这种情况也不是没有过，谁知道中途杀出什么程咬金。”

关知意眼里的光一点点熄灭了。她轻吸了一口气，把那股突然涌上来的难过和失落硬压了下去：“我知道了，那先挂了。”

“你也别太难过，这个，以后还有其他机会嘛，你现在就好好准备进综艺。”

“嗯……”

关知意把电话挂断。

“怎么了？”关元白见她脸色都变了，问道。

关知意闷闷道：“角色没了。”

戚程衍顿了顿，侧眸看她：“你之前说的那个角色？”

“嗯。”

关元白淡淡道：“没了就没了吧，没什么要紧的，吃饭。”

怎么就没什么要紧的?

她多喜欢那部小说，多想演那个角色啊，从知道可以试戏起，她每天都在看剧本，每天都在对着镜子演练，她花了多少心思多少力气……

怎么就……没什么要紧的?

心里的失落和沮丧被关元白轻描淡写的一句话瞬间放大，关知意猛地放下了筷子，怒道：“那很重要！”

关元白拿着筷子的手一顿，抬眸望着她：“你发什么火。”

关知意瞪着他：“哥，你什么都不知道，为什么就觉得那没什么要紧的！”

关元白脸色微沉：“那你说有什么要紧，有这个角色没这个角色有什么区别？小五，你在这个圈子已经折腾快五年了，什么时候能放弃！”

“我不放弃！”关知意站起来，“你凭什么让我放弃！就因为觉得我会跟妈妈一样吗？哥，妈妈是妈妈，我是我，我喜欢做演员，我是真的喜欢！”

“关知意！”

“我跟你说不通！”关知意拿上包，扭头就往外走。

关元白看着关知意甩门离开，眼中闪过一丝痛色。

戚程衍起身：“我去看看。”

关元白按了按眉心：“麻烦了。”

戚程衍没说什么，起身出了门。

餐厅靠湖，走出去是一条临湖长廊。戚程衍出了餐厅，远远看到一个身影在长廊上。

他皱了下眉，跟了上去。

“小五。”

背后传来戚程衍的声音，关知意伸手擦了下眼睛，没回头：“我自己可以回去。”

戚程衍拉住了她的手臂：“你等等。”

关知意还是不肯回头。

戚程衍无奈，绕到了她前面。

眼前的小姑娘已经戴上了口罩，眼睛通红，睫毛上还有泪痕，看着委屈得要命。

他拿她哭这事总是没办法。

“别哭了。”

关知意撇过头，声音闷闷地从口罩下传出来：“我没哭。”

“都这样了还没哭？”

关知意此时心里乱得很。她太想要昭阳这个角色了，而且本来以为角色十有八九是自己的，结果还是落选了。落选就算了，她哥还完全不当回事，让她一肚子委屈都没处发。

“到底怎么回事，好好说，我听着。”戚程衍用拇指把她眼底的泪痕擦去，“都长这么大了，哭起来还跟小屁孩一样。”

关知意抬眸看一眼戚程衍，不知怎的，更想哭了。下一秒，眼泪大颗大颗地冒出来，完全控制不住。

戚程衍愣了一下：“嘶，你……”

“我刚才说的话你能不能当没听见啊，呜呜呜呜……”

“什么话？”

“就我们来的路上，车里说的话……”

戚程衍想了一下，想起来了。来的路上，她信心十足地说角色应该是她的了，还说到时候名单出来就给她奖励。可这会儿，角色却没有了。

小屁孩大概觉得丢人了。

戚程衍笑着摇了摇头：“什么时候了，你还提这个。”

“我就是要提！你是不是觉得我很好笑……呜呜呜呜，我为什么要这么自信啊……”

“没有，我没有觉得你好笑。”戚程衍一边给她擦眼泪一边哄，“听话，不许哭了。”

关知意戴着口罩，只觉得哭到呼吸都困难了。她把口罩往下拉了拉，露出了通红的鼻子：“可是我还是难过，我都这样了，我哥还气我——”

“这是他不对，回头我说他。”

关知意平缓了呼吸，认真问道：“你能说得过他吗？”

戚程衍微顿，失笑：“我尽力？”

“算了……说不通的。”关知意垂眸，“也许他说得对，我折腾了五年都没折腾出什么，是我自己有问题，是我太失败了。”

“不是，只是机会一直没落到你身上而已。”戚程衍拍了拍她的头，“你很优秀，对自己有点信心。”

关知意心口一颤：“真的？”

“嗯。”

压抑的情绪好像在他温柔的话语中消失了，关知意看着他的眼睛，只觉心脏都复苏了。

怦怦，怦怦……

跳得好响。

“行了，我送你回去，别在这里瞎走。”戚程衍道。

关知意任由他扣着自己的手臂，傻傻地跟在他的身后。

“程衍哥哥。”

“嗯？”

“我，没什么……”

戚程衍回头看了她一眼，淡淡一笑，似乎是在笑她长这么大了，哭起来还是不管不顾。

关知意低头，听见心脏还是用力地跳动着。

其实，还是有话想说的。

她想说，他还是跟以前一样好。

不对，应该是，比以前还要好了……

把关知意送回去后，戚程衍又开车回了餐厅。

临进门前，他给助理打了个电话。

“戚总。”

戚程衍：“《朝野》的角色都已经定好了？”

助理愣了下，没想到他会突然关心这种小事：“前几天试过戏，今天应该已经都定下来了。”

“让人去看看名单，顺便再问问，为什么刷了关知意。”

戚程衍已经决定进军娱乐业，投资《朝野》不过是一个开头，并不是什么大事，所以助理才会疑惑他为什么突然问那么细节的事，但听到关知意这个名字的时候，助理突然明白了。

那姑娘竟然被刷了吗？难怪老板亲自打电话来问。

挂了电话，戚程衍推开了包厢门。

关元白还坐在原处，但桌上的菜都已经撤了，换上了茶水和一些小食。

“送她回去了？”关元白似乎早知道他还会回来。

戚程衍在对面坐下，嗯了一声。

关元白扯了扯嘴角，颇无奈道：“每次吵架都是你去哄，难怪小时候她老说我不如你好。”

戚程衍眉毛微微一挑：“这话听着有点酸。”

“那臭丫头没良心。”

戚程衍没接话，只给自己倒了杯茶。喝了一口后，他才道：“元白，我知道你和你父亲对这个行业有心结在，但小五说的没错，她是她，你母亲是你母亲。”

关元白看向窗外：“她去世的时候小五还小，所以那时小五只知道艳羡，只觉得她是全世界最好看最夺目的人，可是，光鲜亮丽的代价有时并不是一般人可以承受的。”

“我知道。”戚程衍从前就生活在他们身边，怎么会不知道他们家的事，“但小五小时候不懂，长大了总该懂得。可是她还是想走你母亲那条路，还是想当演员，可见她不是受到谁的影响，而是真的喜欢。”

关元白皱眉：“但是，当初我妈有整个关氏在背后帮衬尚且活得不开心，小五又何必再去走这条路？其实我只希望她能乖乖回家来，那样所有人都可以宠着她，她根本不需要那么累……算了，这话我跟她说过无数遍了，她总会明白的，现在是年轻气盛，就想跟我们对着干。”

“一开始我也以为她只是年轻气盛，不过我现在觉得，她不会回头。”戚程衍道。

关元白拿着杯子的手微顿，只听戚程衍继续道：“你们的心结和过去不应该成为束缚她的理由，她既然那么喜欢就让她去吧。你要是还担心，我帮你看着点。”

关元白疑惑地看着他。

戚程衍笑了下：“现在戚氏有意进军娱乐业。你放心，我只是看着，不会特意去捧她。”

关元白：“可……”

“还是，你真想彻底失去你这个妹妹？”

关元白张了张口，头疼地按了下眉心：“我也是拿她没办法，你看她刚才……气呼呼地就走了，话都说不下去。”

“小五其实好说话得很。”戚程衍道，“哄哄就乖了。”

“那是对你。”关元白无语道，“你看什么时候我哄两句她能消停？”

戚程衍嘴角微勾：“那就是你的问题了。”

“……”

两人聊完，关元白终于松了口。

戚程衍回了公司。

处理完一部分工作，刚准备回家时，电话响了起来。

“喂。”

“戚总，关小姐的事有结果了。”

戚程衍重新坐回办公椅：“说。”

“是这样的，原本导演和编剧都对关小姐很满意，本来已经决定签下了，但是后来突然被告知必须换掉。”

“必须？”

“是的。”助理道，“工作人员透露，其实是因为郑亦桐郑小姐。艺星赵总是郑亦桐的亲戚，而且郑小姐家在圈内有点话语权……郑小姐一定要换掉关小姐，所以赵总便让人换了，毕竟这个 IP 在艺星手上，关小姐也是艺星的艺人，好拿捏……”

戚程衍手指在键盘上轻敲了一下，力道有些重：“郑亦桐跟她有过节？”

“这个……”

“真有？”

“其实原因应该是……您。”

戚程衍微顿：“我？”

“是的。”助理轻咳了声，“据说郑小姐是因为之前在南爵酒店的事对关小姐怀恨在心，一开始本来还忌惮着您，后来发现您跟关小姐其实根本没什么，所以在撒气罢了。”

“撒气？”戚程衍眼眸沉了下来，“郑亦桐是《朝野》的演员？”

“是。”

戚程衍沉默片刻：“告诉赵志晖，换了她。至于小……关知意，保持最开始的决定。要是赵志晖还有什么意见，让他自己来找我。”

戚程衍语气并不重，助理却听出了怒意，连忙道：“好的，戚总。”

其实阵前换角这种事经常发生，但关知意这次是前所未有的难过，因为她太喜欢那部小说，太重视这次的试镜了。

可惜……终究还是没争取到。

昨晚回来之后，关知意几乎一晚上没睡，以至于第二天刘云打电话让她收拾一下马上下楼的时候，她整个人还是蒙的。

“云姐？下楼？下楼干什么？”

“我现在马上就到你小区了，你快点。”

“啊？”

“别啊了！签合同啊，马上就要去签合同，快准备一下！”

“？？？”

跌宕起伏大概说的就是她现在的心情。

关知意不明白自己为什么在那么被看好的情况下被换掉，也不明白为什么过了一夜之后又突然要签合同。

所以合同签完出来后，她仍感觉不真实。

“到底为什么……”路上，关知意忍不住问道。

刘云看了她一眼，笑道：“你不知道为什么？跟我还装什么。”

关知意一头雾水：“我真不知道。”

刘云狐疑：“戚程衍发话让剧组用你，这难道不是你去找的他？”

关知意愣住了：“我怎么可能去找他插手这事。”

“但就是他安排的。”刘云想了想道，“看来他还挺喜欢你的，知道你被人换下来后，还帮你报仇了。”

“报仇？”

“你不知道吧，之前你被换掉是因为郑亦桐做了手脚，而现在，郑亦桐不再参演《朝野》了。我听赵总身边的小助理说，戚程衍让人换了她。”

“怎么可能……”

“怎么不可能，戚程衍让换，咱们赵总敢不换？他可是这部剧最大的投资人，而且……咳咳，还有个比较特殊的原因现在还不能公开，不过之后你会知道的。”

关知意哦了声，没多问。她拿出手机，点进微信对话框，可是看着戚程衍的头像，她一时又不知道要说什么了。

有些激动，也有些难以置信。

他竟然帮了她，可是……他不是说不会帮她的吗？

“知意，你都不知道这些事？难道说戚程衍还在追你？”

“咳——”关知意猛地被呛到，“什么？”

刘云一脸了然：“既然你说你们不是那种关系，那我看这情况就是他在追你。”

关知意看着刘云高兴的样子，只觉得解释不清。

她轻呼了一口气，干脆也不说了，反正怎么说，刘云都不会信的。

关知意握紧了手机，低下头，慢慢地打字，给戚程衍发了条信息。

关知意：角色的事，我听说了。

几分钟后，戚程衍给她回复：合同签了吗？

关知意：签了。

戚程衍：好。

关知意：谢谢哥哥。

戚程衍：这不完全是为了帮你，也是为了这部戏的拍摄顺利进行。你既然是导演看中并觉得合适的，那这个角色便应该是你的。

关知意：那郑亦桐？

戚程衍：我不希望有人在我的项目里为所欲为。

关知意嘴角微扬，想笑，但又怕被刘云看见，连忙压了下去。

关知意：那还是要谢谢呀。

戚程衍：嗯，打算怎么谢？

关知意想了想：请你吃饭！但我马上就要去录综艺了，所以明天就请好不好？有空吗？

戚程衍：好，知道了。

关知意：嗯！

按灭手机，关知意看向窗外。窗户上倒映着她含笑的嘴角，是怎么收都收不住的那种。

“我看这情况就是在追你”——脑子里突然蹦出这句话来。

关知意表情微滞，伸手拍了拍脸颊。

虽然她知道这是刘云想歪了才说出口的，也知道那绝无可能，但不知道为什么，想到这句话的时候，她的心口竟有一丝悸动。

后天就要去《滚蛋吧，脂肪！》，关知意提早收拾好了行李。

收拾完后，她赶紧化了个妆，准备出发和戚程衍一块儿吃饭。

大概是知道她不会开车，所以戚程衍直接到小区来接她，然后再一同去预订好的餐厅。

“这家店我之前来吃过，特别好吃。”到了餐厅包厢后，关知意献宝似的给戚程衍介绍菜单，“这个椒麻鸡是招牌，这个牛肉也是……唔，甜点也特别好吃，都来一份怎么样？”

戚程衍笑着看她：“可以。”

“嗯！”

“昨天听你说要去录综艺？”

关知意：“对啊，要和其他几位艺人一起住，就在附近的古镇，挺方便的。”

“之前没听你说要录综艺。”

“是挺早之前接下来的，云姐说这个综艺或许能爆，去了对我有好处。”

戚程衍点点头，闲聊道：“都有谁？”

“有侯路老师、肖燃、林佳儿……”

“肖燃？”

关知意：“嗯，他很红的。你也认识吧？是看过他的作品还是——”

“在国外的时候认识的。”

关知意：“啊？你说的是哪种认识？”

戚程衍道：“去年公司有产品是他代言，后来就熟了。”

“这样……”

……

两人随意地聊着天时，菜也上来了。

可刚吃了没几口，关知意的手机突然响了。因为她的手机就放在桌面上，所以戚程衍也看到了屏幕上显示来电的人——华泓希。

关知意看到这个名字的时候下意识看了戚程衍一眼，只见后者目光淡淡，问她：“怎么不接？”

“啊？噢！”关知意立刻拿起了手机，按了接听键，“喂。”

听筒里很快传出华泓希的声音：“知意！你今天有空吗，咱们似乎应该去约个会，比如一起吃个饭啥的，要不然……”

“我跟程衍哥哥在一起吃饭呢！”关知意生怕华泓希说漏嘴，也怕坐在对面的戚程衍听到，所以立刻开口提醒。

华泓希顿了顿，很快反应过来：“啊……那、那下次啊！咳，你别说我打电话给你了。”

关知意无语。

早就知道了好吗！

“他说什么了？”对面的戚程衍问道。

关知意摇头：“没什么，就是问我要不要一起吃饭……”

戚程衍伸手：“手机给我。”

关知意抬眸看了他一眼，有些不情愿。

“给我。”

“哦。”还是不敢不递过去。

戚程衍接过手机，直接对着那头的人道：“既然没吃饭就过来吃。”

华泓希吓了一跳：“不用了吧哥，我其实还有点事……”

“过来。”

华泓希：“……”

戚程衍沉声：“华泓希，别让我说第三遍。”

“来来来，我来还不行吗。”华泓希在那头抓了抓头发，无奈道，“地址发我……”

华泓希后悔死打这个电话了。

前几天刚被戚程衍知道他跟关知意“在一起”时，戚程衍就已经打电话过来“训”了他一通，本来还要直接“见面聊”，都让他机智地以各种借口推掉了。

结果躲来躲去，今天他自己送上门了。

华泓希十分心塞，赶紧给关知意发消息：等会儿千万别在哥面前穿帮了，我们稍微恩爱点。

关知意：恩爱?

华泓希：就演一演，牵牵小手搂一搂。你是演员，不难吧!

关知意：我们可以演刚在一起的情侣，靠表情，不需要肢体动作。

华泓希：那我可不会。

关知意：找找情窦初开的感觉?

华泓希：忘了，我很早以前就开过了……

关知意：刚在一起羞涩的感觉总明白吧!

华泓希：哥谈恋爱从来不羞涩!

关知意：……

行吧。

半个小时后，谈恋爱从来不羞涩的华小公子到了。他从门口进来的时候，戚程衍和关知意还在吃东西。

“哥，知意！”华泓希一脸笑容地走到关知意边上，然后在两人无言的注视中，把怀里的东西往前一送。

“给。”

一大束玫瑰花，都快把他的脸遮没了。

而且这玫瑰花上大约还喷了什么，味道过浓……

戚程衍抬手掩了下鼻，蹙眉。

而关知意则是有些僵：“给、给我的？”

华泓希诚恳地点头：“你不是说你喜欢玫瑰吗，所以我就买了一束送你。”

她根本就没说过!

但是反应两秒后，她还是很专业且配合地露出了个半羞涩半喜悦的腼腆笑意："谢谢啊。"

华泓希："不客气呀，鲜花配美人，应该的！"

戚程衍看着自己弟弟这副油腻的样子心中一阵不适。虽然弟弟才是跟他有血缘关系的亲人，但他总有种自家白菜被猪拱了的感觉。

不是很爽。

但他也没说什么，只是看着。

兴许……小年轻就喜欢这些?

关知意将花收过来放在了椅子旁边，放完后，她看向对面的戚程衍。后者靠在椅子上，面色淡淡，一脸平静。

"哥，你们今天怎么一块儿吃饭呢？真巧，我本来还想说带知意去看电影呢。"华泓希在关知意边上坐下。

戚程衍看着他，警告道："去人多的地方注意点。"

华泓希："知道知道，我一定保护好知意的。"

"嗯。"

见戚程衍竟没唠叨什么，华泓希松了一口气，开始吃饭。当然，吃饭期间他也不忘在戚程衍面前表现出他对关知意的爱意。

"知意，来，吃这个。"

关知意看着华泓希夹到面前的菜，配合表演："嗯……"

"吃这个吃这个，你们做演员的别太追求瘦，多吃点。"

"我吃挺多了。"

"再多吃一点。对了，你喜欢吃甜点吧，要不咱们再叫一块？"

关知意连忙摇头："不用了，我很饱了。"

"那行吧。"华泓希笑盈盈地看着她，说完还不忘伸手摸摸她的脑袋。

关知意愣了一下，在华泓希十分"温柔"地收回手时，她下意识往戚程衍那边看去。

戚程衍看到华泓希这个举动，目光只是微微一顿就移开，那神情像是礼貌地不去看小情侣间的亲昵，也像是受不了小孩儿在自己面前秀恩爱。

但除此之外，就看不出其他情绪了。

不知怎的，关知意心里突然空荡荡的，就连华泓希轻捏了她好几下她都没反应过来。

"知意。"

"啊？"

"想什么呢，这么出神。"华泓希一个劲地给她使眼色。

关知意反应过来，收敛心神对他笑了笑："没什么，我在想最近有什么好看的电影。"

"这个啊，我找出来，你挑一挑。"

"好。"

华泓希来了之后，说话的人就主要是他了，关知意偶尔露出“啊我男朋友说的真有趣”的表情，剩下的时间就自己出神。

半个小时后，三人吃完准备离开。

“哥，你现在去哪儿啊，要不跟我们一起去看电影得了。”华泓希道。

戚程衍不耐烦地看了他一眼：“跟你们一起看？疯了吗？”

华泓希：“哎呀别害羞嘛，咱都是自己人，我和知意都不会介意。”

戚程衍：“算了吧，我还有事，你们自己去玩吧。”

“噢，那好吧。”

戚程衍起身穿上外套，而后回头对关知意道：“明天就出发了，注意安全。”

关知意点点头。

戚程衍：“有什么问题再给我打电话。”

“好……”

“那我先走了。”

戚程衍说完便出了包厢门。

关知意看着他离开的方向，想到接下来会有很长一段时间见不到他，心里有些闷。

“哥对你可真好，比对我好。”华泓希感叹道。

关知意没搭话。

华泓希又道：“哎，我表哥小时候什么样啊？我一直生活在国外，直到表哥出国了才跟他熟悉起来的，小时候都没怎么见过他。”

“他小时候？”

“对啊，你在他身边长大，肯定知道。”

关知意想了想，思绪有些飘远了：“他小时候很好啊，成绩很好，长得又很好，在学校里很多人喜欢，唔……当然性格也特别好，特别温柔。”

“温柔？”华泓希瞪眼，“他温柔？见鬼啊。”

关知意瞥了他一眼：“怎么不会了，哥哥本来就很温柔的好不好。”

“我咋没感觉到他的温柔……”

“肯定是你太皮了呗，对你就得强硬点。”

华泓希噢了声：“那我还真挺羡慕你的，听说你上面有三个哥哥吧，那再加上我表哥这种不是哥哥胜似哥哥的，小时候就是被四个哥哥宠大的！哇，你也太爽了吧。”

小时候并没有和大伯家的两个堂哥走得很近，而亲哥关元白从小就对她很严苛，说到宠，严格来说，只有一个戚程衍。

关知意：“还好吧。”

“别谦虚了。”华泓希一边说一边看手机里的电影信息，“哎，知意，我们等会儿看哪场电影？”

关知意惊讶：“真看？”

“嗯？不真看吗？”

“哥哥都走了，也不用装了。”

华泓希想想也是：“可是我们去哪儿呢？”

“要不然……咱们就各自回家吧。”

“哇，你真的非常不想跟我待在一块儿啊。”华泓希佯装生气道，“你这样的话，我就去找别的小姐姐看电影了！”

“你自便，自便就好。”

华泓希的自信心被打压得一点不剩：“行吧行吧，不过在此之前我得送你回家，要不然被哥知道了，我又得挨骂。”

关知意也爽快：“好，那走吧。”

《滚蛋吧，脂肪！》开录当天，刘云送关知意去艺人们即将生活的地方——京城边上的一个古镇，风景十分秀丽。

路上，关知意浏览着这档综艺的有关信息。

《滚蛋吧，脂肪！》在确认艺人名单后就官宣了，因为有肖燃这种明星大腕参加，几乎是未录先火。本来这对关知意来说是好事，可看着看着，她突然发现评论里有那么一个风向是在骂她。

等等……骂她干什么？她又做错什么了？

关知意无语地继续吃瓜，吃了好一会儿后，总算明白了——

《朝野》演员阵容流出，小道消息已经满天飞了。

在《朝野》中，肖燃饰演的少将军和关知意饰演的昭阳公主是一对苦命鸳鸯，巧合的是，肖燃和关知意竟然在进组之前还要一块儿录这个综艺，于是就有营销号开始猜测，关知意和肖燃突然一起参加综艺，肯定是为了之后电视剧里的 CP 感做准备。《朝野》可是个大 IP，这 CP 要是炒起来，热度可就高了。

但网友对这说法嗤之以鼻：

【我们燃哥不约，大家不如来关注燃哥 5 月 3 号上映的《青谭》吧！】

【什么 CP？关知意是哪儿来的？不认识。】

【《朝野》的公主竟然是她演的？我的白月光小可爱啊，得毁！！！】

【肖燃是我老公！】

【关知意要是敢在综艺里纠缠我哥哥，看我不骂死她！】

【CP 肯定是会炒的，想都不用想，坐等互动。】

……

“谁要搞 CP 啊，谁要纠缠啊。”关知意看了一圈下来有些头疼，“综艺是先于《朝野》签的好不好，怎么可能有预谋！”

刘云：“但这 CP 要是能炒起来也不错。”

关知意面无表情地看着她：“云姐，你冷静点。”

“别的女艺人可都巴不得跟肖燃炒 CP，以他现在的热度，能让你的曝光量翻多少倍你知道吧。”

她知道啊，就是因为知道才会背后冒冷汗。

“但我也知道会被骂成什么样。”

“被骂怎么了，骂都没人骂才惨。”

关知意轻吸了一口气：“无福消受……”

刘云笑了两声：“话别说那么早，这 CP 感也得看你们之间有没有火花，能炒得起来再说。”

也是。

关知意放下手机后坚定地想着，她得避开肖燃，绝对不能给节目组任何 CP 剪辑的机会！

《滚蛋吧，脂肪！》给艺人安排的住所是一栋古香古色的别墅，特有感觉。

抵达目的地后，工作人员就给关知意别上了麦克风，摄像大哥也跟随其后。

关知意拉着行李箱往里走。

她来得比较迟，此时另外五人已经在别墅里了。

除了她之外，节目还邀请了两男三女。

男生除了当红炸子鸡肖燃之外，还有相声演员侯路，三十岁，胖胖的，嘴皮子特利索。

侯路边上是喜剧演员黄潇，女，微胖。剩余两个女生一个叫林佳儿，一个叫杨子若，都是演员。杨子若名字文艺，但人是健美型，麦色的皮肤，有点小肉；林佳儿身材偏瘦，荧幕上看着让人感觉很不错，但是现实中看着却有点过瘦了。

关知意进去后，拘谨地跟大家打过招呼，《滚蛋吧，脂肪！》就算正式开始录制了。

因为主题是健康生活，所以一开始节目组会对大家进行体重测量并公开数据。而接下来一个月，每个参与节目的艺人都要住在这里，按照节目规则健身、饮食，并且在一个月后要能达到节目组给各人定的目标体脂率。

关知意不高，百度百科上的数据是 165 厘米，实际身高是 163 厘米。身高公开倒是没什么，就是体重秤完吓了她一跳—— 一段时间没拍戏没刻意控制，她的体重竟然飙到了九十三斤！

普通人这个身高体重很正常，但对于演员来说，这简直是要命！

关知意从秤上下来后，人都有点眩晕了。她突然有点感谢刘云给她接了这么个综艺，有摄像机监督，她减肥才有更大的动力……

·第三章·

六人入住之后，先是参观，然后分房间，最后集体活动结束，大家各自回房间洗漱。

关知意洗完澡换好睡衣后在床上躺了一会儿。下午他们的手机都被收走了，现在用的是节目组发的冠名品牌的手机。

关知意看了会儿视频，肚子饿得咕咕叫。

他们都是下午到的，按理说晚餐应该在别墅里解决，可“万恶”的节目组显然不会给他们准备吃的，等大家忙完回到房间，晚饭这事就都给耽搁了。

关知意本来想说忍忍就算了，可越忍越饿……

她想了想，之前参观厨房的时候，冰箱里好像有些吃的……于是，她穿上外套，偷偷摸摸地出了房间。

她的房间在三楼，厨房在一楼，她下楼的时候，正好和住在二楼的林佳儿撞上了。

“知意，你要下楼吗？”大晚上的，林佳儿虽穿着睡裙，但居然还是全妆！

关知意心中一蔫，糟糕，她刚才洗澡把妆给卸了，这会儿在镜头前一对比：对方姿容美艳，而她，清汤挂面。

又得挨经纪人一通骂。

可现在回房间也不对劲啊……

关知意只好无奈地迎了上去：“我有点饿，想去找点吃的。”

林佳儿眼睛一亮：“我也是。我就今天早上吃了早点，中午都没吃呢，快饿死了。”

关知意：“那正好，咱们一块儿去吧。”

“嗯嗯，好。”

两人并肩往楼下走，可刚下到一楼就听见厨房有响动。

两人对视了一眼，一同去到厨房门口。这时，她们才发现肖燃在里面，此时他正拿着菜刀，动作生疏地切着西兰花。

听到脚步声，肖燃转头看了过来。

三人在厨房面面相觑。

肖燃愣了两三秒，很快露出笑容：“我特别饿，但不好意思叫你们，所以来厨房找点吃的。你们是不是也饿了？”

肖燃不愧是这两年最火的偶像，这么一笑，厨房都有发光即视感。

关知意跟他不熟，再加上她时刻告诉自己不能让节目组有CP剪辑的机会，所以一时也不知道说什么。倒是林佳儿热情得很，看到他在切西兰花，她立马走了过去：“我们都是因为饿了才来厨房的，没想到肖老师已经在了啊，这是要做什么？”

“叫我肖燃就好。”肖燃笑着道，“我就是想随便煮点东西吃，但其实我不太会。”

上这种综艺节目，勤快点绝对不会有错。

林佳儿一听这话，立马就想表现一番：“我也不太会，我来帮你吧，你一个人怪辛苦的。”

肖燃：“辛苦也不会。”

“没事，我帮你。除了切菜，还要准备什么？”

“炒几个鸡蛋吧，光吃菜也吃不饱。”

“可以呀。”

厨房并不大，肖燃和林佳儿在里面忙碌，关知意一时半会儿也插不进去，但直接走肯定不好，于是她只好站在边上待命。

但等着等着，她就发现眼前这两个人说的“不太会”真的不是开玩笑。

不过是炒个鸡蛋煮个菜而已，两人乒乒乓乓愣是差点儿把锅掀了……

“啊——”林佳儿把搅好的鸡蛋液倒入锅中激起一阵噼里啪啦的声音，她吓了一跳，尖叫着往肖燃身后躲。肖燃也是厨房小白，看这情况立马想去关火，结果手刚伸过去就被油溅到，缩回。

“嘶……”

林佳儿：“肖燃你没事吧！”

“没事没事，先关火吧，可能有水进去了。”

“好好好，先关火……怎么有水进去啊，是铲子上的水吗？哎呀，你手臂都红了，怎么办啊……”

“没事……”

“要不然我来吧。”关知意实在看不下去了，她直接上前道，“我来做吃的。肖老师你快用冷水冲一下手臂，佳儿你赶紧去拿咱们的药箱。”

两个厨房小白看关知意特熟稔地接过锅铲，下意识退后了一步。

“对对，先冲一下水。”林佳儿反应过来，拉着肖燃到了边上的水池，然后自己去楼上找药箱。

厨房就剩两个人了。

肖燃一边冲凉水，一边对关知意说道：“谢谢啊，知意。”

关知意客气地朝他笑了一下：“没事，我会做饭。”

肖燃看着她熟练的动作，意外道：“你看起来还挺厉害的。”

“我经常做。”

“经常？”

会经常做饭的艺人可不多。

关知意：“自己在家吃比较便宜嘛。”

肖燃：“啊？”

关知意一愣。

嘶……怎么把实话给说出来了。

自打她读大学就自力更生，缺钱的时候买菜做饭还真是为了省钱，但这还录着呢……

关知意微汗：“我是说，自己在家做挺方便的。”

“噢噢。”

这时，林佳儿找到药箱回来了。

“这个是烫伤药，肖燃你来擦一下。”

肖燃：“好，谢谢。”

两人去客厅涂药去了。

关知意把鸡蛋炒好，又从冰箱里找出了鸡胸肉，把它和肖燃切好的西兰花一起做了一道菜。

吃的都弄好后，关知意把菜端了出来，但她并没有直接开吃，而是跑去楼上叫了其他人一块儿下来吃。

楼上的几个艺人其实也早饿得不行了，立马下楼开始“扫荡”。

吃完后，大家各自回房睡觉。

第二天，艺人们开始走节目流程：晨跑，健康早餐，菜市场买菜，午餐力量训练……

他们六个人里，会做饭的有三个，但做得最熟练的是关知意和相声演员侯路，所以买菜做饭的任务便交到了两人的手上。

很快，一周过去了。

这一周里，节目组的任务和健身强度让关知意有些不适，不过值得高兴的是，这一周下来，她和肖燃的互动屈指可数！

照这样下去，等节目播出，粉丝们可抓不到什么把柄骂她了！

节目录制了一周，终于迎来了一个休息日。

这天算是停工一天，艺人们可以去做其他的工作或者休息，还能把自己的手机拿回来。

关知意刚拿到手机就想给戚程衍发消息，因为一开始她并不知道要交手机，所以都没来得及跟戚程衍说。后来虽然有赞助商的手机用，但 24 小时处于监控下，她也不好打电话。

不过此刻，编辑的消息删删减减，关知意突然不知道要说什么了。

也不知道他忙不忙。

“知意。”

就在关知意从三楼走下来时，肖燃也从房间出来了。

关知意看到他，有些意外：“你今天还在这里吗？”

肖燃点头：“今天没工作。你呢？”

“我也是。”

肖燃走了过来：“对了，能不能问你个问题？”

“啊……你问。”

肖燃摸了摸下巴，有些无奈又有些委屈：“我是不是哪里让你不舒服了？”

关知意吓了一跳。肖燃比她红好几十倍了吧，竟然问她这种问题！

“怎、怎么可能？”

肖燃：“那我怎么感觉你一直在躲我，好像也不是很想跟我说话……”

肖燃这话说得没错，虽然别人可能看不出来，但当事人还是能感觉到的。

比如每次大家要出去买菜，关知意作为在这方面比较有经验的人，大家会让她领队分组。每次她都会把肖燃分到另外一组。一次两次还好，可是几天下来，次次如此；

饭后洗碗时，只要肖燃在厨房，关知意绝对默默退出去；

还有健身的时候，肖燃在这方面很有经验，有时候他想帮一下关知意，但总会被她用各种各样的理由拒绝；

平时聊天就更不用提了，关知意溜得飞快。

嘶……这就有点难办了啊，某些人还让他对关知意多关照来着。

关知意听到他这么说，真的是背后冒汗：“肖老师，我对你绝对没有什么意见，也没有任何不舒服。”

肖燃摊摊手，笑道：“你看，这一周下来大家都叫我名字了，就你还一直叫肖老师。”

关知意不太好意思：“您也算是我的偶像了，那个，我其实……只是在镜头前比较紧张。”

“是这样吗？”

“嗯……”

肖燃点点头：“那就好，我还担心自己让你不快了。”

关知意头摇得跟拨浪鼓一样。

肖燃笑道：“那接下来的录制，咱们继续加油哦。”

“嗯！”

“希望你之后不要再对我那么客气了。”

关知意轻咳了声：“好、好的……”

肖燃笑笑，转身下楼。

关知意看着他的背影松了口气，她表现得有这么明显吗？！

另外一边，肖燃走出别墅后直接上了保姆车。坐定，他拿出手机拨号。

“喂。”对面人接了起来。

肖燃懒洋洋地往后靠：“戚大少爷，今天有没有空啊，一起吃个晚饭。”

“去不了，有点事。”

肖燃：“啧……你可真难约。”

戚程衍笑了一下，问道：“她怎么样了？”

“知意啊。”

“要不然呢？”

肖燃笑了笑：“挺好的，就是你这妹妹太难接近了吧。”

戚程衍有些意外：“难接近？”

“对。我本来是想好好关照她，结果人家硬是一点机会都不给我，离我远远的。”

戚程衍反问道：“你是要怎么关照她？”

肖燃跟戚程衍是好友，也没什么顾忌，很直接道：“我和她之后会有合作，所以我是想和她多出现在镜头前，两人多交流会更有热度。其实我还好，现在已经不太需要涨热度，但是知意可能会需要……我想着我们炒炒 CP，对她有好处。”

“CP？”戚程衍立刻皱了眉。

“对啊，你也觉得这可行吧——”

“不可行。”

肖燃愣住：“为、为什么？”

“我是让你在生活中多关照她，不是让你在镜头前虚情假意和她搞什么 CP。”戚程衍干脆道，“你给我正常点。”

肖燃一脸问号：“喂喂喂？我这可是圈内最高级别的关照，你竟然觉得我不正常？！”

“别把她往那方向带。”

“为什么不？这对她来说——等等，戚程衍，你是不是有什么问题啊——”

“我有什么问题？”

肖燃突然笑了一声：“不让我炒作……我现在严重怀疑，那小姑娘真的只是你妹妹？”

此时戚程衍正在办公室里。前段时间他知道关知意录制的那个综艺有肖燃后，就跟肖燃提了一嘴，让肖燃在节目里稍微照顾一下关知意。

他的意思单纯只是让肖燃照顾一下小姑娘，因为他觉得关知意在节目中表现的机会可能不是很多，所以希望肖燃稍微带一下，但他绝对不是要让两人炒什么 CP。

“怎么不说话了？”肖燃道，“哦！让我说对了，那小姑娘不是什么传统意义上的妹妹吧？”

戚程衍懒得理他：“别胡说八道，没事挂了。”

肖燃：“别啊！说清楚，那姑娘是不是你的地下女朋友？”

戚程衍一顿，语气严肃：“别拿她开玩笑。”

肖燃跟戚程衍认识虽不算久，但还是比较了解他的。戚程衍不是个随便的人，此时口气如此认真，那关知意绝对不是可以拿来调侃的人了。

肖燃摸了摸下巴……看来关知意是戚程衍看中的人，但并不是他以为的那种人。

“好了好了，我明白了，既然你这么说了，那我也不刻意做什么就是了。”

“嗯。”

第二天，录制继续。

相处了一周之后，大家熟稔起来。而关知意在上次和肖燃在楼梯口短暂聊过之后，对肖燃的避让也不敢太明显了，只能顺其自然，跟大家一同吃饭、健身、做任务……

录制到最后一周的时候,《滚蛋吧，脂肪！》第一期也在网上正式开始播出。

节目上线前一个小时，官博下面和网上已经有网友们蹲着了。

【静待肖燃哥哥，好激动！】

【有侯路和黄潇两个光站在那里就能让我笑的人，笑点绝对有了！】

【佳儿超级无敌美！等美人出场呀！】

【我能说我是来看肖燃和关知意的镜头的吗（狗头）？】

【希望某关姓女艺人能离我哥哥远一点！】

【一看就是装可怜的白莲花啊，节目组为什么要请她来？】

【说了两人之后还有电视剧合作，这会儿一起上综艺有热度呗。】

【说关知意就专心说她，能不能不带我哥哥？】

【有病？我女儿怎么你们了？谁要黏你们家爱豆？】

……

节目还没开播，两方粉丝就已经开始掐架了。当然，这种掐架几乎毫无意义，因为肖燃的粉丝多到一人一口唾沫就能把关知意的拥护者淹没。

但除了关知意的粉丝之外，不会有人觉得“关知意被喷”的现象有任何问题。因为网友对关知意的了解甚少，他们在网上看到过的她的消息，不是被嘲得一无是处的傻白甜电视剧，就是上次已经澄清的相亲事件。

这样没作品没热度的艺人，被喷很正常。

所以第一期开播的时候，众人都是带着看热闹和准备嘲讽的心情去的。可后来看着看着，众人慢慢发现，好像看到的并不是他们先前以为的那样……

节目一开始，艺人们见面、参观、分房间，很正常的流程。其他人倒是一切正常，只是关知意出来的时候弹幕铺天盖地开始嘲讽。

节目播放十多分钟后，屏幕场景来到第一天晚上。

镜头中，肖燃在房间里，过了一会儿大概是实在忍不住了，下楼去厨房做吃的。

【啊啊啊啊哥哥要煮东西吃了吗！】

【好可怜啊，一天都没怎么吃东西了吧……】

【节目组做个人吧！给我哥哥点食物啊，他不太会做饭的！】

【哈哈哈哈哈肖燃看着冰箱发蒙的样子也太可爱了吧！】

……

镜头一切，转到其他艺人的房间里，有些人在看手机，有些人在洗漱。切到关知意这儿的时候，众人看到她刚完澡出来，穿着睡衣坐在椅子上发呆。

“咕——”后期制作的肚子叫音效让观众捧腹。

关知意在房间里犹豫了好一会儿后，起身出了门，然后在楼梯口和林佳儿遇上了……

弹幕在看到关知意饿肚子的时候就已经疯了：

【不许饿！！！！不许去厨房啊啊啊啊！】

【哥哥快吃！那女人要来了！】

【这是要去吃我哥哥做的饭了？】

【你们也太双标了吧！林佳儿不是也要去厨房吃东西，又不是关知意一个！】

【佳儿那么瘦，肯定得吃饭呀，她才不会跟某人一样，又心机又虚假！】

【节目才刚开始，哪里看出心机了？林佳儿洗了澡换了睡衣妆都不卸，这叫真实？】

【话说……你们不觉得关知意皮肤很好吗？素颜也太好看了吧！】

【本来觉得林佳儿好看，但是浓妆跟素颜这么一对比，突然输了好几分……】

【各位，或许你们知道有一种东西叫滤镜？】

【那刚才杨子若在房间也卸妆了，皮肤可不是这样。】

……

弹幕骂骂咧咧的时候，关知意和林佳儿也下楼了。网友和不爽关知意的肖燃粉已经跃跃欲试，就等着关知意这个白莲花卖萌撒娇加黏人。

然而让他们意外的是，到了厨房后，关知意并没上前也没搭话，反而是林佳儿又是帮炒蛋又是帮切菜的，积极得很。

而且更让弹幕疯狂的是，林佳儿炒蛋的时候，还把肖燃给烫了。

镜头前两人乱成一团，就在这时，关知意上前帮了忙。她很熟稔地接过锅铲，非常快速地安排好发蒙的两人……

【我燃燃受伤了！！！】

【林佳儿在干什么啊？不会做的话，等着吃就好了，殷勤个啥劲！】

【想表现呗，偷鸡不成蚀把米。】

【关知意没想象中那么“白”……】

【关知意会做饭怎么不早上，在旁边看热闹？】

【她又不知道林佳儿不会做？厨房没三个位置好吧。】

【对啊，关知意一开始没去打扰，在发现两人真的不会的时候才去帮忙，挺正常的啊。】

……

节目中，肖燃和林佳儿去客厅上药，关知意留下来收拾残局。

二十分钟后，她从厨房里端出了水煮的蔬菜拼盘还有两盘炒好的鸡蛋，接着她让肖燃和林佳儿先吃，自己则折去了楼上询问了另外三人要不要下楼一起吃点……

后来，六个艺人愉快地在餐厅里吃起了低脂“夜宵”。

于是，弹幕又迎来一波发送高峰:

【哈哈哈哈笑死我了，关知意跟肖燃说“自己在家吃比较便宜”？为什么说出了一股穷苦的味道？】

【那绝对不是口误，资深粉可以告诉你，我们女儿是真的穷苦呜呜呜……】

【关知意做的那个酱料都加了啥，看着好好吃的样子！】

【我也想知道！】

【+1，求个教程啊。】

【感觉关知意看着傻白傻白的，但性子挺稳，有点颠覆。】

【是真的漂亮啊，刚有个镜头都等脸上了都没啥瑕疵！本颜粉想入坑了！】

……

镜头一转，到了第二天。

早起跑步，菜市场买菜，健身……六人组合里，搞笑担当本来是侯路和黄潇，但任谁都没想到的是，全程让大家笑到抽筋的竟然是关知意买菜那一节。

因为他们每天都有规定的预算购买食材，所以买菜的时候就得非常节省。镜头中，关知意为了省点钱，在菜市场跟大妈大叔们周旋，家长里短地拉近关系，又是讲笑话又是表演，把大妈大叔哄得一愣一愣的……

最高潮的是，她为了几把葱和香菜在菜市场勉强来了段女团舞蹈，不熟稔又十分努力的样子直接让观众笑抽了。

【这是什么肢体动作，太搞笑了吧，哈哈哈哈哈！】

【呜呜呜……女儿讲价的样子熟悉得让人心疼……】

【啥意思，有什么典故吗？】

【上网搜搜她过往在圈内发展的艰辛就知道为什么了，可穷了！】

【可是还是很好笑，她是怎么做到又可爱又抠门的！】

【那些说我女儿要炒 CP 的，瞪大眼睛看看，一整期都没跟你哥哥有什么

互动好吧！】

【这么说起来感觉有点怪怪的，关知意好像在刻意回避？】

【估计录制前就被骂惨了，是在避嫌吧。】

【其实也蛮无辜的啊，她好像也没做错什么吧……】

【本来是冲着肖燃来的！现在被这个小姐姐圈粉了！好可爱！！有没有粉丝群拉我一下啊！】

【我也是我也是！虽然没看过她的电视剧，但是觉得整个人Q憨Q憨的！】

【肉肉的好可爱！】

【胡说！我女儿一点都不肉！咳，只是脸有点圆。】

……

《滚蛋吧，脂肪！》第一期播放到中后期的时候，嘲讽关知意的弹幕渐渐不见了，刻意黑的也被一片哈哈哈的笑声给盖了过去。

最后谁都没有想到，第一期《滚蛋吧，脂肪！》播完，关知意会成最大赢家，且还不是靠跟肖燃炒CP。

但第一期播的时候关知意还在录制最后一期节目，所以没能及时去看。后来还是刘云高兴地发来#关知意 买菜#的热搜截图时，她才知道节目反响竟然不错。

“没想到你挺适合这种真人秀啊。”刘云在电话那边感慨道，“这才第一期，微博涨了不少粉呢。”

关知意：“第一次是相亲上热搜，第二次是买菜，真挺别致。”

“知意，你现在这形象不错，勤奋、穷困、苦中作乐，这人设让小姑娘有代入感，在圈里很特别啊。”

关知意窘。

“嗯……之后就往这个方向打造，让公司出点通稿再加深一下印象！”

关知意脸都要绿了：“云姐，这人设没有很好吧？”

在菜市场杀价确实是她从前的经验，但她在节目里买菜那会儿，真的只是单纯想要给大家省点钱，不是为了营造这种“特别”的人设啊！

“我觉得很好，网上反响特别好！行了，你别管，这是公司要做的事，你做自己就行。”

“我……”

“哦，对了，明天录制就结束了，到时候我来接你啊。”

“行吧，那明天再跟你说。”

勤奋人设就算了，竟然还有穷苦人设这种说法？！

虽说这几年下来过得是挺拮据的，但把这个当成是她的标签也太惨了点吧！

关知意越想越无语，想着等明天见到刘云的时候再跟她好好谈一谈。

第二天，艺人们都纷纷被带离了录制现场，关知意还是没看到刘云的踪影。

别墅的录制设备已经被收得差不多了，关知意一个人坐在客厅里，边玩手机边等着她。

又过了十多分钟，就在她准备打电话给刘云问问情况时，背后突然有人叫她。

“小五。”

关知意先是蒙了一下，然后猛地回头，这才发现原本只剩她一个人的别墅又进来了两个人，一个是最近跟她朝夕相处的肖燃，另外一个竟然是戚程衍！

“哥哥！你怎么来了！”关知意立刻起身小跑过去。

整整一个月没见了，心里本来就很想念他，现在他突然出现在这里，她有种想像小时候一样跑着扑过去的冲动。

但她知道现在到底还是跟小时候不同了，于是她到了他面前便停了下来，只是脸上还有掩不住的激动和欣喜。

戚程衍低眸看了她一眼，皱眉：“你怎么瘦了这么多？”

关知意立刻转了一圈：“是吧！我可减了整整七斤呢！体脂也降了超级多！”

“你们玩真的？”

肖燃在边上笑道：“大哥，我们录的是健康甩脂类的真人秀，你以为呢？”

关知意方才太过开心，这会儿才想起肖燃在这儿。

说起来戚程衍之前是提过跟肖燃认识的，这会儿一起出现倒也不意外，只是她满心都在戚程衍这儿，现在是一点都不想分出去了。

“你还没说你怎么来了呢。”

戚程衍无奈地捏了下眼前小了一圈的脸：“当然是来接你回家。”

已经到了年关，这次综艺录完关知意就可以休息了，年后再进组《朝野》。

本来她是打算自己回家的，没想到戚程衍会来。

“云姐还没来，她让我等她的。”

戚程衍道：“不用了，她已经知道我来了。”

关知意有些意外：“那我们现在就回家吗？”

戚程衍道：“你需要回你住的地方收拾一下？”

“也不需要，必需品这次录节目都带出来了。”

“好，那直接走吧。”

“嗯！”

戚程衍接过她的行李箱，示意她先往外走。

关知意跟肖燃打了个招呼：“再见。”

肖燃点头示意：“明年见。”

关知意点点头，朝门外走去。

肖燃看着她的背影，感慨道：“你这特地来接这姑娘，让我的好奇心越来越重了。”

戚程衍：“收收你的好奇心。”

“嘶……你确定不跟我说一下她到底是你的谁吗？”

戚程衍淡笑了一下：“不是说过了吗？”

“可你还来接人回家……能不能再给点关键词？”

戚程衍想了一下：“邻居。”

“嗯？！”

戚程衍拍了下他的肩：“行了，先走了。”

戚程衍和关知意一前一后走了出去。

“邻居？关……难道是……”肖燃微怔，“关元白家的？”

“燃哥，要走了吗？”这时，肖燃的经纪人走了过来。

肖燃没立刻回答他的问题，于是经纪人顺着他的视线往戚程衍他们离开的方向看去：“没想到关知意是戚总的人，这小丫头片子还有点能力啊。”

肖燃看了他一眼：“你想什么呢？”

经纪人理所当然道：“听说戚程衍要在娱乐行业大展手脚。他回国后，可有不少眼尖的明星前赴后继，郑亦桐你知道吧，听说她前段日子就在追人家。我啊，是意外关知意这种三线外的小艺人先得手。”

肖燃莫名笑了一下：“戚程衍是那么好让人得手的吗？”

经纪人：“那关知意……”

“她是个例外。走吧，我要早点回去休息了。”

肖燃没再多说。

关家和戚家家财势力不相上下，可关知意却一个人在圈里闯，这大概事出有因。既然她和戚程衍都不说，他自然不会再多嘴。

不过这下可以解释戚程衍怎么会亲自来接人了，以他和关元白的关系，帮忙接个人也不奇怪。

戚程衍今天没有自己开车，关知意看了眼坐在旁边的他，问道：“是他让你来接我的对不对？”

“还在生你哥哥的气？”

关知意轻哼了声，转头看向窗外：“他要是真的有诚意，就应该跟我道歉，亲自来接我。”

“看来我来接你不太行啊。”

关知意一愣，连忙道：“我不是这个意思。我、我喜欢你来接我的！”

戚程衍嘴角微微一勾：“哦，是吗？”

“是啊！我就是随口那么一说，表达一下他没什么诚意。”

戚程衍道：“他上次说知道错了，以后不那么说了。”

“真的？”

“真的，只是估计面子上挂不住，所以才让我接你回去。”戚程衍当两人的和事佬当得很熟练，“所以回家后，你也别太倔。”

关知意确实是好哄的，听到关元白知错后，心里立马降低了对他的怨念。

“节目播出我看了。”戚程衍道。

关知意闻言有些不好意思：“我还没看呢，是不是挺傻的？”

“没料到你生活能力挺强的，这些年你真就自己一个人扛过来的？”戚程衍看了她一眼，“你哥怎么想的，真能放着你一个人不管。”

关知意愣了下：“其实中间他有要帮我，但是前提是要我放弃现在的事业，我当然不肯了，而且我最开始就说过了，我靠自己也能生活，所以后来算是我自己不要家里帮忙的。”

“不觉得辛苦？”

“不觉得。”

戚程衍对于关知意那几年的消息其实是断层的，所以在看到新闻和综艺时心里才会觉得惊讶，他没想到小时候捧在手里宠的小姑娘，竟然还能活成这样。

“最近跟泓希怎么样了。”戚程衍随口问了句。

关知意没想到他会突然问这个，有些尴尬道：“啊……他啊，我这个月录节目不方便跟别人打电话，所以也没跟他联系。”

“嗯。”

戚程衍没有继续问的意思，关知意道：“所以是他跟你说什么了吗？”

“没有。”

“哦。”

“倒是他自己跟他爸妈说很喜欢你。”

“是吗……”

“怎么？”戚程衍看了她一眼，“你好像也没有很开心。”

关知意当然不痛不痒，不过如果要装她还是可以装的，只是不知道为什么，这会儿在戚程衍身边，她连装的欲望都没有。

“那哥哥……你觉得开心吗？”

戚程衍顿了一下：“我？”

关知意问出这句话的时候顿时意识到有些不对劲，她怎么问这个……她拧了拧眉，改口道：“我是说，我跟你表弟在一块儿，你会觉得……开心吗？合适吗？”

戚程衍看着前方，道：“如果你们真的互相喜欢对方，那可以说合适。”

“所以……你也觉得挺开心的，对吧？”

戚程衍伸手揉了下她的头，宠溺道：“你们这些小孩都开心的话，我会开心。”

小孩……

她都长这么大了，为什么还是小孩啊。

其实以前她是很喜欢他这么对她的，嘴里说着小孩，行为上比她哥哥还宠她。可是现在，她突然觉得不喜欢了……

真的，一点都不喜欢。

一个小时后，车子开进了御和公馆。

御和公馆位于京城黄金地段，紧邻湿地，自然环境十分优越。关知意从小就生活在这里，戚程衍的爷爷也住在这里。戚程衍小时候跟爷爷生活，所以也在这里生活了十多年。

车子开进去后，戚程衍先让司机开到了关家，等关知意下了车，他才让人折回。不过这个折回也没多远路程，几分钟后便到了戚家。

和戚程衍告别后，关知意拉着行李箱往里走去。

“小小姐回来了！”刚从门口进去，家里的帮佣陈阿姨就已经惊喜地迎了出来。

关知意嗯了声：“陈姨，爸和哥都在吗？”

“在呢，在呢，这会儿可能在书房。来来来，行李给我。”

关知意松了手，往里走去。

家里帮佣不少，大都是看着她长大的，所以见她回来皆是一脸欣喜。关知意打了一圈招呼才走到书房前，她抬手敲了敲门，听到父亲在里面说了声“进来”。

“爸。”关知意探进一个头。

关兴怀坐在办公桌后，关元白坐在他对面，两个人大概是在聊公司的事。

“回来了？”关兴怀道。

“嗯。”

“站那儿干什么，进来。”

“喔。”

关知意走了进去，把门带上。

“你怎么回事？”突然，关元白皱着眉头看着她。

关知意：“我怎么了？”

关元白上下打量她一眼，直接站起来拉了拉她的胳膊：“前段时间见你不是还……怎么瘦了这么多？”

关知意无所谓道：“减肥啊。”

“我不是跟你说了不要乱节食。”

关兴怀也跟着训：“小五，这话你哥说得没错，小小年纪怎么这么乱来！”

“没节食！就是健康减肥，运动瘦。”关知意道，“真的。”

关元白伸手直接捏住了她的脸，不满道：“之前就已经够瘦了，真不知道你怎么想的。”

“那是你觉得瘦，镜头可不会觉得……”

“你说什么？”

“没有，没有。”关知意也知道关元白和她爸其实是担心她，于是道，“行了，行了，我健康得很，不要我一回来就开始训人好不好。”

关元白和关兴怀看她这样，自然知道她肯定又是因为工作才减的肥。两人面上都显露不满，可一想起大过年的，两人又很默契地没有再说什么。

“你们刚在干吗呢？”关知意岔开了话题。

关兴怀道：“说你哥哥工作上的事。”

“我就知道。”

关兴怀：“你知道什么啊你知道……小五，最近跟华家那小公子怎么样了？”

真是……爸和哥问的问题怎么都跟程衍哥哥问的一模一样。

“好，好得很。”

“那就好。”

关兴怀又道：“对了元白，程衍回国挺久了吧。”

“嗯。”

“这样，你们平时也很少回来，要过年了，明天你们就去程衍家，给戚老爷子拜个年。”

关知意：“好啊！”

关元白：“知道了。”

第二天，关元白和关知意带着礼物去了戚程衍家。

关知意小时候常来戚程衍家里，跟戚老爷子关系好得很。进门后，她轻车熟路地走了进去：“爷爷！”

客厅里，戚程衍和戚老爷子戚名胜正在喝茶。

转头看到关知意小跑着进来，戚名胜眼睛都笑弯了：“哎呀，瞧这是谁啊，这不是我们的小公主嘛！”

关知意笑嘻嘻地凑了过去：“好久没来看爷爷了，给你带了点礼物。”

“你能来看我就很好了，还带什么礼物，快快快，坐。”

“嗯！”

戚名胜：“元白也别站着了，坐吧。”

“好的。”关元白坐下，“您老最近身体怎么样？”

“我好着呢。”戚名胜道，“不过我瞧着小五是不是瘦了些？”

“错觉错觉，我没瘦。”

“是吗？”

“是。”

“泓希那小子对你还好吧？”

关知意一顿：“呃……好，挺好。”

“那就好，你也是我从小看着长大的，嫁自家人，我放心。”

关知意有些不自然地笑了一下。

“哎，你们两个都跟小五学学，对象什么的赶紧确定下来啊！”话题一转，矛头突然对准了关元白和戚程衍。

关元白轻咳了一声："近两年公司那边有些忙……"

"又是这借口，忙忙忙，能忙到哪儿去？你跟程衍可真是一个样。"

戚程衍笑了一下，不置可否。

"不过还好，程衍算是有了点进展，元白，你可得赶紧的。"

关元白意外地看了眼戚程衍："进展？"

关知意怔住了："什么……进展？"

戚名胜幽幽一笑："小五，我给你程衍哥哥安排了一个好对象，两人见过面后还挺满意呢。就是杨家那个女孩，你认识吗？"

关知意眨了下眼睛，有点怀疑自己听到的话，她觉得戚程衍这种性子会去相亲是件很离谱很好笑的事。

可，她发现自己笑不出来。

她看着戚名胜嘴巴一张一合地说着话，心口突然升起一股难以言喻的憋闷。

"那姑娘比你俩哥哥小一岁，长得很漂亮的，过几天你们可以见见，都是年轻人，能聊起来。"

关知意转头看向戚程衍，他面色如常，可见戚爷爷并不是在开玩笑。

所以……他遇到喜欢的人了吗?

关知意轻吸了一口气，突然觉得心口被石头压住，而且越压越多，让她难以呼吸。

其实从他回来后跟他的接触中她就发现自己心境有点不一样，可是，她没想到会不一样到这个境地。

她不曾想到，听到他有了喜欢的人后，她竟然会觉得那么那么地……难过。

"小五，小五？"

"嗯？"

"发什么呆。"关元白道，"爷爷问你话。"

关知意回过神来，再抬眸时，眼底的迷茫已经被勉强压了下去："啊，爷爷，怎么了？"

"没事，就问你这么久没回来，都在忙什么呢。"

"这个啊，我前段时间录了个综艺……"

关知意跟戚名胜说她演戏和录制综艺时的一些趣事，只是她面上说得眉飞色舞，心里却总像压了一块石头一样难受。

后来，戚名胜回房休息，关知意和关元白也打算回家了。戚程衍送两人出门。

从戚家门口出来后，关知意站定回头。

戚程衍还站在门口目送："怎么？落东西了？"

关知意摇摇头，挤出一个笑容："爷爷刚才说的，哥哥喜欢的人是叫杨梦佳吗？"

“喜欢？”戚程衍笑了一下，“这事你还要八卦一下？”

“当然了，我记得几年前偶然见过杨小姐，确实挺漂亮的，是叫杨梦佳吧？”

戚程衍想了想：“是。”

关知意道：“所以你是真的很喜欢她吗？”

戚程衍敲了下她的脑袋：“问这么多，你想干什么？”

“就……好奇吧。”关知意身侧的手握紧了，“而且，你的女朋友不应该带给大家见见吗？”

“女朋友”三个字说得艰难。

戚程衍却是笑了：“女朋友？这么快就帮我下结论了，小孩还挺操心我的事。”

关元白：“你戚大少爷的婚姻大事谁不操心，多少只眼睛盯着你。”

戚程衍瞥了他一眼：“你好意思说我？”

“我家里还没到逼着我去相亲的地步。”

“哦，了不起。”

“是挺了不起。”关元白有些得意，“行了，小五，我们回去了。”

关知意被关元白拉走。

关元白并没有发现关知意有什么不对劲，只是他走着走着突然想起了一件事，拿出手机给戚程衍发了个消息。

戚程衍刚回身想进屋，手机就收到一条消息。

关元白：上次在酒店碰上你遮着的那女艺人不是你女朋友?

戚程衍脚步一顿，回头看了眼。

道路尽头，两个身影已经慢慢远去了。戚程衍看了眼关元白身边的身影，嘴角微微一勾。

戚程衍：不是。

是就有问题了。

关家过年，所有人都会一块儿吃年夜饭，地点是流动的，今年轮到关知意家。

中午，爷爷奶奶和大伯二伯几大家子人陆陆续续地到了。

关知意从楼上下来的时候，客厅里已经坐了一大堆人，但除了大伯的儿子关子迁之外，并未见到其他哥哥姐姐。

关知意走到客厅，一一跟大家打招呼，然后寻着借口走了。

想来其他几个都不在这儿的同龄人跟她想法一样——不想被当成长辈的靶子。果然，关知意走到楼下的活动室，就见着她两个哥哥在里面打台球。

“就知道你们在这儿。”关知意走了过去，“姐呢？怎么不在。”

“阿兮还没来。”说话的是大伯的二儿子关子裕，他比关元白还要长三岁，但是性子外放，欢脱起来更像是个弟弟。

“小五越来越漂亮了啊。”关子裕放下球杆，上前对着她的脸就是一阵捏。

关知意拿开他的手，不高兴道：“二哥，你能不能别一见面就上脸。”

关子裕笑：“你这小圆脸好捏啊。”

关知意站到了关元白后面，离他远些：“姐姐到底什么时候来？”

“那大小姐可忙着呢。”

“忙什么？”

关子裕：“当然是忙着吃喝玩乐啦。”

“哦。”

正这么说着，车库外面传来一阵跑车的轰鸣声。

关子裕微微扬眉：“这不，来了。”

关知意：“我去看看。”

活动室跟地下车库是同层，离得不远。关知意走到车库，果然看到一辆惹眼的蓝色跑车停在了一众车子间。

接着，车门向上打开，一双修长细腿踏了出来，但车里的人并没有立刻起身，而是弯腰把脚上原本穿着的平底鞋换成了一双细高跟，然后才幽幽地起身关车门。

“姐。”关知意招了招手。

不远处的女人拿掉了墨镜，露出美艳的脸庞。她看了过来，眉头微微一挑：“小五。”

这是一个连头发丝都十分精致的女人。

“你才来啊。”关知意趿拉着毛茸茸的拖鞋噌噌噌地跑了过去，“怎么没跟二伯他们一起？”

“刚和朋友结束下午茶。”关兮上下打量她一眼，“小五，你这又瘦了很多吧？”

“还好。”

“漂亮。”关兮眉头微微一扬，“早跟你说要减肥了。”

关知意：“是。”

“人都到齐了？”

“嗯。”

“那进去吧。”

关兮是关知意她二伯的独生女。二伯结婚生子比较晚，所以关兮只比关知意大一岁。

虽然她们几乎同龄，但关兮和关知意的性子和行事作风颇为不同。不过这并不影响两人姐妹情深。关兮眼高于顶、不可一世，但难得的是，从小对这个妹妹多有疼爱。

所以后来两人和长辈们打完招呼后，便窝到关知意的房间去了。

“你最近那个综艺挺好笑的。”关兮坐在她的床上，一边玩手机一边道。

“是吗……”

“听网上说，你和肖燃都要去演那部……《朝野》？”

“对，年后就开机了。”

关兮点点头：“总算有个能看的角色了。”

关知意有点无奈。

“你也是犟，你爸和你哥不让帮忙我们明面上就不帮了，你也不让我暗地里给你拉点关系……好在你最近总算有点红的趋势。”

“那也不算红吧。”

“那我好歹最近在网上老看到你。”关兮道，“对了，上回听我爸说，你有男朋友了？”

关知意一噎：“怎么大家都知道了？”

“这么要紧的事当然知道了！华泓希这个名字倒没听过，但他是戚程衍的表弟？”

“嗯。”

“那看起来还行，有时间带他出来见见我。”

关知意哦了声，敷衍道：“再看吧……”

关兮想了想，突然道：“不过我觉得也蛮奇怪，你相亲对象找戚程衍表弟，干吗不直接找戚程衍本人？”

“咳——”关知意一口水卡在喉管里，“咳，咳咳！”

关兮赶忙抽了张纸给她：“我说错什么了吗？戚程衍刚回国，这不正好？”

“咳咳……他，我……我跟他怎么可能！”

关兮疑惑：“怎么不可能？”

关知意缓了过来，她看着什么都不明白的关兮，喉间突然有些发堵。

怎么不可能？

是不太可能。

她小时候觉得他是哥哥，觉得他是大人，崇拜着，喜欢着，是习惯了的依恋；再次见面后，她欣喜若狂，很快就把当初“他突然离开然后很久不回来”那种怨念抛在脑后。

她对他总是这样，不管怎么生他的气，总是气不了太久。

她不知道自己对他的感觉怎么就变了质，不对，也许不是变了质……可能小时候就隐隐不一样，只是她没有发觉。

而戚程衍呢？她知道他一直把她当妹妹看，从小看到大，那种情感是根深蒂固的。

所以她不会也不敢去问什么表达什么，因为她害怕——怕他露出讶异又不解的模样，怕他笑着说他只是把她当妹妹而已……

而且，他现在好像已经有了中意的人，那她还能怎么说，怎么做？

念及“他已经有了意中人”时，心口又是一阵压抑。

自从那天从戚家出来，她就一直有这种感觉，无处宣泄，又无可奈何。

“说啊，怎么不可能？哦，难道是你嫌他年纪大？”关兮拧眉，“也还好吧，他应该只比你大六岁？”

“不是……”

“那是不够帅还是不够有钱？不会啊，我记得他长得很帅，也挺有钱。嗯……所以是他表弟比他优秀很多——”

“姐，你别瞎猜了。”关知意无奈道，“我们不说这个了好吗。”

“我只是想告诉你，另一半一定得配得上你才行。”

关知意挽住她的手：“知道了知道了，得跟你一样，准姐夫和你就是最合适最般配的。”

“江随洲啊。”关兮轻哼了声，微微颔首，“最般配不见得，但勉强合适吧。”

年夜饭开始了，一大家子人热热闹闹，一边吃一边聊天。

关知意照例给长辈们敬了酒，之后因为心情不佳，就只默默地自己喝，喝得晕晕乎乎后，不免有些心浮气躁，也有些……想他。

越告诉自己不可能，心里就越想他。

她真觉得自己是从小就被戚程衍宠坏了，所以一想到他以后会对另一个人很好很好时就会嫉妒。

这是不对的，可是，她控制不住。

“小五，你干什么，别喝太多。”关元白坐在她边上，注意到她喝了不少酒后，出声提醒了句。

关知意没应，低着脑袋突然道：“哥，你说程衍哥哥家现在是不是也很热闹啊……”

“应该吧。”

“他们家会不会有很多好吃的？”

关元白笑了笑，忽地想起了以前的事，调侃道：“怎么，还想跟小时候一样，跑到人家家里蹭年夜饭？”

关知意晃了晃脑袋：“你怎么知道我想去？”

“还想瞎胡闹？”

关知意往后推了下椅子：“我去了。”

关元白拉住她，难以置信道：“你还真去？”

“开玩笑的啦。”关知意拉开他的手，“我就是出去透透气，有点喝多了。”

关元白睨了她一眼，放下心：“别瞎跑。”

“知道知道。”

长辈各自聊着天，关知意下了桌，一时也没人注意到。

关知意走出小院，出了门。

冬夜的京城很冷，甚至还飘着小雪。离了暖气后，冷风迎面袭来。可不知道是不是喝了酒的缘故，关知意并不觉得冷，她径直往前走着，看似漫无目的，可迈步毫不犹豫。

不会像小时候那样放肆，大过年的跑人家里去了。

可是，还是想见他。

雪并不大，但走了一会儿，头发和肩膀上还是落了一层白。

拐过一个路口后，关知意抬眸一看，戚家大门出现在她眼前。她晃了晃身体，皱着眉转了个方向。

可走了几步又回头了。

要不然还是见一面吧，说句“新年快乐”就好。

她晕晕乎乎地纠结了好一会儿，最终还是给戚程衍发了条消息。

消息删删减减，最后发送。

关知意：有东西要给你，哥哥你到门口来一下。

发完后，她有些站不住，靠在了一旁的墙上。

说有东西给他，其实就是借口。

关知意伸手在口袋里掏了掏，给他什么东西好呢……

下一秒，几颗糖被她抓了出来，那是方才随手在茶几上拿的。

“咔嚓——”

几分钟后，传来大门打开的声音。

“小五？”戚程衍的声音传了过来。

关知意心口一跳，眼睛都亮了，连忙从墙后绕了出来：“这里！”

戚程衍站在门口，看到肩上、头上依稀有雪花的关知意愣了一下：“你没带伞吗？”

“忘了。”

戚程衍拧眉，上前拉住她的手腕把她往屋里带，然而关知意却站着没动。

“我不进屋，我就是路过，顺便给你……给你几颗糖。”

说着，她从口袋里掏了几颗奶糖放在戚程衍手里。

戚程衍低眸看了眼，失笑：“就为送几颗糖？这么出来不冷吗？”

“不冷呀，我本来就是要去买点东西的，顺便跟你说声新年快乐。”关知意往后退了一步，“那我先走了啊。”

关知意摆着手，身体还晃了晃。

戚程衍察觉不对劲，仔细看了她一眼：“你是不是喝酒了？”

关知意诚实地点头：“还喝了很多呢。”

“该夸你？”

“在家有什么关系，而且那是我爸珍藏的红酒，不喝可就亏了！”

听她这么一说，戚程衍还真无法反驳，他打量着她，不赞同道：“既然喝多了就不要出来买东西。”

“散散步消酒气嘛。”

“那你要走到哪儿买？”

关知意往后指了指：“就园区里那个便利店。”

“今天店里还有人？”

“有啊，他们是值班的，每年都有人。哥哥，你太久没回来不知道了吧！”关知意脸上笑意盎然，心里却强迫自己把视线从他脸上挪开，“唔……话我说完了，那我先去了。”

“你等等。”戚程衍喊住她。

“嗯？”

戚程衍没说什么，只是径直转回了屋里。过了会儿后，他拿了把伞出来：“走吧。”

“啊？”

“跟你去便利店。”戚程衍在她边上撑开伞，随手敲了下她的脑袋，“就这副样子还非得去买东西，也不怕摔。”

天冷，他的声线也是冷冷的，可为什么，她会觉得整个世界都是暖洋洋的呢……

“那……爷爷他们还在家里，你这么走了没事吗？”

“没事，吃得差不多了。”

“哦。”

“要去买什么？”

关知意也不知道要去买些什么，她想了想，只好瞎说了一个：“想吃冰激凌！”

“什么？”

“我就是突然特别想吃！走了走了，去买！”关知意拉着他的袖子奋力把他往外拉，半点不容拒绝。

便利店不算远，两人走了几分钟就到了。进店后，暖气迎面而来，关知意被吹得头都有些晕了。

这会儿吃个冰激凌清醒清醒正合适！

于是，她一下拿了三个，然后把其中一个递给了戚程衍。

戚程衍并没接，而是像训小孩子似的指挥道：“我不吃，你也吃一个就好，把这两个放回去。”

关知意不乐意了：“可我想吃到两个口味。”

“放回去。”戚程衍重复了一遍。

“要不我咬两口就扔掉？”

戚程衍面色淡淡地看着她，表面没什么，但威严感却是不动声色地压了过来。

关知意被盯了几秒后，默默回去退了两个。

再回来时，唯一一个冰激凌已经被戚程衍拿去收银台结账了。

关知意不方便露脸便没有过去，等到戚程衍往外走后，她才屁颠屁颠地跟了出去。

回程的路是一样的，走几分钟就能到。

以前她总是希望快点到家的，因为外面太冷了；可现在，她却希望这条路越长越好。

关知意一边吃着冰激凌，一边想怎么拖延时间，然后她突然停住了："哥哥，你看那边！"

戚程衍也跟着停住了脚步，顺着她指的方向看去。

她指的方向是湖心，此时雪花纷飞，湖亭一色，风景如画一般，那是他很熟悉却又陌生的画面。

"你出国后咱们这个公园改动过，不过没变的是，冬天站在这里，看出去的景色还是最好的，你记得吧？"

"记得，还是有些变了。"

"我每年过年那几天都会来看雪，有时候是一个人，有时候是跟我姐。不过小时候都是跟哥哥你来的，嗯……好像都是我非要你带我出来玩的。"

戚程衍想起过往的那些记忆，眸间也有了些柔色："你哥说冷不出来，所以你来折腾我。"

"对啊，我知道你肯定愿意陪我的。"

戚程衍笑了一下："是知道挑软柿子捏吧，嗯？"

"我可不敢说你是软柿子！"

戚程衍又想去敲她脑袋，结果关知意这次动作快，立刻躲开了。

他睨了她一眼："行了，回去吧。"

"等等，我先把冰激凌吃完。"

关知意慢吞吞地把最后的脆皮吃干净了。吃完后，她跑到垃圾桶边上丢了，又噌噌噌地跑回来。

戚程衍一直注意着她，因为地滑也因为有点醉酒，小姑娘走得一晃一晃的，看着十分好玩。

他眼中有些笑意，怕她摔着，在她走近后伸手探到她前面让她扶："吃个冰激凌都能这么高兴，还跟小时候一样。"

"不一样的！"不知道是不是最近几天思绪太重，关知意有些不想听到这样的话，私心里，她是希望自己跟小时候不同的。

戚程衍低眸看着眼前的人，因为她的话语疑惑了下。正打算说什么，就见眼前的小姑娘松了手，张开手臂仰着头看他："真的不一样的，我已经长大了，不是小女孩，是女人！"

参加完综艺后，她比他刚回来那会儿瘦了许多，脸蛋虽还是圆圆的，却更精致可爱。

此时她仰头看着他，雪色下，酒气未散，原本白得剔透的肌肤微微泛着红，黛眉下明亮的眸子闪烁，娇俏到晃人眼。

确实是女人，而不是小女孩了。

戚程衍眸光微敛，转开了视线：“嗯，知道了，小五已经长大了。”

“你是真知道还是假知道。”关知意借着酒劲，有些不依不饶的味道，“为什么我感觉你一点都不觉得我是大人，就跟我爸和我哥一样，总认为我还小……”

她喝多了，有点没事找事，可他还是耐心道：“你当然是大人了，只不过在我跟你哥哥、父亲的眼中，你还可以是小孩。”

他说出的话温馨又善意，可到底不是她想听的。

关知意抿了抿唇，眼眶有些红了：“为什么你现在要对我这么好啊……”

突如其来的一句话让戚程衍顿了顿，他有些哭笑不得：“我以前对你不好？”

“好啊，可是……也不是那么好。”关知意小声道，“要是很好很好的话，你就不会走了都不告诉我，也不会那么久不回来……”

她到底还是说了出来。

她知道在他心里，她就是一个小妹妹，所以他出国什么的根本无须跟她交代，也不需要为了她回来。而现在因为工作回国后，他照样拿她当妹妹对待，照样对她很好很好。

可他不知道，他离开后她难过、生气，还很想很想他。后来总算忘了他，做自己想做的事，可是他又回来了……他还跟以前一样对待她，所以让她一下子就乱了。

戚程衍压根儿就不知道关知意心里想的是什么，他看着她红通通的眼睛，只知道自己当初惹小姑娘难过了。

可那时实在是事出突然，他根本没有反应的时间就被送出了国。而后发生的很多事，让他根本抽不出时间回来，当然国内的某些亲戚也使出各种法子让他不能回来。

“我离开的时候没告诉你一声是我的错，但后来我让元白叫你接电话你也不接，给你寄过几次礼物你好像也不喜欢。再后来，你上了高中、大学，就去住校了。”

戚程衍想到当初“关元白让他别送东西了，因为关知意根本看都不看”的场景时，又无奈又好笑：“小五，你那会儿都不理我，怎么现在还怪起我来了。”

她一开始不理他，当然是因为她太生他的气了；后来她想理了，他却忙得顾不上她了。

她那时想，他没那么在乎她，也不会再回来了。所以，她没有再跟他联系。

“那就是你的错……”她嘟囔道。

戚程衍有点无可奈何，当初确实是他忙得焦头烂额，没顾得上她，但他没想到这个小丫头还挺记仇。

“行行行，算我的错。”戚程衍拍了下她的脑袋，“小酒鬼……”

“哼。”

“别哼了，回家了。”

“你还没说你为什么对我这么好呢！”

戚程衍看着她非要问出个答案的样子，张了张口，却发现还真说不出个所以然来。

好像是习惯成自然。以前觉得这是好朋友的妹妹，也是他看着长大的，所以自然而然就对她好；现在呢？觉得她对他而言跟别人是不一样的，所以就对她好了。

“大概，觉得你傻乎乎的吧。”

关知意瞪大了眼睛。

戚程衍笑了一下：“别说这些傻话了，喝多了话还真多。”

“……”

“走，送你回家。”戚程衍往前走去。

关知意心头冒着无名火，可也只能跟上他的脚步。

雪天地很滑，她心不在焉，走路也不注意，一个不小心就踩到冰面，结果就是一个趔趄，整个身体往后仰，好在戚程衍离得近，眼疾手快把她托住了。

托着她站稳后，戚程衍才皱眉道：“看路。”

“喔。”

戚程衍摇了下头：“抓着我手。”

一只手探到了她面前，关知意低眸看了眼，心里一紧，也不知道哪根筋又抽了下，突然就把他的手握住了。

掌心对着掌心，牢牢地牵住他。

戚程衍愣住。

他原本是让她拉住他的手臂，可没想到她直接握住了他的手。

很小的一只手，指腹下是细腻的肌肤，软软的、凉凉的……

“走吧！”关知意不等他有什么反应，牵住他就往前拽，“拉紧，不许让我摔倒啊！”

有那么几秒，关知意几乎是把戚程衍拖着往前走。

戚程衍眼底的错愕一闪而过，觉得有些不合适——大抵是她确实长大了，像小时候那样牵着，着实有些怪异。

可看着关知意被酒气熏得通红的侧脸，戚程衍又觉得自己好像想多了……这小孩应该对他只是像以前一样没任何戒心而已。

戚程衍抿了下唇，把她往伞下拉了拉，而后手从她手心抽出，转而搭住了她的肩膀，防止她再次滑倒。

关知意微顿，手心已空空如也。

很快，戚程衍把关知意送到了家门口。

“早点休息，这么冷的天别跑出来了。”戚程衍在她身后道。

关知意没回头，她摆摆手，示意自己知道了。

然后，她就听到了他离开的声音，鞋子踩在地上，很细微的踩雪声。

关知意在原地站了好一会儿，到底还是回头了。

戚程衍的背影已经远去，等会儿拐个弯就看不见了。

她看着看着，鼻子发酸，有点想哭，但她很快把那感觉憋了回去。

行了关知意，你现在对他所有的感情只是因为你的错觉，因为依赖产生的错觉。

他已经有喜欢的人了，所以以后……不要再任性了。

· 第四章 ·

年后不久，关知意进组《朝野》。

她进组的那天正好是《滚蛋吧，脂肪！》第四期更新的日子。前三期播放期间，该综艺不负众望登上了最近综艺火热度排名的榜首。

第一期开播前，大多数网友都是为了肖燃、林佳儿等人去看，但后面几期，有很大一部分观众是因为关知意一直追下去。

怎么评论关知意这个人呢？有个娱乐博主在微博上写了这么一段话，深受网友认同：

看着蒙蒙的，可爱又好逗的样子，其实内里跟长相并不相符。这姑娘生活能力爆棚，烹饪技能满点，解决事情也够果断。如果说节目里侯路和黄潇的笑点都是讨了喜剧演员这个巧，那关知意身上的笑点则是来得莫名其妙，她不是真的搞笑，也不是特地去搞笑，而是她天生自带喜感，认真买菜讲价都让人觉得很好玩。总之小圆脸实在太有观众缘了……

关知意的知名度随着综艺飞速增长，微博的粉丝数都翻了好几倍。但在一片“可爱”“好玩”的词汇中，还是有一些人拿她的作品说事。

不过说的倒也没错，过去几年她拍的电视剧确实不尽如人意，所以她现在能做的，就是把昭阳这个角色演好。演员没有代表作，被骂也无话可说。

关知意的戏份不是《朝野》拍摄的大头，也没那么早开拍，所以在她进组之前，主演李玄、肖燃、赵茗茗等人都已经先开拍了。

赵茗茗演的是郑亦桐之前想要的那个角色。她的演技一直是为众人赞赏的，由她替了郑亦桐，绝对没人有二话。

关知意在这个剧组里，除了一起录制过综艺的肖燃之外，跟其他人都不熟，所以大部分时间都是安安静静地在角落看剧本。

进组一周后，刘云给她带来了一个意外的消息。

"什么，老板换人了？"关知意惊诧万分，连盒饭都忘了吃。

刘云道："怎么，你是真的一点都不知道？我还以为戚程衍会给你透露一点什么。"

刘云还存着戚程衍正在追关知意的幻想……

关知意道："他不会跟我说这些的。"

"那行，我来告诉你也一样。其实早前我就知道这消息了，只是合同一直没签，不能对外透露。"刘云道，"戚氏收购了艺星，这应该是他们进军娱乐业的第一步。"

"真的假的……"

"那你以为戚程衍早前为什么会做《朝野》的投资人，还不是因为这个 IP 是艺星买的。"

关知意还是有些难以消化。她知道他这么做一定有他的理由，但是，她都想好要离他远一些了，偏偏现在他成了她的老板……

"行了，你也不用考虑这事，反正对咱们是有好处的。有戚氏雄厚的财力做后盾，我们艺星只会更好。"

"嗯……"

换老板确实不是公司艺人能参与的事，关知意虽震惊，但之后也没多问，只一心专注于拍摄当中。

进组一个月后，关知意饰演角色的重头戏即将开拍。

这场戏要拍的是肖燃饰演的沈斯伯将军战死被送回来，府中为他办丧事时，昭阳公主一袭白衣出了宫，在沈斯伯的棺前自白痛哭。

这是昭阳一生的重大转折点，前期她活泼可爱，是所有人尤其是沈斯伯的开心果；后期也就是沈斯伯死后，众多谜团出现，昭阳心如死灰，性子也发生了巨大的变化。

关知意记得从前她看小说，看到"沈斯伯战死，昭阳痛哭"这一情节时泪流满面，看完后一周都没有缓过来。

所以要演出小说描述的效果，对她而言也是个巨大挑战，正式开拍前的一整个上午，关知意都在低气压中度过。

中午吃饭时间，片场喧闹起来。

关知意远远地看了一眼，只见很多外来人员提着吃的进来了。

大概是有人来探班？

此时，她满心都扑在下午的那场戏上，所以并没放心上，只待在片场边上的休息区酝酿情绪。

不远处，几个主演和导演聚在一块儿，正在同一个男人打招呼。

"戚总，没想到你今天会来啊，怎么也没提前说一声。"导演道。

“没想打扰大家，只是过来看看。”

来人正是戚程衍。

他今天会来，大部分原因是前两天肖燃的邀请，而后他又想着这是关知意很看重的一次拍摄，所以便来看看她在这里怎么样。

不过，好像没看到她。

“来就来，还带了这么多吃的，不愧是老板。”肖燃调侃道，“哎，有没有我最喜欢吃的东西？”

戚程衍看了他一眼：“你喜欢吃的是？”

肖燃一口气没提上来：“前两天刚跟你说想吃黄桐楼的菜！”

“是吗，忘了。”

“啧……”

“行了吧肖燃，有得吃就不错了，还挑呢。”演皇帝的李玄笑道。

肖燃：“是是是，我的错行了吧！饿死了，开饭吧我们。”

“好啊。”

导演道：“戚总，您到这边来吃吧。”

“不用，你们吃就好，我随便走走。”

演员们都集中在固定休息区吃饭。大家往休息区走去的时候，戚程衍拉住了肖燃：“她人呢？”

“你说知意啊。”肖燃张望了下，指了指不远处，“那个，穿鹅黄色裙子的那个。估计是坐在那儿等开饭。”

戚程衍远远也看到了：“那我跟你们一起过去吧。”

“行。”

戚程衍带来的人已经把吃的喝的都摆好了，演员和工作人员兴高采烈，都已经拿起筷子准备吃东西，不过刚吃了几口就看到戚程衍朝这边走了过来。

说起来，眼前这个男子的年纪并不大，可毕竟是他们最大的金主，所以在他面前难免会有些拘谨。

但拘谨归拘谨，该侧眸的依旧偷偷侧眸。

早听闻戚氏这个年轻的总裁长得俊朗，这么一看还真是，站在如今最火的流量明星肖燃面前都丝毫不逊色，反而更有一种说不出的沉稳气质。

“一起吃点吧还是。”李玄见人过来便招呼了声。

“没事，你们吃。”说完，戚程衍的目光落在了几米外小角落里那个人的身上。

那人竟然一点都没有去看吃的，也压根儿没注意到他来了，只一脸恹恹的，也不知道在想什么。

身体不舒服？

关知意其实注意到吃的了，但是大概是压力太大，她现在一点吃饭的动力都没有。

“知意，怎么不吃啊。”这时，饰演皇后的赵茗茗坐到了她边上。赵茗茗和关知意的对手戏挺多的，所以两人这段日子下来也熟悉了许多。

关知意："我不太饿。"

赵茗茗了然："是因为下午的戏吧？"

关知意被看透，有些不好意思。

赵茗茗道："这场戏虽然重，但相信你可以的，放轻松。"

"嗯……"

"来，先吃点吧。"赵茗茗玩笑道，"金主送来的，味道不错。"

"金主？"

赵茗茗点了下头，靠到她边上小声道："好像跟肖燃是挺好的朋友，就那个……你看，长得还真帅，跟我印象中的老板不太一样，哈哈。"

赵茗茗完全就是跟关知意闲扯一下而已，但她没想到的是，她话刚说完，戚程衍竟然朝她们走了过来。

赵茗茗愣了一下："我、我讲话很大声吗？"

赵茗茗吓到了，其他人心里也惊了一下。他们眼看着戚程衍朝关知意和赵茗茗的方向走去，等到看到他站在那桌前面时，第一个念头就是，戚程衍好像跟他们这位小皇后认识啊。

他们完全没有想到关知意身上，因为关知意在他们眼中不过是个最近刚刚有点热度的小演员，赵茗茗可是一线女演员，当然更可能博得大老板关注。

大家虽然脸上没什么，但心里的八卦之魂已经在熊熊燃烧了。

"怎么不吃饭？"戚程衍站在那里，问了句。

赵茗茗仰头看着他，惊吓了半天后，猛然发现这人压根儿不是在跟她说话。

她缓缓转头，看向边上已经愣住的关知意……

"身体不舒服吗？"戚程衍又问了一句。

关知意这才回过神："你怎么来了？"

"探班。"

"喔……"

戚程衍又重复了一遍："是不是身体不舒服？"

"没有。"关知意讪讪道，"我就是今天没什么胃口。"

"那你想吃什么，我让人去买。"

关知意的余光看到众人都在看她，连忙道："不用，我吃这个就好，我吃一点点。"

"嗯。"戚程衍见她肯拿筷子了，也就没再说什么，直接在旁边的位置上坐下。

赵茗茗的视线在两人之间转了又转，默默地起身："知意，我去拿点水果。"

"好。"

赵茗茗觉得自己好像知道了什么不得了的事情，赶紧先走了。

她走后，这桌就剩他们两人了。

关知意小声道：“哥哥，你怎么今天来探班？”

“肖燃一直念叨，而且我想着你进组也挺久了，来看看。”

“这样……”

自过年后，又是一个多月没见着他了。

关知意原本觉得自己心态已经调整得差不多了，可现在看到他，那种矛盾的喜悦感让她有种前功尽弃的感觉。

“还需要拍多久？”戚程衍问道。

关知意有些心虚，低着脑袋没去看他：“我的戏份大概还要拍一个月。”

“嗯。对了，爷爷下周生日，会举办一个生日宴。”

关知意早前就听关元白提过这事了：“我知道的，那天我会请假回去一趟。”

“忙的话也可以不去。”

“还好，我戏没那么满，而且爷爷去年生日我就没回去看他，今年一定得回去。”

两人有一搭没一搭地聊着天的时候，不远处的工作人员都已经看呆了。

之前剧组的人并不知道戚程衍曾经为了关知意，在剧组的演员名单上动过手脚，挤走了郑亦桐，所以现在大家对两人竟然认识而且还很熟悉的样子很是震惊。

震惊的同时也想着，原来组里最不能惹的人，竟然是看起来最好欺负的关知意……

吃完饭后，关知意被带去上妆，为下午的戏做准备。

上妆大概用了一个小时，等她准备好去拍摄地的时候，已经不见戚程衍的踪影。她想着他应该已经走了，也就没有再特地跟他联系。

几分钟后，关知意到了拍摄片场——沈府。

“知意来了是吧，来来来，过来。”导演朝她招了招手。

关知意提着那身纯白色的袍子走了过去。此时肖燃已经就位，他等会儿要扮演一个死人，此时脸上的妆毫无血色。

“这场戏到时候开始是这样……”导演开始讲戏，但大部分都是对关知意讲，因为这场戏肖燃躺着就行了。

讲了好一会儿后，导演拍了下关知意的肩：“这场我要求会比较高，拍不到满意我会一直拍，你做好心理准备。”

关知意：“明白的，导演。”

“行，你过去吧。”导演说完拿起了对讲机，“都准备好了没有，清场，无关人员都给我出来！”

众人陆陆续续动了起来，关知意也走到了沈府门口，准备开拍。

这场戏的开始是她领着一道假圣旨进来，要求开棺。

昭阳是皇帝的亲妹妹，而沈斯伯是从小跟在皇帝身边的，所以两人也算一起长大，而且昭阳对沈斯伯早就情根深种。如今，沈斯伯莫名死亡，昭阳完全不能够接受。

他的死，尽是谜团。

生前为国而战，死后却背上害死数十万将士的罪名，他虽是将军，这次的葬礼却简单到凄凉。

没有人敢来吊唁，皇帝也不允许昭阳公主过来。

可她就是要来。

来便罢了，还带了圣旨！因为她知道，除了圣旨，没有什么敢让人开沈斯伯的棺！

一切准备就绪。

关知意闭了闭眼，在导演一声“action”中进入了状态。

大门打开，白绸和落叶飘动，一个身穿白衣的女人从门口走了进来。

沈斯伯此时是罪人，所以府里有士兵把守，见有人进来，士兵立刻阻拦。

“什么人！未经允许，任何人不得进入沈府。马上出去！”

“我要看他。”昭阳公主眼无波澜，声色淡淡，整个人似一摊死水。

她分明是没有表情的，可是不知道为什么，却让旁人感觉到一股无名的压抑。

“中书大人有令！谁都不许来吊唁沈斯伯！”

“他的名字也是你能叫的！”昭阳眼神一厉，一脚踹了过去！

士兵被踹倒在地，边上的人一下围了上来。

就在众人要上前制住她的时候，昭阳举起了手中的绸卷。

“圣旨在此，皇上有令，命尔等开棺！”

“怎么可能……你到底是什么人，敢假传圣旨！”

“假传？”昭阳眼底闪过一抹嘲笑之意，“我是昭阳公主！皇上是我亲哥哥，这世界上没有几个女人比我更尊贵！你觉得我拿的圣旨，会是假的？”

……

场外鸦雀无声，工作人员和其他演员都被关知意的表演惊到。

镜头前的导演静静地看着关知意，心里也满是错愕。

在关知意演这场戏之前，她的戏份都是沈斯伯死之前的，所以此前她在大家眼里一直是一个活泼可爱、骄纵大胆的小公主形象。关知意本身就长得娇俏可爱，所以之前的拍摄对她来说完全没什么压力。

但今天这场戏显然跟她本人一贯的形象不符。所以在开拍前，导演已经做好多次重拍的准备。

此时，导演看着镜头里的关知意，只觉得意外……

没想到，她能将公主那种高人一等、生来尊贵的气质拿捏得恰到好处。

“可以，再保一条。”这一场戏拍完后，导演对着对讲机道，“知意不错。”

关知意收敛了情绪，朝导演的方向点点头，回到了原位。

第二条顺利拍完后，下一场继续。

在工作人员准备的时候，导演无意中回头，竟发现戚程衍站在他身后，正默默地看着镜头。

他惊了一下，示意边上人给戚程衍让位。

戚程衍抬了抬手：“不用。”

导演点点头，回身继续看向镜头。

其实戚程衍在关知意拍之前就已经到了。他一开始只是想随意看看，所以也没告诉她他还没走。但现在来了之后，看到关知意拍摄的样子，他突然觉得来值了。

在他心里，她一直是个可爱的小妹妹，但今天她让他感觉有些不一样，即便只是演戏。

此时，镜头中的关知意饰演的昭阳骗了众人，让人开了棺。

而棺木里，肖燃饰演的大将军安静地躺着。

昭阳站在一旁，静静地看着沈斯伯。良久后，她忽地笑了下，弯下腰，伸手想去抚摸他。

“公主。”沈府的老管家含泪阻拦，“老奴不知道皇上为何要您来开棺，可不管怎样，将军已失了性命，您、您就让他安息吧……”

“安息……不能安息。”昭阳缓缓收回了手，神情有些恍惚，“我还没嫁给他呢，他怎么能安息……”

一言既出，府里众人都愣住了。

嫁？

别说沈斯伯现在是罪人，就算不是，也没听说昭阳公主要嫁给他啊。

“公主，您……”

就在这时，昭阳一把解掉了白色的外袍，白色晃过镜头，下一秒，竟见原来一身白衣的昭阳公主已是绣凤嫁衣加身！

红衣素手，在一片雪白的府中，是那样触目惊心。

“沈斯伯，我来嫁给你了……我早说过的，不管你怎么样，我都要嫁给你的。”

镜头外看着这个画面的人鸦雀无声，尤其是当后来镜头拉近，关知意的脸完全显露在镜头里的时候——平时看着娇俏可爱的人，此时完全是另一种气质，美得惊心动魄，让人完全移不开视线。

“把她带回来。”

画面一换，一身常服的皇帝来了。

宫女奉命上前把昭阳带回，可昭阳的手却死死地拽住棺木边缘。

皇帝：“昭阳！还不过来！”

昭阳拒不离开，眼睛已经红得瘆人：“不要……”

宫女不敢下重手，迟疑地回头看着皇帝。

此时，屋里已经跪了一片了，所有人都低着头。

皇帝深吸了一口气，命令道：“马上给我把她带回来！”

皇帝发话了，两个宫女这才敢用力地去拉她。

原本这场戏在昭阳痛哭着被两个宫女带离时就完了，可关知意在挣扎时动作过于激烈，膝盖狠狠撞上阶梯，看着都疼。

导演愣了一下，下意识就要喊停。可下一秒，只见关知意缓缓往上攀爬，痛哭着继续。

导演目光定在镜头里，没有打断。

满眼的绝望和凄凉，昭阳哭得太痛了，仿佛要把一开始进场时就压抑着的痛苦全部爆发出来。

场外所有人看得大气都不敢出。谁能想到，关知意第一场哭戏共情能力爆棚，把在场人的眼泪都快逼出来了。

而戚程衍看着镜头里摔在地上痛哭的关知意，心里微堵。虽只是演戏，但看着她哭的样子，他还是心疼了。

"Cut！"

总算是结束了。导演起身，看着不远处的关知意，对着对讲机道："过。"

《朝野》的导演出了名的严苛，一条过的例子甚少，就连李玄这种以演技出名的人都经常要保一条，可关知意竟然一条过了。

众人惊讶归惊讶，但不得不承认，这场戏演得是真的好，那种绝望的哭声，听得人都想流泪。

戏结束了，但关知意显然是太过悲痛，一时半会儿出不了戏。她被工作人员扶起来的时候，整个人还哭得发颤。

肖燃从棺中出来，看到关知意哭得稀里哗啦也是一脸动容。他走上前拍了拍关知意的肩，安慰道："知意，没事了没事了。"

关知意侧眸看了他一眼，顿了顿，哭得更狠了。

肖燃一愣。

工作人员无奈道："燃哥，你还是让让吧，她看到你估计更想哭。"

肖燃抓了抓头发，有些无措："也是哈……"

关知意后来被带进休息室里，在沙发上平缓情绪。

戚程衍是眼看着她进休息室的，他跟着去了休息室门口，看了眼在门外徘徊的肖燃："有人给她上药了吗？"

肖燃："啊？"

戚程衍拧眉："她刚才摔了，让人去准备药。"

肖燃是闭着眼演的，所以没看到关知意摔倒，听到戚程衍这么说才惊道："哪儿，哪儿受伤了？"

"膝盖。"

"等会儿啊——小杨！小杨你去把医药箱拿过来！"

助理小杨忙应道："哎，好的！"

关知意一个人进组，没带经纪人也没有助理，所以她受了伤并没有工作人员第一时间过来。戚程衍在门口接了肖燃助理拿过来的药箱后，转身便进了休息室。

肖燃不放心，也默默地跟了进去，不过他倒没走到关知意面前，因为他怕她看见他这个“死人”更想哭。

现在休息室里只有关知意一人。方才她进来后为了调整情绪，让两个送她进来的工作人员出去了。此时她听到脚步声，以为是工作人员不放心又回来了，她头也没抬道：“我没事，你们现在不用管我。”

“摔得那么狠，真没事？”

关知意听到这个声音，先是愣了一下，然后才难以置信地抬起头。

戚程衍看到她哭得红肿的眼睛，脸上没什么，心里却觉得硌得慌。

这小丫头，什么时候哭得这么伤心过了。

“膝盖看看，有没有肿？”戚程衍在关知意边上的椅子上坐了下来，示意她把裙子挽起来，“刘云还没给你安排助理吗？她——”

说话声戛然而止。

因为眼前的人呜咽了声，突然朝他扑了个满怀。

戚程衍微怔，抬手想拉开她，却感觉到她的手更紧地圈住他的脖子，好像又哭了。虽然没发出声音，但他察觉到脖颈处有些凉意。

心口很怪异地抽动了下，他没再打算拉开她，而是伸手拍了下她的背，是安抚也是关心：“疼不疼？”

“疼……”关知意哽咽的声音闷闷地传出来。

“疼要擦点药，别哭了。”

关知意心里本来就难受，方才看到戚程衍出现的时候，痛苦和难过好像都找到了支点，所以想都没想就扑过去了。

现在闻到他身上淡淡的味道，心里就觉得很安心。

戚程衍继续安抚道：“你演得很好，刚才导演夸你了。”

“真的吗？”关知意松开了手，眼睛扑闪着盯着他，睫毛上还带着泪渍。

戚程衍笑了一下：“真的，说你的表现出乎他的意料。”

关知意吸了吸鼻子，阴郁的情绪慢慢散了：“那就好……我还很担心来着。”

“一条就过了，说明演得很到位。”戚程衍道，“我也挺意外。”

关知意听到他这么说，有些不好意思：“我就是尽力……”

“嗯，那你先涂点药。”戚程衍把药箱里的药拿出来，“助理还没给你安排？我看刘云是不想干了吧。”

关知意愣了下：“没有没有，云姐说在找了，这两天就能上岗。”

戚程衍哦了声，但显然没有很满意刘云的工作效率。

关知意没敢再说什么，只低头把裙子撩了起来。

两条细嫩纤长的小腿就这么露了出来，在红裙衬托下，白得发光。

戚程衍看了眼，顿了顿，转开了视线。

“自己能上药吗？”他突然觉得自己给她上药不太合适。

关知意只专注地盯着自己膝盖处的红肿，闻言点了点头："可以的，哥哥你帮我打开。"

"好。"

外头在准备下一场戏，大家都在忙着，只肖燃一个人在他们不远处，但并没有靠近。

他远远地看了一会儿后，有些疑惑地摸了下下巴。

原本戚程衍对关知意关照是理所当然的，毕竟那两家人本来就走得近，而且还有一起长大的情分。可不知道为什么，虽然他知道两人不是那种关系，但他还是觉得他们两人之间有一种外人插不进去的默契感。

就比如现在，看到戚程衍跟关知意在一块儿，他突然觉得，自己还是不要过去的好。

那场哭戏之后，好多演员都对关知意有了不一样的认识。

之后她又在剧组拍摄了四天。第五天，她请了假，赶回家参加戚老爷子的生日宴。

放在以前，她不受经纪公司重视，经纪人也不会太关注她请假的原因。但自综艺火了之后，她请假也特地跟刘云打了报告，撒谎说自己父亲有点事必须回家，刘云才同意。

戚老爷子的生日宴办得不大，就在自家大院，请的都是相熟的朋友和亲戚。

关知意先回了趟家，准备晚上六点的时候再跟关元白一同去生日宴。结果时间还没到，先接到了华泓希的电话。

这段日子她在剧组拍戏，所以完全没有跟华泓希见过面，但是两人偶尔会聊一下微信，互通一下家里人的动向。

"喂？"

华泓希："知意，听哥说你今天也会来参加我外公的生日宴会啊。"

"对啊。"

"我已经在外公家了，你在哪儿呢，要不要我去接你？"

关知意听到他今天也会在，想起自己又要演戏，有些头疼："我晚点再去……"

"行，那你来了告诉我啊。我跟你说，今天已经被外公拉着说你说了一天了，我快晕了。"

关知意对他的遭遇深表同情："辛苦了，辛苦了。"

"辛苦倒不辛苦啦，反正你来了之后告诉我一声，晚点见啊。"

"行。"

六点钟，关知意和关元白带着礼物去了生日宴。进门后，他们将东西转交给管家，然后给戚老爷子问好。

今天除了长辈，还来了不少年轻人，大多是老爷子的孙女孙子和外孙，因为跟在戚老爷子身边长大的只有戚程衍，所以在戚家这辈里，关知意也只是跟戚程衍熟。

“知意！”就在她和关元白打完招呼往后院走时，华泓希从前面走了过来。

“元白哥好。”华泓希规规矩矩地问候道。

关元白嗯了声：“你们聊，我去一下那边。”

华泓希：“好的，元白哥！”

关元白走后，华泓希一把勾住了关知意的肩：“好久不见啊，我怎么感觉你又变可爱了。”说着就想上手捏她脸。

关知意一下扣住了他的手腕，从他臂弯里钻了出来：“不许动！”

华泓希看着她笑：“嗯，生气的样子更可爱！”

关知意睨了他一眼：“彩虹屁就别说了。”

“真情实感，哪是彩虹屁。”

“少来——”刚想再吐槽他两句，关知意的目光突然定住了。

华泓希顺着她的视线看去，一脸了然：“没想到吧，今天能在这里看到我哥的相亲对象。”

关知意并不确定就是那个女人，方才只是看着她有些面熟，然后又见她和戚程衍一起出来，心里隐约有猜测。现在华泓希这么一说……竟真是。

“这个杨小姐在哥没到家之前就已经到了，还陪着外公说了好一会儿话。”华泓希道，“我跟你说，外公特地邀请她来，我看着是很满意这女的。”

关知意安静地看着，心里想着戚爷爷满意也是有道理的吧。这个杨小姐家世、学历都不错，现在这么看着，样貌也是很好的，大气温婉，一股子成熟女人的气质。

跟她完全不一样的风格。

原来他喜欢这样的。

“走吧，咱们过去跟他们聊聊天。”

“我有点饿，我想吃点东西。”关知意回过身，往相反的方向走去。

“啊……行行行，那我陪你去吃点。”

关知意没搭话，只是心里突然有些压抑。

之后，两人就坐在糕点那边，一边吃喝一边闲聊。

华泓希这人完全是话痨，八卦体附身，没一会儿就把在场的人八卦了一半。

“那姑娘是谁啊，你认识吗？”华泓希指了下不远处穿长裙的女人，那女人身材修长，尤其性感。

关知意摇摇头：“大概是哪家的小姐。”

“身材够辣的。”

关知意叼着吸管问道：“你喜欢这款的？”

华泓希乐呵呵道：“还不错。”

“那你不去跟人家聊聊。”

“嘶……怎么说话呢，我现在在你边上呢，我可不是那种人。”

关知意瞥了他一眼："少装了。"

"你说得我像渣男啊，你这个正牌女友在这儿，我可不会去勾三搭四。"华泓希欠揍地笑了一下，"顶多你走后我偷偷跟人家要个微信。"

关知意扬了扬眉，立刻会意："得了，明白。那我先进去跟爷爷聊聊天，你去勾三搭四吧。"

"这么客气？"

关知意敷衍道："应该的。"

华泓希嘴上这么说，但在戚名胜和戚程衍的眼皮底下，他是万万不敢造次的。

所以关知意进屋去找戚名胜后，他也赶忙跟了进去。

"小五，有没有吃点什么呀？"戚名胜对关知意的态度跟对自家孙女一样，宠得很。

关知意在他边上坐下："吃了一个小蛋糕，喝了一点果汁。"

"啧，只吃这么一点可不行，爷爷不是给你准备了好多吃的嘛，你都没吃啊。"戚名胜看了眼华泓希，"你这小子，怎么也不知道照顾小五。"

华泓希冤枉死了："我有让她吃，她不吃。"

戚名胜："小五，是东西不合你胃口吗？"

"不——"

"是在控制体重吧。"这时，戚程衍进来了。

关知意抬眸看过去，只见那个杨家小姐也尾随他进来了。

她跟这个杨小姐只在很多年前的某个聚会上碰过面，不熟，所以这会儿也只是微微点头示意便转开了视线。

"这不很瘦了吗，还控制体重呢。"戚名胜道，"小五，健康要紧啊。"

"我知道的，我会吃。"

戚程衍看着关知意乖巧应下的样子，轻笑了一声："敷衍爷爷倒是在行。"

关知意一顿："我、我才没敷衍爷爷呢！"

"是吗，那等会儿我看着你吃。"

关知意微微瞠目："我又不是小孩。"

戚程衍淡定往后一靠："这不吃那不吃，还不跟小孩一样。"

关知意说不过戚程衍，只好转向戚名胜："爷爷……"

戚名胜睨了戚程衍一眼："别理他，爷爷相信你肯定会好好吃饭的。"

"嗯！"

戚程衍摇了摇头，显然是对自家爷爷的偏心无可奈何。

"梦佳啊，你今天怎么样啊，吃得不错吧？"

一直安静坐着的杨梦佳见戚名胜问话，连忙道："爷爷您放心，我吃得很好。"

"行，那就好。"戚名胜对戚程衍道，"程衍，梦佳可是我们的贵客，你可得负责好。"

杨梦佳：“您别这么说，也别把我当客人，我自己能照顾好自己。”

“哦，对对对，你看看我。”戚名胜意味深长地看了眼戚程衍，“你可不是客人。”

戚程衍却压根儿没接戚名胜的话，自顾自地拿起一杯茶抿了一口。

杨梦佳可能是觉得有些尴尬，于是转开话题道：“泓希和知意是在一起吗？刚在外面听别人说，有点意外。”

华泓希：“对啊，我们在一起好几个月了呢。”

杨梦佳笑道：“真好，你们俩很般配哦。”

戚名胜：“是啊，小五可是打小在我眼皮底下长大的，我都舍不得她嫁到别人家去，要是以后能嫁到我们家来，那我可就开心了。”

“外公我努力啊。”华泓希笑嘻嘻地说完后突然道，“哎？我突然想起，知意，你应该叫外公吧！”

关知意一愣：“啊？”

华泓希玩笑道：“应该跟我一起叫外公，怎么能随哥叫爷爷啊。”

关知意听完，下意识看了戚程衍一眼，正好戚程衍的目光也转了过来。她心口一跳：“我……我习惯了。”

华泓希：“这可不能习惯。”

“是娶到人家了？”戚程衍看了华泓希一眼，帮关知意解围，“还挺着急让人改口。”

“没有呀。”华泓希乐呵呵道，“我这不是开玩笑嘛，对吧知意。”

关知意：“哦……”

关知意今晚还要赶回剧组，所以待了一个小时便要离开了。华泓希被戚名胜喊出去送她，两人到车库开车的时候，正巧杨梦佳和戚程衍也下来了。

“不能明天再回去？”戚程衍问了句。

关知意一点都不想看到戚程衍和别的女人走在一块儿，她闷闷应了一声：“明天一早还有拍摄。”

“那你注意安全。”

“我知道的。”

华泓希从驾驶座上探出头：“哥，你可太操心了吧，我不是在嘛，我一定把咱小五完好无损地送回酒店。”

戚程衍瞥了他一眼：“好好开车。”

“得令！”

关知意上了副驾驶座。车刚刚启动的那几秒里，她还是忍不住看了眼后视镜。

那个熟悉的身影帮着杨梦佳开了车门，绅士又礼貌。

在送杨梦佳回去的路上，他们会说些什么呢？或者，他们其实不会马上回去？毕竟那两人互有好感，说不定是换个地方约会去了……

关知意深吸了一口气，强迫自己收回视线。

算了，关她什么事。

另外一边，戚程衍也将车开出了车库。

“谢谢你送我回家。”杨梦佳打破了车里的安静氛围。

戚程衍：“你是客人，应该的。”

还真会拉开距离。

杨梦佳笑了下，又挑了个话题：“我记得以前见过知意的，不过那时她还很小。”

“是吗？”

“嗯，不过现在看着也很小，就是长高了。她是娃娃脸，很可爱。”

戚程衍嘴唇极淡地弯了下：“嗯。”

“看爷爷和你对她的态度，你们应该很熟吧？”

“住在一块儿，自然很熟。”

“真好啊。”

戚程衍看了她一眼，有意结束话题：“杨小姐，今天谢谢你来爷爷的生日宴。”

“你可以不用叫我杨小姐，很生分。”

戚程衍道：“我们本来也没有多熟悉，您说呢。”

杨梦佳轻笑了声：“人都是从不熟到熟的，我们不如就从喊名字开始。我知道你现在可能对我没意思，但是你也清楚我们是合适的，所以完全可以试着接触接触。”

“当初相亲有我爷爷逼的成分在，我去了他便一直自我感觉我对你是有意思的。”戚程衍侧眸看了她一眼，虽淡淡笑着，但眼底却是冷的，“不过，我想我跟你说得挺清楚的。”

“我知道，我也很明白。”杨梦佳道，“但我是真心觉得咱俩挺合适，你现在接受不了也没关系，感情都是培养出来的，来日方长。”

戚程衍微微扬眉：“那杨小姐可要失望了。”

杨梦佳支着脑袋看着他：“戚总，你就不能对我们的未来乐观点吗？”

回到剧组后，关知意继续投身在拍摄当中。

半个月后，马上击鞠戏即将开拍。

这场戏在剧本中情节靠前，所以这天关知意和肖燃等人化的都是少年版的妆发。

“还有一周我就要杀青了哦。”赵茗茗感慨道。

关知意拍戏到现在，和大家相处起来已经没有了早期那种拘束感：“我也差不多了。”

李玄：“我还得一个月呢。”

关知意笑道：“李老师辛苦了。”

李玄：“到时候我杀青了，咱们私底下记得要约个饭啊。”

赵茗茗玩笑道：“那得看咱们燃哥有没有时间啊。”

肖燃正在镜子前整理妆发，闻言道：“你们都有时间，我敢没时间吗？”

“你这个空中飞人，谁知道。”

“挤也得挤出时间来啊。”肖燃说完看向关知意，“知意，你杀青后有什么安排？”

关知意：“唔……可能有一档旅行综艺要去参加，戏的话还在选。”

“燃哥这边准备好了吗？”众人正闲聊，有工作人员进来了。

化妆师道：“哎，马上好。”

“那老师们先出来吧，准备一下。”

关知意等人纷纷起身往外面走去。

这场戏是皇帝还是太子时，同太子妃、昭阳公主、沈斯伯一同上场击鞠的场景，骑马飞奔的动作都是由替身演员完成的，但近景拍摄演员必须亲身上阵。

关知意小时候其实是骑过马的。那时关元白和戚程衍喜欢马术，她瞧着他们骑马觉得有趣，便让两人带自己一块儿，结果她上马被带了几圈后就不玩了，只觉得马骑着完全没有看着好玩。

再后来骑马就是进这个剧组了。这两周下来，除了肖燃这个本身会骑马的，其余几个演员都进行了骑马特训。

等肖燃妆发完成出来后，几人便正式开拍了。

关知意被工作人员扶上马，开始骑着马走戏。

一开始都很顺利，四人在各自的位置走位，完成指定的表情和动作。

中途有一个肖燃击球，然后球进框的场景。

这个场景，现实里只需要肖燃弯腰把地上的球击出去就行了。肖燃骑马很在行，侧身、击球，姿势流畅，动作完成得十分好看。

然而谁都没有想到的是，被击中的球飞的方向不对，竟然打在关知意的马身上。

球速过快，众人都还没反应过来，就见马受到惊吓，长啸一声，前脚立刻腾空，整个身子往后仰！

“啊——”事情发生得太突然，关知意来不及拉住缰绳，瞬间从马背上摔了下来。

“知意！”

“知意！”

事发突然，在场的人都吓傻了。反应过来后，离得近的工作人员立马把马拉住了，其他工作人员则赶忙冲过去看关知意的状况。

“怎么样？有没有哪里疼？！”工作人员着急问道。

关知意强忍着脚踝的痛感道：“脚，脚好像扭了。”

“医生！先让组里医生过来，马上叫救护车！”

“好的！”

肖燃也从马上下来了：“你没事吧？你怎么样？！对不起对不起，我不知道球会打马身上！”

“没事，你又不是故意的。”关知意见肖燃一脸愧疚，摆摆手道，“真没事，你别担心。”

肖燃看着关知意痛得脸都发白了还反过来安慰他，一下子都快被愧疚心杀死了：“医生呢！快点啊！”

肖燃人气高，片场总是聚集了不少私生粉。关知意被送去医院后，他妆发齐全，一时还真没办法在私生粉的眼皮子底下出去，而且经纪人也不会允许他这样去医院。

肖燃在休息室里坐立不安：“医院那边有消息过来了吗，怎么样了？”

助理道：“燃哥你别着急，应该只是脚崴了，没事的。”

“我能不着急吗，说到底还不是因为我。”肖燃想了想又道，“她经纪人知道了吗？”

“已经通知了，而且知意身边有助理，可以照顾她。”

“行吧……”肖燃按了按眉心，很是烦躁。

这么久拍摄下来，两人的关系跟最初是完全不一样了，看到小姑娘因为自己受了伤，心里太难受了。

肖燃想来想去还是各种不放心，最后直接给戚程衍打了电话。他想以戚程衍跟关知意的关系，肯定能照顾好她。

手机响了一会儿，戚程衍接起电话：“喂。”

“咳……程衍。”

“有事？”

肖燃：“那个，今天知意拍戏受了伤，我不方便去医院，你……”

“什么？她受伤了？”戚程衍的声色顿厉。

肖燃抓了抓头发，尴尬道：“她从马上摔下来了，现在去了医院。那个，这事也怪我，我不小心打到她骑的马，马受到惊吓——”

“哪个医院！”戚程衍打断他道。

肖燃：“二医。”

“嘟嘟嘟——”

肖燃还想说什么，但电话已经被挂断了。

戚程衍忙了一整天，下午原本还有一个会要开，结果接到电话，就直接离开了公司，一边开车一边打电话跟助理交代。

他车开得有些快，不过半个小时就到了二医，直接去了 VIP 病房。

刘云已经在楼下等他了，见戚程衍过来后，连忙迎了上去。

“戚总。”

“她怎么样？”

“脚腕伤了，已经打了石膏，其他地方没事。”刘云道，“不过医生说近一个月不能下地……这可怎么办，《朝野》那边还拍着呢——”

话没说完，刘云就被戚程衍的眼神看得住了口。

她讪讪道：“呃……当然，当然还是身体比较重要，我会跟剧组那边交涉的。”

“嗯。”

到了病房门口，戚程衍直接推门进去。

此时，病房里除了躺在病床上的关知意和她的新助理毛毛外，没有其他人。《朝野》跟过来的工作人员都在戚程衍来之前就被刘云清走了。

关知意本来还在跟毛毛说话，听到开门声，她抬头，看到突然进来的戚程衍时，整个人都愣住了：“你怎么知道我在这儿？”

“公司艺人受伤，我不该来看看？”戚程衍沉着脸，语气不太好。

公司艺人受伤，倒不至于大老板火急火燎地来看望……

刘云嘴上不敢说出来，心里却在吐槽。

她朝关知意意味深长地眨了眨眼，转而对戚程衍道：“戚总，那我和毛毛先出去了，您有事叫我。”

“嗯。”

刘云拉着一脸蒙的小助理走出了病房。

等房间里只剩下他们两人的时候，关知意才道：“哥哥，是云姐跟你说的吗？”

戚程衍走到她床边，皱眉看着她的腿：“是肖燃。”

“他怎么给你打电话啊？”

“难道你还想瞒着我？”

关知意道：“不是……也没多大的事，不用你过来。”

“腿都摔成这样了还没多大的事？”戚程衍冷哼了声，“肖燃不是会骑马吗，什么烂技术能把你弄成这样。”

关知意连忙道：“不怪他的，只是意外。”

戚程衍不满地看了她一眼，拿出手机就打算打电话。

“你干吗？”关知意似有所感应，立刻揪住了他的衣袖。

戚程衍道：“给元白打电话。”

“不行！”

“这是大事，你不许任性。”

关知意更用力地把他的衣袖扯住：“我养着就可以了，不用告诉他！你、你知道他知道后会怎么样嘛！”

戚程衍换了一只手拿手机：“会怎么样？”

“他肯定要发火！他不止发火，还肯定要把我带回家！然后、然后发动全家，包括爷爷奶奶一起训我，再然后就又不许我拍戏了！但你知道，《朝野》我还没拍完呢！”关知意一想到那个画面就头皮发麻，“哥，哥我求求你了，你别告诉他。”

戚程衍眯了眯眼：“那你就不怕我发火？”

关知意往后缩了缩，小声道：“对不起嘛，但今天真的是意外啊……”

戚程衍冷脸看着她。

关知意见他没要继续打电话的样子，察觉有戏，赶忙揪着他的袖子继续求：“以后我一定注意安全好不好，你别告诉我家里人了。而且哥哥，医生说我养一个月就好了，一点儿都不严重！”

“一点儿都不严重？亏你说的出口。”

“嗯……就、就还好。”

戚程衍拧着眉：“这一个月你打算怎么办？”

“医生说我可以回家养着，所以我打算就在我租的公寓待着，毛毛会来照顾我。”

戚程衍回想了一下方才那个叫毛毛的助理小胳膊小腿的样子：“平时她能照顾你，但是你这副样子还真就不一定了。”

“那云姐也偶尔会来看我的。”

戚程衍看她一副自信的样子，更是不放心。

“你跟我走。之后在我那儿住，我那里有专人可以照顾你。”

“住你家？！我可不要，我们两家那么近，这跟住我自己家有什么区别。”

戚程衍伸手就去敲她脑袋：“你放心，不是爷爷那儿，外面有地方给你住。”

“喔……”

“我最近都不住那里，所以你之后一个月可以在那儿养伤，方便我的人照顾你。”

“我觉得也不用那么麻烦……”

“行，你觉得这样也不可以的话，我直接告诉元白，让他来处理。”

“不要！”关知意苦了脸，“好好好，我听你的，都听你的。”

戚程衍睨了她一眼：“这还差不多。”

第二天，关知意出院，坐上了戚程衍派来的车。

对于戚程衍接她离开这事，刘云是半点意见都没有，甚至还十分殷勤地收拾好关知意的东西，打包送到车上。

在刘云眼里，这是关知意飞黄腾达的开始，也是她赚得盆满钵满的预兆。

而对于她这些想法，关知意懒得解释，戚程衍也不在意。

车开到戚程衍私宅时是下午两点钟，车门打开后，关知意就看到有人已经推着轮椅在边上等着了，而戚程衍则站在轮椅边上，看到她后立马让人把她扶下车。

“这房子是什么时候买的？”坐着轮椅进门的时候，关知意问道。

“去年。”

“去年？去年你不还没回来吗？”

“是你哥让人多留了一套，问我要不要。”戚程衍道，“地段不错，就要了。”

“哦。”关知意朝边上打量了一番。这片别墅区比起他们家的新很多，设计也更加现代化，而且位于黄金地段，不管是投资还是居住都很好。

“你哥买的就在隔壁。”戚程衍随口道。

“什么？”

戚程衍看着她一惊一乍的样子，笑道：“放心，那栋年初才开始装修，他不会来的。”

关知意暗暗松了一口气：“吓死我了……”

进门后，戚程衍跟她简单介绍了房间布局，然后道：“接下来一个月，在这里 24 小时都有人照顾你，你要是还有其他什么事，给我打电话就好。”

“喔。”

“无聊的话……”戚程衍想了一下，“我让泓希偶尔过来？”

关知意差点儿被口水呛住：“啊？那也不是很必要……”

戚程衍看了她一眼，淡淡道：“吵架了？”

“没……我就是随便一说。”

戚程衍今天也是百忙之中抽出了时间等关知意过来，带她在房子里看了一圈后就先走了。

戚程衍离开后，关知意让人把她扶到沙发上躺着。这段时间她拍戏十分忙碌，睡眠严重不足，现在能休息了，刚躺下就睡了过去。

再醒来时已经晚上六点多了。边上候着的人见她醒了，询问她要不要吃晚饭。

她确实是饿了。

“行，麻烦你们了。”

“您不用客气。”

关知意行动不便，饭菜便直接摆在简易小桌上端了过来。关知意看到丰盛的菜肴，差点儿都流口水了。

可是她拿起筷子，好一会儿都没动。

“关小姐，是饭菜不合您口味吗？”帮佣询问道。

“不是。”关知意道，“我就是觉得有点多了，下次你们弄点鸡胸沙拉就行了。”

“这个恐怕不行……”

关知意微怔：“为什么？”

“先生吩咐要给您补一补，而且您骨头伤了，需要补充钙质。”

“可是我不能吃太多……”

“先生料到您会有这样的需求，他也已经交代过了，所以我们做食物时会特别注意低油低盐，让您补充营养的同时不会长胖。”

关知意哦了一声：“谢谢。”

“没事，应该的。”

关知意动了筷子，夹了一块排骨。那排骨煮得十分鲜嫩，轻轻一咬，肉和骨头就分离了，好吃到她都想落泪。

想她易胖体质，在组里压根儿就不敢吃这些东西……

不过这次就算了吧，怎么说也是病患啊，有资格放肆一回！

戚程衍估计很忙，接下来几天，他偶尔会过来看看她，但是每次都待不了多久就得走了。

关知意每天都无所事事。她不太会打游戏，所以除了上上网看看新闻，也只能再背背剧本台词。

这天下午刚吃完饭，家里帮佣突然跟她说有人来了。

关知意心里一喜：“他回来了吗？”

帮佣显然知道这个“他”是谁，摇摇头道：“是华先生。”

关知意：“华泓希？他怎么来了？”

“我来看看你啊，不好吗。”华泓希人还没到，声音就已经传了过来。

关知意正无聊着，看到华泓希进来也挺开心：“没有啊，我这不是意外吗。”

“那还差不多。”华泓希在她边上坐下，认认真真打量了一番她的石膏腿，“这看着还真挺严重啊。”

“可不吗，都走不了了。”

“没事没事，我陪你聊聊天。”

关知意：“好啊，不过你今天怎么来了？”

“本来前几天表哥就跟我说了，可是那会儿我在国外旅游……我不是故意不回来，是因为跟朋友一起，行程都定好了我走不开。”华泓希支着脑袋看着她，欠揍道，“你肯定不会怪我的吧！”

关知意摆摆手，无所谓道：“我的伤不严重，确实不用特意赶回来。”

“我也以为你不严重来着，可是现在这么一看，还挺严重的。”华泓希道，“哎，你不知道，我说我赶不回来，哥快把我骂死了。所以这不，今儿我刚下飞机就来了，行李还在外面车上呢。”

“那我可太感动了，谢谢你啊。”

“不客气！”

华泓希自打坐下嘴巴就没停过，一会儿问她在剧组的生活，一会儿又讲他这趟欧洲行怎么好玩怎么潇洒。他这人是不太靠谱，但性子却挺对关知意胃口，跟他在一块儿完全不需要想话题，听就对了。

“所以，跟你一块儿去玩的那女孩子身材是有多好？”游记讲到一半，关知意打岔道。

“啊？你干吗这么问？”

关知意摸了摸下巴：“你都提到她八次了，我猜着肯定是因为身材好。”

华泓希惊讶地看着她：“你怎么这么懂我啊！”

“我聪明呗。”

华泓希嘿嘿一笑，压低声音道：“就特妖娆型。”

“噢！”

“你噢什么啊，我是正人君子，啥也没做的。”

“我可真不信。”

“真的！怎么也得是在一起的关系才能做那些亲密的事，我是有原则的！不过我现在不是跟你绑着吗，所以下一步还不能做。”

关知意瞥了他一眼：“那对不起哦，都怪我，要不是我，你现在可以去追别人了。”

华泓希：“话不能这么说，我还是需要你的，我爸妈喜欢你啊。”

因为之前说要聊天，家里的帮佣早被关知意支退了，所以现在提起两人“捆绑”这事，关知意也觉得该跟他提一下了。

她想了想，道：“华泓希，要不然，咱们就解绑吧。”

华泓希蒙了下：“解绑？”

“就是……我们别再骗家人了。”

华泓希猛地瞪大了眼睛：“为什么啊？！”

关知意早就有这种想法了，只是因为之前一直在拍戏，没时间跟华泓希好好说这事。

其实，如果华泓希是跟戚程衍无关的人，她或许还会继续下去，可华泓希是他弟弟……

起初她对戚程衍没有那么浓烈的情感时，傻乎乎地接受了华泓希的提议，可现在她感觉有什么不一样了，所以听到戚程衍说起她和华泓希，她都觉得很不舒服，很奇怪……

而且戚程衍每说一次，她就觉得自己被提醒了一次：他不喜欢她。

当然，现在不想跟华泓希演戏也不是为了让戚程衍能喜欢她，因为她知道戚程衍是喜欢别人的。

她只是，不想被反复提醒而已。

“不行不行不行！我不同意！你要是跟我分手了，那我爸妈岂不是又要开始了。”华泓希拉住她的手臂，“知意你冷静点！你不是也不想家里人逼你相亲吗！说好互帮互助的呢！”

“不是，你刚不还说你有喜欢的人了吗？”

“那、那只是喜欢，她又不合适做我老婆，再说我爸妈也不会同意的。”

关知意震惊地看着他：“喂——我也不做你老婆好吧！”

“哎呀，我知道，权宜之计嘛。”

“不要。”

“为什么啊！”华泓希很是着急，他这种公子哥对于自己未来老婆的定位十分清晰，可以喜欢，但说到嫁娶，那绝对不是单纯爱了就可以的。

总之像关知意这种能让家里人无话可说的对象，哪里那么容易找到第二个!

华泓希盯着关知意想了半天道："等下，你这么坚决，难道是……有喜欢的人了？！"

关知意一怔，立刻摇头："没有！"

华泓希眯了眯眼："我瞧着就有！说，谁！哪个王八蛋把本少爷就这么比下去了。"

关知意怎么可能在华泓希面前承认喜欢那个人，那仅仅是她一个人的秘密而已。

"就是没有。"

"不行，我要听。"

"真的没有！"

"你不说我可不跟你分手了啊。"

关知意瞪了他一眼："华泓希，你还跟我耍无赖啊。"

"就耍无赖，你说我好不容易平静这么一段时间，可不能让你破坏了。这样，你喜欢那人你直接追，你要是追上了我们再说拜拜，行吧？"

关知意目瞪口呆地看着他。

"就这么说定了！我先走了，咱们下次见。"华泓希直接拿上手机站了起来。他溜得飞快，仿佛怕她会说出什么拒绝的话来。

关知意难以置信地盯着门口："喂——"

华泓希接下来几天都不接她电话了，关知意真的要被他气乐了。然而找不到他也没办法，只好先等自己伤好了再说这事。

晚上吃完饭，关知意被人扶着回了房间。她最近补眠补得很勤，大有把拍戏那段时间没睡的觉都找回来的意思。然而今天还没睡，就接到了刘云的电话。

"知意。"

"云姐，怎么了，是剧组那边有事吗？"

"没。"刘云语气听着不是很好，"你这段时间是跟戚总在一块儿吗？"

关知意："也不是，我在休养，他不常来的。"

"什么？敢情你们这段时间都不在一块儿啊。"

关知意有些尴尬："你问这个做什么，到底怎么了？"

"你还问我怎么了，你知道今天发生什么了吗？！今天竟然有个女人进戚总办公室了！那女的来头不小啊，我听说她是戚总未婚妻？？"

关知意一愣："什么？"

"公司那群人都在传，她是杨家千金！就是家里卖厨具的那个杨家你知道吗？！算了你应该不知道，反正就是一千金大小姐！"

关知意已经告诉过自己几百遍，不要再对这事反应过度。经过这段时间的"催眠"，她以为她可以了，免疫了。可是当她从别人口中听到他和另一个女孩如何如何，甚至那个女孩已经可以冠上未婚妻这种头衔的时候，她才知道自己根本做不到完全没有反应。

就像心口毫无预兆被撕扯一下，痛瞬间蔓延。

关知意捏紧了手机，轻吸了一口气：“哦，这样……”

“什么这样那样啊，他不是很紧张你，不是在追你吗？什么时候冒出来个未婚妻！”

关知意摇了下头，但几秒后又意识到刘云看不见，答了声：“我不知道。”

刘云听关知意的声音有些低，心里想着这小丫头应该是真不知道了：“啧，有钱人有时候确实会这么玩，家里有个正主，外面彩旗飘飘。”

关知意愣了一下，下意识反驳：“他不是这种人。”

“得，你现在还知道替他辩解了？看来我是白操心了，我还以为你这丫头倔得要死，肯定不会允许自己当别人外面的彩旗——”

“云姐！”

“啊？”

“没什么事我就先挂了。”

刘云顿了下：“好好，那你养伤，需要我就马上给我打电话。但是啊，你不能跟戚程衍起冲动，你要记得，他是老板，你是——”

“我都知道的。”关知意打断了她的话，低声道，“我不会跟他起冲突，我……我又没立场。”

挂了电话，房间内一片安静。关知意看着被面，睡意已经完全消失了。

未婚妻……

在这么短的时间里，她就已经成了他的未婚妻吗？

原来，他那么喜欢那个人啊。

同一时间，某娱乐会所门口，戚程衍和合作公司的几个项目负责人下了车，一同往里走。

今天生意不过谈了一半，所以晚上他便做东带他们来这边，准备在喝酒玩乐期间再敲定几个重要事项。

原本戚程衍走在中间，一众人由服务生引导着往包厢走去。但上楼的时候，戚程衍看到了一个熟悉的身影，他愣了一下，停下了脚步。

“戚总？”

边上人见他停下，疑惑地问了声。

戚程衍收回目光，看向了旁边的助理：“你先招呼大家过去。”说完又对合作伙伴们道，“突然想起有个紧急电话需要打一下，不好意思各位。”

“没事没事，您忙。”

戚程衍轻点了下头，抬脚往那个身影的方向走去。

方才在上楼的时候，戚程衍并不确定看到的那个身影是华泓希，因为那人搂着一个女孩，举止暧昧，实在不是华泓希现在可以做的。

可此时他走近了，看到那人推门走进一个包厢，同时也看清了对方露出的半个侧脸，然后他确定了。

竟真的是华泓希，他那个好弟弟！

华泓希今天和一群朋友出来玩，这群朋友里，有几个是前段日子跟他一块儿去旅行的，包括他跟关知意提过的那个身材火辣的女孩。

原本他们一开始是在另一个地方喝的，但后来有朋友叫，大家就又转来了这里。

这期间喝得有点多，所以他和那火辣女孩一起走的时候趁着酒劲搭上了人家的肩，那姑娘也十分喜欢他，两人搂搂抱抱，举止自然就亲密了。

进包厢后，两人在沙发上坐了下来。

“泓希，你能不能不要只跟友友卿卿我我了，游戏还玩不玩！”边上有朋友起哄。

华泓希睨了那人一眼：“玩啊，我这不来了吗，骰子给我拿上来！”

“行行行，那输了喝酒啊，友友输了也是你喝哦！”

华泓希大方得很：“小事一桩，小爷我酒量好着呢。”

“哎呀，我自己也能喝啊，干吗让泓希帮我啊。”叫友友的火辣女孩娇嗔道。

华泓希搂上她的肩道：“没事，你少喝点，喝太多酒对女孩子不好。”

边上人又一阵起哄。

华泓希白了他们一眼，刚想说什么的时候，包厢门突然被人打开了。

外面灯光会更亮些，大家下意识回头看去，逆着光，只见一个人站在了门口。

众人一时也没看清脸，只觉得来人很高。

“哪位？谁的朋友啊？”

“好像不认识。”

“喂，你是不是走错包厢了。”

门口的人压根儿就没答话，他往前走了几步，后面的门就自动关上了。

这会儿众人才看清了来人，竟是个长得十分好看的男人，只是他此刻面无表情，看着极冷。

包厢里几个小姑娘对视一眼，皆是惊艳。

“帅哥，你找谁呀——”

·第五章·

包厢里，姑娘们一阵起哄，然而进来这人却一言不发，只冷淡地看着一个方向。

众人也发现了异常，顺着他的视线看向了……华泓希。

“泓希，你认识啊？”

话音刚落，众人就见原本坐在沙发上的华泓希颤颤巍巍地站了起来，眼里是显而易见的惊慌：“哥，哥……”

包厢里静默了一瞬，立刻又热了起来。

“这是你哥哥？你哥也太帅了吧！”

“介绍一下介绍一下，哥哥一起来玩呀。”

“哥哥？不会是你那个表哥吧？”

“坐呀哥哥，这里这里。”

华泓希瞪了边上人一眼：“都给我闭嘴！”

“华泓希，解释，这女的谁。”进门的人终于开口了，然而他声线极冷，听着不像是来玩的，而像是来找碴的。

边上人一头雾水，叫友友的女人也一头雾水。

“不愿意说？”戚程衍目光落在了友友身上。

友友被他盯了一眼后，心都慌了。她往华泓希身后挪了挪，小声道：“华泓希，怎么回事啊？”

“我正好也想知道怎么回事。”戚程衍嘴角轻勾了下，“你是他女朋友？”

友友张了张口，刚想说“还不是”，就听华泓希喊道：“朋友！是我朋友！”

“只是朋友？”

“嗯！”

“只是朋友……那你刚才跟她那些举止是什么意思？”戚程衍一直压着火，进门前看到两个人搂搂抱抱，进门后，还看到他跟那女的腻腻歪歪。

华泓希若是没女朋友他管不着，可问题是有女朋友，而且女朋友是关元白的妹妹，更是他打心眼里疼的关小五。

华泓希胆子是有多肥，敢瞒着她在外面勾三搭四？！

戚程衍想到那小丫头被人这么糊弄，心都要气炸了。

华泓希看到戚程衍的脸色，慌得要死：“哥，哥你听我解释！”

“你给我过来。”

“别别别，表哥，我今天有点喝多了，然、然后……我、我真的什么都没做啊！”

这还叫什么都没做，那都做了得什么样？

戚程衍气不打一处来，上前拽着他的领口就把他从沙发上拖了出来：“华泓希，我早前怎么跟你说的？！”

“我知道我知道，所以我只是跟朋友出来玩而已！我什么都没做啊！”

“你当我瞎的吗？”戚程衍一手拽着他的领子，另一只手握拳就要上来了。

华泓希吓得大叫，一着急便喊道：“分手！分手了！！”

拳头停住。

戚程衍错愕地看着他：“什么？”

华泓希咽了口口水：“我和知意……分手了。”

“我之前打电话给你怎么没听你说过。”

“就是在你打电话给我让我去看她之后分手的！”华泓希这会儿也不敢再缠着关知意不分手了，因为“勾三搭四”被戚程衍抓住的后果绝对比分手要严重得多！

“那你们分手才几天？！”戚程衍气道，“才分手你就出来鬼混！”

“那……分都分了。”

“你再说一遍？”

“没、没……”

戚程衍深吸了一口气：“你提的？”

华泓希苦着脸道：“我们就是和平分手。”

戚程衍松了手：“为什么分手？”

“这是我们的私事，哥，我可以不说吧。”

戚程衍冷冷地看了他几眼：“华泓希，你给我注意一点，这事我不会替你瞒着你爸妈。”

“那你好好说！不许添油加醋啊。”

“什么叫添油加醋？”戚程衍都懒得再跟他说下去，再多说两句，他估计真的会按捺不住打人，“你自己看着办吧。”

说完，他转身便离开了包厢。

华泓希看他出门后才松了一口气，还好……差点儿以为自己要被爆揍一顿了。

“泓、泓希，你没事吧？”边上友人看他一副缓过劲的样子，心里都很惊讶。华泓希在他们这群人里也算是头头了，竟然还有让他这么怕的人。

“有事，我快吓死了……”华泓希脱了力般地在沙发上坐下来。

“那是你哥哥？戚程衍吗？”

华泓希扶额：“嗯。”

“第一次见到真人，比你帅啊！”

说完就被华泓希瞪了一眼。

友人讪讪道：“不是，那他怎么就要打你了，刚说什么分手？”

“这事说来话长！”

戚程衍回了自己那边的包厢，在合同上的事都敲定之后，他便让助理应酬，自己先开车走了。

开车回去的路上，戚程衍一直后悔自己怎么那么快就同意两个人在一起。

他没想到自己对这个表弟的了解这么不够，害得关知意跳进了火坑。他也后悔自己最近一直忙于工作，想着有人照顾关知意，便没怎么去看望她。

说起来分手也就是前几天的事。华泓希方才说和平分手，他是不信的，尤其是今晚看到那一幕后，他对华泓希的信任值已经为零了。

不知道小姑娘被分手，自己在家能不能消化？

这么想着，车速又快了些。

没过多久，车便开进了车库。戚程衍从车库上来的时候，和家里照顾关知意的一个帮佣碰上了。

“先生，您怎么回来了？”

戚程衍：“小五呢。”

“关小姐之前本来回房间睡觉了，但后来她又让我们上去扶着她去了书房。她说睡不着，想看看书。”

“看书？”

“嗯，不过我瞧着小姐的脸色不太好。”

戚程衍愣了下。

帮佣接着道：“但是我问的时候小姐说没事，所以我就不好再说什么，只是觉得她看着好像挺难过的样子。”

戚程衍拧眉：“知道了。”

他转身上了楼，往书房方向走去。

到了门口后，他敲了下门，听到里面说了声“进来”。

书房是特别设计过的，除了工作区之外，还有一个大飘窗，飘窗上放了毛毯和靠枕，非常适合看书。

他进去后，便看到关知意坐在飘窗上，手里拿着书，人却看着窗外发呆。

“小五。”

坐着的小姑娘诧异地回过了头。

戚程衍走近，状似什么都不知道般问道：“怎么在这儿发呆？”

关知意：“哥哥你怎么回来了……”

戚程衍想了想，道：“也没什么，就是路过，正好来看看你。”

关知意嗯了一声，低下眸没说话了。

戚程衍了解她，平时在他面前她挺爱说话的，可今天却恹恹的，很明显，是因为分手的事。

戚程衍突然觉得有些棘手，这会儿似乎得说点什么，但他实在不知道小姑娘失恋了该怎么安慰。

“程衍哥哥。”

“嗯？”

关知意抬眸看他：“你是有事吗……”

戚程衍顿了顿：“没事。”

关知意对他笑了一下：“你没事就先去休息吧。你放心，我最近恢复得挺好的，再过一阵就可以拆石膏了。”

她的笑意并不达眼底，甚至称得上勉强。

戚程衍有那么一瞬间觉得她跟小时候是真不一样了，小时候她难过了会立马告诉他她难过，然后在他边上又哭又闹求安慰；可现在，她难过得家里帮佣都看出来了，却还要在他面前装什么事都没有。

戚程衍原本心里是过意不去，现在看到她这样子，更是心疼。

“小五，你还小，未来还会遇到很多人，会有很多种可能性，不要为了一个人过于难过，明白吗？”戚程衍最终还是开口说了句。

关知意先是一愣，然后才反应过来他说的是什么。

华泓希被撞见一事她已经知道了，早在戚程衍从包厢出去后，华泓希就给她打了电话。只是她并不感兴趣，只说了句“知道了，那就是分手了”便挂了电话。

现在看到戚程衍回来原来是为了这事，关知意心里莫名觉得酸涩。

“可是如果遇到了很多很多人，还是发现最喜欢那个人怎么办？”她小声问道。

戚程衍没想到她会这么反问：“你那么喜欢吗？”

关知意看着戚程衍，不自觉拿紧了膝盖上放着的书。

她也一直问自己，有那么喜欢吗？

有啊。

每次问自己，每次的答案都是有。

她也不知道该怎么办，看到他有了可以站在身边的那个人，心口就撕裂般难受……

她也控制不住。

“小五，那也要看喜欢的人值不值得。你最喜欢他，可是他不值得你这么喜欢。”

“他值得……”

“他哪里——”戚程衍扶额，差点儿气得把今天晚上的事说出来。可他想，分都分了，再把这种事告诉她只会让她更受伤。

真不知道华泓希那小子给这小丫头下了什么迷魂药！

戚程衍柔声哄道：“我知道失去一段感情是会让人很难过，但是都会过去的，他不愿意留在你身边是他的损失。你现在这样失魂落魄，只会让关心你的人担心。”

“嗯，是……我心里明白的。你放心吧，我只是难过一下，会过去的。下一次，下一次我就不会这么喜欢他了，不会了……”

他没来的时候，他没说这些安慰的话的时候，她都忍住了。她没哭，她也觉得她不应该哭。

可是现在他就在她眼前。

看着他轻声细语安慰的样子，她突然觉得好难过，眼泪再也拦不住，一颗一颗地冒了出来。

但也就是十几秒的崩溃而已。

关知意用力地擦了把脸，哑声道：“我没事了，哥哥你放心。”

眼眶红得吓人，泪水是被强行忍回去的。

戚程衍拧着眉，有些躁意。

今晚没揍那小子真的是个错误的选择。

“我想回房间睡觉了，我给阿姨打个电话让她上来帮我。”她低下头按手机，声音有些低，“谢谢你今天来……安慰我。”

“你……”

“真的没事。”关知意轻笑了一下，顺着他的想法道，“失恋嘛，哭一下就过去了。”

关知意头一回不想待在戚程衍身边，她想快点离开，躲回自己的房间里，不让他看到她莫名其妙的失态。

帮佣阿姨把她扶进房间后，她让阿姨带上了门。

她窝在被子里，隐约听到门口有人交谈的声音。是戚程衍，不知道他在跟帮佣阿姨说什么。

关知意吸了吸鼻子，抬手掩住了眼睛。

总会过去的，她想。

关知意想过她跟华泓希分手的事很快就会被家里人知道，但她没想到的是，会那么快……

昨晚她心里有事睡得晚，第二天醒来的时候已经快中午了。

醒来之后，她叫了帮佣阿姨上来。阿姨扶着她穿衣洗漱，等她要出房门的时候才道：“关小姐，今天家里有客人来了。”

“客人？”没几个人知道她在这里，而在昨晚的事过后，华泓希也不会这么快来找她，她哪里来的客人。

阿姨见她疑惑的样子，解释道：“是先生的客人。”

“他在家？”

“昨晚先生在这里睡的。”

“噢……”

关知意还真不知道戚程衍昨天没走：“那你扶我下去吧。”

“好的。”

关知意没想到客人会是关元白，她看到他的第一个动作就是赶紧往楼上跑。但是她现在就一伤残人士，关元白抬眸看来的时候，她连转身都做不到。

“哥。”对视间，关知意讪讪喊了声。

“你——”关元白一眼就看到了她打着石膏的腿，一时间心里又着急又心疼，都不知道要说什么了。

“你怎么来了啊？”说完，关知意看了眼坐在沙发上的戚程衍，后者道：“他知道你跟泓希分手了，要去找你。”

戚程衍这么一说关知意就明白了，她哥如果去剧组扑了空，到头来还是要查她人去哪儿了，未免中间折腾，戚程衍肯定直接就告诉他了。

“你还敢问我怎么来了，你腿伤成这样也不吭声？什么都不告诉我？关知意，你到底有没有把我放在眼里。”

关知意小声哼了哼：“我还站着呢……能不能等我坐下再训。”

关元白气得咬牙，但还是让了位，让人把她扶着坐下。

“要不是你闹分手我都不知道你受伤了。你可真行，还知道躲这儿来。怎么，你是觉得我是洪水猛兽，看到你受伤了还要打你骂你？”

关知意摸了摸耳朵：“差不多……”

“你说什么？”

关知意撇过头没吭声。

关元白见她这样，斥责的话到了嘴边，结果被边上的戚程衍抬手碰了下手臂。他一顿，转头看戚程衍，只见戚程衍给他使了个眼色，示意他控制。

关元白轻吸了一口气，想起来了，他最初就是知道她分手了才会找她的，而且他刚也听戚程衍说了，他妹妹昨晚大哭了一场，就因为失恋。

所以他需要念及她心情郁闷，克制一下。

“先生，午饭已经准备好了，可以用餐了。”这时，帮佣上前说道。

戚程衍知道关知意起得迟，早餐都没吃：“行了，先吃饭吧，其他事再说。”

关元白冷哼了声，起身便往餐厅方向走去。

戚程衍走到关知意边上，伸手去扶她，结果关知意让了一下：“让阿姨来吧。”

戚程衍微顿，看了她一眼。小姑娘眼睛红肿，黑眼圈也有些重，看来昨晚回房间肯定又偷偷哭了。

戚程衍缓缓收回手。

他见过她哭，但没见过她像昨晚那样哭，明明眼底是浓烈的委屈和伤心，却要把它们都掩盖住，倔强得要命。

“扶小姐去餐厅，小心点。”

“是。”

三人很快在餐厅落了座。

关元白其实是担心关知意的，亲妹妹就这一个，他操心她比操心谁都多。一想起他妹妹还能被别的男孩子甩，他气得火都要冒三丈。

“什么时候回家来？”关元白按捺着火气问道。

“伤好后还要回去拍戏，大概还有一周的戏份。”

“忙完后回家住几天。”

关知意一顿，没想到关元白竟然没说“有什么好拍的”这类话。

她意外地点了下头：“嗯，可以的。”

关元白：“那你接下来就在这儿住着吧，反正有人照顾你，搬来搬去对你伤也不好。”

“好……”

关元白看了她一眼，夹菜放她碗里：“多吃点，都瘦成什么样了。”

关元白和戚程衍都很默契地没再提华泓希的事，后来大概是都不说话又有些刻意，于是关元白就闲聊到了戚程衍的头上。

“我听说杨家小姐你家定下了，成你未婚妻了？”

关知意拿着筷子的手微滞，快速看了戚程衍一眼后，低着头吃碗里的饭。

“未婚妻吗，谁封的？”

关元白笑了声：“谁封的？当然是你家老爷子封的了。”

戚程衍道：“老爷子就会在外面传，估计是想制造点舆论压力来压压我。”

“怎么，你不同意？”

“同意什么，那位杨小姐我很熟吗。”

关元白像是料到他会这么说：“不过我瞧着那姑娘好像挺喜欢你，人家乐意当你未婚妻。”

“我猜也挺多人乐意当你未婚妻的，人家乐意，你就要了？”

关元白：“哦。”

他们，在说什么？

关知意低着头吃饭，有点蒙。

“吃那么快干什么。”戚程衍突然说。

这话是对关知意说的，说完后，关元白也看向了关知意。

一眼看去，只见吃饭一向慢吞吞的自家妹妹，此时像是几天没吃过饭似的，塞了一嘴。

关知意："嗯？"

戚程衍笑了下，拿张纸巾递给她："你这么吃饭，很容易让你哥怀疑我这段时间虐待你了，知道吗。"

关知意接过纸巾，直勾勾地盯着戚程衍。

戚程衍被她盯得莫名其妙："怎么？"

关知意艰难地把嘴里的饭咽下去，只觉脑子里的轮轴缓慢地开始运作。

他刚才是不是说，他跟杨梦佳不熟？他也不同意杨梦佳当他未婚妻？

等等，他不喜欢那个人吗？

"我脸上是开花了？"戚程衍询问关元白。

关元白摇头表示不知道。

关知意拿餐巾纸胡乱擦了下嘴，迫不及待地问道："你，不是喜欢杨梦佳吗？"

戚程衍微微扬眉："谁告诉你的。"

关知意愣了愣，竟然一时语塞。谁告诉她的？华泓希？还是戚爷爷？

等等，好像戚程衍确实从来没有说过他喜欢杨梦佳啊。

"我、我以为你都相亲了，肯定是喜欢的，而且云姐跟我说杨梦佳去过艺星……"

戚程衍："原来你在八卦我的事。"

"不是……就是正好听别人提起而已。"

戚程衍道："没有，谁告诉你相亲就是喜欢？你以为我跟你们这些小鬼一样。"

"我也——"关知意一滞。

"你也什么？"

"我、我……没什么。"关知意看了关元白一眼，把后面的话咽了回去。

她想说，她也不是那样！她不是相亲了就喜欢！她不是对华泓希一见钟情，他们只是装装样子罢了啊！

可是，关元白在一边盯着，她一时半会儿也说不出口！

关知意心口狂跳，一时间觉得整颗心都乱了，昨晚流的眼泪似乎都成了自己脑子里进的水。

她怎么这么笨啊！为什么就不敢多问一句？

关知意捏着筷子，嘴角开始控制不住地上扬。

但现在笑应该很奇怪吧？

她抿了抿唇，努力做表情管理。

不能笑，不能笑……

可是怎么办，好开心……

他竟然还没有喜欢的人……

"你现在就别管别人的事了，你自己的事先处理好。还有，以后不要才见了几次面就一头热。”关元白无奈道，“真不知道你这小屁孩脑子里想的是什么。”

“噢！”

戚程衍：“别光噢了，他说的没错，这事得记牢。”

“我会的。”关知意夹了个菜到戚程衍碗里，对着他展颜一笑，“谢谢哥哥。”

竟然笑了？

戚程衍有些错愕，但错愕过后，心里一阵欣喜。

她之前的样子让他不放心，此时看她笑了，他一直绷着的那根弦才微微有些松了。

或许……到底是小屁孩，爱情这东西来得快去得也快？

关元白：“咳！”

关知意转头，看向关元白，然后立刻反应过来，给他夹了块肉：“也谢谢我亲哥，特地来看我。”

关元白嗯了一声，勉强算是满意。

吃完饭，关元白就先走了。戚程衍在家里多待了一会儿，但因为有工作，他接了几个电话后也要出门了。

关知意其实一直在偷偷打量他，现在看他起身，连忙喊住他：“哥哥，要出门吗？”

“嗯。”

“那你什么时候回来。”

戚程衍：“怎么了？”

“我、我想你给我带夜宵。”

“夜宵？”

关知意说完后立刻就想捶自己一拳，什么烂借口。

戚程衍笑了一下：“难得你竟然会想吃夜宵。”

“就是偶尔放纵一下……”

“想吃什么？”

关知意想了下，想起了好友宋乔菲之前有提过一样东西：“辰关路的十三香小龙虾！”

戚程衍昨晚是因为担心她才住下，今天其实并没有打算继续住这边。一方面是应酬可能会拖到很晚，另一方面则是家里有个小姑娘住着，他住这里其实不太好。

“我等你啊，晚点没事，我反正很晚睡的。”在他犹豫间，关知意又道。

向来怕胖的人会想吃夜宵，这大概也是因为失恋才想要解压。

戚程衍眼里有些心疼，抬手揉了下她的头，心一软便答应了：“好，晚上给你买回来。”

“嗯！”

她当然不是真的想吃小龙虾，只是单纯地想见他。

经过这一场乌龙后，她才清楚地知道原来自己对他的心思这么浓烈。

现在他心里没人，对她来说是好事，她欣喜之余，只想多跟他待在一起。不过……接下来要怎么做？她不想他只是把她当妹妹看而已。

关知意想了好一会儿后，拿出手机给华泓希发了个消息：我想告诉大家，我们之前只是在演戏，不是真的。

华泓希火速回复：等下！别冲动啊！

华泓希给她回复这条消息的时候其实已经溜远了。因为“分手”一事，他现在被全家追着骂，现在连家都不敢回，要多凄凉有多凄凉。

所以在这样的情况下，作为战友的她千万得先悠着点。等风头过去一些，再说这个“更找打的事”不迟！

关知意看他那凄凄惨惨的样子，又好笑又无奈。

关知意：那我只告诉程衍哥，行吗？

华泓希：不行啊！他肯定会来收拾我的！

关知意：不会，我保证。我就说是我逼你的，让他替我们保密！

几分钟之后，华泓希才回复新的消息：你之前就一直说要中止我们的关系，我那会儿猜测你有喜欢的人来着……

关知意愣住，立刻道：你别瞎想好不好！我只是不想骗他。

华泓希：我说什么了我？

关知意：……

华泓希：知意，你不是吧？你喜欢我哥啊？

戚程衍处理完最后一项工作时已经是晚上十点，他坐上车后，助理询问是否开到御和公馆。戚程衍按了按眉心，下意识点了头。

助理发动了车子，将车开出了公司。

“等等。”

助理从后视镜看了他一眼，只见戚程衍突然道：“去辰关路。”

“您是有什么事吗？”

戚程衍想起家里那个等投喂的小姑娘，笑了一下：“差点儿忘了还带着任务。”

“啊？”

“你等会儿开到辰关路的小龙虾店买一份小龙虾。”

助理微微瞠目，小、小龙虾？

“戚总，我记得您不吃这些。”

“有人要吃。”

助理又从后视镜看了一眼，心里隐约有了猜测：“那，买完之后不回御和公馆，去星禾湾吧？”

“嗯。”

星禾湾是关小姐现在住的别墅地址……

果然啊，能让他家老板特地跑一趟的，也就这位了。

关知意最近都挺早睡的，但她今天骗了戚程衍，所以一直撑着等他回来。

等了好久，等到她都觉得他可能是真的忙，没有时间回来这儿的时候，终于听到了外头的响声。她心情一振，立刻坐了起来。

几分钟后，果然看到戚程衍进门了。

“哥哥你回来了！”

戚程衍提着吃的走了过来，打趣道：“眼睛都发光了，这袋子要是打开，你是不是要流口水？”

发光也是因为人，才不是因为吃的。

关知意笑嘻嘻道：“我会控制住的。”

戚程衍睨了她一眼，坐下把东西给拆开：“别吃太多，小心睡不着。”

“嗯！”

小龙虾盒子打开后，香味四溢。

“买了两个口味，试试看哪个好吃。”戚程衍给她拆了一次性手套。

关知意嗯了声，上手便开始剥壳，边剥还边想着，她和华泓希的事要从哪儿说起呢。

“你不吃吗？”吃了一个后，关知意发现戚程衍没动。

戚程衍：“你吃就好。”

“那你看着我吃啊。”

“怎么了，看着你你还吃不下？”

“那我不是不好意思嘛。”

戚程衍笑了一下：“我怎么不知道你脸皮这么薄了。”

“我脸皮一直挺薄的……”

戚程衍拍了下她的脑袋，拿出手机：“行了，快吃吧，不看你。”

关知意喔了一声，低眸继续吃小龙虾。

这小龙虾汁很多，她吃这个完全没经验，就是瞎剥。

“刺溜——”

一个用力，汤汁飞溅，准确无误地落到了戚程衍的袖口上。

关知意愣了几秒，立马探身去拿纸巾：“啊，对不起对不起，擦一下！”

戚程衍看了看袖口的一点污渍，又看了看关知意指尖被剥得乱七八糟的小龙虾：“你吃饭手艺看起来不太行。”

关知意一心在他袖口上：“先擦一下吧。”

“不用了，擦不掉的。”戚程衍完全不在意，他慢条斯理地从袋子里拿出一副手套戴上，无奈道，“你别剥了，我来。”

关知意眨巴着眼睛：“你会吗？”

戚程衍抬眸看了她一眼：“肯定比你会。”

“喔。”

戚程衍虽不常吃虾，但剥壳速度飞快，三两下就剥了好几个放在她前面。

关知意一开始还想着这么麻烦自己可以少吃一点了，谁想到现在可以吃现成的。于是接下来，她一边开心地看着戚程衍剥，一边一个个往自己嘴巴里丢。

吃得好半天，差点儿就把华泓希的事忘了。

“嘶，好辣……”

“还吃吗？”

关知意摇了摇头：“吃饱了。”

“要不要喝点水？”

“要。”

戚程衍起身去厨房倒水。

关知意摘了手套，拿纸擦嘴：“要冰的啊。”

结果戚程衍返回来，拿的却是温水。

关知意小声哼哼：“不是冰的……”

话刚说完，就被人拍了下额头：“大半夜的，喝什么冰的。”

“……”

“行了，吃完回去睡吧。阿姨呢？”

“噢，今天我不是要等着吃夜宵吗，阿姨休息了，不用等我睡。”

戚程衍：“那你起来，我送你回房间。”

“等等！”

“又怎么了？”

吃饱喝足，该说的事还是要说的。

“我有事！”

“什么事？”

“哥，那个，其实……其实华泓希一点都不喜欢我。”

戚程衍一愣，心想原来她还是迈不过这个坎，他还以为她今天这么高兴，那件事已经过去了。

他只能安慰道：“小五，你以后会遇到更好的。”

关知意：“我也一点都不喜欢他。”

戚程衍听她这么说，心里更难受了。

他想的是，他家这小姑娘什么时候被旁人这么对待过，昨天哭得那么伤心，现在又要自我麻痹“自己不喜欢他了”。

“你这么想是对的，对方既然不是真心喜欢你，你确实不该再记挂着他。”戚程衍道。

“不是不是，我是说，我们真的互相不喜欢对方，一点感情都没有！”

戚程衍顿了顿，显然有些不知道她在说什么。

关知意小心地观察着他的表情，继续道：“对不起啊，其实我骗了你。之前我跟华泓希在一起，是……装的。”

“你说什么？”

关知意抿了抿唇，咬牙道：“我说，我和他在一起是假的，我们只是因为不想被家里人逼着去相亲，所以做个样子给大家看。”

戚程衍怔了几秒，眼神从疑惑到震惊，又从震惊到恼火：“关知意。”

“别别别，你别生气，我们真是被逼的。其实我之前一点都不想瞒你，可是华泓希说如果你知道了一定不允许，所以我才没告诉你……”说到后面声音都弱了，关知意拉住他的衣袖摇了摇，“你、你别生气嘛。”

戚程衍盯着她，一时脸都冷了：“我都没想到你们竟然拿这种事骗人！你知不知道，我和你哥以为你被分手有多担心？”

关知意低下头，嘟囔道：“我知道错了，我真知道错了……”

“你——”戚程衍看着她可怜兮兮的样子，真要骂是骂不出来的，最后只能冷声道，“你们可真是好样的。”

“没有，没有好样的……你别生气……”关知意一边说一边揪着他的衣袖不敢放开，生怕他气得扭头就走。

“等等，你说这事是假的，那昨天你哭什么？”戚程衍突然回过神来。

关知意一愣：“啊，啊？”

戚程衍眯了眯眼：“昨天哭得那么伤心，哪里像假的。”

关知意看着他质疑的眼神，心口发紧。即便她现在告诉他，她和华泓希是假恋爱，但也不能坦然地对他说，昨天哭是因为他啊……

至少现在还不是说她喜欢他的时候。

“我、我在演戏。”

戚程衍有些匪夷所思：“什么？”

“我在演戏！华泓希告诉我之后，我觉得自己该对分手有点表示，所以、所以我就假装哭一下……”

演戏？怎么会，昨天他感觉到她真的很难过……

不对，他当然能感觉到了，因为这小屁孩不是一般人，是演员啊。她的哭戏有多真实，他不是没见识过。

戚程衍想到这里，一时都要被气笑了：“既然还要哭一顿来骗我，为什么现在又要告诉我真相？”

“我想来想去，还是觉得不要骗你的好……”关知意仰着头看着他，求道，“哥哥，我只告诉你一个人，你千万别告诉长辈们，要不然我可能又要被拖着去相亲了。你能体谅我的吧，你也知道被安排有多不舒服。”

戚程衍想起家里给他找的什么杨小姐，冷哼了声：“真不知道该说你什么。”

“那就别说了！我发誓！我下次肯定不会再骗你！”

戚程衍心里还是一阵火大，可转念想到她其实并没有被谁伤了心，又有些庆幸。

说到底，她在演戏总比真的被人甩了要好。

“还有下次？”

“没有，绝对没有！”

“记住你自己说的话。”

“嗯嗯嗯！我肯定记住了！”

戚程衍无奈地摇了下头：“你哥知道了，估计能被你气死。”

“所以先别告诉他……”

“我知道了。”戚程衍按了按眉心，“很晚了，先回去休息吧。”

“嗯！”

戚程衍扶着关知意起来：“拐杖呢？”

“不太会用，平时是阿姨背我上楼的。”关知意看着他，脑子一抽便直接道，“哥哥，今天你背我吧。”

戚程衍瞪了她一眼：“才刚骗过我，就要让我当苦力了？”

“不苦，我一点都不重。”关知意揪着他的手臂，“快点快点，要站不稳了——”

眼看她身子晃了晃，戚程衍立刻伸手扶住了她。

关知意逮着机会，迅速搭上了他的肩。

戚程衍微顿：“关小五，你哥说的没错，你就是胆子肥。”

虽这么说着，却还是背过身弯下了腰。

关知意笑嘻嘻地趴到了他背上：“哪有……以前你不也背我的吗。”

戚程衍背上她，小心地往楼梯口走：“以前是以前，现在你还是小屁孩吗。”

“我不是。”

“知道就好。”

话虽这么说，但背后的重量对于戚程衍来说，确实跟小屁孩没什么两样。

上楼的路不长，关知意趴在他肩头，只想着他能走得慢一点，再慢一点。这样，她就能和他在一起更久一点了。

“哥哥，我觉得你特别好……”

戚程衍嘴角微微一勾：“你以为这么夸夸就能弥补吗。”

“没有，只是单纯想夸，就是觉得你特别好。”关知意收紧了手臂圈住他，声音闷闷的，“所以，你对谁都这么好吗？”

她几乎是贴在他身上的，说话的时候，气息洒在他的脖颈上，带着酥痒的热度。

戚程衍脚步微微一滞，不自觉地侧了下头：“怎么这么问？”

关知意小声道：“就是觉得应该很多人都会发现你很好，但是啊……我不太希望那么多人发现。”

戚程衍愣了愣：“说什么乱七八糟的傻话。”

“才不是傻话呢……”

她是真心这么想的，想着把他占为己有，想着他的眼里，永远只有她一个人。

戚程衍把她背到房间，把她放到床上后，替她掖了下被子："早点睡。"

"好。"

他出去后把房门带上了。关知意看着紧闭的房门，忽地笑了一下。

接着，她单脚从床上下来，拿过边上的双拐，小声哼着小曲儿去了浴室。

她又不是傻子，这么多天了，怎么可能不会用拐杖。

关知意的腿伤恢复比预期还要好，一周后，医生确认她的腿没什么问题，于是她重新进组。

肖燃见她回来，关心了好一阵，直到关知意赶着去上妆他才从化妆间出来。

然后，他给戚程衍打了个电话。

"喂。"

肖燃："你人呢，怎么今天没来？"

"来哪儿？"

"片场啊，我以为你会亲自送知意回来。"

手机那边的戚程衍道："有个工作，临时出差了。"

"喔，那知意全都恢复好了吧，没什么后遗症吧？"

"医生说没问题。"

"那就好，那就好，这段时间我都担心死了。"肖燃说到这儿有些生气，"说起来你把人带哪儿去了，也不告诉我，我想去探望一下病人都不行。"

"她需要静养，你身后指不定跟着记者，让你来不方便。"

肖燃无奈。

"你现在还在怪我把人藏起来？"戚程衍冷声道，"我都还没怪你把人腿伤了。"

肖燃噎了噎："没怪？你哪没怪了，说几回了都……不过这是我的错，这我认。"

"知道就好。"

"但是我哪有天天被狗仔拍，我早前只是想去探望一下表示歉意，你都不肯。"

戚程衍非常敷衍地哦了一声，显然是不相信他的话。

肖燃都想翻白眼了："我之前见到元白，人家亲哥都没怪我呢，你倒好，从开始怪到现在。"

"你会不会想太多了，关元白只是没好意思说你。"

戚程衍的嘲讽之意十分明显，肖燃被说得哑口无言。反正在戚程衍这儿，他总讨不到好。

"还有事吗？没事的话我挂了。"戚程衍道。

"你等等！"

"怎么？"

肖燃看了看四周，小声道："喂，说实话，你喜欢关知意吧。"

很突兀的一句话，跟之前的内容没任何联系。

要是戚程衍现在在肖燃边上，一定随手拿起什么朝他丢过去。但此时此刻，戚程衍只能道：“你能说点人话吗。”

“我这怎么不是人话了？”肖燃奇怪道，“我没见你对其他哪个女人这样，你对知意好得过分，说你不喜欢她我还真不信。”

“我跟她只是……”

“只是青梅竹马，帮着兄弟照顾妹妹。”肖燃笑了声，“这可太像借口了哦。”

借口？

他从来都没有把这当成借口。

戚程衍深吸了一口气：“别说浑话。”

“不是啊，我还觉得知意也喜欢你呢。”

戚程衍拿着手机的手抖了一下：“肖燃，你干脆别做演员了，当编剧去吧。”

肖燃疑惑道：“怎么，你看不出来吗？我觉得她看你的眼神……真的很喜欢啊。”

“……”

“干吗不说话？觉得不可能吗？拜托，你又不是她亲哥，过分亲昵还是有问题的好吗。而且就你这样的，对一个正值青春的女孩那么好，谁抵挡得住？”

“……”

艺星和《朝野》剧组里有那么一部分人觉得戚程衍和关知意的关系不一般，对这点，戚程衍从未解释，因为他私心里也希望能给关知意撑起保护伞，外人怎么想怎么看，不过是闹闹绯闻，不痛不痒。

他对她的纵容疼爱，从前便是如此。

少年时期，他亲近的人不多，父亲早亡，母亲远走，从小跟着爷爷生活。后来又因着爷爷的偏爱和家族矛盾，他跟叔伯的孩子关系不好，甚至到了敌对的地步。

那个时候，就小五那孩子跟他亲。她的纯粹，让他难得想要用真心对待。

回国后，小姑娘虽然长大了，但他还是觉得亲近，所以自然而然地想照顾她。

他对她很不同吗？那是肯定的。

除了她，他确实找不出第二个自己愿意这么对待的女孩。

而她也是，她对他的信任和依赖他都能感觉到。

但是——

“怎么，你看不出来吗？我觉得她看你的眼神……真的很喜欢啊。”

“拜托，你又不是她亲哥，过分亲昵还是有问题的好吗。”

车窗外，高楼不停地往后退，戚程衍挂了电话，靠在了椅背上，可眼睛一闭上，脑子里就似出现肖燃意味深长的表情。

无法休息。

他睁开了眼，不知怎的，忽地想到了那天晚上他背着关知意上楼时，她说的话。

“哥哥，我觉得你特别好……”

“所以，你对谁都这么好吗？”

“就是觉得应该很多人都会发现你很好，但是啊……我不太希望那么多人发现。”

其实那晚他听着就觉得有些奇怪，但也就是有些奇怪而已，后来仔细一想，又好像没什么。

倒是现在，听过肖燃的话再回想下，那几句话就完全变了味。

全是暧昧的味道。

可是，小五喜欢他？

这个念头在戚程衍脑子里出现的时候，他确确实实慌张了下。

明明嘴里是“哥哥哥哥”喊着的，突然涉及到男女感情，这让戚程衍觉得有些奇怪。

“嗡嗡——”

这时，手机振动起来。

戚程衍拿起手机，看到屏幕上显示关元白来电。

此刻看到关元白的名字，他心口猛地一凛，甚至瞬间感到了一股莫名的罪恶感……

他现在在想什么？

怎么就凭小五那晚含糊的几句话和肖燃莫名其妙的调侃，就对他们之间的关系重新定义？

那是他从小宠到大的妹妹，这像什么话！

戚程衍拧了拧眉，觉得他肯定是误会了。如果肖燃不说，那几句话也就是玩笑而已，小姑娘对宠着自己的人总有点占有欲，也没什么。

而且她对他的态度向来跟对关元白一样，怎么会变成男女间的喜欢。

关知意剩下的戏份并不多，一周过后，她杀青了。

因为早前还签了一档综艺，她压根儿没空休息，行李一收，刚出了剧组就被拉到机场去了。

这次要录制的是旅行综艺《花样环游记》，嘉宾总共六人，四女二男，行程一个月。

欧洲她还比较熟悉——读书时，寒暑假她常常会和关兮一起飞出去玩，所以这次旅行她觉得应该也不会太难。只是……她想起要有一个多月不能见到戚程衍，就有些郁结。

综艺行程第一站是英国伦敦，下了飞机后，六个艺人便需要自己解决一切问题。团队里有几个前辈在，所以后来的一系列行程里，关知意也不太好意思光站着。

这一个月下来，她几乎是忙前忙后帮大家处理旅行中的各种小事。

因为时差，这段日子她很少跟戚程衍发消息。

后来总算是艰难地熬过一个月。六月十五号那天，他们一群人终于可以返程回国了。

这次综艺录完之后，关知意有一周的休息时间。于是，她应着之前答应关元白的，直接回了家。

关元白今天在家，但关知意没把详细行程跟他说过，所以他也不知道她会回来。此时突然下楼看到她拉着行李箱进门，他也是一阵意外。

"你怎么回来了？"

关知意把行李箱交给了边上的阿姨："节目录完了啊，当然回来了。"

"刚下飞机？"

"嗯。"

"怎么没提早说，我让人去接你。"

关知意道："我经纪人会接我的，我先回了自己公寓，等经纪人走了我才过来的。"

关元白看她回来心里其实是高兴的，只是他在她面前向来端着兄长的架子，不太外放情绪。

"在家住几天？"

"唔……四五天吧。"关知意道，"爸呢？"

"去临市了，两天后才会回来。"

"好吧。"

关元白一个月没见着关知意了，本来他还很担心她，现在这么一看，活泼依旧，看来没被之前的恋情影响。于是，他稍稍放下了心，问道："去欧洲整整一个月，玩得怎么样？"

"当然是累啦。"关知意示意家里阿姨把行李箱往她房间搬，"哦，对了，今天程衍哥哥在不在啊？"

"他？这会儿应该在公司吧。"

"那今天让他来我们家吃饭吧，算是……给我接风洗尘！"

关元白睨了她一眼："还真能给自己找排场。"

"哪有。"

不过是，迫不及待想见那个人罢了。

"你自己干吗不跟他说。"

关知意上前搂着关元白的胳膊，笑着道："给他个惊喜嘛，吓吓他。"

关元白弹了下她的额头："幼稚鬼。"

"反正你跟他说一声，我让阿姨做好吃的！"

"知道了。"

关知意在楼下和关元白聊了一会儿天后便回房间休息了，等到差不多晚饭时间她才从楼上下楼。此时厨房已经在准备吃的了，只是戚程衍还没到。

不知道他什么时候来啊……

关知意有点坐不住，拿出手机想给他发个消息试探试探。这时，门口有了动静。

她愣了下，连忙放下手机朝外看。

有个人影从大门口进来了，接着，脚步声近了，那个挺拔高挑的身影也到了玄关处。

不负她的期待，真是戚程衍！

关知意眼睛一亮，兴奋过度以至于拖鞋都没穿，直接从沙发上跳下，狂奔而去："哥哥！"

戚程衍在公司收到关元白的消息，下班后便过来了。他来关元白家吃饭不是什么新鲜事，所以也没想太多。

谁知道，今天一进门就看到不远处一个熟悉的身影瞬间跑近。他都来不及说什么，那人已经直接冲了上来，朝他扑了个满怀！

腰瞬间被两只手搂住，他微微一怔，低眸看着来人："小——"

"我回来了哦，意不意外，惊不惊喜！"怀里的小姑娘仰头看着他，一双鹿眼闪着碎光，有些晃人眼。

"……"

怀里香香软软，把他本要说的话都堵了回去。

以前这样他不会想太多，但听肖燃说过那些话之后，他竟然觉得这样的举动有些古怪了。

戚程衍轻咳了声，把她拎开了："小五，你回来了。"

"是啊老板，行程已经结束！"

笑容单纯又简单，是他所熟悉的。

戚程衍轻叹了一口气，他怎么能想那么多……

"怎么没提前跟我说？"他问。

"给你个惊喜呗。啊，对了，我给你带了礼物，在我房间呢，给你拿。"

关知意拉着他的手臂就要往楼梯上走。这时，关元白正好从楼梯上下来了，他看了两人一眼，问道："礼物？什么礼物？"

"我从欧洲带回来的小礼物。"关知意道。

她这么一说，关元白自然就以为她给他们带了什么纪念品。他喔了一声，手揣在口袋里往客厅走："所以是什么东西？"

"等会儿给你看。"说着，关知意拽着戚程衍往楼上走去。

关元白回头看了眼，嗤了一声："买什么乱七八糟的玩意儿。"肯定又是他用不上的。

在关元白还在吐槽他根本用不上她买的东西时，压根儿就没有给关元白买礼物的关知意正从自己的行李箱里掏出一个礼盒。

"这是在克罗地亚买的，特别适合你。"

礼盒很精致，戚程衍接过看了眼，心里说不高兴是假的。

他现在的感觉就好像……被小朋友记挂着，长辈总归是会开心的。

“谢谢。”

“你打开看看呀。”

“行。”戚程衍拉开盒子上的蝴蝶结，打开了盒子。

入眼是一条深色系的领带，看着低调深沉，只是拿起来后……末端竟然绣着一只软绵绵的兔子?

戚程衍哭笑不得地看着关知意：“这个你确定适合我？”

关知意理所当然地点头：“当然了，我觉得哥哥你像是一只小兔子，又温柔又可爱！”

像兔子?又温柔又……可爱?

这估计是戚程衍这辈子听到过的，对他最匪夷所思的形容。

“克罗地亚是领带的发源地哦，同行的人都买了，我看到这个觉得好特别，就想送给你。”

戚程衍嗯了声，盯着那只兔子一时没说话，只想着，这平时戴得了吗?应该可以吧……兔子绣在尾部，不整根拿出来影响不大。

关知意不知道戚程衍在想什么，以为他不说话是心里不喜欢，于是她有些不好意思道：“那个，确实跟你平时的领带比起来会便宜很多，所以你不戴也没关系，就是留个纪念。”

戚程衍看了她一眼，不忍心让小姑娘失落：“挺好的，只留纪念可惜了这兔子。”

“那你会戴吗？”

“可以试试。”

关知意眼睛都亮了：“那我给你戴戴看！”

戚程衍今天来之前为了舒适，在家是解了领带的，所以现在领口空空如也，正好给了关知意发挥的空间。

“哥哥，低头。”

戚程衍下意识就想随了她，可一弯腰，看见她骤然凑近的脸时，动作滞了下。

——“你又不是她亲哥，过分亲昵还是有问题的好吗。”

肖燃的话不合时宜地在他脑子里响了起来，戚程衍微怔，又缓缓站直了。

关知意手还没伸过去，见他突然站直了，不高兴道：“你太高了，低头低头。”

戚程衍淡淡笑了一下，接过领带：“你会吗，还是我自己来吧。”

关知意见他自己系了起来，轻哼了声：“怎么不会，以前我在剧里给别人系过领带的。”

“是吗？”

“对啊，我还特地练过呢，系得可好了。”

她说话间，戚程衍已经三两下把领带系好了。

关知意也没在意，只是后退了几步，认真地打量了一会儿，然后由衷道："不愧是我选的，好看得要命！"

戚程衍微微扬眉，看了眼旁边全身镜里的自己。行吧，那只兔子……看久了也挺好。

系完领带后，两人便下楼了。关知意见戚程衍戴上她送的东西，心情愉悦，下楼时脚步都轻快了许多。

"能吃饭了吗？"

到了客厅，关知意一屁股在关元白边上坐下来。

"不是在等你们下来吗。"关元白看了她一眼，状似不经意地问道，"拿了半天，礼物呢？"

关知意喜滋滋地往戚程衍身上一指："那里啊，怎么样，好不好看！"

关元白往戚程衍身上看去——

戚程衍往后靠了靠，拉起领带晃了下。

关元白："……"

"你什么表情，不好看吗？"关知意问道。

关元白嘴角微微一抽："领带上那一坨白色是什么？"

"兔子啊，哥你眼神是不是不好。"

关元白看了戚程衍一眼，停顿两秒，言不由衷地道："这玩意儿挺适合你。"

戚程衍微微一笑："谢谢。"

"你不会也给我买了这种东西吧？"过了会儿，关元白问道。

关知意蒙蒙地摇头："没有啊。"

"那就好。"关元白松了口气，"那给我买什么了，看看。"

关知意更蒙了："没有啊。"

关元白："什么？"

关知意摊手："我说我没有给你买东西。"

气氛有点僵。

关知意呆了一会儿，突然反应过来了："啊……哥，你是不是也想我给你买个礼物啊。"

关元白脸色微变："我什么时候说要你给我买礼物了，你觉得你买的东西能适合我吗，能用吗！"

"不适合，不能用。"关知意认真道，"我就知道你看不上我的礼物，所以我干脆就不买了。"

关元白："那你可真是太聪明了。"

"还好吧。"

"小小姐，饭菜都好了哦。"这时，家里的阿姨过来了，"今天做了你最喜欢喝的乌鸡汤，快来试试看。"

"好啊！"关知意起身往餐厅走去，"哪儿呢，先给我尝尝看。"

关知意蹦蹦跳跳地走了，关元白看向戚程衍，这才道："看来时隔多年，还是你赢了。”

戚程衍：“嗯？”

关元白起身，懒懒道：“我看关小五就是养不熟的白眼狼，小时候就处处先想着你，现在还是。”

戚程衍微顿，想起了从前。那时他经常和关元白闹着玩，两人拿东西去哄关知意，看关知意跟谁走。

结果，次次都是他赢。

说起来倒不是戚程衍更了解她喜欢什么，而是戚程衍比起关元白，对她的耐心和脾气会好得多，小丫头自然会更黏对自己宠得没边的人。

戚程衍笑着摇了摇头：“谁让你心口不一。”

“我什么时候心口不一？”

“刚才。”戚程衍拎起领带又在他面前晃了晃，“明明想要，非说难看。”

关元白微微瞠目：“想要？戚程衍你没事吧，这玩意儿谁会真的想要。”

“哦。”

“而且是真的难看。”

“是吗。”

“是，谁会在领带上绣兔子……而且你敢戴出去见人吗？”

“也不是不可以。”

关元白一言难尽地看着他：“那你可真是有点疯。”

关知意小时候被保护得很好，遇到困难的时候，不是戚程衍出头，就是她的父兄帮忙解决。所以她以前性子有些软，给人一种乖乖女不叛逆的感觉。

因此当她大学时破釜沉舟，突然不顾家里人的劝阻进了娱乐圈，熟悉她的人才会那么震惊。大家都以为，这小丫头长大了，变了。

但只有关知意自己知道，她只是把为数不多的勇气和坚定全部用在了这个选择上，底子里，她还是没有那么勇敢的。

就像此时面对戚程衍，明里暗里表现是一方面，但直接说又是另一方面。

她对他不是一见钟情，两人太熟也走得太近。她知道，一旦戳破，事态会不受控制。所以，她现在是用了极大的勇气去尝试，试试自己能不能改变他对她的态度……

那在家的这几天肯定是不能被浪费的。

第二天一早，关知意掐着时间点，看到穿着运动服的戚程衍从家里出来时，十分自然地从拐角处跑出去：“哎？哥哥，早上好啊。”

戚程衍调整耳机的手微顿，转头。只见不远处，身穿粉白色运动服的关知意正朝他挥手。

他摘了耳机：“小五？”

关知意跑上前来：“这么巧！跑个步都能遇上你呀。”

戚程衍有晨跑的习惯，但是他记得，她从来不晨跑吧？

“你竟然起得来。”戚程衍有些意外道。

关知意睨了他一眼：“这是什么话，我也经常早起的好不好。”

“你哥说过，你不拍戏就绝不会早起。”

“那，也不是很绝对啦。”关知意心虚道，“我最近胖了，过段时间要进新组呢，得减肥。”说着，跑到了他前面，“快点快点，走了。”

胖了？

戚程衍下意识地打量了关知意一眼，她跟胖搭得上边吗？

女孩穿着短款运动裤，粉白色的短裤下面，两条细腿又直又白……她此时倒退着小跑，跑动的时候，恰好盖住腰部的上衣会时而往上带一点，于是小截白皙便露了出来，视觉之处，不盈一握。

“你怎么不跑？快点啊，别等会儿还跑不过我。”不远处的人催促道。

戚程衍怔了一下，很快转开了视线。

“来了。”他扣上耳机跑了上去。

他速度比关知意快很多，自然一下子就超越她了。

关知意见他超过自己，连忙跟了上去。

“老板，你胜负心也太重了吧！我不过是说了你一句跑不过我你就跑这么快！”

关知意哼哧哼哧地在他边上跟着。

戚程衍瞥了她一眼：“我这只是正常速度。”

“是、是吗？”

“你腿短，不用跟上我。”

其实戚程衍想表达的意思是，他们身高有差距，腿长有差距，步伐肯定也有差距。

但在关知意听来，只有一个意思——她腿短！

“谁说的！我虽然不是很高，但是我的腿挺长的！”关知意不服气道，“真的，我经纪人都说过我的身材是黄金比例，很上镜！”

戚程衍侧眸看了她一眼，发现小姑娘脸颊都鼓了，明显给气着了。

他嘴角忍不住弯了一下。

“你笑什么！我真的腿长，绝对是美腿！”

“嗯，好……”

“你这什么语气啊，要么我等会儿回去量给你看！”

戚程衍一顿，伸手就在她脑门上敲了一下，沉声道：“你多大人了，知不知道不能在别人面前说这些，也不害羞。”

关知意捂了下额头，小声道：“跟你说有什么关系……”

戚程衍眸光微敛，刚想再说什么，就听旁边的小姑娘认真道：“哥哥，你不是别人。”

·第六章·

你不是别人。

其实戚程衍几乎没有听到旁人这么对他说过。

在戚家，除了爷爷，叔叔伯伯和那些兄弟一直以来对他都是防备的。

他们是亲人，但更是“别人”。

可眼前这个人，明明在血缘上来说，她是别人，可她却没把他当别人。

她对他的信任和依赖有时候会超出他的意料，让他感到惊讶，但惊讶之余，更多的是温暖。

他觉得他能理解自己为什么对她总是与众不同，因为她的存在就是与众不同的，从始至终都是如此。

“你好像跑慢了哦。”过了一会儿，关知意发现自己在不那么费力的情况下能追上他了。

戚程衍笑了笑：“我是为了照顾你的大长腿。”

“你是在嘲讽我吗？我能跑很快的啊，用不着你迁就。”关知意想起自己当初在那个减肥综艺上天天晨跑，那时候她可完全能追上肖燃他们！

于是，她加快了速度：“我去前面等你！”

戚程衍：“等下——”

关知意压根儿没听，拔腿就跑。她哼哧哼哧地跑出去好远，就是想证明自己跑步很不错。但事实证明，这样的冲刺她根本坚持不了多久——几分钟后，她就忍不住停了下来。

关知意回头一看，没有戚程衍的踪影。于是，她喜滋滋地在一旁的椅子上休息。

休息了一会儿后……她突然发现不对，她虽然快跑了几分钟，绕过了两个弯，和他拉开了点距离，但以戚程衍的脚程，应该很快能追上来才对，怎么这么半天还不见人影？

关知意想想有些不放心，于是站起来往回走——万一他在路上突然出了点事就不好了。

关知意一路小跑回去，好不容易又绕过那两个弯之后，便看到不远处的两个身影。

一个一身黑色运动服，身高腿长，正是戚程衍；另一个穿着极简运动装的女人是……哪位啊？！

关知意停住脚步，躲在树后面打量了一番。裙裤式运动下装，抹胸式运动上装，露出两条长腿和一大片纤细腰身……好吧，穿着上她输了。

关知意深吸了一口气，不高兴地盯着不远处的那个女人。

两人在说什么？那女人笑得也太灿烂了吧？

不对啊，她特地起了个大早，特地穿着能把她身材各项优势凸显出来的运动服，可不是来看别的女人跟他聊天的！

想到这里，关知意立刻拿出手机，给戚程衍打电话。

很快，她就看到他接了起来。

"小五？"

关知意快步往前，等走到一个合适的位置后，她坐了下来："你在哪儿啊？"

"路上遇到个朋友，你跑到哪儿了？"

朋友？也是，住在御和的人跟戚程衍认识也很正常，只是那个女人看他那眼神……她就是觉得不太正常。

"哦……那你什么时候过来啊，我跑太快了，好像、好像脚扭了一下。"

戚程衍愣了愣："什么？你在哪儿？"

关知意："我就在这条小道前面啊，你往前来肯定能看到我的。"

"知道了，你别动。"

"嗯。"

不一会儿，关知意便听到了脚步声。她目光一瞥，看到戚程衍过来了，但那个陌生女人也跟着过来了。

关知意连忙将头上戴着的帽子往下压了压。虽然这个女人认识她的概率不大，但万一认识的话，也有点麻烦。

"小五！"

戚程衍很快跑了上来，他着急地在她面前蹲下，看了看她的脚踝："哪只脚？"

关知意低着头，小声道："就之前打石膏的那一只……"

"你怎么这么不小心，不知道不能瞎跑吗！"

"喔……我知道错了。"

戚程衍脸色有些不好："疼吗？能站起来吗？"

"戚总，我看这小姑娘扭伤挺严重的，要不我打电话让医疗队过来吧？"边上那个女人很热情地说道。她口中说的医疗队是御和公馆附属的私人医院，只服务小区的高级 VIP。

关知意压根儿没事，肯定不能让她打电话："不用！我觉得没那么严重，哥哥你背我回去就行！"

女人愣了下："这个……还是去看医生吧？"

戚程衍也道："别闹，让医生过来。"

"真的不用。"关知意揪着他的衣服，软声道，"我没觉得严重，就是扭了一下，不太好走路。我要回家，你先背我回家吧。"

"你确定没事？"

"嗯，没事。"

戚程衍不太放心地看了她一眼，见她一脸坚决，还是随了她。反正真有事，回去再让医生过来也不迟。

他转身："上来。"

"好！"关知意立刻趴了上去，双手牢牢地圈住了他的脖子。

起身后，戚程衍礼貌地对那个女人打了个招呼："林小姐，那我先走了。"

那女人见戚程衍要走，连忙道："要么我跟你们一块儿去吧，要是有什么事，我还能帮帮忙——"

"我没有什么需要您帮忙的，谢谢了。"女人话没说完，就听看着软软糯糯没什么攻击性的小姑娘冷淡地说了句。

她的声音戛然而止，怔怔地看向戚程衍背上的人。

她虽看不到小姑娘的脸，但能感觉到小姑娘透出来的冷意。

那是一种……只有女人才能感觉到的冷意。

甩了那陌生的性感女人后，关知意终于可以安心地趴在戚程衍背上了。

其实她反应这么大，是因为自己打心眼里忌惮这类女人。这就跟对上那个杨梦佳的感觉一样，她觉得戚程衍这种成熟的男人会喜欢那一类型……可让她无可奈何的是，她天生一张娃娃脸，完全没有那种成熟性感气质。

而且没遇到那个女人前，她还觉得自己今天穿得挺性感；可跟刚才那个女人一比，她这身打扮，突然就显得很小儿科了……

"刚才那个人住这里吗，我怎么没见过？"关知意试探性地问了句。

戚程衍背着她稳稳地往前走："刚搬来不久，你没见过很正常。"

"哦……这么巧，她也晨跑。你们很熟吗？"

"一般。"戚程衍似乎不想再聊这个话题，"你刚才跑那么快干什么，有你这样晨跑的吗。"

"我不是为了表明我能跟上你嘛……"

"这有什么好表明的。"

"谁让你说我腿短。"

戚程衍顿时哭笑不得："我后来不是说你腿长了吗？"

"你那明明是在嘲讽我。"

"你看，我说什么都不对。"

"哦，反正也是，我肯定是不如刚才那个林小姐的腿长。老板啊，你看到女孩子都走不动路吗，我在前面等了你好半天都没见你过来。"

戚程衍一愣，匪夷所思道："关小五，你胆子又肥了是不是，说的是什么混账话？"

关知意轻哼了声："是不是被我说中了……"

戚程衍回头看了她一眼："她是公司的一个合作伙伴，正好遇上而已。"

"哦……这样。"

"要不然呢。"

"没有啊，就、就我觉得看姑娘腿是人之常情。"关知意心里窃喜，随口扯道，"就像我哥，我哥平时在路上就老是被我抓包看小姐姐的腿，所以我刚才才理所当然地觉得你也是这样。"

戚程衍眉头微微一挑："你哥？"

把关元白拿出来胡说八道的关知意丝毫没有压力："嗯，是的！所以我能理解，正常，都正常。"

他们今天晨跑，没跑几分钟就结束了，所以戚程衍把关知意背回她家时还很早，楼下就一两个帮佣在厨房准备早餐。

戚程衍把关知意放到沙发上："坐着别动，我去拿药箱。"

"哦。"

戚程衍对她家跟对自己家一样熟悉，轻而易举找到药箱后，挪过旁边一个单人沙发凳坐着，翻找药箱里的东西。

"先用药水揉一揉。你等会儿要是再疼，就必须让医生来看，知道没。"

"知道的。"

戚程衍翻到了跌打损伤的药，刚想递给她，突然，一条长腿直接在他面前抬了起来，十分坦然地横在了他的大腿上。

隔了一层布，微微温热。

愣了两秒，他看向关知意，后者天真无邪道："我看你揉完我还疼不疼，还疼我们就叫医生。"

戚程衍本没打算帮她揉，所以看眼前这人理所当然地觉得他可以这么做的时候，他还真有些愣住了。

"怎么了，哥哥你不会吗？"她歪着脑袋看着他。

戚程衍顿时有些语塞，只下意识地低眸看向她的腿。

她的腿很白，在他黑色运动裤的衬托下，白得触目惊心。

不知道为什么，他脑子里突然闪过她刚才说的话：我肯定不如刚才那个林小姐的腿长。

是不如林小姐腿长，因为她的身高矮一些……但很明显的是，眼前人的腿会比那个人的白好几个度，也比那个人的直。

她经纪人说的没错，她的身材比例真真是恰到好处，所以真比起来，她的腿比那个林小姐的，好看得多。

“你们在干什么？”突然，身后不远处传来了一个疑惑的声音。

戚程衍心口一跳，思绪瞬间被拉回。他整个人就像被浇了一盆冷水，背后直犯凉。

他刚才……想哪儿去了？

“脚怎么了？”关元白从楼梯上下来，意外道，“你们……这是去跑步了？”

戚程衍眼眸微暗，不动声色地把关知意的腿拿了下来：“晨跑，小五脚扭了。”

“晨跑？”关元白震惊地看着关知意，“你起得来？”

关知意刚想反驳，就见戚程衍起身了：“你来了正好，你给她上一下药，我公司那边有点事，得早点走。”

关元白不疑有他：“喔，那你去吧。”

戚程衍放下手里的药水，拿上手机便出门了。

他走得有些快，关知意都没反应过来，他就已经没了影。

“我怎么不知道你还能晨跑，吃错药了？”关元白在方才戚程衍的位置上坐了下来，一边说一边打开药水，“还能把脚扭了，真行……这只吗？”

关知意看着戚程衍离开的方向，心里一阵恼火。他还没给她揉腿呢！他不是说她腿短嘛，倒是量量啊。

好气……竟然被她哥给打断了。如果她哥不下来，现在肯定是戚程衍给她上药了！

关知意越想越心塞，于是脑子一蒙，就做了平时根本不敢做的事。那就是——

当关元白弯下腰伸出手，打算帮她抹药的时候，她一脚把他的手踹开了！

还踹得有点重！

关元白沾了药水的手悬在了半空中：“……”

“我、我说我膝跳反应，你信不信？”关知意回过神，小声地问了句。

关元白一瞪。

关知意干巴巴一笑：“哈哈，好奇怪啊……我突然感觉我的脚踝不痛了。

“所以我觉得还是不要麻烦哥哥了，您日理万机，这事我等会儿自己来吧。那么，我就先走了！”

关知意说完，立刻从沙发上跳了下来，然后在关元白的怒火还没烧到她身上时，飞快地往楼上跑去！

关元白慢慢起身，震惊地看着被踹得隐隐作痛的手腕：“关，知，意！”

关知意在家里休息的这几天，经常跑到戚程衍家去，有时候是蹭个饭，有时候是跟戚老爷子聊个天，反正就是疯狂地在戚程衍身边晃荡。可遗憾的是……戚程衍好像很忙，好多次她刚到他家，他就要出门了。

她的假期很短，这样玩了几天后便要回去工作了。

自关知意拍完《朝野》，刘云对她越发上心。

拍完《朝野》后，刘云给她选剧本十分认真，生怕她在参演大制作后又掉回烂片里。后来精挑细选，给关知意选了一部现代剧《急诊科》。这个剧的制作团队在业界出了名的精良，所以刘云很放心。

关知意自己也很喜欢这部现代剧，跑了几个商业活动后，很快就进组了。

拍戏的地方就在本市，所以她偶尔得空还可以偷偷溜回家。

进组一个月后，她之前录制的旅行综艺《花样环游记》也上线了。

上线前几个小时，她应着合同上的要求，发了条微博宣传：

今晚八点，《花样环游记》邀你一起出发！第一站英国伦敦，超级超级惊险！敬请期待哦！

微博发出后，评论立马跟上。

上次她在《滚蛋吧，脂肪！》里的表现博得一大票观众喜欢，很多人都在期待她的新综艺，所以听说她参加了个旅行综艺，大家都纷纷前来围观。

不过有人喜欢，自然也有人不喜欢，关知意的黑粉不少，被骂也是少不了的。

【好期待好期待，早就等着你的综艺啦！】

【上次在“滚蛋吧”里我笑惨了，真心希望小姐姐这次的出行能有足够的资金。】

【多给我们女儿一点钱玩吧，看她抠抠搜搜的我心疼！】

【关知意：不用花钱的旅游就是赚钱！】

【女儿要玩得开心哦！】

【土鳖出国？】

【感觉不像是见过世面的样子……出个国，话都整不明白吧？】

【别在国外丢人现眼了，回来吧！】

……

关知意忙着拍戏，发完微博之后就放下了手机，倒是助理毛毛在刷微博的时候气得半死。

这段时间跟关知意相处下来，她完全被收为自己人了，所以看到那些嘲讽关知意的评论就好像看到别人在骂自己似的。

不过毛毛气归气，也不会刻意到关知意面前去说，因为她怕关知意看到会难过。

晚上八点，《花样环游记》上线，关知意还在拍夜戏。而经纪人刘云今天正好也在剧组，所以一边等关知意下班，一边跟助理毛毛一起看第一期节目。

刘云心够硬，为了看到网友真实的反馈，要毛毛把弹幕给打开。

毛毛：“云姐，弹幕就别开了吧，我怕有人骂知意姐……”

刘云瞥了她一眼："新人就是新人，这都受不了。给我开！不开怎么知道大家在说什么！"

"可是……"

"快点快点，都开始了。"

毛毛没法，只好心惊肉跳地把弹幕给开了。果然，才刚刚开始而已，弹幕上就已经飘过好几条骂关知意的言论。但刘云在边上盯着，她只好硬着头皮看了下去。

不过看着看着……后来她再也顾不上看弹幕了，因为她跟弹幕里好多人一样，都被关知意给惊到了……

"云姐，知意姐的英语口语原来这么流利吗？"

刘云没说话，心里也同样震惊。这个综艺，经纪人完全不能跟，所以她除了知道流程之外，具体录制的内容她也不知道，跟观众一样，她也是第一次看这个片子。

因为关知意从前不是她重点关注的艺人，她对关知意了解不多，只知道关知意在进圈的时候读的大学是京城一所很不错的大学。但是在娱乐圈，大学只是加分项，你的演技和才艺没被别人看到，那种东西一点意义都没有。

所以，刘云还真忘了关知意是个好大学出来的好学生。

刘云和毛毛惊讶的同时，弹幕也刷疯了。

【关知意英语好溜啊，发音好好听！】

【标准英式口语，666！】

【惊呆，没想到她是这六个人中的交流担当！】

【感觉她看起来萌萌呆呆的，但很会处理事情，你看租车这些事都是她搞定的。】

【嘿嘿嘿，这就是我的宝藏女儿！】

【那些说出国丢人现眼的，等你考上京大再来说我女儿吧！】

【啥啥啥？啥意思？京大？】

【本资深粉丝可以骄傲地告诉你们，我家意意是京大毕业的！】

【真的假的？关知意上的是一本重点啊？】

【我还真不知道……之前看节目只是觉得她思路清晰，很聪明的感觉，原来是学霸啊……】

【呜呜呜路转粉！又可爱又聪明的女孩子谁不爱！】

……

《花样环游记》第一期上线后，# 关知意学历 ## 关知意口语 # 陆续登上热搜。

关知意下了夜戏已经是凌晨，所以当毛毛和刘云喜滋滋地拿着手机给她看时，她才知道自己今天连上了两个热搜。

关知意："这也行……"

刘云拍了下她的肩："这当然行了！这年头，艺人的标签是越多越好，更何况是这种学霸标签。”

“可我也不是学霸。”

毛毛惊讶道：“你可是京大毕业的，怎么不是学霸！”

关知意：“考是考上了，但我的成绩在同学中真的很一般……”

这话她不是开玩笑，当初她报考这个学校就是被她爸逼的，要是她能选，她肯定选戏剧类院校。而且因为本来就无心那时学的专业，她把当时的心力都用在怎么在选秀中脱颖而出，怎么拍戏，怎么提高演技上了，所以那会儿她每科成绩都只是勉强通过而已。

要说学霸，她的同学们才是真学霸。

“但是能考上，说明你高中的成绩是很好的呀。”毛毛羡慕道，“你都不知道啊，在我们老家，考上京大那可是光宗耀祖的事！”

关知意有些不好意思：“运气，运气好……”

《花样环游记》收视很不错，第一期在网上火了之后，第二期、第三期点击率比同期其他综艺的点击率高出了好几倍，一下子占领了综艺第一的位置。

而这个综艺中，收获最多的自然是关知意。

也不知道怎么回事，电视剧光招黑粉了，综艺却让她名声大噪，热度大大攀升。

可谁都没有想到的是，就在《花样环游记》播得正火时，一天晚上，一个营销号突然爆了一个料。

“最近势头正好的某女星从前资源很差，最近却接二连三接到了好综艺好剧本。原因很简单，该女星其实是搭上资本了，而且搭上的那位海归刚回国就在圈内大展手脚，也砸了好多钱捧她。大家可以猜猜看是谁哦！提示：前段日子刚杀青了《朝野》。”

营销号内容发出后，网友们纷纷跟评：

【这也太好猜了吧，关知意啊！】

【我说呢，以前演傻白甜剧的竟然能咸鱼翻身跟肖燃搭戏。】

【什么叫我女儿接到了好综艺，接之前综艺能不能火她又不知道！】

【不约，我意独自可爱。】

【粉丝就不要来刷她清纯可爱的人设了好吗，背地里还不是铆足了劲勾引富豪啊！】

【本来就是底层上来的，哪里真的没啥心机啊。】

【卖身换资源！】

【哪个富豪？有没有人给我科普一下！】

【据知情人士透露，是艺星的新老板。指路：美国财经杂志 *Commercial Circles* 去年 3 月刊，首页有惊喜。】

【竟然真的给我找到了，好帅！（附照片）】

【妈啊……这要我我也勾搭！叫戚程衍吗？我宣布这是我新墙头。】

【咳——你们重点是不是歪了！】

【戚程衍有未婚妻的，还去过艺星呢！艺星的人都知道那是他们老板娘。】

【啥？渣男！有了未婚妻还养着关知意？】

【资本圈真是恶心啊，养明星的人层出不穷。】

【重点是关知意真不要脸啊，小三上位，还在《朝野》里抢别人角色！】

【本来还挺喜欢她的，没想到啊！】

……

这条爆料一个小时的评论和转发就有上万了，之后陆陆续续有“知情人士”出来爆料，关知意勾搭上司上位等言论越来越多。

关知意最近热度高，但粉丝多是从综艺里吸来的，黏性还不高，所以当舆论一边倒后，很多刚喜欢上她的人只是观望，不敢盲目站队。而她的死忠粉们的反驳，很快就被淹没在一片“黑海”中了。

《急诊室》剧组这几天在拍别人的戏，没有关知意的行程，所以刘云今天给她安排了杂志拍摄的工作。

最后一组照片拍完之后，关知意的工作也结束了。从镜头前下来后，她站在摄影师的电脑前看自己的照片。

“云姐，怎么样，有没有你很满意的？”关知意随口问了句，然而问完后，却没有得到刘云的回应。

她有些奇怪，回头看了眼：“云姐？”

刘云脸色看起来不太好。关知意望向了助理，用眼神询问，毛毛摇了下头，指了指手机。

“发生什么事了？”关知意直起身体，询问刘云。

刘云早两个小时前就知道这个消息了，但因为关知意一直在拍摄，所以才忍到了现在。

“网上突然有人大面积黑你。”刘云简单明了道。

关知意愣了一下：“因为什么？”

刘云看了她一眼，没说话，只把她往化妆间带。

等到旁边都没工作人员，刘云才道：“这种内容我猜测是艺星内部的人传出来的，要不然谁知道你跟戚程衍有关系？”

“戚……戚程衍？”关知意呆了呆，“网上说什么了？我看看。”

刘云恼火道：“真是自己人都看不得自己人火啊，我倒要看看是谁在背后编排你！你说你好不容易有了点好名声，这下全毁了！气死我了！”

刘云还在说着，关知意已经打开微博看了一圈。

其实近段时间来她在网上风评很好，微博里也是一大片赞扬的声音。开心吗？那是肯定的，身为一个艺人，怎么可能不希望获得别人的喜欢。

但大概是看了太久正面评论，现在打开微博，突然发现有一大群人在骂她，甚至骂得比她之前“傻白甜”阶段还要狠的时候，心口在那一瞬也是凉了下。

她不是没经历过别人骂她，但是之前别人都是骂她演傻白甜剧，那在一定程度上是事实；但现在大家却在骂她小三，骂她走偏门上位……这种恶毒的言论，任谁都不能坦然接受。

而且，竟然还有人骂戚程衍？

关知意往下拉了拉，看到还有很多人在扒戚程衍的资料。

戚程衍在她心里一直是别人不可触碰的人，她自己被骂了还能打碎牙齿和血吞，但他……她会觉得比自己被骂了还生气！

而且他不是圈内人，却莫名其妙因为她被网友骂……

“行了，你也别看了，看着就生气！”刘云道，“什么小三，你算哪门子小三啊。虽然说戚总可能是有点喜欢你，可他也没帮你什么啊，那剧是你自己面试上的，这综艺是我去撕的！怎么到他们嘴巴里，都是你卖自己卖来的？？”

关知意关掉了手机：“行了，现在说这些也没用。”

刘云深吸了一口气：“也是，那我回去马上就跟公司那边出声明澄清。”

关知意嗯了声：“我去换衣服，我想先回家了。”

刘云：“行。”

换完衣服后，刘云和毛毛带着关知意从摄影公司出来，直接去了停车场。但没想到，人刚出来没一会儿，身边突然涌过来一大群扛着长枪短炮的人。

“知意，网上那些言论不知道你看了没有呢？有没有什么想说的呢？”

“据传你是搭上戚氏总裁戚程衍后才有了好资源，是真的吗？”

“昭阳这个角色是你硬挤掉别人拿来的吗？”

“网上说你在立清纯人设，你怎么看？”

“现在跟戚程衍到哪一步了？你知道他有未婚妻吗？”

……

三人从楼道里出来的时候，压根儿没想到外面有媒体在蹲守，现在突然被挤到人群中心，三人都蒙了几秒。最后还是经验最丰富的刘云先反应了过来，她立刻护住了关知意：“不好意思让一下。”

记者：“回应一下吧？大家都在等事实。”

记者：“不说点什么吗？还是因为是真实，所以不作解释？”

“毛毛，开路！”刘云对助理吼道。

毛毛立刻点头，硬是挤开前面的人：“让一下！麻烦让一下！”

刘云一边护着关知意往车那边走去，一边在她耳边道：“别说话，现在说什么都是错的。”

关知意自然知道这个道理，沉默着点了点头。

刘云：“你们让一下好吗！有什么我们之后会公开说明！但不是现在！”

然而围堵的媒体压根儿不听刘云在说什么，一个劲地把相机和话筒往里挤。关知意被挤得摇摇晃晃，都快走不动路了。

“啊……”刘云一个人根本敌不过这么多人的拉扯，一个不留神，关知意就被挤倒在地。

“咔嚓咔嚓咔嚓——”

闪光灯不住地响着。

关知意倒地的那瞬手撑地，掌心擦过粗糙的地面，一阵刺痛。

她愣了一下，赶紧从地上站起来。

灯光还在闪，她抬手掩了下眼睛，那瞬脑子有些空白，而空白过后，脑海里莫名出现了她母亲的脸。

曾经，她也遭遇过这些吗……

“你们让一下！现在不是采访时间！你们是记者吗？啊？！是真的记者吗！”刘云又急又气，用力地挤了出去，然后再一把拉过关知意，和毛毛一起奋力把她推上了车。

“砰——”

车门终于关上了！

刘云松了一口气：“赶紧开车。”

“嗯！”毛毛连忙启动了车子。

“知意，你没事吧？”刘云看着脸色有些白的关知意。

“没事。”

“你手……我的天，你的手掌全破了！赶紧的，我们回去处理一下。”刘云心塞地看着她的掌心，“不对劲，真不对劲，这些记者反应太快了，热搜刚出来不久他们就知道你在拍广告，然后立刻就来堵了，可我们这也不是公开的行程啊，肯定是谁故意搞你。”

“我觉得也是！这群记者野蛮得过分了。”毛毛往后视镜看了一眼，“云姐，这些人是有备而来，那知意姐的安全能保证吗？”

刘云怔了怔：“你这倒是提醒我了，也不知道家里那边有没有人蹲。”

毛毛：“那、那今天要不就不回去了，住酒店？”

刘云看关知意：“你说呢？”

关知意看着掌心，刺痛后知后觉蔓延开来，她手指都有些发麻了。

“你送我去御和吧。”关知意突然道。

“御和……御和公馆？”刘云惊了下。御和她是知道的，京城特高端的住宅区，住的全是达官显贵。

“你去那儿干吗？”

关知意抬眸看了她一眼：“我要去。”

另外一边，艺星停车场的一辆房车内。

一个女人靠在沙发上，看着微博上有人刚发出来的视频。视频里，关知意面对一群人的询问和指责，一句话都没有，最后十分狼狈地被推上了车。

女人勾了勾唇，点开了评论。

意料之中，评论或猜测或谩骂或嘲讽，都是在抨击关知意的。女人看得心情舒畅，用正在浏览的小号点了好几个赞。

“亦桐姐。”

这时，房车的门被人打开了，一个年轻男人拿着两杯咖啡进来：“亦桐姐，咖啡来了。”

“放那儿吧。”坐在房车里的人正是艺星公司的艺人郑亦桐，也是曾经把关知意从《朝野》剧组里换下来，结果被戚程衍反刷的人。

“亦桐姐，那群人已经打点过了，拍了视频后都陆陆续续发网上去了，现在网上已经有了吧。”

郑亦桐笑了下：“看到了，还不错。”

助理见她满意，又道：“关知意住的地方也打听到了，那边也安排了人，肯定让她不得安生。”

郑亦桐冷哼了声，想起方才视频里关知意狼狈的样子就高兴。

她就是想让关知意跌入谷底，就是想看她被人谩骂的样子！谁让她害得自己现在这么惨！

“亦桐姐，那咱们这个违约金付过之后，要去哪家公司呢？”

“没想好，反正待哪里都比待在艺星好。”

自戚程衍收购艺星、《朝野》换角之后，她几乎被雪藏了，公司里的资源她一个都摸不到，就连赵志晖都不敢帮她。

那她还待在这里干吗？就算要付高额的违约金，她也是肯定要走的。

说起来这一切都怪关知意，如果不是关知意，戚程衍又怎么可能会这么对付她！

而且一直以来，她在圈内不管是热度还是地位都比关知意高，现在看到关知意混得风生水起，她怎么可能忍得下这口气！

网上炒得正火热的时候，戚程衍刚结束了一个会议从会议室里出来。今天他几乎开了一天的会，忙得都没时间休息。

好不容易等到他出来，助理连忙跟了上去：“戚总，网上有些不好的消息，您要不要看一下？”

戚程衍面色冷淡地往前走着：“什么事？”

“关于关小姐和——”

“小五怎么了？”戚程衍脚步一顿，停住了。

助理道：“是这样的，今天网上突然有人出来抹黑关小姐，说她勾搭资本上位，拿到了很多好资源，还挤掉了原本演《朝野》的一个演员，抢到了昭阳那个角色。”

“勾搭资本上位？”戚程衍愣了一下，“她需要勾搭哪门子破资本。”

“咳。”助理瞥了他一眼，小声道，“那个，戚总，那个资本指的是……您。”

戚程衍："……"

"而且我刚才没说完……这事牵扯了您挺多，不过您的信息我已经让人去撤了，还有——"

"所以小五怎么样了？"戚程衍打断他道。

助理停顿了下："关小姐情况不太好……哦，对了，这个视频您看一下。"

戚程衍接过助理手里的手机，点开了视频。

视频不长，但拍得很清晰。视频里，关知意低着头，遭受着四面八方的质问。她被好多人推搡着，中间一小段她直接被推出了镜头外，一下子就不见了。

后来镜头一转，人堪堪从地上爬起来。

戚程衍看到她面色惨白站起来的那瞬间，呼吸都滞了下。下一秒，他目光一寒，转身便往电梯方向走去。

"戚总——"助理连忙跟了上去。

"去查什么人搞的鬼，马上。"

助理看着戚程衍寒冰似的脸，立刻正色："是！"

戚程衍已经很长一段时间没有见到关知意了，一方面是因为关知意在剧组拍戏，另一方面，他自己都有些说不清。

自肖燃那些浑话说完后，他就觉得有些怪异，后来他想来想去，这种怪异感确实是自己造成的，是他对她跟小时候一样无区别对待，不合适。

他也觉得需要稍微保持下距离，但那天晨跑的事，他被自己惊到了……或许真的是肖燃的话暗示了自己，所以他才会对自己看着长大、一直以来当妹妹疼的人有那些乱七八糟的思绪。

对她会有莫名的罪恶感，所以下意识没有再去联系。

但远离不代表他就一点都不操心她了。

赶回御和公馆后，远远地，他就在车里看到了他家小院前站了个身影。

看到她的那一刻，心莫名被揪了一下。

她小时候被他保护得很好，所以他从来不知道，当他发现她被人欺负的时候心里会这么不舒服。

"小五。"他下了车，朝她走了过去。

黑夜笼罩，小姑娘的侧脸白得毫无血色。可当她转头看到他的那瞬间，她眼底竟然是欢喜的。

关知意看着他，眉眼微微一弯："哥哥，我还以为你在家呢。"

她也才到不久。

她回来是因为看过网上那些评论，心里有很多愧疚。

"怎么没给我打电话。"戚程衍低眸看着她。

关知意犹豫了下，有些不好意思道："不知道你有没有看到网上的那些新闻？"

戚程衍皱了下眉："我看到了，你没——"

"对不起啊。"话没说完，就听关知意小声说了句。

戚程衍愣了愣："什么？"

关知意："云姐说，可能是有人看准了时机给我泼脏水。我也不知道怎么骂着骂着就把你牵扯进来了，网上那些话说得挺难听的，你别往心里去。"

戚程衍喉间犯堵，沉默地看了她好一会儿才问道："疼不疼？"

"啊？"

戚程衍拉过她的手腕，此时，她手心的蹭伤已经结了一层薄薄的痂了。

戚程衍不满道："刘云怎么也没带你去处理一下？"

关知意反应过来，把手往回抽了抽："没事，是我急着来这里找你，她才直接把我送过来的。"

戚程衍没说话，拉着她往家里带。

现在已经不早了，戚老爷子在楼上休息，家里也没别人。戚程衍带着她在小厅坐下，拿了药箱过来给她擦药。

他坐在她面前，低眸，表情看着有些冷。

关知意偷偷看了他一眼："那个，网上的事……"

"你不用管，我会让人处理。"

"可好多人都在议论你，连你的照片都贴出来了。"

戚程衍皱眉："我的信息本来就没有特别隐藏，关知意，现在是你的情况比较值得操心，你管我这么多干什么。"

他叫了她全名，语气还有些重。

关知意觉得他有些生气了，她缩了下手，小声道："可是我习惯了啊，但你不行……"

戚程衍停住，抬眸看她，心里无名火旺盛"你都能习惯，我就承受不了吗？怎么，你觉得我还不如你？"

"不是啊，是我不高兴！别人骂我可以，但是不能骂你！"关知意眼神沉了下来，执拗道，"他们什么都不知道，怎么能乱编排你。"

戚程衍张了张口，突然不知道要说什么，只觉得心口软得一塌糊涂，气都发不出来了。

她自己都被骂成什么样了，还怕他被编排？

"而且这些对我来说真的没什么。"关知意道，"起初是有一点点难过，觉得好不容易大家喜欢我了，现在突然又……不过这也是很正常的，做这行就是要有这种觉悟，而且还是有粉丝支持我的，他们一直都在。"

眼前女孩的眼神真诚，明显不是在说假话。

戚程衍轻叹了一口气，有些无可奈何。

她能接受吗？可他却觉得一点都接受不了。

"嘶……疼。"关知意伸手握住了戚程衍的手腕。

戚程衍回过神来，这才发现刚刚棉签不小心碰着她的伤口了。

他连忙撤了力："抱歉。"

关知意歪着脑袋看着他："放心啦，我是艺人，被骂是很正常的。不过这新闻要是被你家里人看到，会不会生气啊？”

戚程衍随手弹了下她的额头：“我和你戚爷爷一看就知道怎么回事。倒是你，先操心一下自己怎么跟你爸和你哥交代吧。”

“我跟他们也没什么好交代的啊。”关知意微微倾身，盯着他道，“你觉得，我勾搭上了你，你包养了我，这……可信吗？”

她的眼神依然清澈见底，表情也是在开玩笑，可不知道为什么，戚程衍那瞬间却无法直视她，心里隐隐按压着的诡异想法让他不自然地收回了视线。

他低眸看着她的掌心，淡淡道：“总归对你名声不好。”

“真真假假，圈内这种消息太多了。”关知意往后一靠，道，“我只要做好自己就行了。”

戚程衍：“我会让人把热搜压下去，公司这边也会发声明，放心。”

“知道。不过话说回来，这得怎么澄清才有可信度？”

戚程衍想了想，这事必定是从公司传出去的，糟糕的是，现在网上的人也都相信这些言论。所以如果要让关知意全身而退，彻底丢掉这种不好的标签，确实不是靠发一篇声明就行的。

“解释的事交给我，今天你别想太多，回去好好睡一觉。”

关知意点点头，却没起身。

戚程衍把消毒药水收回到药箱里，又转头看她：“怎么了？”

“我好像很久没见过你了。”关知意看着他，神色突然有些委屈。

戚程衍顿了顿：“你不是在拍戏吗，那么忙，还能见谁。”

“可是我是在本市拍的呀，偶尔还是有时间的。”关知意伸手拉住他的衣袖晃了晃，“所以下次回了剧组，我想找你吃饭的时候，能不能打电话给你？”

戚程衍下意识便要答应，但看到她干干净净、完全信任的眼神时，蓦地想起什么，又没开口。

“行不行啊，我感觉一拍戏就会好久见不到你。”关知意鼓着脸颊，坚持不懈地晃着他的手，“那么久没见到你我很想你的，哥哥你不想我吗？”

言语间满是怨气，似乎比知道自己在网上被人骂了一通还不高兴。

戚程衍看着她，心都快被晃软了。

他有些无奈：“行了，说得好像我拒绝跟你一起吃饭一样。”

关知意立刻道：“可是我之前给你打电话都是你助理接的，他总说你很忙，所以我想着，你应该不出来吃饭吧？”

戚程衍没立刻答话。

因为那段时间是他刻意在疏远，所以没有回电话过去。

“那阵子太忙。”他道。

“我想也是。”关知意不疑有他，“那你之后记得回电话啊，如果可以，我就偷偷来找你。”

“偷偷？”

“当然不能大张旗鼓了，网上流言可不好听。”

戚程衍想起那些包养言论，轻咳了一下。

“那就这么定了啊，我先回家了。”关知意起身准备往大门走，可走了几步，她突然又回过头来。

戚程衍看着她：“怎么——”

话还没问出口，眼前的人就已经扑了过来，又是跟以前一样不管不顾的姿态，一下子搂住他抱了个满怀。

戚程衍被撞得后退了一步，堪堪扶住了她的肩膀。

“绯闻的事，谢谢你不怪我。”关知意用力地抱住他，几秒后，她抬起眸，眼底狡黠一闪而过。接着，她在他还没反应过来的空当踮起脚尖在他耳边道，“哥哥，就知道你对我最好了。”

很近，热气就喷洒在他的耳后。

戚程衍愣了一下，只觉呼吸掠过，从耳后到脖颈都惊起一层涟漪。而胸口里的什么更像是被突然狠揪了一下，猝不及防的心悸。

“你……”

“我会记得的哈，以后请你吃很多很多好吃的。”关知意放开了他，笑得灿烂，“好了，我真的走了，拜拜。”

她朝他挥了挥手，转身往外走去。

她的背影消失在门口。

戚程衍站在原地，错愕地看着她离开的方向。

身上似乎还残留着她的温度和味道，浅浅淡淡，蚀人心骨。

良久，戚程衍眉心狠狠一跳，一股毛骨悚然的感觉突然传遍四肢百骸。

他刚才那是什么反应？

关知意从戚家出来后，灿烂的笑意顿时收起。她拐过了一个弯，确定戚程衍不会看见她后，这才脱力似的靠在了一边的墙上。

今天她来找他原本真的只是因为网上的事，见过他之后才安心下来，而后因为很久没见他，所以临时起意……

撩拨他。

光是抱抱他，她认为他不会有什么特殊反应，因为她觉得这个动作自己对他做过太多次了，所以方才拥上去时她才近乎恶劣地靠近了他的耳朵，刻意在人最敏感的地方暧昧地说话。

不过他能感觉到什么吗？

关知意有些后怕地深吸了一口气。她想让他感觉到有什么不一样，可是又不知道她做得对不对。

这些伎俩还是她从以前演的那些小白剧里学的，质量还真不敢保证……

“呼……应该还行吧？”

“什么还行？”突然，一个声音从前面传来。

关知意吓了一跳，一抬眸才发现关元白出现在了她面前。她立刻站直了。

“哥？你什么时候来的！”

“不久前接到程衍的电话就回来了，你怎么站在这儿？”

关知意见到关元白，心里一阵发虚：“我、我啊，刚从程衍哥哥家出来。”

关元白走上前来，拉过她的手看了眼。

手心上了药，但也因为上了药水，看着更为触目惊心。

关元白蹙眉，眼底酝酿着暴风雨。

关知意抽回手背在了身后：“所以你也看到新闻了吧……”

“看到了。”

“喔。”

“疼吗？”

“手吗，已经不疼了……”

关元白：“脑子呢？”

“啊？”

“脑子疼吗？”

关知意嘴角微微一抽：“脑子……疼什么？”

“那就对了。”关元白冷漠道，“你根本没脑子，怎么会疼。”

“……”

关元白松开了她的手：“回家去吧。”

“那你呢？”

“我去找程衍，”关元白瞥了她一眼，“看看怎么处理你这个笨蛋的事。”

·第七章·

关元白跟她说完，便去戚程衍家了。而关知意刚才做了那档子事，一时半会儿也不敢再去，只能慢慢往家里走。

关元白没有在戚程衍家待很久，半个小时后他就回来了。

“哥，你们聊完啦？”关知意招呼着他在她边上坐下。

“嗯。”

“那个，你刚才进他家的时候，程衍哥在干吗？有没有什么不对劲吗？”

关元白奇怪地看了她一眼：“什么不对劲？他不是好得很吗？”

关知意哦了声，有些失落，看来没什么用啊。

“那你们聊出什么来了？”

“能聊出什么，当然是把那些恶意热搜都给撤了！什么包养上位，我妹妹还需要被……”关元白顿了顿，没继续说，只道，“真是笑话！”

“当然是笑话了，网上的言论，你听听就得了。”

关元白冷哼了声，突然又道：“那程衍之前在公司真的没帮你什么？”

关知意笑容一顿：“搞了半天你还是相信了啊，那你问他啊，你刚才不是跟他在一块儿吗。”

“自然是问了，他肯定说没有。但是他要是偷偷帮了你然后又瞒着我，也不是奇怪的事。”

关知意失笑：“真的没有，之前我不是发誓了吗，不用你们帮就不用你们帮，我很有原则的好不好。”

“偶尔也不需要那么有原则。”关元白突然道。

关知意一愣：“啊？”

关元白看着她，眉间有些忧愁："小五，我和爸不想让你在这个圈子里，就是怕发生今天这样的事。今天被那群记者堵着问，手都受伤了，你不知道怕？"

"以前没有的……今天是有人恶意攻击我。"

"但如果你以后红了，被更多人知道，会有更多人恶意攻击你，明白吗？"关元白道，"你以为我不帮着你是为什么？我就是不希望你在这个圈子里越陷越深，不希望你被那么多人知道。"

关元白是可以狠下心的。

因为关知意前几年确实没有折腾出什么水花，所以他放任她，不去管，可今天他看到那个视频时还是控制不住了。他是有心理阴影的，因为他的母亲从前就生活在聚光灯下，一言一行被放大，最后承受不住舆论压力和谩骂，抑郁自杀。

虽然他知道关知意不可能走向那种结局，但是他会担忧，会害怕……

"哥，你和爸的担忧我都明白。"关知意想起记忆中那个女人，淡淡笑了下，"其实今天被记者围起来的那瞬间我想起妈妈了。我在想，当初妈妈被那么多人质疑演技、质疑人品、质疑生活的时候，应该是很无奈的吧，她被那么多人追着骂也一定很难过。

"我当时也稍微难过了那么一下下，但是我很快就释怀了。在我眼里，这些都不重要。我不会像妈妈一样把外界的声音放得那么大，也不会把自己锁在一个框框里，觉得什么错都不能犯，什么污点都不可以有。对我而言重要的，是我能拍戏，我能塑造出一个个角色。"

关元白皱着眉头看着她："你真这么想？你走上这条路，未来还会有很多困难，不是你自己说释怀就能释怀的。"

"我心里想要的是什么，我一直很清楚。"关知意拍了拍关元白，"所以你放心吧，我会好好的，不管发生什么。"

关元白看着遭受网络暴力还能反过来安慰他的关知意，心里有些震动。他过去一直想的是，这个从小就被家里人捧在手心的妹妹承受能力会很差，他从没想过，她能这么坦然地面对那些恶言恶语。

或许……他真的是小看她了。

"好啦，那就这样吧，没什么事我回房间了。"关知意笑道。

"你还笑得出来……不过我真没想到，你的第一个花边新闻，对象会是程衍，够离谱的。"关元白眼里带了些匪夷所思。

关知意停了下，没起身："为什么够离谱？"

"不够离谱？用脚指头想都知道他跟你不可能。"关元白随口道，"不过外人也不知道你们私下的关系，有误解也正常。"

说完后，关元白发现关知意面无表情地盯着他。

关元白："你看什么？"

"没什么。"关知意哼了哼，起身就往楼上走去。

什么不可能，什么离谱……他们怎么就不行了！

关知意不知道她哥和戚程衍后来具体是怎么操作的，只知道第二天，网上热搜不见了，最开始爆料的那个营销号出了份道歉声明，说自己是造谣。

这些都是常规操作。

最让关知意意外的是，第三天中午，圈内一个知名娱记发出了一段戚程衍的采访视频。

刘云直接将记者的采访微博转发给她，关知意点开的时候，还没看视频，先注意到了热门转发里，转发了该视频的 ID 名字。

戚程衍。

戚程衍?

同名同姓还是网友恶搞?

关知意愣了愣，立刻点进了那个 ID，然后，呆了。

因为这个 ID 有认证，认证资料是：艺星娱乐 CEO。

关知意一怔。

还真是戚程衍。

关知意往下拉了拉，想看更多内容，可发现该微博除了转发这个娱记的采访视频外，什么都没有。很明显，这个号刚申请不久。

不过虽是刚申请，微博粉丝却涨得很快，竟然已经有三十万粉丝了。

关知意心里震惊，点进了视频。

看采访视频的背景 logo，戚程衍应该在参加一个娱乐盛典。按理说，这种盛典他去坐一下就可以了，完全没可能被娱记堵住。可此时他却出现在了镜头前，那只能说明……他是故意的。

视频有些嘈杂，但戚程衍面对一众记者面不改色，样子冷静得仿佛是在进行他熟悉的财经访问。

“据说您已经有未婚妻，却又被关知意小姐吸引。对于网上那些小三言论您怎么看？”

“网上说您为了关小姐一掷千金，甚至买‘角色’给她，这是真的吗？”

“《朝野》里，昭阳的角色原本是谁的呢？是哪位演员被挤下去？”

“听说你还特意去剧组探班关小姐，两人感情很好哦。”

“……”

一堆问题抛过去后，只见戚程衍面露意外道：“我有未婚妻？这事我怎么不知道。”

记者愣了下：“您是说，您没有未婚妻吗？”

戚程衍淡淡一笑，颇礼貌道：“没有，有好消息的话会通知大家。”

“那您为了关知意换角色这事呢？”

“《朝野》是我很看重的一部作品，但是关于选角……这事自然是交给更专业的人做。关小姐是导演团队看中的，并不是我选的，所以希望大家不要恶意中伤演员。至于特意去《朝野》探班，确实有特意去过一次，不过那次是去看肖燃，这事你倒可以跟他求证。”

……

戚程衍转发了这个视频后，陆续有《朝野》的工作人员和演员过来评论。

关知意点开了戚程衍微博下的评论，在热门评论里看到《朝野》的导演和原著作者的回复：

“我第一眼看到知意就觉得她是我笔下的昭阳，经过几个月的相处，她真的让我的昭阳活了。”

“小姑娘演技很不错，压根儿不存在什么暗箱操作，大家别被恶意中伤的人带节奏了。”

如果说导演和原著作者辟谣已经够有力度，那肖燃的出现就又往造谣者的脸上甩了个巴掌——

“下次再来剧组探我的班，记得再带点好吃的！”

谁都没想到肖燃会参一脚，他的话直接否定了戚程衍去《朝野》是探关知意的班。而且肖燃这么一开口，他的万千粉丝自然力挺，一时间，舆论风向迅速转变。

【之前我就说没有证据凭啥瞎猜啊，各位打脸了吧！】

【是不是真的未婚妻完全可以查证的，他敢说没有，那肯定就是没有了。】

【相信作者大大的眼光！】

【看样子关知意圈内人缘不错啊，连肖燃都帮着辟谣。】

【我女儿实惨！好不容易有个好项目就被这么黑！】

【大概是太突出，有对家发通稿了呗，这你们都能被带节奏。】

【这位戚姓大佬真的好帅，他还开什么娱乐公司啊，自己进娱乐圈得了！】

【清醒点！收购艺星只是人家事业上的小分支！这种人怎么可能进娱乐圈啊！】

【呜呜呜好帅，关注了关注了！】

……

网上评论越来越歪，不过关知意的黑评几乎看不见，讨论戚程衍的倒是层出不穷。

而网上讨论得正热烈的时候，某个化妆间内，正在化妆的郑亦桐看着手机上的消息，猛地把一堆化妆品都扫了出去。

乒乒乓乓，地面顿时一片狼藉。

“都滚出去！”

她身后的化妆师和发型师对视了一眼，赶紧跑走了。

助理额间有些薄汗：“亦桐姐……”

“不是说那个杨梦佳是他未婚妻吗！怎么又不是了？”郑亦桐气得眼睛都红了，“还有关知意，她是给这群人下了什么药？至于吗，连导演和肖燃都站出来给她说话？！”

“亦桐姐，现在这个不是重点——”

“这还不是重点！”

助理低着头，闷闷道：“亦桐姐，现在有更紧急的事情，那个，乐娱那边说……不签了。”

郑亦桐一愣：“什么？”

“乐娱那边的老板说不签您了，让我们明天不用过去，还有……我问了之前我们否掉的其他公司，他们也都表示不签您。”

“怎么可能……”

“是真的，我把手机上所有可能的公司联系人都问了一遍，他们也不说原因，就说您不适合他们公司。”

郑亦桐瞪大眼睛：“不适合？以前求着我去的是谁啊！”

“这……”

“嗡嗡——”

气氛正僵的时候，郑亦桐的手机响了。她看了眼屏幕，接了起来，没好气道：“干什么？”

来电的是艺星的赵总赵志晖，他直截了当道：“亦桐，看在咱们还是亲戚的分上，我还是得提醒你一句，暗地里对关知意做的那些事，别瞎搞了。”

郑亦桐道：“你什么意思？”

“你以为你做这些戚程衍查不到吗，你当他是什么人！”

郑亦桐后背一僵，怎么会……他竟然知道是她在搞鬼了？难道说，这是那些娱乐公司突然都不签她的原因？

“你、你们有什么证据说是我！”

“不该惹的人就别惹，这么多年你家里人真是把你给宠坏了。我告诉你，现在只是让你不在这个圈子里混已经是好的了，你要是再敢做什么，你家那边都兜不住。听我的话！不要惹戚家的人，那后果不是你自己能承担的！”

助理不知道郑亦桐在跟谁说话，也不知道对方说了什么，他只是看到方才还怒气腾腾的女人脸色突然白了下来。

“亦、亦桐姐？”

郑亦桐惨白着脸，手机都有些拿不住了：“我只是抹黑她一下而已，他就要我退圈？”

助理：“谁让你退圈？”

郑亦桐张了张口，那人的名字却不敢说出来。

她其实很早以前就听说过戚程衍，知道他回国后，更是殷勤地想结识。她知道他这个人在生意场上作风狠厉，但她没想到有一天，这个她曾经喜欢过的男人，竟然会把这种狠用在自己身上。

只因为关知意，只因为她而已。

因为这个人，她在圈内将永无出头之日……

关知意看完网上那些评论后心里其实是高兴的，虽然她之前说不会因为别人的眼光影响自己，但看到网上没那么多人骂她，总归是比较轻松的。

轻松之余，当然也有感动。

她知道这都是戚程衍在背后推动，于是她点开了微信，想给他发个消息，但字还没打，先有一个电话打进来了。

是许久没联系的肖燃。

“喂？”

“知意，过几天我搬家，想邀请你来我家坐坐，要不要来？”

经过《朝野》的拍摄之后，她和肖燃已经成了很好的朋友。虽然他没提，但这次肖燃的发声也给了她很大的帮助。

“你搬家？具体什么时候啊，我不知道行程能不能对得上。”

肖燃：“三天后啊，程衍和你哥我都喊了……不过没关系，没时间就算了，但要是到时候有空你告诉我，我——”

“有空！”

肖燃：“嗯？”

关知意没想到肖燃竟然叫上了戚程衍，这下没空都必须有空了。

“我来！三天后我已经杀青了。”

“啊？那这样的话就这么说定了啊，到时候来我家暖房。”

“好啊。”

两天后，新剧杀青。关知意发了个杀青微博，告别新的角色。

微博发出后，众多粉丝赶来评论，但大家的焦点显然仍在上次她被黑的事情上。

【女儿加油！恶意的言论不要去听，我们好好工作就好！】

【艺星给我意多点保护行吗！她这一路走来多不容易啊！】

【大家反黑行动都给我做起来！】

【呜呜呜呜呜女儿实惨，好不容易赚点钱就要被骂……】

【希望今天我爱豆能赚很多很多钱！从演艺圈贫困线上冲出去！】

【你也别太省，之后坐飞机都不要再坐经济舱了！记住，已经有人能认出你了，咱们牌面得搞起来！】

【艺星做个人吧，给我爱豆多点分成啊！】

【意啊，不要亲自在家做饭了，很辛苦的，让毛毛给你买好吃的！】

【哈哈哈哈哈我是别家粉丝，我就是来看看各位老母亲，你们太好玩了！】

【这位朋友我们不是玩，我们都是认真的！】

……

微博发出不久后，关知意去看评论，就看到自己的粉丝十分认真地在操心自己的生活。看来……自己之前悲惨穷困的形象太深入人心了。

但其实最近接了综艺拍了戏，钱已经入账了，而且戚程衍接手艺星后重新修改了和手底下艺人们的合同，所以她的分成比之前那份高得多。

现在来看，她靠自己过好生活是没问题的。

但粉丝们这么关心她，她还是很感动的，于是杀青宴结束后，她跟刘云打了个招呼，开了直播。

这不是她第一次开直播，但距离上一次，确实已经过了很久了。

回到家后，关知意坐在沙发上对着手机镜头跟粉丝打招呼："哈喽，大家好，好久不见。"

最近关知意热度很高，直播开始没多久，是粉丝或者不是粉丝的，都纷纷进了直播间。

【啊啊啊啊！你好久没直播了！想你！】

【今天是新剧杀青了吗？！】

【好好休息哦！】

【好像没有化妆哎，皮肤好好！】

……

关知意看着大家的评论，道："确实很久没直播了，因为最近一直在拍戏，挺忙的。嗯……其实今天还是想来谢谢大家，谢谢一直陪伴我、相信我的人。"

【放心！我们会永远在的！】

【好喜欢姐姐，姐姐在《花样环游记》里太厉害了！膜拜！】

【女儿要好好休息，不要连轴转！】

【赚钱还是其次（虽然咱们不富有），健康是第一位！】

……

"嗯嗯，我知道的，这次杀青后暂时就不进组了。另外想告诉大家，其实我一直过得很好，我生活挺滋润的，你们别担心！"关知意看着满屏的弹幕，不太好意思道，"我现在不穷，我以前也不穷，就是……可能以前刚进圈时，刚起步会比较难，所以那会儿比较节省。我……"

【啊啊啊啊我们女儿真的太懂事了，以前那么惨现在都不承认！还反过来安慰我们！】

【这就是我意啊！一点负能量都不会传给我们的！】

【没事的不丢人，咱们有实力，以后会很有钱！】

关知意蒙蒙地看着弹幕上压根儿不信她的粉丝们："不是，我、我真的不穷。"

【好的女儿，我们相信你（并没有）！】

【在我们面前你不用坚强！】

【听说戚程衍接手艺星后，艺人们确实分到更多好处了哎！】

【给戚总比心！救我儿于水火！】

【你要好好工作好好休息呀，你开心了我们才会开心呢！】

这么说好像也没人信啊……关知意说着说着，自己都说不下去。

一个艺人在镜头前反复强调自己不穷，真的很奇怪啊。

到最后，她直接放弃没再继续解释，只跟粉丝们闲聊了番，分享了自己拍戏的趣事，这才下了直播。

直播结束后不久，手机就有电话进来了，关知意接了起来："喂，哥？"

关元白："在你的小公寓？"

"嗯。"

"下来吧，我马上就到，在外面等你。"

早前跟肖燃说好了，今天去他新家，关元白估计就是来接她一块儿去的。

不过……这事以前他不是都懒得来吗？

关知意道："程衍哥哥呢？为什么是你来啊。"

关元白顿了下："关知意，你这口气，我能认为是在嫌弃吗。"

关知意立刻否认："怎么可能，我这不是意外吗！哥哥你日理万机，一般没空来接我啊。"

关元白："今天有空行了吧，下来。"

"喔……"

关知意住的小区并不是什么豪华小区，所以关元白的白色宾利停在外面分外扎眼。她远远看到的时候，东张西望好一会儿，确定边上没什么人才赶紧跑了过去。

关元白看了她一眼："你鬼鬼祟祟干什么？"

关知意把帽子摘了下来："能不鬼鬼祟祟吗，被人看到怎么办……"

关元白："看到怎么了。"

关知意微微瞠目："你说呢？之前不是说好我在娱乐圈一天我就跟咱们家没关系吗，我是遵守我们之前的规定。"

"不用遵守了。"

"哦……嗯？！"

关白元让司机开车，淡淡地重复了一句："我说不用遵守了。你以后是继续住在这儿还是回家来住，都行，我收回之前那些话。"

关知意诧异地看着关元白，反应了几秒钟后才震惊道："哥，你这意思不会是，完全赞同我当演员了？"

关元白看了她一眼："我赞同或者不赞同，你都是会继续不是吗。还是你真的能遵守跟爸的两年之约，两年之后就退圈了？"

关知意："当然不可能……"

"那不就是了。"

她爸对她哥的话听得很，她哥都松口了，那她爸就差不多没问题了。

关知意一想到以后再也不用因为家里人不支持她的工作而难过，心里就一阵高兴。

"谢谢哥！"关知意狗腿地凑过去搂住关元白的胳膊。

关元白嘴角微微一勾，伸手推了下她的脑袋："我只要你记住自己说的，不要那么在意外界的声音，好好做自己就好。"

“嗯！我会的！”

车子大概开了快一个小时，终于到达目的地。

面前是一扇欧式大门，关知意下车看了眼，问道：“这是肖燃新家？”

关元白还没回答，就有一个声音从大门里侧传了出来：“当然是我的新家了，怎么样，好不好看？”

原来肖燃在门口等他们，而让她意外的是，戚程衍竟然已经来了。

关知意看到戚程衍的时候下意识就想冲过去，结果刚迈出腿，脑子里就出现了那天在他家她故意做的暧昧举动……心抖了下，停住了。

但她脸上的表情装得很好，一点𡚸劲都没表露出来。

她想，反正他都没感觉。

“你这是家吗？这么大，前面那片地，马都能牵进来跑了吧！”她刻意转开了视线，同肖燃说话。

肖燃意外道：“哎？你怎么知道我把马弄进来了？我养了三匹呢。”

关知意：“……”

“你也知道我喜欢马，这不，这边地广，适合。”肖燃道，“好了，别在门口站着了，先进来吃点东西，等会儿我带你去看看我的马。”

关知意道：“行吧。”

关元白笑了下：“这年头真是养什么的都有，关兮前阵子还神经质地养过鳄鱼。”

“关兮？是你那个堂妹吧。”肖燃好奇地问道，“不过鳄鱼要怎么养啊？她可真有新意，家里人能同意吗？”

“又不是养在家里……不过，就算真的养在家里，我估计以她爸对她的宠爱程度，不成问题。”

“那还挺稀奇。说起来你这堂妹挺好玩，下次可以叫出来认识认识。”

关元白笑了下：“你真的认识她了就不会觉得好玩了。”

“是吗？为什么？”

肖燃和关元白一边聊着一边往里走去，戚程衍走得慢一些，自然就和关知意落在了一块儿。

“哥哥。”关知意鼓起勇气拉住了戚程衍的衣服。

戚程衍微怔，回头看她。

其实他是心不在焉的，这些天下来，他心里有些乱。

他这段时间能感觉到自己的不对劲，也因为这样，现在看到关知意，他的内心怪异得不像话。

任谁突然对自己看着长大的“妹妹”产生点什么想法，但凡不是变态，一时半会儿都会觉得自己是个畜生。

“怎么了？”戚程衍笑了一下，尽量让自己表现正常点。

关知意道：“喔，没事，就是想说网上的事，谢谢啊。”

“说什么谢。”戚程衍说完之后习惯性地拍了下她的脑袋，但动作做完之后他愣了下，又不动声色地收回了手。

“就算我只是你的老板，给你解决这些事也是应该的。”

关知意没察觉到什么，依然笑得灿烂：“可是你为我做这些又不是因为你是我老板。”

她水汪汪的眼睛像刷了一层银光的墨玉，轻透干净，似乎能在里面清楚地看到自己。

戚程衍看着她的笑颜，心口微微一动。

以前看着觉得可爱，现在看着……

不敢看。

肖燃买的这个地方地理位置较偏，但大是真的大，很适合他这种远离聚光灯后想躲避喧嚣的大明星。

四人进了他家后聊了会儿天，吃了下午茶后，他便让人去准备晚饭了。

等晚饭的空当，他兴致勃勃地带着三人去看他的爱马。

之前在剧组的时候，关知意就知道肖燃是很喜欢马的，但是没想到这人竟然喜欢到会在家里养。

“来来来，看一下啊，这匹白色的叫阿雪，这俩黑色的，一匹叫豆豆，一匹叫小花。”

关元白看了他一眼：“你这名字取得够随意的。”

“胡说，我很认真想的。”

关元白略感嫌弃。

肖燃：“怎么样，要试一下吗？去换个衣服？”

关元白和戚程衍少年时都接受过马术训练，对骑马还是挺感兴趣的，而且他们现在闲着也是闲着，骑个马打发时间也好。

关元白点头道：“可以，试试你这马怎么样吧。”

“那走呗，正好咱们身高体型都差不多，我很多新的骑马装你们都能穿。”肖燃说完突然道，“啊……没女生的衣服，知意，要么你就便服来？”

戚程衍听到她要骑马，想起上回她从马上摔下来一事：“她还是别骑了。”

关知意正有兴致呢，听他这么一说，顿时就蔫了：“为什么，我会的！”

戚程衍看了她一眼：“上次把腿摔断了还不够你记着？”

“上次不是因为我骑术不行，是意外。”

“不行。”

关知意嘟囔：“那你们都去玩了，我干吗？”

肖燃想了想道：“你一个人骑确实不安全，这样，我带你。”

关元白和戚程衍一瞬间都看向肖燃。

肖燃眉头一挑：“怎么了？我跟知意之前在剧组就一起骑过，我们默契着呢，对吧。”

还真是一起骑过。

关知意刚开始思考这事的可行性，关元白已经先一步开口：“不行，跟你一块儿我不放心。”

肖燃：“？”

关元白又补了一句：“你好像也是业余水平。”

“喂喂，你们不都是业余水平吗！”

关元白微微一笑：“那还是比业余要好得多，至少我们都专门练过。”

肖燃：“戚程衍也是？”

“是。”

“真的假的……”

“是真的。”关知意得意道，“这个我能做证，小时候他们两个一起学的，程衍哥可厉害了。”

肖燃喔了声，目光在关知意和戚程衍之间转了下，忽地想起了什么，道：“那行吧，既然这样，知意你跟程衍一块儿，让他带你溜达一圈。”

戚程衍一顿，看向肖燃，然而后者也不管他同不同意，立马就招呼关元白换衣服去了。

关元白对戚程衍是一百个放心，因为他知道戚程衍对关知意的爱护程度一点都不亚于他，所以肖燃这么一说，他也觉得没什么问题，直接就去了换衣间。

“戚大少爷，干什么呢，赶紧过来啊。”肖燃走到换衣间那边，回过头来，意味深长地看着他。

戚程衍淡淡地看了肖燃一眼，没说什么，跟了上去。

三人进去换衣服后，关知意就一个人在外面等着，闲着无聊，跟边上照料马儿的林师傅聊起天来。

聊了十多分钟，换衣间的门终于开了。

关知意转头看去，只见三人都出来了。

黑白的骑马装，骑士裤包裹着一双长腿……

说起来，关知意最后一次看到戚程衍穿这种衣服还是她小学的时候。那时戚程衍也是身高腿长，但毕竟还是十六七岁的少年，骨架跟现在还是不一样的。

过去有几分青涩，现在的线条则是硬朗分明，挺拔修长，走过来的时候，让人挪不开视线。

“知意，好不好看？”走近后，肖燃调侃道，“你说，我们仨谁最好看？”

关知意的视线一直停留在戚程衍身上，现在听肖燃这么一说，她做贼心虚地挪开目光：“啊，就，都好看。”

“都好看，那总有个‘最’吧？”

关知意视线转了回来，故作审视地在三人身上停留了会儿。

其实，他们三个身型是差不多的，但人的目光总会被自己喜欢的人吸引住……

肖燃看关知意好一会儿没说话，一阵伤心："竟然这么难选吗……"

关知意睨了他一眼，笑道："不难选不难选，你好看，你最好看。"

"是吧？我就知道你还是有眼光的！"肖燃乐了，"来来来，把马都牵出来，天下第一帅先给你们跑一圈证明一下自己。"说完看向关元白，"要不要跟我比一比？我学得晚，但水平真不业余。"

关元白笑了下："行啊。"

照料马儿的林师傅把马都给牵了出来，关元白和肖燃先上了马，轻扣了下马肚后从马棚里走出去了。

"小心点，为了赢我，摔伤就不划算了。"关元白道。

肖燃："放心吧，我的技术超乎你的想象，你可别因为我之前不小心伤了你妹妹，就对我充满怀疑啊。"

关元白："这还不够成为怀疑你的理由吗，还好没让小五跟你一块儿骑。"

肖燃停顿了下，突然道："喂，你真觉得戚程衍带你妹更安全啊。"

关元白直接道："他马术比我好。"

"哦，那骑马是安全了。"肖燃回头看了眼，身后不远处，那两人正准备上马。他笑了下，低声道，"别的可就不一定了。"

关元白没听清："什么？"

"没什么没什么，我先走了。"

"说开始了吗你就跑？！"

两人骑远了。

戚程衍的目光从他们的背影上收了回来，看向关知意。

"哥哥，我先上去了啊。"

戚程衍点了点头："我扶你。"

"好。"

马很乖，关知意坐稳后，伸手到戚程衍面前："上来吧。"

戚程衍微顿："我牵着马带你走两圈吧。"

关知意哪里肯，她刚才还想着肖燃误打误撞给了她一个好机会呢。

"不要，那你干脆放开，我自己骑。"

戚程衍拧眉："你那技术不怕摔？"

"怕啊，所以才让你上来。"关知意朝不远处的林师傅道，"这马确定可以骑两个人的吧？"

林师傅道："放心吧，这匹是最大的马，没问题的。"

关知意扬了扬眉："听见了吧，哥哥快点，他们都要骑完一圈了。"

越迟疑越似有鬼。

戚程衍心里微叹，最终还是翻身上了马。

关知意方才就是想跟他同骑一匹，所以使劲撺掇他上马；可真当他上了马，她却不自觉僵直着背，大气都不敢出。

因为他们靠得太近了，他的手从她背后伸过来，几乎是拥着她的姿势。

她只要微微侧头，就能感觉到他的呼吸。

怎么办，有点想认㞞……

“害怕？”戚程衍看她一动不动，关切地问了句。

“没……”

“那怎么不说话。”

关知意盯着前面，没敢转头：“没，就是有点紧张。”

“不用紧张，不会让你摔了。”

关知意哦了声，低声道：“才不是怕摔着……”

“什么？”

关知意摇摇头：“我们快点骑吧，他们都要追过来了。”

“两个人骑不快。”

这么说着的时候，关元白已经倏地一下过去了。

肖燃紧跟其后，但是在路过他们的时候停了下来：“哟，你们这是骑马呢还是聊天呢，我的千里马是用来散步的吗。”

关知意反驳道：“什么千里马，明明就跑不快。”

肖燃不乐意了：“谁说的，带人也能跑，要不然我跟程衍换一下，我带你试试？”

“不要！”

“你这拒绝速度……”肖燃眼睛微微一眯，玩笑道，“知意啊，我跟你这个程衍哥哥是差在哪儿了，你说咱俩亲都亲过了，你怎么对我这么生分。”

戚程衍一愣：“亲过？”

关知意脸色大红：“肖燃——”

“我是说剧里，哈哈哈哈，不过那也是亲啊。”肖燃笑得开心，“行了行了，不换就不换，真是打击我自信心。”

肖燃说完便走了，关知意瞪着他的背影，一阵脑充血。

他给她挖什么坑啊！！

“你们有吻戏？”戚程衍并不知道《朝野》的详细剧情，所以还真不知道他们竟然有吻戏。

关知意摆手，匆忙回头解释：“那算什么吻戏，我不过是亲了——”

动作突然停住了。

关知意看着戚程衍骤近的脸颊，愣了。

她因为着急解释猛地转头，而戚程衍为了听她说话微微低首，所以在她突然侧过去的时候，嘴唇直接擦上了他的脸颊。

有点凉，有点软，但实实在在是他的脸颊。

“……”

两秒后，吓傻的关知意骤然拉开几分距离，呆呆地补充了刚才的话：“不过是亲了他的脸。”

“对不起，哥哥！”关知意一下捂住了嘴，“我、我不是故意的！”

她是想接近戚程衍，是想表现自己，是想告诉他，她喜欢他！可是，她还在慢慢做呢，怎么就，怎么就突然亲了他啊！！

戚程衍也被这突如其来的变故弄蒙了，只觉得方才那触感，似乎她的唇印在脸颊……麻意一下子蹿到了四肢百骸。

“我我我，我给你擦擦！”关知意立刻伸手去擦他的脸，指腹用力蹭上他的脸颊，擦得他脸都红了。

“没事。”戚程衍扣住了她的手腕，轻吸了一口气，“你坐好。”

关知意没动。

戚程衍低眸看着她，沉声：“转过去，坐好。”

关知意反应过来，这才连连点头，僵直着身体背过去。

等关知意完全转过去，看不见他的时候，戚程衍才伸手摸了下脸。

脑子里一根弦嗡嗡直响，他第一次脑子卡壳，不知道下一秒要怎么做。

这都是……什么事啊。

关元白和肖燃比赛比得起劲，压根儿就没注意到两人这边的情况。

“我想喝点水，我、我下去吧。”关知意实在坐不住了。

“好。”

戚程衍的声音从耳后传来，马头随即被他掉转方向，往马棚那边去了。

到了之后，关知意赶忙在林师傅的帮忙下下了马。她没敢再跟戚程衍说什么，拔腿就往肖燃住宅区那边走去。

肖燃家中的家政阿姨正在准备午餐，见她进来，连忙询问道：“关小姐有什么需要吗？”

关知意：“有点渴，麻烦您给我杯水。”

“好的，您稍等。”

阿姨倒了杯水递给她：“骑马也挺消耗体力的吧？”

关知意：“嗯？”

“我看您脸这么红，热着了吧？”

关知意愣了愣，伸手摸了下脸，是有点烫……不过不是热着了，是紧张的。

“还好，就，有一点点热。”

“那您先去客厅休息，午餐马上就好了。”

“行。”

肖燃家客厅很大，西面挂着他的艺术照，占据整面墙。

关知意在他家客厅玩了会儿手机，闲着无聊，便打开电视调出一期《花样环游记》看。

她看的这期是第三期，他们到了克罗地亚。

节目进度条过去一半后，播到他们一群人去往克罗地亚的一家领带店。这家领带店的每条领带都是独一无二的，很特别。六个艺人对此都挺有兴趣，不管男生女生都纷纷挑选起领带来。

镜头转到她这里的时候，她看到自己很认真在挑选领带。

记得那个时候，她是在给戚程衍选礼物来着……

果然，一分钟后，她选上了那条底部有个兔子的领带。

“你这条也太可爱了吧，给自己戴啊？”同行的一个艺人问道。

镜头里的她笑得很灿烂：“没有呀。”

“喔！那就是送给喜欢的人！”

边上的艺人一阵起哄，然后她就看到自己道：“是送给家人的。”

确实是家人……

戚程衍在她心中，跟家人一样重要。

“知意，你怎么这么快就回来了，我都没发现。”这时，肖燃的声音传了过来。

关知意回过头，看到那三人已经换下衣服回来了。

她瞄了戚程衍一眼，见他神态自若，稍微松了一口气。

她不是故意的，他应该也没当回事吧……

“反正我也不太会骑，走两圈就回来了。”

肖燃哦了声：“你在看什么？”

“我那个旅行综艺。”

“啊，《花样环游记》啊，我前几天还抽空看了第一期。”肖燃笑道，“我才知道你还是个学霸啊。”

三人在沙发上坐了下来，关元白闻言有些匪夷所思：“学霸？你说她吗？”

肖燃：“对啊，京大出来，可不是学霸吗。”

关元白淡定地喝了口水：“那是高三那年被强压着上私教的效果。”

肖燃支着下巴：“但娱乐圈也没几个上京大的，啧，说到底还是咱知意脑瓜子聪明。”

关元白扬扬眉：“聪明是聪明，小时候写作业都是哭着写的，可不聪明吗。”

关知意：“……”

肖燃乐了：“真的假的啊？”

“不信你问程衍。”

肖燃连忙看向戚程衍。

说起过去那些事，戚程衍勉强将脑子里纷乱的思绪丢到一边。他回忆了下，道：“因为太难，难哭了。”

“哈哈哈哈，难哭了？？？”

关知意一阵脸红：“我、我哪里被难哭了啊！”

戚程衍看了她一眼：“不是吗，小学写奥数题，一边哭一边拿着作业跑到我家来。”

关元白也搭腔：“那是之前我教了几次她还不会，我就气得让她自己想，然后她就拿着作业跑去找你了，啧，哭得那叫一个惨烈。”

肖燃笑喷：“哈哈哈哈哈，关元白，这还是你亲妹妹吗，这么没耐心——”

戚程衍想起那时的场景，也有些忍俊不禁：“我也不明白为什么他非得惹哭她，他大概不知道我每次还得哄半天才能让她重新开始写。”

关元白险些翻白眼：“你以为我想啊，还不是因为她笨，教得我头疼才忍不住大声了点。”

戚程衍不赞同道：“大声点就能让她会了吗？那会儿除了小五确实不太聪明之外，你教的方法也很有问题。”

关知意：“……”

“哈哈哈哈哈哈！”肖燃倒在沙发里看着关知意狂笑。

关元白摇了摇头：“行行行，算是我的问题，反正教小屁孩写作业真的太难了。”

戚程衍对这点挺认同：“确实。”

关元白大概是说起以前还来劲了，想了想又道：“哦，你记不记得有一次暑假，这小鬼语文作业是写 40 篇日记，结果她愣是到了开学前一天才开始写。”

戚程衍回忆了一下：“嗯，那次哭得也挺惨，拿着日记本四处——”

“不许说了！”关知意冲过去，伸手把戚程衍的嘴巴捂住了，“你们有完没完，干吗突然爆我的黑历史！”

肖燃笑得肚子疼：“别别别，我想听，说说说说！”

关知意瞪了肖燃一眼：“我不想听！”

关元白轻咳了声：“行吧，不说了，我去倒杯水喝。”

肖燃：“哈哈哈哈哈，我也去我也去，哎，你偷偷跟我讲讲……”

关知意看着两人欠揍的身影，冷哼一声，回头瞪了戚程衍一眼：“肖燃这人就会笑话我！你不许说了啊，听到没！”

方才被调侃了一阵，她浑然忘了早前不小心亲了戚程衍这事，现在回头和他深沉的眼神对上，手心还触着软软的唇，她才猛然想起——她似乎还对他不好意思来着？

关知意呆了呆，收回了手。

戚程衍在她掩住他口时也顿了顿。

方才外面那事他自然知道只是意外，所以他现在才尽量让自己不把那当回事。可此时她突然靠近，鼻息间都是她的味道时，他脑子里竟又浮现方才在马上，她在自己怀里时的感觉。

香香软软的，一只手都能揽过来……

“我去看看他们在干什么。”戚程衍抿了抿唇，起身。

关知意退了一步：“哦……”

两人错身而过。

戚程衍轻叹了一口气，明白了。

自己是彻底魔怔了。

《急诊室》杀青后，关知意在家休息了一段时间。她接下来没有接综艺和剧本，因为《朝野》即将召开发布会，接下来她的行程都会跟《朝野》挂钩。

发布会定在十二月份的一个周六，在南爵酒店的宴会厅召开。

发布会召开那天，关知意需要穿合作品牌方的小礼服出场，那礼服尤其显腰身，所以中午刘云只叫了份沙拉给她吃。

吃完后，她就在南爵酒店楼上的客房里化妆。

关知意看着镜子里任人摆弄的自己，脑子里没想别的，都是食物——火锅、炸鸡、奶茶……

好饿啊。

“礼服呢，礼服拿出来换上。小心点，一个褶皱都别给我弄出来啊。”

“发型师速度再快点，等会儿还得拍照，时间不够。”

“脖子是不是撒点亮粉比较好？对对，锁骨擦一点。”

“毛毛你再看一下流程。”

……

刘云忙里忙外，整个房间里都充斥着她的声音。

半个小时后，关知意妆发完成，穿着礼服准备出房间拍几张照。

这组照片就在走廊上拍，拍完修图直接发微博就行，跟走红毯前的流程一样。

几人走到走廊时，对面正好走来了一拨人。

为首的那个人刘云有印象，她从前跟着赵志晖来南爵吃饭的时候遇到过——那是南爵酒店负责人关元白，也是关氏赫赫有名的三少爷。

没想到他今天也在这儿。

两边遇上后，刘云礼貌性地打了个招呼：“关总您好。”

关元白知道关知意今天的发布会在自家酒店办，此时看着众人又是相机又是打光板，便问了声：“这是要拍照？”

关知意还没回答，刘云已经说道：“是的，发布会前需要拍一组照片。”

“就在这儿？”

“嗯，走廊就可以。”

关元白看了眼关知意的穿着，不过膝的小礼服裙，光好看了，看着就冷。

他皱了下眉：“外面冷，不先穿点衣服。”

刘云愣了一下，在场其他工作人员也意外地看了他一眼。

刘云：“这个……”

“我们速战速决，十几分钟就能拍好了。”关知意道。

关元白哦了声：“那你们去云亭上面拍吧，那边的走廊暖气比较足，我让人把通行卡拿过来。”

云亭是南爵酒店最上面几层总统套房的名称，一晚上价格吓人，一般艺人来工作，不会住那样的房间。

刘云心里一阵诧异。他们好多活动都在南爵这边做，讲道理关元白作为酒店老板，应该知道明星演员们在走廊拍照是常态吧，这次竟然这么关心……

“你们老板来了吗？”关元白又问了句。

刘云突然反应过来了，对哦，关元白和他们家戚总是好友，那他估计知道戚总和关知意关系不一般，所以才会卖一个面子。

“发布会快开始了，戚总应该快到了。”刘云道。

关元白点了下头：“好，那你们快点上去吧，别冻感冒了。”

刘云连连点头：“哎，好的好的。”

摄影团队和关知意等人一块儿上楼拍摄，因为发布会快开始了，所以他们速度也很快，十多分钟后又赶紧下来了。关知意随着经纪人去宴会厅参加发布会，摄影师则立马回去修图。

前往宴会厅的路上，关知意遇上了肖燃和戚程衍，两人看样子也要往那边去。

“知意，这么巧。”肖燃打了个招呼。

关知意走过去，看了戚程衍一眼：“你们要去现场了吗？”

“对啊。”肖燃打量她一圈，“哇，今天很漂亮哦。”

“谢谢啊，你今天也特帅。”

肖燃挑挑眉：“还好还好。”

“冷吗？”戚程衍看着她的穿着，下意识问了句。

她今天化了很精致的妆容，穿了很好看的礼服，礼服是不过膝的短款，很衬她的腿型。

很漂亮，但看着很不保暖。

关知意摇摇头：“冷倒还好，就是饿。”

“饿？”

“饿死了。”关知意小声道，“我中午就吃了一点点沙拉。”

戚程衍拧眉：“怎么不多吃一点？”

“那可不行，吃太多穿礼服就不好看了！”

戚程衍眉间有些不满。

关知意又道：“不过我还能撑住，等会儿结束了再好好吃一顿就行了。时间好像差不多了，赶紧走吧？”

肖燃：“行行，等会儿一起吃啊，我刚也没怎么吃。”

“嗯。”

酒店的宴会厅很大，前面是媒体和嘉宾区，后面则是粉丝区。

来的大多数是肖燃的粉丝，关知意和肖燃进场的时候，一阵爆炸式的尖叫声就从后面传了过来。

肖燃习以为常，朝那边招了招手，然后引发更爆炸的尖叫声。

关知意默默往贴着自己名字的位子走去，走的过程中眼神转到后面，竟然在一片肖燃的灯牌中看到了自己的名字，不多，但也聚成了一团。

她愣了一下，心里顿时暖洋洋的，于是朝那个方向鞠了个躬，这才在自己的位子上坐下。

发布会将首支预告片播出来，然后让艺人们上台互动，制造各种足以吸引大众视线的新闻发到网上，为《朝野》造势。

发布会进行了一个半小时，结束后，关知意便跟经纪人和助理一块儿回了他们在南爵开的客房。

他们刚回到房间不久，关知意就收到了关元白发来的消息：程衍让人把房卡拿下去了，过来吃饭。

不过一会儿，毛毛果然过来了："知意姐，戚总助理让人拿来了房卡，说让你去吃饭，肖燃他们都在。"

关知意接过她手里的房卡，发现是云亭的总统套房。

"我知道了。"

关知意起身进了里屋，换了身便装后出了门。

南爵客房部的保密性很好，此时走出去她也不用怕有人偷拍，直接进了电梯，刷卡上楼。

云亭那几层的客房都是复式的，最有名的是每套房的二层都配有大落地窗的客厅，在那里，几乎可以俯瞰整座城市。

关知意进门后没有在房间一层看到他们，想着他们一定是在二层那个视野优势区用餐了，于是她换了拖鞋，直接往楼上走去。

"知意的经纪人一直以为你跟知意有一腿？哈哈哈，你这老板的形象好像很不正啊。"肖燃的声音传来。

关知意听到自己的名字，停下了脚步。

"所以你们打算一直瞒着她的身份？"

关元白："现在也没特意瞒着，只是她现在顺风顺水，没必要专门提。"

"这倒也是……"肖燃道，"不过我觉得程衍你跟知意这事可以继续，哈哈哈哈，反正你们俩也挺般配的。"

关知意愣住，心脏都快停了。

她小心地屏住了呼吸，就听关元白匪夷所思的声音传来："什么挺般配？你别胡说八道了行吗，八卦也要有个限度。"

肖燃看了眼沉默喝茶的戚程衍，笑道："怎么了，你不觉得他们很般配？"

关元白："般配你个鬼！那小丫头差不多是我跟程衍拉扯着长大的，还般配，你跟你亲姐能般配吗！"

肖燃："哎哎哎，你是知意亲哥，程衍可不是啊！"

"他跟我本质上没什么差别。"

"那难道真是我想岔了？"肖燃摸了摸下巴，看向戚程衍，"程衍，你真不喜欢知意啊？"

戚程抬眸看了肖燃一眼，热气氤氲，他的眼睛似蒙上了一层纱，让人看不清。

喜欢，不喜欢？

心里的天平晃晃荡荡，最终还是偏了。

但就如关元白说的，那小丫头是他拉扯着长大的，她对他的依赖和信任，跟对关元白这个亲哥哥没有什么不同。

所以现在哪是他说这种话的时候？心里真实所想如果此刻说出来，别说让关知意知道了，就是他这会儿在关元白面前也是禽兽不如。

“闭上你的嘴行吗。你是不认识我们还是怎么，还真信外面那些风言风语。”

肖燃：“可我觉得你们之间……”

“她只是个小妹妹。”戚程衍目光幽深，随口敷衍道，“我对她不会有那种意思，你别烦了。”

“好好好。”肖燃狡黠一笑，“哎，那我可以追她吧？”

戚程衍一顿。

“我就觉得她可爱得很，是我的菜！”

戚程衍放下了手里的杯子，下一秒，丢了一个抱枕过去：“就你这样的，别来祸害她，她还要在娱乐圈里混。”

“嘶……你这话怎么说的呢？好像跟我谈恋爱是多糟糕的事！”

关元白搭腔：“不够糟糕吗？跟你谈恋爱，要被骂祖宗十八代吧！”

“喂——”

肖燃骂骂咧咧的声音从那边传了过来，关知意面无表情地听着，良久后，转身下了楼梯。

她走得很轻，回到楼下玄关，她换回自己的鞋子，开门走了出去。

门关上，她的表情瞬间崩溃。

就像你以为你够勇敢了，已经快走到你想去到的那个地方，结果兜兜转转，竟一直还在原处。

那种迷茫和失落感，能一下子把你击倒在地，好像再也爬不起来。

其实一开始她对他就没有多少把握，还是杨梦佳的事后她才有了那么一丁点想要改变他对她看法的勇气。这段时间她虽然努力在靠近他，但其实心里还是怕的，怕有一天她真的表白后他会尴尬，他会说小五，我对你不是那种意思，你只是我妹妹……

她心里一直在担忧这个。

现在好了，她还什么都没说呢，就已经听到了他的答案。

她所有的勇气在那一瞬间清零，他提前进行审判，让她再也用不着担忧。

关知意恍恍惚惚地坐上电梯。她看到电梯镜里的自己目光空洞，有些失神。

此时她还没想哭，只是觉得心里空落落的。

她想，她还是想多了。

有杨梦佳和没杨梦佳是一样的，不管他身边是不是有那么一个人，他都是看不到她的。

在他心中，她只是个会闹腾的小妹妹，仅此而已。

“叮——”

电梯到了她原本住的楼层，她走了回去，刷卡进门。

此时房间里的摄影团队已经离开了，刘云也因为要处理发布会后续的事在外面跟工作人员对接，现在房里只有毛毛一个人在电脑前整理她的行程单。

看到她进来，毛毛有些惊讶：“知意姐，你怎么又回来了，没吃饭吗？”

关知意张了张口，却觉得喉间犯堵。她一时间都不知道要说什么，只觉得奔波了一天，所有的疲惫都在此时压了过来。

太阳穴突突地跳，很累，也很无奈。

毛毛察觉出她不对劲，问道：“怎么了？不舒服啊？”

关知意嗯了声，直接踢掉了鞋子爬到床上。

“知意——”

“我想睡一觉。”

“啊？”

关知意整个人都窝进了被子里，低声道：“饭我不想吃了，别让任何人来吵我。”

“但是云姐可能——”

“我说了！不要让任何人吵我！”

这还是关知意第一次大声跟她说话，毛毛愣了下，道：“那、那你要是有不舒服要跟我说。”

关知意闭了闭眼，鼻子发酸。

良久后，她哑声道：“对不起，我只是不太舒服……”

没人回应。

关知意拉开被子看了眼，发现毛毛已经走去外面小客厅工作了。

她抬手掩住了眼睛，湿意在此时才涌了出来。

她朝助理发什么脾气啊，她该气的，明明只是自己啊。

云亭总统房。

三人等了许久也不见关知意上来，于是让戚程衍给她打电话。

电话响了好一会儿才被接通，戚程衍道：“你人……”

“戚总。”

戚程衍顿了顿：“毛毛？”

“嗯，是我。”

“怎么是你接电话。”

“是这样的，知意姐说很困，现在只想睡觉，让人不要吵她。”

“睡觉？”戚程衍想起方才发布会前她还喊饿的，怎么现在就睡觉了？

戚程衍：“她吃过了吗？”

“没有。”

戚程衍皱眉：“已经睡着了？”

“是的。”

戚程衍沉默了会儿：“好吧，等会儿她醒了你告诉我。”

“嗯嗯，好的戚总。”

电话挂了。

关元白问道：“现在什么时间点，睡觉？”

肖燃：“可能是累着了。你不知道，我们艺人行程走起来没日没夜的，缺的就是觉。”

关元白：“那总得吃完饭再睡吧。”

“估计突然困意袭来呗。”

关知意不来了，关元白便让人送餐到她房间。

戚程衍看了眼手机，有些心不在焉。

这小孩，怎么饭都不吃了……

·第八章·

一周后，《朝野》播出。

首播当天，网上一次性更新了八集，仅仅一天，播放量便破亿。

【一口气看完了八集，熬了我一个晚上！！根本停不下来！！】

【好好看好好看，原著粉表示很满意！】

【我燃哥太帅了呜呜呜呜……】

【李玄的演技一如既往地好！】

【我现在只想快点到下周！】

【那什么，关知意意外地适合昭阳，太可爱了吧！】

【我收回我之前的话！关知意版昭阳真香！！看她跟沈斯伯撒娇我不停姨母笑啊！】

【哈哈哈哈关知意和肖燃的这条线我能反复看几百次，太甜啦！】

【现在有多甜以后就有多虐（来自原著粉的哀叹）……】

【傻白甜……】

【黑粉就别尬黑了，昭阳演得确实不错啊，不傻不白，但贼甜！】

……

《朝野》原先就有一大批原著粉，剧版阵容不弱，服化道精美，剧情也尊重原著，一个月不到的时间，口碑和收视就双双爆表。

与此同时，关知意和肖燃等人开始进行各种宣传活动，综艺、商业活动……整整一个月时间，他们忙得脚不沾地。

原本刘云觉得关知意可能会偷偷嘀咕几声很累，但意外的是，关知意这一个月来跟打了鸡血似的，好像也不知道休息。

“知意，我给你挑了两个剧，不过这两个剧拍摄时间有些重叠，你晚点拿剧本回去，看看对哪一部更有兴趣。”

活动休息室里，刘云拿着剧本走了进来。

关知意伸出手：“现在就给我看看吧。”

刘云看了眼时间：“等会儿还有工作，你现在先休息一下，剧本晚点看。”

“没事，给我看看吧。”

刘云拧了下眉，并没把剧本递过去，反而给了一旁的毛毛：“我说，这一个月来你怪怪的啊。”

“什么？”

刘云在关知意面前坐下，奇怪道：“以前你对拍戏以外的工作都不太热衷，最近倒是不一样，积极得很，生怕闲下来似的。你这是怎么了，突然觉悟了？”

关知意怔了怔，苦笑了下：“云姐，最近的活动都是跟《朝野》有关的，这部戏会是我的翻身之作，我不得积极点配合吗。”

刘云想想也没错，不过，她还是觉得关知意哪里怪怪的。比如活动之外，关知意的情绪一直不太好，好像对什么都提不起兴趣，不太爱说话，这跟平时的她很不一样。

“如果是因为关注度突然上升，自己有些压力，多跟我聊聊，别一个人憋着。”

关知意也没否认，只淡淡笑了一下：“我知道。”

宣传月过后，关知意有一周的休息时间。

关元白打电话问她要不要回家，她借口还有戏前培训，一个人在小公寓里待了一周。

一周后，她飞到横店，进组新剧。

接下来两个多月，她哪里都没去，只专心在横店拍戏。

这两个月来，《朝野》热度不断，尤其是剧情发展到沈斯伯离世、昭阳开棺痛哭时，网上沸沸扬扬夸赞的都是关知意的演技。

一时间，只会演“傻白甜”的形象完全被颠覆。

这对关知意来说是很好的事。

一直以来，她都想改变公众对她的看法，现在终于能证明自己了，她很开心。只是开心之后，午夜梦回，她还是会因为那天楼梯口听到的话惊醒。

两个月过去了，她明明让自己忙得脚不沾地，没有任何空隙去想戚程衍，但迷迷糊糊睡梦中，还是会出现他的身影。

可是她已经努力了……努力劝自己，不是自己的不要强求。

人生不是电视剧，不会有那么多峰回路转。

她想，她会慢慢好的。毕竟这么忙，只要不再靠近他，不再感受到他的好，她就可以慢慢忘了他。

就跟小时候他出国了一样。久而久之，遗忘得彻底。

不久之后，横店戏份杀青。刘云安排了回程的机票，接下来一个月，给关知意放了个假。

关知意已经很长一段时间没回家了，这次回去，她谁也没告诉，只在刘云把她送回公寓后，收拾了行李，让家里的司机来接她。

但她没想到，华泓希跟她在同一天回了京城。她回到家的时候，他给她发来了消息，说他今天也在御和公馆，想跟她见个面。

关知意应了下来，吃过饭后，拿上手机出了门。

华泓希早早就在外面等着她了，她刚出门走了几步，就见他狂奔了过来。

“知意！！”

关知意立刻伸手制止他继续凑近：“你怎么回来了，不是说要玩很久才会回来吗？”

华泓希苦了脸：“外公非要我回来，而且不惜用‘他身体不适，我不回来就是不孝’这种理由，没办法，我只能回来了。”

“哦……那你今天来找我是想说什么？”

华泓希叹了口气：“外公觉得我辜负了你，心里一直不高兴呢，说我一定要跟你道歉。说起来……之前那件事我还不知道怎么跟他们解释，这不借着跟你道歉，来跟你商量一下吗……”

“不用了。”

“嗯……啊？”

关知意笑了一下：“都过去了，也不用解释什么。”

华泓希愣住：“你之前不是还很想解释吗？”

从前她确实很想解释，那是因为戚程衍。但现在看来，完全没有那个必要，自然不需要再自找麻烦。

“这么久过去了，大家也都忘了，不提了。”

华泓希打量了她几眼：“你不是喜欢我表哥？那——”

关知意瞪了他一眼：“我不是告诉你很多遍了，我没有！你不许乱说话！”

华泓希幽幽一笑，一把揽过她的肩：“反应这么大，我怎么觉得你喜欢呢……哎，不过我觉得你喜欢他这事也不太靠谱，我哥那人怎么可能对你这小孩下毒手啊。”

“你说谁小孩？”

“你长得就像小孩啊。”

“华泓希——”

“哎哟，错了错了错了，你别打我啊！”

……

戚程衍从路口走来的时候，远远看到了两个打闹的身影。

她回来了，他是知道的，因为要拿到手底下艺人的行程表并不是什么难事。

只是让他意外的是，她没有告诉他。

他知道她这三个月来很忙，但没想到她忙到很多时候连他的电话也不接，短信也不回，就算偶尔回了消息，也只有寥寥几个字。

刘云说，她最近爆红，压力可能有点大。

戚程衍只能相信是这个原因，要不然，还能有什么原因……

“小五。”

正和华泓希吵闹着，身后突然传来了一个熟悉的声音。

关知意觉得自己用了很长一段时间去遗忘，可她还是低估了自己的感情。她和他相识的时间占去了她人生的一半，就单单说他的声音，都不是几个月时间就可以轻易淡忘的。

心口骤跳，关知意抿了抿唇，轻吸了一口气才缓缓回头。

她笑了一下，让自己看起来没有什么不对劲：“你怎么也来了？”

戚程衍走上前：“找你哥有点事，你什么时候到的家。”

“就，一个小时之前。”

戚程衍点了下头，看了眼华泓希揽在关知意肩上的手，淡淡道：“你们这是干什么？”

华泓希道：“没什么，外公不是让我来给知意道歉吗，我就来了啊。”

戚程衍拧眉：“你这是在道歉？”

华泓希嘿嘿一笑：“当然不是了，哥你也知道，我跟知意那事是假的，压根儿也没什么好道歉的。”

“哦，那你们准备什么时候跟大家说清楚。”戚程衍问道。

“这个事啊，知意说不用说了。”华泓希生怕被家里人骂，那事不再提，对他而言再好不过。

戚程衍愣了一下，眼底有些错愕：“为什么？”

关知意没去看他，只道：“没什么呀，我想着也不是什么要紧的事，不用再提起来给大家添堵，没必要。”

戚程衍皱了皱眉，心里第一个念头就是不赞同。她跟华泓希分明是没有关系的，怎么就没必要解释了。

戚程衍：“小——”

“没什么事我就先回家了，你们要不要去我家坐坐？”

华泓希连忙摆手：“我就不去了，你哥看见我估计很不爽。”

关知意想想也是：“那你先走吧，戚爷爷那边我会帮你说说的。”

“你也太好了吧，爱你！”华泓希说着就拉起她的手，准备来个国外的礼仪吻，但嘴刚要凑上去就被戚程衍挡开了。

“唔……”

“滚回去。”戚程衍抽回手，嫌弃地在他身上擦了一下。

华泓希眨巴着眼睛，看了看自家哥哥冷冷的眼神，厌了：“哦，好的，那我先走了啊。”

华泓希一路小跑着回去了，于是门口就只剩下他们两个人。

戚程衍看着关知意，刚想开口说什么的时候，只见眼前的小姑娘突然回头往里走去："我哥哥应该在书房呢，进来吧。"

她走得很快，似乎一句想跟他说的话都没有……

但他记得，他们已经三个多月没见面了。

在京城豪门圈里，大家是知道关家有两个小姐的。但比较熟悉的只有关兮，因为关兮这个人在名媛圈吃得很开。

至于另一个关小姐，除了少数跟关元白比较亲近的人外，很少有人见过她。因为这姑娘从来不在他们圈子里混，也不怎么跟随父兄参加宴会。

久而久之，众人也忘了这个人的存在，所以关知意很少有除了娱乐圈之外的朋友。

她对演员这个行业很执着，大学时就一心想在圈内闯荡；她对自己的梦想也很坚持，不管饰演什么小配角，她都愿意。

但在生活里，关知意其实并不是一个勇敢大胆的人，真的遇到什么她解决不了的事，她大多时候都会选择躲避。就像戚程衍，她对他的感情在自己看来就是一个很难解决的事，所以她现在所能想到的解决办法，不过是躲着他而已。

关知意在家住了两周，这期间，戚程衍来过她家两次。

有一次，她知道他来了之后选择不下楼，还有一次正在吃饭撞个正着，于是她快速扒完饭，故作淡定地打了个招呼便回房了。

可若放在从前，她肯定会赖在戚程衍边上，叽叽喳喳说很多拍戏时发生的事。

"最近她大概是变成猪了吧，没事就在房间里待着，不是睡就是吃。"关元白对着坐在客厅的戚程衍道，"你看，你来了她都没过来，难得。"

戚程衍眸子微垂，看着玻璃杯里氤氲的热气，淡淡道："大概，拍戏很辛苦吧。"

"可能是吧，前段时间她确实挺忙的。"

"嗯。那没什么事，我先走了。"戚程衍起身。

关元白点头："行，那具体的事项我到时候直接去你公司聊。"

戚程衍："好。"

戚程衍放下了玻璃杯，往门外走去。

走到楼梯口的时候，他不动声色地往楼上看了一眼。

其实，他今天来找关元白说的那些公事，之后在公司都可以说，可是他还是下意识来了一趟。

是想见她的。

不管怎么忽视，此刻的行为还是骗不了自己。

可是没见到她。

戚程衍按了按眉心，苦笑了一下。他从来都不知道，自己竟然还会因为没有见到一个人而感到酸涩。

《朝野》这周大结局。如今，不管是网上的点击量还是讨论度，《朝野》毫无疑问都是今年最火爆的电视剧。

于是大结局那天，《朝野》剧组组了一个局，邀请演员和工作人员参加庆功宴。

《朝野》是艺星的 IP，所以这次的庆功宴戚程衍自然要参加。他知道工作人员有意发起庆功宴之后，便让人订下了京城一家很有名的庄园。

庄园里头除了吃喝之外还有许多玩乐项目，可以犒劳大家。

庆功宴是内部举办的，不会邀请媒体记者，于是当天关知意随便化了个淡妆，穿了身休闲服便去了。

"知意，你来了啊！"

关知意本是提前出的门。她本以为自己算是到得早的，没想到她来了之后，看到很多工作人员和艺人已经在里面了。

赵茗茗见着她赶忙跑了过来。自杀青后，两人很久没见了，此时重逢尽是欣喜。

关知意和她拥抱了下："好久不见啊。"

"是啊，来来来，咱们今天好好聊聊。最近你都在忙什么呢？"

赵茗茗拉着她一路聊天，刘云也看到她了，愣了一下，连忙走到关知意身边小声道："你怎么一个人来的，戚总不是会去接你吗？"

关知意："啊……他打电话给我的时候，我已经出发了。"

刘云一阵蒙："你自己来的？那你不打电话给我，我去接你啊。"

"不用，我自己过来也可以的。"

刘云扶额："我的天，你不会是打车来的吧？你是没有火了的觉悟吗，万一被认出来可怎么办？"

关知意没告诉刘云是家里司机送她过来的，笑了笑道："就……我这不安全到了吗。"

"关知意，你可长点心吧！"

"好了好了，我知道了，下次一定让你来接我。"关知意安抚了刘云一会儿，又跑到赵茗茗身边跟她聊天去了。

晚上六点钟庆功宴准时开始，戚程衍踩点很准，正好在这个时候到了。

里头众人本来在各聊各的，看到戚程衍进来后，连忙停下交谈，起身朝他问了声好。

戚程衍朝边上人点点头，看向了不远处的关知意。

她看到他进来后，朝他笑了一下，然后又继续跟边上的人闲聊去了。

他觉得有些不对劲，也觉得这不是他们两人相处的常态。

可是认真说起来，这有什么问题吗？

好像又说不出来。

过去一段时间，他希望自己能跟这个小姑娘保持距离；但现在似乎真的有了距离，他才发现自己才是不适应的那一个。

“既然戚总来了，那咱们都落座吧。”

“对对对，都坐下吧。”导演道，“今天可是《朝野》的庆功宴，今晚不醉不归，一定要尽兴！”

“导演，今天醉了不用归，这庄园这么大，房间多着呢！”

“是是，那也得谢谢戚总了！”

戚程衍淡笑了一下：“不客气，《朝野》的成功离不开大家的努力，应该的。”

说话间，众人都落了座。

赵茗茗原本是坐在关知意边上的，不经意一抬头，就看见戚程衍走了过来。

对之前网上流传的“戚程衍包养关知意”的话，赵茗茗是不信的，但戚程衍对关知意的态度和情感，却让她隐约觉得有点猫腻。尤其是他现在看着她笑了笑，虽没直说，但让她起立让位的意思不要太明显！

于是，赵茗茗都不用他开口，起身便往另外一个位子挪去了。

关知意跟肖燃说完话，回头想跟赵茗茗再说点什么，却发现旁边坐的是戚程衍。她立刻往桌边扫了一圈，结果就看见赵茗茗在她对面朝她挤了挤眼睛。

关知意：“……”

“刚才让你等我，怎么自己先来了。”戚程衍浅声问了句。

关知意收回了视线。

方才在家的时候，他确实是打电话来说跟她一块儿过来，只是她找了个借口先走了。

她想了想道：“我自己来就可以了，我们一起来的话，容易被别人误会。”

戚程衍微怔：“误会？”

“嗯。”关知意一本正经道，“为避免像之前那样的流言传出，我觉得在别人面前还是保持一点距离比较好。”

戚程衍：“你……”

“来来来，大家一起举杯吧，为了我们的《朝野》！”这时，导演号召道。

交谈被打断。

关知意举起酒杯站了起来，很是配合地道：“干杯！”

关知意并不想和戚程衍说太多，更不想跟他坐在一起。

待在他身边，她只会被自己的心反复提醒——

这个人很可恶，对她那么好，让她喜欢上他，可是却对她没其他心思……

其实她知道他没有做错什么，可是看到他的那一刻，她心里还是会不自觉地难过，难过到有点记恨他。

所以大家开始喝酒聊天后，她也不愿待在他身边的位子上了，于是四处走动，跟别人喝酒闲聊。

戚程衍身为投资人和艺星老板，这种场合自然而然是重点关注对象，除了艺人外，今天来的工作人员不少，一个个都过来敬酒，他也因此没法离开位置，所以只能眼睁睁地看着关知意到处溜达，和别人笑笑闹闹。

过了好一会儿，大概是喝得有点多了，小丫头跑回来喝了几口水。但喝完后，她也没有要坐一会儿的意思，起身就要往外走。

戚程衍皱了下眉，扣住了她的手腕。

“干吗……”关知意回过头看他。

她喝得真不少，因为化的淡妆，他能清楚地看到酒气从她皮肤内里晕染出来，整个脸蛋都红扑扑的。

戚程衍：“好好坐着，别喝了。”

“那可不行。”关知意晃了晃食指，“我还要去跟李玄老师喝呢，他说我一看就是酒量很差的，怎么可能！我能喝很多好不好。”

“很多是多少，你真觉得自己酒量好吗。”戚程衍沉声，“听话，别再喝了。”

为什么不让她去喝酒?

她已经这么不高兴了，就不能让她放肆一回吗?

烦人……真的烦人!

关知意看着身边那张总在她梦境里游走的脸，压抑了几个月的情绪突然爆发。

她猛地甩开了他的手：“我想喝就喝，想干吗就干吗，你管我做什么！”

周边一片吵嚷，而她声音也不大，所以她对戚程衍说的这句话，并没有其他人听到。

但戚程衍听到就够了。

他看着她，眼里有那么一瞬间满是错愕和难以置信。

任谁被从小就腻着自己缠着自己、对自己永远依赖永远喜欢的人这么说，心里都会震惊，都会……发凉。

他眯了眯眼，咬牙道：“关知意——”

“哥哥，你别管我了吧。”她声音淡淡，却意外冷漠，“你没资格管我。”

《朝野》爆红，在场所有人都是受益者。

今天晚上的庆功宴上，大家都很开心，也因没媒体没外人，来的人包括艺人都放得很开。

肖燃拿着酒杯过来，他俯下身不知跟关知意低语了什么，她便笑嘻嘻跟人走了。

她这神色变换，仿佛方才一本正经跟他说“你没资格管我”的人不是她一般。戚程衍看着她和肖燃离去的背影，神色莫辨。

“戚总，大家说再跟你喝一杯。”几个剧组的工作人员走过来了。

戚程衍嘴角极淡地牵扯了下，礼貌性地接下了众人这杯酒。可别人的热情丝毫感染不到他，一杯下去，他的眼底依然冷得没有丝毫笑意。

没资格管……他没资格管……

这还是她长这么大，第一次跟他这么说话。

真是，反了吗。

关知意和肖燃、赵茗茗都喝高了，三人坐在庄园的石阶上，一边说着拍戏时的趣事，一边吐槽对方酒品如何不好。

“哎，对了，你们记不记得有一次戚总来探班啊！那会儿我第一个念头就是，咱这老板长得也太帅了吧！”赵茗茗继续说着当初一起拍戏时的趣事。

肖燃哈哈大笑：“有多帅？帅到你一眼就看上了不成！”

赵茗茗：“拉倒吧你！我说说而已！而且，咱戚总都有小知意，不要乱说话！”

关知意本跟着两人傻乐，可乐着乐着却听到了戚程衍的名字。那一瞬，被酒精麻痹的心脏用力地抽了抽，疼得要命。

她歪了歪脑袋，苦了脸:“茗茗姐你不要乱说，我才不是，才不是他的小——知意。”

“哈哈哈哈，不是小知意，那是什么……女朋友吗？”

关知意胡乱摇头：“什、什么都不是。”

“怎么可能！”

“真的啦。”关知意拿着酒杯跟她的撞了一下，“我跟谁都有可能！就是跟他！没可能！”

赵茗茗嘿嘿一笑：“是吗？那你跟肖燃有可能不！”

关知意把杯子里的酒一饮而尽，瞥着肖燃道:“唔……肖老师确实也很帅。”

肖燃支着脑袋乐：“我也觉得我很帅！知意啊，我问过了，那家伙对你没意思，所以我觉得，要不你跟我在一起得了。”

关知意想了一下，摇头。

肖燃看她干脆拒绝，一脸受伤：“怎么，我比戚程衍差在哪儿了？”

关知意认真道：“肖老师，你不能谈恋爱！你经纪人没告诉你吗，你这种流量大咖，谈恋爱就等于，等于……”

“等于失业。”赵茗茗补充道。

“对对对，等于失业！”

“那你的意思就是我要打一辈子光棍？”

“可以呀，你是少女们的梦嘛，就该打一辈子光棍。”

“哈哈哈哈哈——”

……

三人又笑又闹，在外面又喝了不少。

天色渐暗，人也渐渐散了。有些人喝高了直接被抬去房间休息，有些三五成群，在酒气中继续聊着天。

肖燃后来被李玄叫过去说话，而赵茗茗和关知意身边的酒瓶空了，两个人便跌跌撞撞站了起来。

“扶我扶我，知意你是不是站不稳……”

关知意摇头："不！我站得稳！"

两人摇摇晃晃地进了里屋。

赵茗茗的助理先发现了两人，连忙走了过来："茗茗姐，我扶你去房间休息吧。"

赵茗茗点点头："把知意也带上。"

"哎，好。"

话虽这么说，但助理也就是个女生，怎么能带得动两个人?

就在她打算叫毛毛时，突然有人扶住了关知意。

助理愣了下："戚总。"

"她我看着，你把赵小姐带去休息。"

助理看了关知意一眼："呃……好，好的。"

关知意本搂着赵茗茗的胳膊，这会儿被人强行拉开，顿时不乐意了："喂，茗茗姐，茗茗姐你去哪儿啊……"

赵茗茗傻笑着朝她挥挥手，被助理带远了。

关知意看着，还想跟着她一块儿去，结果走了一步就被人拉了回来。

她不满地看向拉她的人："你干吗啊……我要去找她……"

"我不管着你，你还真就把自己喝成这样了。"戚程衍扣着她的胳膊，脸色有些黑。

关知意眯着眼打量了一会儿，似看不清，又用力揉了揉眼睛："可我没醉，我还能喝……"

戚程衍眼角微微一抽："不自量力。"

"你——"

"上来。"戚程衍也不等她说什么，背过身，一下就把她背到了背上。

关知意头本来就晕，这么一颠簸，顿时有点灵魂出窍的感觉。

她趴在他的背上，看着骤然远离的地面呢喃："唔……好高，晕。"

"现在知道晕了？"

"你放我下来吧，我恐高，我晕了。"

戚程衍压根儿就不理她，背着她走过长廊，直接去了住宿的那栋楼。

现在该休息的都休息了，没休息的也在大厅那边玩，此时这条路上没其他人，就关知意叽叽喳喳闹腾着。

"放我下来，放我下来吧……喂……你放我下来吧。"

戚程衍被她扯着脖子，只能被迫往后仰："再闹，再闹就把你从楼梯上丢下去！"

"啊？"关知意迷迷糊糊地看了眼栏杆外，螺旋式的楼梯，从中间可以直接看到一楼地面……

她吓得赶紧缩了回来："不要，好高的……"

戚程衍没想到吓小孩的话对喝醉酒的人也好使，无奈地笑了一下："那就别闹腾，乖乖的。"

“噢……”

背后的人微微松手，安分地不动了。

戚程衍松了口气，就在他觉得总算可以正常走路的时候，脖颈后突然一暖。

一个温热的、软绵绵的东西贴在了他颈上。

戚程衍脚步猛地一滞：“小五——”

“嗯？”

“别乱动！”

然而身后人并没有停，嘴唇在上面轻轻触碰后，又用鼻尖蹭，一个劲地往他肌肤上拱。

破碎的声音伴着温热的气息钻进衣领里，惊起阵阵涟漪。

戚程衍脸色顿变，声音发沉：“你再乱动，真把你丢下去了。”

“香香的……”

“……”

“我熟悉的味道……”关知意搂紧了他的脖子，玩闹似的嗅着。

戚程衍咬了咬牙，阻止不了就干脆加快了脚步。

终于到了楼上的房间。他推门进去，把关知意放到了床上。

“松手。”

关知意坐在床沿，手还勾着他脖子：“你别扔我下楼了，我乖着呢……”

戚程衍不敢对她用劲，于是转过身面对着她，抬手去掰她紧扣着的手指。

可这样面对面，他能清楚地看到她醉得通红的脸颊。这种红从脸上蔓延到耳朵、脖子，甚至……更往下，消失在衣领处。

戚程衍只觉心脏重重一颤，立刻转开了视线。

关知意这会儿也不知道哪儿来的力气，十只手指紧紧扣着，他一时半会儿竟也掰不开。

“疼，别拉我了……”关知意低喃着，眼底失神，整个人柔弱地靠了上来。

戚程衍蓦地一僵，进退不得。

“我好晕啊……”

戚程衍轻吸了一口气，低声哄道：“晕就松手，乖乖躺着睡一觉，好不好？”

“你不会扔我了吗？”

“不会。”

“说话算话啊。”她仰着头，认真地说道。

戚程衍低眸看着她，点了下头：“说话算话，不扔你。”

“那就好……”关知意笑了一下，高兴地松开了紧扣的手指。

可就在戚程衍松了一口气，准备把她拉离自己的时候，她两只手突然捧住了他的脸。

“你知不知道，你这样很让人讨厌啊……”她低声道。

毫无头绪的话，戚程衍不明白也不在意，只当她喝多了：“嗯，我知道，来，躺上去。”

“你不知道，你一点都不知道！我跟你说啊，你真的很讨厌很讨厌的！可是也是那种……”话没说完，关知意突然倾身上前，用力在眼前人的嘴唇上啄了一下。

她没说出口的话是——

可是也是那种，好喜欢的讨厌。

戚程衍蓦地呆住了。

他弯着腰看着眼前迷迷糊糊的小姑娘，心口震得发麻，然后麻意沁透四肢百骸，忽地口干舌燥。

“挺好亲的呀，软软的……唔，原来是这个样子的。”关知意傻傻笑了一下，伸出一根食指按上去，“能不能再亲一下啊？”

“……”

“可以……”

根本没有人回答她，可她却自问自答，又往前凑了过去。

她这次没有用力，只是贴了上去。接着，手也跟着搂了过去，但不是像方才一样紧紧扣着，而是搭在他脖子上。

虽只是搭着，但指腹掠过，却似撩拨。

“不会动……挺好……唔！”话音刚落，整个人突然被按倒了。

关知意的后脑勺砸在软绵绵的被子上，她愣了两秒，蒙蒙地看着天花板：“不是不丢我吗……”

戚程衍两手撑在她的身侧，居高临下地盯着她。

疯了。

像是深居黑暗山洞中的野兽，像是蓄势待发的滚滚岩浆，心里那些压抑的、禁忌的、理智的、从未想过的……一切的一切就这样轻描淡写地被勾了出来。

“你知道你在做什么吗？”

关知意的视线从天花板重新转回到了他的脸上，她歪了歪脑袋，勾唇一笑：“知道呀。”

戚程衍声音暗哑：“那你知道我是谁吗？”

关知意笑意收敛，突然来了脾气。

她沉着脸拽住了他的领子，重重往下一拉：“是浑蛋……”

她咬住了他。

戚程衍已经极力在压抑了，可这一刻，野兽出洞，岩浆喷发，心口仿若被炸开，一切再也兜不住。

罪魁祸首是酒精，还是他的心？

他已经分不清了。

他只知道自己再难自持，勾住她缠上来的芬芳，纵容着自己隐藏得极深的暗流涌了过去。

吻越发猛烈，关知意从一开始的蒙变成后来的挣扎。

喘不过气了……

她抵着身上人的胸口，眼里一片模糊：“唔……疼……”

戚程衍骤然停下。

她的挣扎让戚程衍猛地清醒过来，他握住她拉扯着他衣服的手腕，气息紊乱，眼深如潭。

而此时身下的人发丝凌乱，眼底含泪，可怜得仿佛被狠狠欺负了般。

戚程衍呼吸一滞：“哪里疼……”

关知意伸手捂住了嘴唇，委屈得快哭出来了：“舌头疼……”

理智崩盘的那几十秒，戚程衍是随心而动，所以此时看着关知意可怜兮兮地说疼，他瞬间就被懊恼和心疼淹没了。

可令人无可奈何的是，在这种令人窒息的后悔中，浓烈的冲动依然没能按压下去……

含泪的眼眸勾得埋藏心底的劣根性越发蠢蠢欲动。

戚程衍艰难平复着呼吸，从床上爬了起来，坐在床沿。

身边躺着的人小声地呜咽，然后很快睡了过去。

房间一片寂静。

戚程衍轻叹了一声，回身把她的头枕在枕头上，然后伸手把被子拉了过来，将她严严实实地与自己隔离开。

睡沉的人翻了个身，发出了酒后才有的微重呼吸声。

而清醒的人，唇齿间还残留着方才清晰的触感和温度。

戚程衍沉默地看了她一会儿，起身按灭了房间里的大灯，只余床头灯影影绰绰。

他没再停留，转身走出了房间。

参加庆功宴的大部分人当晚都在庄园休息。第二天大家陆陆续续起床后，吃了庄园里厨师准备的早餐，这才一个个离开。

关知意这次是喝狠了，几个月的压抑情绪一朝释放，把自己喝得不省人事。早上醒来后，她头痛欲裂，口干舌燥。

睁开眼，她就见一个熟悉的身影坐在不远处的沙发上。

“毛毛……”

助理毛毛听到声音立刻走了过来：“知意姐，你醒了。”

关知意抬手敲了敲额头：“你怎么在这儿？”

“公司还有很多事，所以云姐早早就赶着去处理了，她让我过来照顾你。”

“噢……”

“不过云姐说，昨晚……咳，她还叫我不要直接闯进来来着，但我来的时候在楼下看见戚总了，所以我想我可以直接进来等了。”

关知意迟疑了下：“你在说什么？”

毛毛脸色有些红：“那个，云姐说昨天是戚总带你上来休息的，所以……”

关知意顿了顿，猛地拉住了毛毛的衣袖：“什么？他，我……我昨天是他……”

毛毛蒙了蒙，道：“知意姐，你忘啦？”

关知意点点头，又立刻摇头。

她昨天和肖燃、赵茗茗喝得云里雾里，后来她和赵茗茗回去休息，然后在路上，赵茗茗被她的助理带走了，而她……好像确实是跟着戚程衍走的。

关知意想了好半天，觉得脑袋快疼炸了：“毛毛，你帮我倒杯水先。”

“嗯嗯，好！”毛毛连忙去拿水了。

关知意在床上翻了个身，头埋进了枕头里。

昨天，他好像背她上了楼，然后送她回了房间……噢，也不是什么稀奇事，她醉成那样，他送她回房间很正常。

只是——

关知意突然侧过了脑袋，嗯？

“能不能再亲一下？”

“挺好亲的呀……软软的……”

嗯？

嗯？

这是什么？

关知意瞪大眼睛看着天花板，背后顿时冒出一层冷汗。

是梦，还是真的？

她脑子里为什么会有这些奇奇怪怪的画面？！

关知意再也躺不下去，一下子就从床上弹了起来。

她呆呆地坐着，开始怀疑自己喝多了对戚程衍动手动脚。

可是……不对啊。

不对不对！应该是她喝太多，对他的执念导致想太多，只是梦而已！

因为如果不是梦的话……她和他滚在床上的画面又是怎么回事？

戚程衍压着她亲……这种绝无可能发生的事，怎么都不会是真实的啊，他怎么可能对她做这些？

关知意伸手扶额，面红耳赤。

这梦也太吓人了吧……

“水来了，有点烫啊，小心点。”过了会儿，毛毛端着玻璃杯过来了。

关知意接过，问道：“大家都还在吗？”

“刚才我来的时候看到一些人已经走了。”

“茗茗姐呢？”

“没看到，肖老师也没看到，可能都还在睡吧。”

“那——”

“戚总还在楼下的。”

关知意一顿，有些生硬道：“我没有要问他。”

毛毛：“噢……”

房间里有齐全的洗漱用品，关知意在房间收拾了一下后，带着毛毛下楼。

一路上，陆陆续续遇到熟悉的人。

“知意，这么巧，你也刚醒啊。”这时，有人叫住了她。

关知意回头，看到肖燃懒洋洋地走下来。他的脸色不太好，明显是宿醉的结果，不过注意形象的大偶像一顶帽子扣得结实，手上还拿着口罩随时备用。

关知意道：“刚醒，我想去吃个早饭。”

“我也去，我也去。”肖燃走到她边上，“唉，年纪真是大了，才喝了多少酒，头就疼成这样。”

关知意笑了笑：“都没到三十，哪里年纪大啊。”

“跟你比起来是大了好几岁哦。”

“那我年纪小也没见有多能喝。”关知意摇了摇头，“我也难受。”

“哈哈哈是嘛，不过昨天我们确实是喝多了，还混着喝，不晕死才怪。”

……

肖燃和关知意说说笑笑往餐厅走的时候，正好戚程衍从院子外走进来。

肖燃招了下手道：“嘿，戚总，还在呢，我以为你早走了。”

关知意的视线顺着肖燃看的方向落到戚程衍身上，触及他的眼神时，心口用力跳了下。

她是慌张的。虽然说昨天那些隐隐约约的画面一点都不真实，但到底是她脑子里的，所以此时看到他出现在自己面前，自然而然有种心惊肉跳的心虚感。

“吃过了吗？”戚程衍看着关知意，问了声。

“没吃呢，这不，我跟知意要去吃呢。”

肖燃说话间揽过关知意的肩，十分熟稔。

他的这份熟稔很自然，但看的人却觉得很不顺眼。

戚程衍眉头皱了皱：“头疼不疼，厨房那边有醒酒汤。”

这话显然问的是关知意，于是肖燃也没回答，只看着关知意。

这会儿不说话也不行了，她点点头，声音干巴巴的：“有点，我等会儿去喝。”

她说话的时候，在不动声色地打量戚程衍。

他一如既往的关心，一如既往的淡定，这让她可以确定，她脑子里的那些画面真的只是宿醉后的一场梦而已。

一时间，心里不知道是该高兴还是该失落。

“走吧，我饿了。”她拉了肖燃一下，没再跟戚程衍说什么。

肖燃连忙跟上：“等我等我，去看看有什么好吃的。”

戚程衍站在原地，没有跟上去。

他昨天一晚上脑子都是乱糟糟的，一直到早晨六点才勉强睡了一会儿，但睡得并不安生，八点多又醒了。

因不确定关知意是否还记得，他一直留在这儿没走。此时看着她和肖燃说说笑笑的背影，他心里确定了，这人大概是喝断片了。

戚程衍有些无奈。昨夜她醉了，可他没有，所以那些荒唐和肆意都是他没控制住的后果。他一晚上都在想，她醒来后，他该怎么哄怎么说，才能不吓到她……

可没想到，这小屁孩竟然忘了个彻底。

关知意吃个早饭都心神不宁，但她又不敢表现得很明显，只得故作淡定地和边上的人聊天。

“这两天我们难得有空，这样，晚上去吃火锅吧，我请客怎么样？”赵茗茗提议道。

李玄很快应了下来：“可以啊，你们俩呢？”

饭桌上此时就他们四个演员，肖燃闻言自然是点头的。关知意心不在焉，被赵茗茗拍了拍手臂才回过神来。

“知意，晚上吃火锅去啊，行不行？”

关知意：“啊？可、可以啊。”

“那我们就这么说定了，我已经好久没吃过火锅了，今天一定得好好吃一顿。”

“好呀。”

四人很早之前就说过要约了，只是他们四个名气都不小，而且都很忙，能同时有空的机会太少了。

敲定后，赵茗茗当下就让助理去订了位置。

戚程衍过来时，关知意正好吃完早餐准备叫毛毛过来送她回公寓。

“不回家？”戚程衍问道。

关知意摇头：“不回了，晚上还要跟肖燃他们出去。”

“跟他去哪儿？”

关知意看了他一眼：“没去哪儿，约着一块儿吃东西。”

“你和他还是……”

“毛毛！”关知意突然朝不远处的助理招了招手，“把车开出来，我要回去了。”

毛毛远远比了个 OK 的手势，立刻往停车场方向去。

关知意交代完才对戚程衍说：“那我先走了啊，昨天没睡好，感觉还是得回去补个觉。”

戚程衍低眸看着她，要问的话又咽了回去：“好。”

关知意嗯了声，把帽子一扣，径直往外走。

戚程衍在原地看了她一会儿，发现她没回头。

放在以前，她总会一步三回头，笑嘻嘻地跟他招手。

但不知什么时候开始，她不会了。

关知意回去休息了会儿。当天晚上，毛毛开车来接她，送她去了那家火锅店。

火锅店老板是赵茗茗的亲戚，给他们开了个最隐蔽的包厢，从后门把他们四个带上去了。

自杀青后，他们四个算是第一次纯粹为了吃饭而聚在一起。四人一边吃一边聊天，话题不断。

足足吃了两个小时，这场小聚餐才结束。

赵茗茗和李玄的工作人员来得迟一些，所以肖燃和关知意便先去了地下车库。

关知意刚到车库，毛毛的电话就打过来了："知意姐，车胎突然有点问题。你先别下来了，我让人来看一下。"

关知意："我已经下来了，你在哪儿？"

"啊？那你要不先上去吧，车现在发动不了。"

关知意有些无奈："好吧。"

关知意挂了电话之后又想折回去，肖燃拉住了她的手臂："怎么了？"

关知意："车出了点问题，毛毛让我上楼等。"

"这样，没事啊，你坐我车，我送你。"肖燃晃了下车钥匙，"我今天自己开车出来的，方便。"

关知意："不用麻烦，我——"

"你跟我客气什么，来来来，上车。"肖燃揪着她往自己车那边带，"往哪儿送啊，回御和吗？"

关知意见他这样，也就不客气了："不回家，回我自己的小公寓。"

"行，等会儿地址给我看一下。"

回到家后，关知意洗了个澡，窝到被窝里就睡了。

这天晚上，她睡得并不安稳，凌晨三点多还从梦中惊醒。醒来后，满脑子都是梦中自己和戚程衍不可描述的画面。

而且比昨天的梦还要夸张……

她都在想什么啊！！！

关知意一下子用被子盖住脑袋，她可真是好样的，之前偷偷喜欢他的时候还没什么，现在一心想和他保持距离，反而满脑子都是有颜色的东西！

……

折腾了大半个晚上，再醒来时已经是上午十点。

关知意从床上爬起来，迷迷糊糊地去餐厅找水喝，喝完水又重新窝回了被窝，顺便伸手把床头的手机拿了进来。

她解了锁才发现，一溜的未接电话。

按照她以往的经验，这种情况绝对不是什么好兆头。

关知意立刻又从床里钻了出来，点进微信。

刘云：起了吗？给我回电话，你跟肖燃被拍了。

肖燃：没想到昨天那么隐秘还有人跟着，不慌不慌，大家都在的聚会，好澄清的。

赵茗茗：你昨晚不是自己回去的吗，怎么是肖燃送？嗯？？！

毛毛：姐，你起来了吗？要去公寓找你吗？

宋乔菲：姐妹我进组一段时间就跟不上你的八卦了，赶紧跟我说说怎么回事！

……

另外一边，一辆商务豪车行驶在路上。

副驾驶位上的助理转身，将手里的 iPad 递给了后座的人：“戚总，这新闻是一个小时前出来的，现在是热搜第一，您看看。”

戚程衍面色冷淡地接过，看着这个带着“爆”字的话题。

肖燃 关知意

点进去，圈内娱记拍摄的照片九宫格出现在了眼前，且深情地配了文字讲解。

昨晚，肖燃被拍到和关知意一同出门吃火锅，吃完火锅后两人一同去了地下车库，期间有说有笑、举止亲密，最后肖燃还亲自送关知意回家。对此，有网友表示，光从颜值来看，两人其实十分般配！但也有粉丝表示，还是希望肖燃哥哥能专注事业。总之，一切以官宣为主啦！

戚程衍冷着脸，点进了评论：

【不是说好了剧外不组 CP？脸呢关知意？】

【他们是牵手了吗？！】

【肖燃去拉关知意的手臂啊啊啊！！！】

【我们哥哥不约好吧，只是有风度送人回家而已，你们这些营销号戏会不会太多？】

【我还活在《朝野》里没出来，昭阳沈斯伯！给我在一起！！】

【住口吧你们，我们燃哥才不会喜欢她。】

【各位大姐，别说得好像我女儿在倒贴一样好吗？给你们脸了？】

【啊啊啊啊啊我 CP 终于发糖了！】

【CP 粉能不能圈地自萌？】

【《朝野》拍摄期快四个月啊，四个月里他们每天 24 个小时里有 12 个小时在演恋人，能没感情吗？】

……

评论区吵成一片，戚程衍盯着“24 个小时里有 12 个小时在演恋人，能没感情吗”这句话，沉默了良久。

有些事，演着演着还能成真吗？

“戚总，刘云方才已经给我打了电话，她说跟肖燃那边都会发澄清声明。”助理通过后视镜看着老板道。

戚程衍冷声道：“刘云有没有说，昨天为什么是肖燃送她回家。”

助理："这个……说是毛毛开的车坏了，当时肖燃是自己开车来的，所以就送了。"

"嗯。"

戚程衍拿开了 iPad，没再说什么。

这时，关元白来了电话。

戚程衍接起："喂。"

"小五的电话打不通，网上那新闻怎么回事？"

戚程衍心里隐隐有些烦躁："昨天他们一起吃火锅。"

"吃火锅就吃火锅，吃完就不能各走各的？"关元白不满道，"肖燃是不知道自己身后常年跟着记者吗？还送回家，真是不嫌事多！还有关知意，上什么车——"

"小五助理的车坏了。"

"坏了就等会儿，非得让他送啊。"关元白停了停，突然道，"等等？他们走得这么近，难道真的在谈恋爱？"

戚程衍愣了愣，只听关元白继续道："拍戏就一直黏在一块儿，肖燃上次是不是还说对她有意思？他那会儿难不成真在试探我？"

戚程衍看着车窗外，目光顿时沉了下来："小五有分寸，拍戏是拍戏，现实是现实，她能分得清。而且她也该明白，跟肖燃谈恋爱对她的事业有多大影响……"

"话是这么说——"关元白打断道，"可对方是肖燃，他有多少女粉丝，你不知道吗？小姑娘就喜欢他这样子的。"

"……"

"不行，我继续给小五打电话，非得问问不可。"

关元白说完便挂了电话。

戚程衍听着手机里的忙音，并没有马上把手放下来。

——24 个小时里有 12 个小时在演恋人，能没感情吗？

——我就觉得她可爱得很，是我的菜。

——可对方是肖燃，他有多少女粉丝迷恋？小姑娘就喜欢他这样子的。

脑子里，这些声音突然混乱地夹杂在一起。戚程衍想了好一会儿，都觉得没法把这些话理清。

他一方面想着关知意对自己的事业发展方向是很理智的，一方面又念及那两人平日里的举止真的十分熟稔……

那小丫头对肖燃真的有意思吗？

戚程衍放下了手机，烦躁之意越发明显。

他都不知道怎么形容这一瞬的感觉，只是想到她可能喜欢上一个人，而且未来会在那个人身边说话、撒娇……心口就好像被压了一块厚重的石头，闷得他说不出话。

前头坐着的助理见他没有多大反应，开始汇报下一件事："戚总，这个是等会儿会议相关事项的文件，您看一下。”

结果说完后，发现自家老板并没有理会他。

“戚总？”

戚程衍看了他一眼：“重点。”

“啊？”

“一个小时后开会，你拿这么一大沓文件过来？”戚程衍往后一靠，浑身冒着冷意，“是我平时要求太宽松，连重点都不会整理了？”

助理呼吸一滞，连忙把文件都收了回来：“不，不是，我马上罗列重点！”

戚程衍眉梢一压，看向了窗外。

不舒坦，浑身都觉得不舒坦！

两家的澄清声明很快就出来了，讲明了当天是剧组里几个演员聚餐，后来因为车辆出了问题，肖燃送了关知意一程，大家就是好朋友，仅此而已。

声明一出，两家唯粉自然是欢呼雀跃，划清关系，但大量 CP 粉和看戏的网友就不这么认为了——两人都在上升期，就算谈恋爱了也不会公开的，这种澄清声明，真的也会说成假的。

总之，他们对于肖燃和关知意的八卦还是乐见其成的。

于是几天后，看到星光盛典发出的出席嘉宾名单中，肖燃和关知意赫然位列其中，网友们都是一阵期待。这次的星光盛典是几家视频网站一起发起的，会邀请诸多明星前来参与，有颁奖和很多节目，但重点还是——

可以看到两人同框！

星光盛典举办当天，关知意和工作团队早早抵达了后台，在化妆间内做出场前的最后准备。

“知意这边怎么样了？可以出场了吗？”不久后，有工作人员进来问道。

刘云：“可以了，我们现在出去是吗？”

“对的。肖燃已经在入场口，到时候你们两家一块儿进。”

刘云看了工作人员一眼，立刻就明白过来了。

这几天肖燃和关知意的热度居高不下，此时两人一同出场，无疑又是盛典的一个爆点。而对于看中自家演员话题度的经纪人们，对这种事自然也是乐见其成。

“好，明白了。”

“速度需要快一点哦。”

“嗯。”

今天的星光盛典算是关知意红了之后参加的第一个大型活动，所以刘云极为关注，从品牌那儿借来的礼服也是经过千挑万选。

当关知意妆发全部完成站在大家面前的时候，也确实让看惯了明星的工作人员眼前一亮。

关知意皮肤特别白，是难得的冷白皮，所以身上这条淡蓝色珠光长裙极衬她的肤色。今天这条裙子不是可爱型，侧面高开叉让一双长腿若隐若现，将她的身材优势发挥到了极致。

微鬈的披肩长发，清透的裸妆，她这一身将清纯可人和妖娆美艳完美融合，多一分则过，少一分则缺，恰到好处！

“知意，今天很漂亮。”走到入场口的时候，她和在那儿等着的肖燃遇上了。

关知意对他笑了下：“肖老师今天也很帅。”

肖燃啧了一声：“你说得好不走心。”

“那你说的也是跟之前一样的台词啊。”

肖燃摇摇头：“哪里，我是认真的，你今天尤其漂亮。”

关知意睨了他一眼：“不跟你闲扯，走了走了。”

接着，两人便由工作人员指引，一同前往主办方安排的位置。

粉丝们早早就在等两人出场了，此时看到两人一块儿出来，顿时爆发出一阵尖叫。

关知意朝自己粉丝所在的方向招了招手，然后看着地面，小心翼翼地走着——今天她的高跟鞋有点太高了。

盛典的最前面两排座位设置为圆桌，每桌都会有明星和上层嘉宾。关知意知道此时都是有直播镜头对着的，所以即便走得有些不舒服，但她的表情还是控制得非常好。

直到——

她走向贴着自己名字的椅子时，看到同桌的人里坐着戚程衍。

关知意看到他，走了一下神，脚下正好跨过一个小坎，差点儿给崴了，好在身边的肖燃立马扶住了她：“没事吧？”

三步之遥的戚程衍也伸出了手。关知意看了他一眼，对肖燃摇了下头：“没事。”

“你坐。”肖燃帮她拉开了椅子。

关知意说了声谢谢，乖乖在椅子上坐下了。

《朝野》这段时间收视火爆，给几大视频网站赚了不少钱。此时他们这桌，除了《朝野》的四个主演之外，还坐了盛典主办方的几个总裁。至于戚程衍为什么也在这儿……他若要来，安排的位置肯定是最好的，所以坐在这桌也很正常。

关知意没再胡思乱想，只镇定地看着镜头。

今天的盛典是直播，舞台上，大屏幕展示的正是直播镜头中的画面。

肖燃和关知意坐下后，镜头自然而然地就转到了他们身上，内场粉丝一阵尖叫，看直播的人也疯狂刷弹幕。

【我燃哥好帅！！】

【关知意今天这身赢了，太美了吧！】

【她很适合这个颜色，整个人白得发光！】

【养颜二人组，求求你们在一起吧！】

【刚才肖燃扶她了！嘤嘤！有猫腻！】

【哎？刚才镜头是不是带过戚程衍了……我戚总啊啊啊！！】

【有！！原来不是我一个人看到！我老公刚才出镜了两秒！贼帅！】

【关知意是坐在俩绯闻男友之间吗？】

……

直播镜头只会去带明星，对于戚程衍这种高层人员，自然是小心翼翼不会让其出镜的，方才那两秒也就是拍关知意，角度不对，不小心带到而已。

所以接下来，即便弹幕中很多人在求出镜，镜头也没再往戚程衍那边带了。

“刚才有崴到脚吗？”

关知意端端正正地坐着时，耳边传来戚程衍的声音。

她往直播屏幕上看了一眼，此时，屏幕上在播别人的画面，于是她转头道：“没有。”

“跟太高了，小心点。”戚程衍道。

关知意点点头道：“挺巧啊……今天你也出席这个活动。”

戚程衍目视舞台，淡淡道：“不巧，我是来看你的。”

·第九章·

此时，舞台上是男团表演，音乐轰炸，整个场馆都被蓝色的射灯笼罩。

关知意听到戚程衍的话，缓缓地眨了下眼睛：“啊？”

“今天不是你第一次领奖吗，来看看。”

今天确实有她的奖项，最佳配角奖，是一个挺大的认可。

关知意看着他的眼睛。他的眼底映着灯光浅浅的蓝色，好看得似要把人吸进去一般。

她顿了顿，有些失神：“哦……”

他对她，还是一如既往地关心。

可是，她现在怕的就是他这种关心，因为这样的关心很容易让人失足跌进去，然后溺毙在里面，不得自救。

“还有你跟他的事。”戚程衍看了眼肖燃，浅声道，“你跟他不要走太近。”

关知意低眸：“网上都是瞎传的，不用太当真。”

“是吗？”

关知意有些奇怪地瞥了他一眼：“你跟我哥一样都觉得我跟肖燃有什么吗？可我跟他只是好朋友。”

戚程衍心里的情绪积压了许久，此时即便是听到她说“朋友”都隐隐不快：“就算是好朋友，也得注意距离。”

关知意皱眉，有些不高兴了：“我怎么没注意距离了，现在是我被网友看得紧，跟谁走得近都会被误解。我总不能为了这些谣言，跟朋友都不交流吧。”

戚程衍眼神一沉，刚想说什么，场内又是一阵尖叫。

往台上大屏幕看去，这才发现舞台表演结束，主持人短暂的脱口秀提到了关知意和肖燃，镜头带到了两人，大屏幕上，俨然一对璧人。

关知意也发现自己出现在了大屏幕上，她微微低眸调整了下表情，对着镜头笑了笑。

在这么多人的注视下，关知意自然不会再去跟戚程衍说什么了，一是她怕自己因为绯闻的事和他吵起来，二是她早打定主意跟他拉开距离，此时没必要再说那么多。

所以接下来她都没有刻意去看他。

之后上台，领奖，看表演……除了偶尔跟肖燃说话之外，关知意就一直自己端坐着。

戚程衍自然看出关知意不想再听他训话，他也没强求，毕竟在这个场合，说话不太方便，而且他今天来的目的其实也确实如方才所说，是为了看她领奖的。

只不过，他看着近在咫尺的人对他不发一言，却跟另一侧的肖燃有说有笑时，还是怎么看怎么不快。

甚至他不免开始回想，到底从什么时候开始，这小孩都不黏他了？

难道说……有了喜欢的人，所以身心都跟着走了？

星光盛典结束后，明星纷纷离场。

关知意和同剧组的人一块儿回了后台，赵茗茗和李玄的化妆间在靠前的位置，所以她便和肖燃继续往里走。

“今晚还有工作吗？”肖燃问道。

关知意摇摇头：“直接回家休息了。”

“我也是，难得不用再往外飞。”肖燃道，“上次被拍那事不好意思了。你不知道，你哥可都打电话来质问我了。”

关知意笑了笑：“我哥他疑心比较重。”

“不过你哥操心也不是没道理。”肖燃微低了身子靠近她的耳朵，“跟我谈恋爱，确实麻烦。”

“可是我又不跟你谈恋爱——”

“也可以谈谈试试。”

关知意一愣，诧异地看着肖燃。

此刻，他正认真地看着她，眼里竟然没有任何玩笑的意思。

“你……”

“送你回家。”突然，旁边有人拉了下她的胳膊，瞬间把她拉离了肖燃身边。

关知意踉跄了一步，这才发现戚程衍不知什么时候出现在她身边。

想到他可能听到了刚才肖燃说的话，她顿时有些发窘：“毛毛和云姐还在等我。”

戚程衍看了眼肖燃，神色有些冷：“跟刘云说过了，走吧。”

“可是我没打算回御和……”

“你哥让你回，你必须回去跟他交代。”

关知意：“……”

肖燃好整以暇地看着两人，慢慢站直了，笑道：“你跟元白能不能行啊，妹妹跟我谈恋爱就捅了你们两家马蜂窝？看给你们不乐意的。”

关知意：“肖老师——”

“知道捅了马蜂窝就不要再闹腾了。”戚程衍直接道。

关知意：“……”

肖燃眉头微微一挑：“这是棒打鸳鸯知道吗……啧，这届家长也太严格了，我这样的还入不了你们的眼吗？”

戚程衍眼底显然有了寒意。

肖燃看得清楚，却还是故意踩雷道：“不过要是知意也喜欢我，你们之后就不能这么不讲情面了，是吧知意？”

关知意完全是莫名其妙，肖燃是哪根筋不对劲了？

“但是我……”

“没事没事，不着急，来日方长。”肖燃朝关知意眨眨眼，“要是这些人实在不答应，那咱们以后可以谈地下恋爱，这些人啊，谁都不用告诉。”

说完，也不等两人反应，他朝关知意挥挥手，转身便走了。

后台走廊上人不多，只有一两个工作人员偶尔路过。

戚程衍从肖燃那儿收回了视线，对关知意道：“走了。”

关知意回头看了眼，没看见毛毛和刘云的身影，估计这两人现在压根儿就不会来找她。

关知意没法，只好跟上他的脚步。

因为今晚明星云集，场地的保全工作做得很好，私密性很强，所以此时也不用怕被拍到。到了停车场，关知意直接坐进了戚程衍的车里。

戚程衍今天是自己开车来的，上车后，他开了空调，把外套脱下放到了她的腿上。

“穿上。”

关知意身上还穿着那件浅蓝色的小礼服。他承认，她今天美得让人挪不开视线，可是第一眼看到她这样的打扮时，他心里却有些郁结。

露背露胳膊又露腿，可真是省布料。

关知意看着腿上的衣服，感觉到他残留的温热拂过，很暖。可心里却是排斥。

她喜欢极了他的温柔，却也恨极了他的温柔。

“我不冷，你自己穿吧。”她把西装外套递还给他。

戚程衍低眸看了眼衣服，一整晚压抑的火气险些控制不住：“你这是在跟我闹脾气吗？”

他的声音听着很严肃，而且因为语气过冷，会让人有种他很不耐烦的错觉。

关知意心口一抖，强撑着道：“我哪里跟你闹脾气了。”

“就因为我不让你跟肖燃走太近，不高兴了？”

“我……”关知意轻吸了一口气，只觉太阳穴嗡嗡地响，一咬牙便道，“对！我就是不高兴了！你们管我这么多干吗，我都多大了，交个朋友都不行啊！”

戚程衍瞳孔微缩，稳了稳心神才道：“不是不让你交朋友，而是——”

“而是肖燃现在名气太大，跟他一起被拍到，我只有被骂的份。”关知意替他把话给说了，赌气道，“那又怎么样，我又不在乎那么多！”

“你——”

“所以你今天是关元白派来训我的吗，那现在你的任务完成了！”关知意脑子一团糨糊似的乱糟糟的，她此时说的话自然是气话，她也知道跟肖燃一起被拍到不好，她以后肯定会注意的，但是此时看着戚程衍，她就是控制不住想发脾气。

他凭什么管她这么多，又为什么要管她这么多！明明，她为了离他远点，用了很大的力气了。

关知意丢下他的西装外套，转身就要去开车门。结果门刚打开，她就被整个拉了回去。

她的裙子是后露背式，被大力拉得惯性往后一靠，便感觉到了温热的体温。

察觉到撞到了他的怀里，她愣了一下。停顿了两秒，她立刻就想往前挪一些。

但她还没动，就听到戚程衍有些无可奈何的声音从身后传来：“我不过是提醒你两句，你跟我发这么大火干什么，有那么生气吗？”

他说话的时候就在她身后，呼吸温热，伴着柔下来的音调，试图安抚住她的心。

关知意抿了抿唇，鼻子莫名就酸了。

她是在生他的气，但更是在生自己的气。

“是你先发火的。”

戚程衍轻叹了口气，把她转了过来：“我没有发火……好，那我现在什么都不说了，你别下车。”

关知意撇过头，没去看他，可鼻子却越来越酸。

戚程衍看着她，沉默地把他的西装外套又拿起来，盖在了她身上。

“安全带系上。”

关知意没理他。

戚程衍停顿了下，直接侧身过去拉她那边的安全带。

关知意没想到他会突然凑过来，转过头时鼻子险险蹭上了他的衬衫，淡淡的味道，是她极为熟悉的。

“还哭鼻子了？”拉安全带时，他看到她眼底的水光。

关知意不动声色地往后挪了挪，不过背后就是椅背了，也挪不到哪儿去，她只好又侧过头：“我才没哭……”

两人此时离得很近，戚程衍下意识看了眼近在咫尺的红唇，微微停顿了下，这才把安全带给她扣上。

“真没有？”

“真没有！”

戚程衍坐回座位上，转头看着她。

而她看着窗外，就是不回头。

戚程衍叹了口气，伸手拍了拍她的脑袋：“哥哥知道错了，以后不跟你大声说话，行不行？”

“……”

“不说话？还是不高兴？”

关知意：“没有。”

“好，那我现在开车了，你中途可不许突然哭鼻子。”

“我又不是小孩，我都说了我没哭。”

戚程衍嘴角微微一勾，眼里是化不开的柔意：“好，知道了。”

回到御和公馆后，戚程衍把她直接送回了家。

“小姐回来了。”家里阿姨迎了上来。

关知意嗯了声，上楼换衣服去了。

关知意上楼后，戚程衍才问道：“元白在家吗？”

“少爷在的，我帮您去喊喊。”

“好。”

今天不仅关元白在家，关兴怀也在。关知意换了一身舒适的衣服下来时，就见客厅里坐了三个男人，一个比一个让她怕。

“过来坐。”关兴怀拍了拍他边上的位置。

关知意不太乐意，但在她爸严厉的视线中，还是走了过去。

“刚才和你哥在家里看直播，看到你领奖了。”关兴怀道。

“哦……”

“挺不错的。你那个戏其实我也看了，这个奖也算实至名归。”

关知意愣了一下，诧异地看向父亲：“你……看了我的戏吗？”

“这么意外？”关兴怀睨了她一眼，“我女儿拍的电视剧，我还不能看了？”

关知意心里很开心，因为这还是她第一次在父亲这里听到对她职业表现的赞赏。

关兴怀：“我现在不拦着你在这行发展了，但是拍戏是拍戏，生活是生活。肖燃那孩子是不错，你们在剧里也很般配，但是，你们可不要假戏真做啊。”

话锋一转，突然到了莫名其妙的方向。

关知意一头黑线，看向了另外两人。

只见关元白和戚程衍安静地坐着，脸上皆是赞同的神色。

关知意：“……”

关兴怀：“你听到没有，跟圈内人谈恋爱，还是肖燃那么火的，你知不知道会有多少脏水往你身上泼。”

“哎呀爸，我没有，你能不能不道听途说。”

关兴怀：“他都特地送你回家了，新闻我都看了的。”

“那是因为毛毛的车坏了，而我自己又没开车，他就是顺便送一下而已啊。”

关兴怀眉头一拧：“那你自己怎么不开车，你哥车库放了那么多车，积灰用的吗。”

“他败家呗……”

“什么？”

“我是说我很久没开过了。”

“驾驶证考出来真是给你摆设用的。”关元白随口道，“这样吧，最近我抽几天时候带你去练练车。”

关知意也没反驳。其实她偶尔也是想自己开车的，只是一直很忙，没空练习。

“最近没什么行程吧？”

“没……”

“那正好了。”

第二天下午，关知意午睡醒来，想起了昨天关元白说要陪她练车，于是走到他房门口敲门。

“进来。”

关知意推门，探头道：“哥，可以去练车了。”

关元白站在镜子前系领带，闻言看了她一眼：“你等会儿，程衍应该快来了。”

关知意一脸蒙：“来什么？你不是说你陪我练车吗？”

关元白把西装外套穿上，走了过来：“公司突然有点事，我得去一趟。放心吧，跟程衍说过了，他说他教你。”

关知意瞠目：“那、那你没空，今天不学不就得了，干吗麻烦人家啊。”

关元白莫名其妙看了她一眼：“跟他分什么‘人家’？”说完扬了扬眉，“哦，你不会跟他闹别扭了吧？难得啊，总算有一回是找他碴了。”

关知意一噎：“我才没有。”

“既然没有就跟我去车库吧。”关元白看了眼手表，“时间差不多，应该到了。”

最后，关知意还是被关元白拉到了车库。

两人在车库等了一小会儿，戚程衍便到了。

关元白见人来了，坐进自己那辆车里：“人交给你了。她会开车，就是胆子小，多开开就没事了。”

戚程衍点头，从他那儿拿了车钥匙过来：“知道，你走吧。”

“嗯。”

关元白升上车窗，一阵轰鸣声后，开着车从车库里出去了。

关知意站在原地，看着戚程衍拿到钥匙朝自己走了过来。

他今天没去工作，所以没穿西装，而是一身休闲款黑裤长大衣，清瘦有型，走路带风。

关知意有些不自在地挪开了视线。

“上车吧。”戚程衍把钥匙递到她手里。

关知意没去开车门，只道：“你真的要陪我练车吗……”

戚程衍：“怎么了？”

“我哥说好陪我练的，怎么把这事丢给你了。我技术可不好，万一出意外怎么办……啊。”

话没说完就被戚程衍敲了一下脑袋：“说什么不吉利的话。”

关知意捂着脑袋：“我是认真在说……”

“那不正好，出意外了我在你身边，陪你死的也是我。”

关知意一怔，愣愣地看向戚程衍，只见他幽幽一笑：“这样你家就还有后代幸存，不至于全军覆没。”

关知意：“……”

到底是谁在说不吉利的话？

“行了上车吧，车速先别高于四十迈，没问题的。”

“哦。”

关知意其实也不是对自己的技术那么没自信，她只是单纯地觉得他来陪练不好而已，不过事到如今也不能退缩，只好开了车门坐进去。

关元白给她选的是一辆两人座的跑车，他说这车比较小，她好驾驭。但关知意怀疑关元白完全是因为觉得其他车让她开等会儿剐到哪儿划不来，他不舍得他那些宝贝。

上车后，戚程衍简单跟她说了下各个部件的控制，关知意便上路了。

她开得很慢，以三十几迈的速度磨蹭着从车库里开了出去。

不过速度虽慢，她还是紧张，整个人绷得紧紧的，生怕哪里突然冒出什么人来。

“不用慌，这条路没人行道。”

“哦……”

“前面至少车行十分钟内都是直线，觉得适应的话可以提点速。”戚程衍单手支着脑袋，淡淡地看着前方。

“不用不用，不提速，这样就行。”

戚程衍看了她一眼，嘴角微微一勾：“行，随你。”

关知意时隔两年第一次开车上路，所以戚程衍一开始也就是导着航，让她在人少的大马路上开。等她逐渐适应，敢加速的时候，才让她往市区开。

车开到市区，天已经黑下来了，关知意寻了个路边的位置熄了火：“今天差不多了，我觉得可以回家了。”

戚程衍：“好，那你再往家里开。”

关知意扭了扭脖子，方才开车的过程中整个人都是绷着的，现在一松懈下来，脖子手臂都发酸。

“我不想开了。”她道。

戚程衍看到她一脸疲惫，明白过来了：“我来开，你坐过来。”

说着，他便下了车，关知意直接从驾驶座爬到了副驾驶座上。

戚程衍坐进来后，手机响了。他接完那个电话后回头看她：“饿了吗？”

关知意点点头。

“有几个朋友叫，先去吃个饭吧。”

“啊……那要不然我送你过去，然后我自己开车回家。”

戚程衍不赞同地看了她一眼：“你放心，我不放心。没事，吃完饭就送你回去。”

戚程衍直接开动了车子，没容她再拒绝。

关知意本以为应该是场饭局，但她到了那家私人会所，进去看到里面的人后，才发现里头竟还有她认识的人。

包间很大，娱乐区和用餐区分得明确，设备十分齐全。

此时里头有三男两女，正坐在餐桌边用餐。

见到他们进来，靠门位置的人先站了起来：“程衍你来了，我说你一开始怎么说不来呢，原来带着姑娘啊，哎，这姑娘——”

那人声音一卡，认出来了：“这不是关小五吗……”

关知意对说话的这人没有印象，只能用询问的眼神看向戚程衍。

戚程衍解释道：“宋黎，我跟你哥以前的同学，小时候你应该见过他几次。”

“哦……你好。”

宋黎摆摆手：“没事没事，记不得我没关系，但我记得你啊，最近还经常在电视上看到你呢。”

关知意有些不好意思地笑了笑。

“来吧，别在这儿站着了，赶紧吃点东西。”

戚程衍带着她往餐桌那边去了。

关知意走到餐桌边后，这才规规矩矩地跟整个包厢内她唯一认识的人问了声好。

“随洲哥。”

宋黎拉开椅子坐下，道：“叫什么哥啊，直接叫姐夫得了。”

关知意摸了摸鼻子，这人还没跟她姐结婚呢，她才不瞎叫……

对面坐着的江随洲淡淡笑了下：“不用理他。”

“啧，叫姐夫也没错啊，你跟关兮谈恋爱都谈那么久了。”宋黎说着，示意服务员过来添了两副碗筷，又问道，“哦对了，你们今天怎么一块儿来了？”

戚程衍道：“小五最近学开车，在教她。”

“你当教练啊？”宋黎幽幽一笑，道，“也就关小五能让你在百忙之中去充当教练的角色了。哎，我记得小时候这姑娘就黏你黏得紧，好几次你出来打球都要跟着。”

关知意听着有些窘，小时候那档子事还真是人人都知道。

“对了，网上说小五跟那个大明星肖燃谈恋爱，真的假的？”宋黎问完后，在场众人都有些好奇地看了过来，连江随洲都颇有兴趣的样子。

关知意刚要开口说点什么，戚程衍就已经道：“假的。”

宋黎有些失望：“哎，我就知道是假的，关元白怎么可能让自己妹妹跟娱乐圈的人谈恋爱。小五，他现在还拦着你当演员吗？”

“还好，已经不排斥了。”

“那就好那就好。”

饭菜陆陆续续上来了，但在场的人似乎也没什么吃的意思，基本上都在聊天喝酒。

关知意肚子很饿，但又不好意思埋头猛吃。

“怎么不吃？”戚程衍给她夹了两筷子菜。

关知意：“我在吃。”

戚程衍又给她拿了几块热糕点，侧过头来浅声道：“你不用管他们，自己吃就好。”

他靠得有点近，说话时有轻微的酒气。

关知意看着他映着细碎灯光的眼睛，缓缓点了下头。

戚程衍：“或者你喜欢吃哪个，我给你夹。”

关知意摇摇头，刚想说不用，就听对面宋黎道：“我的天！戚程衍，小五妹妹可以自己吃，你这宠法，让人家以后怎么找老公啊。”

宋黎喝得有点多，所以说话半调侃半玩笑，已经不太过脑子了。

“你操心这么多。”戚程衍淡淡道。

宋黎：“那我不得操心吗，人家找不到老公，你给顶上啊。”

关知意筷子一顿，猛地被呛到了：“咳，咳咳……”

戚程衍看了她一眼，抽了张纸巾递过去：“吃慢点。”

“咳咳——”

宋黎见小姑娘这么一呛，酒都醒了几分。平时开玩笑开习惯了，怎么拿这姑娘来闹了……

别人不知道，他可是知道戚程衍和关元白年少时怎么带这孩子的，他顿时收了玩笑话：“哈哈哈哈，我就说笑——”

戚程衍没理他，只皱着眉头看着被呛得满脸通红的关知意。

而对面江随洲的视线在两人之间转了转，嘴角微微勾了一下。

餐桌上除了关知意，还有两个女孩子。相比她默默吃饭，那两人就能说会道多了，也能完全参与到这几个男人的话题里。

关知意吃了七分饱后放慢了速度，戚程衍大概是注意到了，侧过头道：“等我一会儿？”

关知意哦了声，随口道：“随便，我不着急。”

“嗯。”

“知意，你等得无聊的话去那边玩啊，唱歌也行。”宋黎对他边上那女人道，“你去陪她。”

那女人很听话，十分热情地对关知意说：“妹妹，咱们过去唱歌吧。”

关知意跟陌生人相处不怎么爱说话，而且面对这么热情的小姐姐，她怕自己招架不住。

就在她想着怎么拒绝的时候，包厢门突然被人打开了。

众人听到声响，皆回头看去。

只见门口走进来一个穿着米白色大衣的女人，明眸皓齿，身材窈窕，踩着十厘米的高跟鞋走路带风，目不斜视地走了进来。

她走进来时正在接电话，一边跟手机那头的人说话，一边随手把包丢在了宋黎身上，然后又朝宋黎摆了摆手，示意他让位。

宋黎拿起被这位大小姐甩过来的价值不菲的包站了起来，十分自然地让了座：“大小姐，你怎么来了啊？”

“好，我知道了，等会儿再跟你说吧……”女人压根儿都没理他，自顾自地坐下来后，目光落到关知意身上，总算是“目中有人”了。

“小五？你怎么在这儿？”

关知意看到关兮进来也是意外，但是想想江随洲在这里，那她来也不奇怪了。

“我过来吃个饭。”

关兮直接把电话挂了，然后往关知意身边那人看了一眼：“戚程衍？”

戚程衍朝她点点头，算是打招呼。

关兮笑了下：“我说你怎么会在这儿呢，原来是跟这位一块儿。”

“姐，你是来吃饭的？”

“吃饭？”关兮摇了摇头，支着下巴看向同她隔了一个座位的江随洲，笑容灿烂道：“我是来捉奸的。”

“……”

江随洲淡定地放下了筷子，眼底是清清浅浅的笑意。

关兮继续道：“不过现在这么一看，扑空了。”

江随洲看了她一眼，问：“怎么知道我在这儿？”

“要知道你在哪儿还不简单，我眼线多着呢。”关兮说完，笑意盈盈地看了眼江随洲边上坐着的女人，“这位是……”

“这是我女朋友！”宋黎立刻道，“你炮火可别乱轰。”

“我就是问问，你慌什么。”关兮略嫌弃地看了宋黎一眼，“还真当我闲得慌来查户口？”

宋黎露出个讨好的表情。

关兮也懒得跟他们说话了，朝关知意勾勾手："小五，走，咱们去那边聊聊天，不理这些人。"

关知意正无聊呢，关兮来了正合她心意。

"我去那边坐坐。"她习惯性跟戚程衍说了声。

戚程衍点点头："去吧。"

等关兮和关知意去了娱乐区那边的沙发后，宋黎才松了口气："啧，这大小姐，我还以为她突然出现，是要来掀桌子的。"

江随洲幽幽道："原本应该是来掀桌子的。"

他话没说完，但后续大家都懂——大概是看到自家妹妹在这儿，收敛了。

宋黎："你又得罪她了？"

江随洲想了想："大概？"

宋黎笑骂："都想不起来自己做了什么事惹了她是吗……"

江随洲不置可否。

宋黎感慨："还好今天小五在，要不然这大小姐非得怼一圈不可。"

"看不出来刚才那小妹妹还有这威慑力呀？"宋黎带来的女伴笑道。

"那你可不知道了，关家这几位少爷小姐，在外面哪个不是怼天怼地霸道得很，但人家吧，对自家人尤其是这个小妹疼得很。不过也是，小五长得可爱，从小就讨人喜欢，谁不多疼几分，是吧程衍。"

戚程衍没说话，目光遥遥落到了不远处那个小姑娘身上。此时她也不知道在说什么，一双灵动的鹿眼忽闪忽闪，满是欢喜……

突然，有点后悔让她去那边了。

"程衍？"

"嗯。"

"之前我好像有听说你表弟跟小五谈恋爱啊？怎么，你们家想跟关家结亲啊？"

戚程衍顿了顿，含着些许醉意的眼眸似蒙上了一层雾，让人有些看不清。

良久后，他道："是挺想结亲的。"

关知意和关兮已经挺长时间没见面了，不过两人平时经常有微信联系，关于关知意那些绯闻，关兮也会第一时间清楚始末。

"肖燃长得是不错，你们没有真的谈恋爱有那么一点点可惜。"聊了半天，关兮总结性地说道。

关知意："哦。"

"不过我看戚程衍长得一点也不比肖燃差。对了，上次他那表弟的照片我也看了，我说你是不是眼神不太好，待戚程衍边上，还能跟他那表弟谈得下去恋爱？"

关知意立刻伸手去堵她的嘴："你小声点。"

关兮看了眼紧张兮兮的妹妹，把她的手挥开："别蹭了我的口红。"

"……"

“我只是实事求是。”关兮拿起边上一个反光的物件照了照自己，见口红没被蹭掉才继续道，“你跟他走得这么近，不喜欢他？”

关知意脸色顿时有些难看，闷闷道：“不喜欢。”

关兮微微挑眉：“你最好是在跟我说实话。”

“我说的是实话！”

“嗯嗯哦哦我信了。”

“……”

关知意不想在戚程衍眼皮底下说这个，连忙把话题扯到别处去了。

两人在沙发那儿又聊了大半个小时后，江随洲过来了：“走了。”

关兮看了他一眼，对关知意道：“小五，那我就先走了，过几天直接去你家找你吧。”

“好。”

关兮起身走到江随洲身边：“我包呢？”

“你刚才不是丢给宋黎了吗。”

“我不是说那个，我是说你答应我的，要帮我买的那个——”

“哪个？”

“江随洲！你果然忘了！”

一声轻笑，随后男人道：“行了，买了，在我家。”

“真的假的？”

“跟我回家就知道了。”

饭局结束，关知意起身往餐桌那边走去时，大家已经陆陆续续出门了。

“小五啊，以后常聚啊，下回把你哥也叫来。”宋黎揽着他女朋友，醉得有些站不稳。

关知意点点头，视线先去找戚程衍了。

此时他还坐在位子上，不过微低着头，看不清表情。

关知意见大家都走了，便挪到了他边上，伸手碰了碰他的肩膀。

“我们也走吧。”

戚程衍嗯了声，反手握住了她的手腕。

关知意愣了下：“你……”

“扶我一把。”

包厢里只剩他们两个人了，他抬头看来的时候，关知意才注意到他向来清明的眼眸有些醉意。

“你喝多了吗？”

戚程衍拉着她的手站了起来：“可能。”

什么可能，是确定。

关知意眼见他晃了下，连忙扶住了他：“我以为你酒量很好。”

“宋黎这酒后劲大。”戚程衍轻笑了下，“而且，我怎么就酒量很好了。”

此时他还握着她的手腕，而她刚才怕他摔倒，另一只手紧紧揪着他的衣服。这样的站姿让两人靠得很近，她几乎能感觉到他身上的温度。

“我看你之前在酒桌上都喝挺多的啊……”关知意说话的时候退了一步，手也松了。结果，她刚松了劲，他就整个站不稳，朝她倒了过来。

“小心——”

她吓得赶紧伸手撑在了他胸前，不过他的重量哪里是她支撑得住的。好在身后就是墙，她背靠上墙，鼻尖险险蹭在了他衣领处。

淡淡味道，混合着红酒的醇香，熏得有些醉人。

关知意愣了片刻，耳尖一下就红了：“你、你没事吧，要不然把我姐和随洲哥叫回来，我拖不动你——”

“小五。”

“嗯？”

“你是不是很久没叫我了。”戚程衍的手臂撑在墙上，微微弯着腰，低沉的声音就在她耳边。

靠得太近，近到她觉得稍微一动就会碰到他。

“什、什么？”关知意动都不敢动。

“有了别人喜欢，哥哥都不想要了是不是。”

关知意一怔：“我哪有。”

“是吗……那叫声听听。”

他是真醉了……

关知意抬眸看他。

他目光定定地落在她身上，眼底是清冷的，可此时的姿态和语气却让人心悸。他是不知道自己这样子有多勾人吗?

关知意有些气恼，低头不想看他：“叫什么啊。”

“叫什么都不知道了吗。”戚程衍一下就捏住了她的脸，迫使她抬头。

他脸色有些差，关知意很蒙：“你是在对我发酒疯吗？”

“叫哥哥。”

“……”

“快点。”

“我不。”

“那你就别走了。”

关知意顿时哑口无言。她没见过戚程衍喝多失态的样子，所以从来不知道原来他喝过头了这么胡搅蛮缠。

“你……”

刚要说什么，包厢门被人推开了，是服务员，大概是以为客人都走光了所以来清场的，谁知道一进门就看到一对男女。

关知意转头看去，清楚地看到服务员吓了一跳，而后神色暧昧地退了出去。

关知意有点无奈。

“还不叫，真不想走了是吗？”戚程衍盯着她通红的脸颊，低声道。

关知意可不想再被服务员围观了，揪着他胸口的衣服道：“哥，哥哥哥哥，行了吗，你别闹了……”

戚程衍这才满意，微微起身，让她从自己和墙的夹击中解脱出来。

“哥哥走不好路，你多给我撑着点。”

关知意觉得自己不应该跟醉酒的人折腾了，于是在他伸手搭在她肩上时，干脆扶住了他的腰：“你自己看路……”

戚程衍瞥了她一眼，在她没看到的角度笑了笑：“嗯，好。”

那样子，分明又是半点醉意都没有的。

关知意还是头一回伺候喝醉酒的人，好在戚程衍还能走路，也好在车就停在不远处。

她扶着戚程衍坐到了副驾驶位上后，自己上了驾驶位。

“安全带系上。”关知意道。

没人应。

关知意转头看去，只见戚程衍懒懒地靠在车窗上，一动不动地看着她。车内灯光微暗，他的眼神伴着醉意，浅浅淡淡，似要融化在这夜色里。

这样的戚程衍她没见过，不敢多看，只觉得越看心越慌。

“安全带系上，你听见了吗？”关知意扶着方向盘，僵硬地说道。

“嗯……听见了。”戚程衍答了话，这才慢条斯理地拉过安全带系上了。

“那我开回家了。我开得很慢，你可以先睡一下。”

戚程衍支着脑袋：“我看着，你不用慌。”

关知意发动了车子，小声嘟囔：“你看着我才慌……”

“什么。”

“没什么，我说你都喝醉了就不用指挥了，我还是信自己比较好。”

戚程衍轻笑了声：“哦，那你注意安全。”

“知道。”

关知意慢慢把车开出了会所的停车场，往御和公馆开去。

因为速度比较慢，本来二十分钟的路程硬给她开出了四十分钟。

进小区后，她在戚程衍家门口把车熄了火，然后绕到了副驾驶座那侧，把门打开了。

“到家了。”

戚程衍嗯了声，解了安全带，朝她伸出手：“过来。”

关知意看着他伸过来的两只手，有点蒙：“什么？”

“弯腰……”

关知意意识到他是想让她扶他一下，于是她弯着腰离近了些，结果她刚靠近，整个肩膀就被揽了过去。

“啊——”

她这样的姿势根本站不稳，肩膀被勾过去后，她整个人也倾了过去，倒在了他身上!

几乎是拥抱的姿势。

关知意呼吸都要停滞了，四面八方都是他的气息，温暖的，心悸的，令人慌张的。

“你、你、你，别拉着我！我去叫人！”

戚程衍没想过要把她这么抱过来，即便是在假装喝醉的情况下，也没想过。他只是没料到小姑娘这么单薄，他都没多使劲，她就先站不稳了。

此时此刻，鼻尖是她身上好闻的味道，发丝撩过，带起一阵涟漪。

他都有点舍不得松开了，声色微哑道：“这么晚，别叫了，不能吵到爷爷。”

“那你先松开……”

戚程衍低低嗯了声，松了手，起身。但很快，他又搭住了她的肩，几乎把半个身体的重量都压在了她身上。

关知意一怔。

戚程衍：“我们小声点回去。”

关知意被压得都快倒了：“但是、但是你很重啊！”

戚程衍搂着她，嘴边满满溢出一丝笑意：“嗯，相信你可以。”

关知意无语。

可以你个头!

但戚程衍不放她走，她也不能直接在门口就喊人，这样真的会吵到戚爷爷。

于是，她憋着一股劲，愣是把戚程衍半扛半拖进去了。

两人要上楼的时候，家里的阿姨才发现：“哎呀，这是怎么了，喝醉了吗？”

关知意一直在使劲，脸都涨红了：“对的，阿姨。”

“我来我来，关小姐，交给我吧。”

关知意嗯了声，伸手就要去扒戚程衍的胳膊，但是她扒了两次都扒不下来!

“算了，阿姨你扶着另一边，我们俩把他扛上去。”

“哎哎，也行。”阿姨扶住了戚程衍的另一只胳膊，一边上楼一边道，“这是喝了多少酒啊，少爷酒量可好了，今天竟然能喝醉……”

“大概喝得有点多。”

好不容易把戚程衍扶回房间后，阿姨连忙道：“我下楼倒点热水上来。”

“好。”

关知意也顾不上戚程衍外套都没脱了，直接拉过被子给他盖上：“呼……累死我了。”

“小五。”

“啊？”关知意看到戚程衍微睁着眼看着她，“怎么了，是不是不舒服？”

戚程衍看了她一会儿，缓缓道：“明天吃完饭我去找你，我们再去开几圈车。”

“不用了，你都——”

“睡了，哥哥头很晕。”

戚程衍闭上了眼睛，丝毫不给她拒绝的空间。

关知意的话都被堵了回去，在房间站了一会儿，只好转身出去了。

“关小姐，您要走了吗？”下楼的时候，她和端着热水上来的阿姨碰上了。

关知意点点头：“他好像醉得挺严重的，您多注意看着点。”

“好的好的。”

关知意下楼离开了，阿姨端着玻璃杯推开房门。

看到原本躺在床上的戚程衍已经坐起来了，阿姨愣了一下：“您没事吧？”

戚程衍没答，只问道：“小五走了吗？”

“已经走了。”

“嗯。”

“您……需不需要醒酒汤？”

“不需要。”戚程衍起身接过了阿姨手里的玻璃杯，“没事了，你出去吧。”

阿姨愣愣地看了他一眼：“啊？好的。”

阿姨退了出去，带上了房门。

戚程衍喝了口水，走到了窗边。

窗户对着正门方向，他能看到路上那辆车的车灯亮起。

戚程衍看着驾驶位上那个身影，淡淡笑了一下。

关知意在家待了整整一周，这一周里，她几乎每天都被戚程衍拎着出门练车。但其实到第三天的时候，她就完全适应了，可戚程衍却还是说她开车怕这怕那，需要练练心脏承受能力。

这天总算不用再练车了，因为她需要去参加一个珠宝品牌的宴会。下午，她开走了她经常练的那辆车，直接回了自己的小公寓。

四点钟，刘云带着妆发师上门了。关知意在家换了衣服，化了妆，坐车前往宴会场所。

他们一行人到的时候，还没开始走红毯，所以所有的明星都在后台等候。

关知意穿着礼服，坐在一旁百无聊赖地玩着手机，突然，有人拍了拍她的肩：“知意。”

关知意回过头，看到了许久不见的好友：“菲菲！你今天也在这儿啊。”

“对啊。”宋乔菲道，“我没想到你也在，刚才远远看到，就赶紧过来了。”

宋乔菲最近在拍一部古装剧，进组已经三个月了，期间一直没回过公寓那边，所以两人算起来很久没见了。

“早知道你也出席，我就早点去找你了。”

宋乔菲道：“干吗，这么想我啊。”

关知意拉着她在身边坐下：“是啊，怎么样，最近在剧组还好吗？”

“好什么……那个葛斯迎就知道天天找我碴。她戏演得不好，但事是真的多。不过人家背后有人，剧组的人都供着她，我也不敢招惹。唉，只能熬到杀青了。”

关知意皱了皱眉头。

她之前在微信里是听宋乔菲跟她埋怨过一两句的，葛斯迎不满导演夸赞宋乔菲的演技，更不满她的妆发上镜比自己好看……后来这些小事情越积越多，葛斯迎就总在组里欺负她。

宋乔菲：“唉，不说这个了，聊她没劲。说说你吧，最近在干什么？”

关知意自《朝野》火了之后，名气比宋乔菲高出了许多，但是两人从出道便相识，对彼此了解，也是真心希望对方好，一点都没有因为对方火了而疏远。两人聊了好一会儿，直到工作人员通知红毯秀开始，才恋恋不舍地分开。

红毯秀之后，品牌方还安排了宴会。宴会是不对外公开的，里面没有记者粉丝，只有上层人员和众位明星。

这种宴会对于明星来说就是结交资本、拉拢资源的好机会，他们对此会比对走红毯更为走心。

从红毯下来后，关知意便回到了自己的专用化妆间。

宴会晚点才正式开始，他们还需要等一个小时左右。

“看看需不需要补妆。”刘云道。

化妆师上来打量了一番：“没事，不用。”

“行。”刘云道，“等会儿宴会开始我会很忙，你到时候跟在我身边就行。”

刘云目标准确，已经准备去社交了。

关知意对她这状态很熟悉，点了点头：“还有差不多一个小时，我去隔壁找下菲菲。”

“行。”

宋乔菲跟她在不同的化妆间，干等一个小时也挺无聊，关知意便想过去找她聊聊天，结果一进门就发现，里面气氛有些奇怪。

一个化妆间大概有两三个明星共用，这个化妆间是宋乔菲和葛斯迎共用的。此时，只见宋乔菲站在葛斯迎面前，也不知道被说了什么，低着头，看不清表情。边上的工作人员或忙自己的事或观望，没有人有上前的意思。

关知意想起宋乔菲经常被这人欺负，径直走了过去。

“乔菲，怎么了？”关知意问道。

“没事没事。”宋乔菲轻推了关知意一下，“你出去等我，我处理完来找你。”

“处理？你要怎么处理啊！”葛斯迎冷哼了声，怒道，“我这礼服千辛万苦拿来的，你就这么给我蹭花了，等会儿还有宴会，你让我穿什么出去？！”

关知意听葛斯迎说完，朝她身上看了眼。

今天葛斯迎穿了一身曳地白裙，而此时裙尾处有一道浅浅的红痕，看样子是口红的痕迹。

但她的裙子褶皱很多，稍微处理一下其实也看不见。

宋乔菲显然是不敢跟她对上，连声道歉：“我不是故意的，我口红不小心掉了，没想到你突然走过来，就……”

“你什么意思啊，你这意思，是怪我自己倒霉吗？”

宋乔菲撇过头，闷闷道：“没有。”

葛斯迎看了她一会儿，突然笑了声：“呵，宋乔菲，我瞧你就是故意的吧。今儿我来了这个宴会，你呢，就费尽心机也要了票过来；我今天穿了白色礼服，你就有样学样跟我穿差不多的。怎么，导演在现场多夸了你两句，你就真觉得自己可以和我比较了？你是真不要脸啊，还故意往我裙子上掉口红？”

边上许多工作人员都在侧耳偷听，而且自己的好友也在这儿，宋乔菲被说得自尊心大受打击，委屈地辩解道：“我来这个宴会之前不知道你也来了，我更不知道你要穿的礼服是什么颜色。至于口红，这真的是意外，我真心跟你道歉。或者我们想想有什么办法补救？我看只有一点红痕，要么我帮你用白色的颜料稍微涂一下？裙摆这么大，看不出——”

“你说看不出就看不出？！”葛斯迎怒极，拿起手边的果汁就泼了过去，“那我还说，你这样也看不出呢！”

宋乔菲穿的也是白裙，被这么一泼，整条裙子顿时就报废了。

果汁顺着裙摆往下，一直滴到了地上。这下，化妆间的人再也不能无视，皆诧异地看了过来。

不过，看归看，他们也不敢有其他行动。葛斯迎私下里出了名的骄纵，既然她是有意针对宋乔菲，那这会儿就没人敢迎头撞上去，怕得罪她。

宋乔菲低眸看着自己好不容易让经纪人帮她借来的礼服，眼睛顿时就红了：“你——”

她刚想抬头质问，突然，余光看到有人拿起了化妆桌上的另一杯果汁，毫不犹豫地全泼在了葛斯迎身上。

从胸口到裙摆，瞬间沾满，比宋乔菲身上的还夸张！

宋乔菲整个愣住了，这下她也顾不得自己多气愤，僵僵地转头看着手里还拿着玻璃杯的关知意：“！！！”

不止宋乔菲，在场其他人都呆了。

他们自然都是认识关知意的，最近她因为《朝野》火得一塌糊涂，算是新晋小花。可葛斯迎也不是吃素的啊，虽然她演技不在线，没什么代表作，可是她资源一直很好，背后有人也是公开的秘密，圈内很少有人敢动她。

他们都没想到，关知意竟然敢泼她一身果汁！

“你……你……”葛斯迎瞪着关知意，气血上涌，“你敢故意弄脏我的裙子？！”

关知意面无表情地看着她，把玻璃杯往旁边一放，冷冷道：“你不也故意弄脏别人的裙子吗？”

会场在不同层设置了不同的休息区，在明星化妆间的楼上就是今晚品牌邀请来的嘉宾。

此时502包间内，东道主宋黎正在招呼两个好友喝茶。

“虽然这是新珠宝品牌，但在海外一直卖得不错，今天算是给这品牌正式引进做个宣传。怎么样元白，之前让你入股，不是在坑你吧。”宋黎道。

关元白喝了口茶，淡淡道：“还可以。”

“是吧，反正也就是等着收钱的事。”宋黎又对另一个人道，“程衍，你有没有兴趣也来玩玩？我可以让出百分之十的股份给你，接下来这牌子就算咱们三家合作。你也知道，广告营销方面，你这边做得一直比较好。”

戚程衍倒没直接拒绝，他今天来其实也是为了当面了解一下：“具体说说。”

“行，就是——”

“咚咚！”

这时，门被人敲响了。宋黎被打断，转头道：“进来。”

得到允许后，一个工作人员推门走了进来，朝在场三人微微点头后走到了宋黎身边：“宋总，葛小姐那边出了点问题，正在发火。”

宋黎哦了声：“她又怎么了？”

“葛小姐在化妆间跟人起了冲突，您送她的那条裙子被人泼了果汁。”工作人员道，“现在葛小姐正闹着呢，让我叫您过去。”

宋黎有些惊讶：“在我的地盘泼她果汁？？这人胆子看来很大啊，你等等，我马上过去。”

“好的。”

戚程衍看宋黎急急忙忙穿上外套，笑了下：“葛小姐？哪位？”

“我女朋友呗。”

“你女朋友？”戚程衍想了下，“上次跟你一块儿吃饭，你不是说江随洲边上坐的那位是你女朋友吗？”

“那个啊，我瞎说的，那不是怕关兮以为江随洲跟她有什么吗。”

“所以江随洲跟她真的有什么？”关元白拧眉问了句。

“怎么可能啊，你那个妹妹什么脾气你不知道？”宋黎嘀咕道，“就算江随洲真有人，也绝对不会明目张胆带在身边，除非他想关兮把他公司炸了。”

关元白：“有点道理。”

“那行，我先下楼处理一下，你们先坐。”

“嗯。”

宋黎起身，一边往门口走一边问方才的工作人员：“怎么回事，到底谁胆子那么大，敢惹我女朋友？”

“是关小姐，关知意。”

宋黎脚步生生一顿，错愕地转头看向工作人员：“你说，谁？”

“关知意，艺星娱乐的艺人。”

宋黎背后猛地一凉，关知意？

他缓慢地消化了一下这个信息，回头看向了里头坐着的两人……

很明显，那两人已经听到了，此时正看着他，面色冷淡且……恐怖。

宋黎：“……”

工作人员不知道自己老板突然怎么了，只问道：“宋总，还去吗？”

“去！当然去！”宋黎大声道，“我倒要看看是谁——那么英勇，敢招惹那泼妇。”

工作人员：“？？？”

另外一边，化妆间内。

刘云得到消息匆匆跑了进来。

她进来的时候，关知意和宋乔菲正站在一旁，而葛斯迎正在大闹，化妆品扫了一地。

刘云心里一惊，连忙拉过关知意：“你怎么敢——”

宋乔菲连忙道：“云姐，都是因为我，知意是气不过才那样的，你别怪她。”

宋乔菲和关知意同属艺星，但经纪人是另外一个，只是她经纪人手底下艺人众多，今天聚会并没有跟着她。

刘云方才已经听过事情始末了，此时看到这画面，头都开始疼了。她压低了声道：“关知意，你知不知道葛斯迎是什么人，今天品牌方宋总是她男朋友！人家对她宠得很，估计这牌子代言人都要送给她玩！我们后续跟这边还有合作呢，你、你做的都是什么事！”

关知意：“云姐，你没看到她刚才怎么对乔菲。”

“那你也不能直接上手啊。”

“可……”

“这样，你跟我去道个歉，你道完歉就走，剩下的事交给我，我来兜着。”刘云拉上关知意就要去葛斯迎那边，但她还没迈步，化妆间门口就先进来个人。

“宋黎——”葛斯迎看见来人之后哭哭啼啼地过去了，那表情转变之快，用在戏里肯定能得最佳女主角。

旁边的工作人员见此都对关知意有些同情，谁都知道葛斯迎这位金主能耐得很，压根儿不是能够得罪的。

“宋黎你看啊，我的裙子都穿不出去了。”葛斯迎泪眼婆娑地拉住了他的胳膊，“都是她，我不过是说了她朋友几句，她直接就上手了，我躲都躲不过——”

说没说完，就被宋黎一个眼神制止了。

葛斯迎撒娇道：“你瞪我干吗，你没看到我现在的样子吗！”

宋黎深吸了一口气，没理她，直接朝关知意走了过去。

他站到关知意面前，上上下下打量她：“没事吧？有受伤吗？”

“……”

化妆间内一片寂静。

刘云嘴角微微一抽，看向了关知意。

关知意自己也愣了一下，她没想到葛斯迎的男朋友竟然是宋黎。

“我没事。”关知意道。

“那就好那就好。”宋黎松了口气，看向了宋乔菲，“那你朋友这边……

我的天，裙子全脏了啊。”

宋黎抓了抓头发，转头对边上一个工作人员道：“小刘！你现在立马去弄一套礼服过来，给这位小姐换上。”

“哎哎，好的。”

“宋黎！”葛斯迎难以置信地看着自家男朋友对关知意的态度，“你怎么回事嘛，你不看看我现在什么样子，还去关心别人？！”

“你住嘴！”

“你、你是不是喜欢她啊？！”葛斯迎被这么多人看着，面子挂不住了，“你给我解释解释！”

宋黎脸都黑了：“葛斯迎！我让你闭嘴你有没有听到！”

宋黎跟葛斯迎在一起有一段时间了，当初就是看她很会讨他欢心，所以他才一直宠着。他知道她在外人面前有多任性骄纵，可他懒得管，甚至有时候她到他这里来撒撒娇说说别人坏话，他还会随便帮她一把。

没想到，这般做法倒把她哄得连自己是谁都忘了。

宋黎一阵头疼。

惹到谁不好，竟然惹到关知意头上。

这姑娘后面有多少人站着，别人不清楚，他可清楚得很！

宋黎道：“你赶紧给我跟关小姐道歉。”

“她还没给我道歉呢。”葛斯迎都要哭了，“宋黎，你是不是跟她有一腿！她是给你使了什么妖媚术了！”

“葛小姐这话说得未免有些难听。”这时，门口又走进来两个男人。

葛斯迎听到声响转头看去。

作为宋黎的女朋友，她和刚进来这两人虽不熟，但是以前跟宋黎一块儿出去的时候是有见过这两人的—— 一个是关元白，一个是戚程衍。之前见过面后，她回去还跟圈里人炫耀了一波……

可他们今天怎么也来了？而且，戚程衍这话是什么意思？

葛斯迎是有点蒙的，而完全清醒的宋黎见到两人进来，一个头两个大。

“你们怎么下来了啊。”

关元白扯了扯嘴角，缓缓道：“你女朋友火气这么大，我怕我妹妹抵挡不住。”

嗯？

嗯？！

关元白轻描淡写的一句话像是在化妆间里投了一枚炸弹，轰的一声，把众人都炸傻了。

在场人虽不多，但要么是演员团队的核心员工，要么是今天这场宴会主办方的内部工作人员，他们自然都是认识关元白的，这个男人是什么人他们心里清楚得很——他可是比宋黎还不能惹的人物。

众人面面相觑，一时都消化不了这个惊人的消息。

演员关知意竟然是关家关元白的妹妹?

这是什么惊天大瓜!!!

刘云和宋乔菲也傻了，刘云甚至还想，可能是在她不知道的时候认的吧，类似于……干哥哥那种?

然而接下来关元白说的话却打破了刘云的幻想：“哦，对了，等会儿结束后还有工作吗，还是直接跟我回家? ”

关知意虽然已经没想刻意跟关元白划清界线，但也没想到关元白突然来了这么一句。她下意识看向刘云，于是关元白也顺着她的视线看向刘云：“刘小姐，宴会结束后我妹妹能跟我回家吗? ”

刘云一口气哽在喉咙处，好半天才道：“能……”

“好，谢谢。”

葛斯迎面色发僵，实在没想到自己踢到了铁板，难怪连宋黎都不敢帮她!

葛斯迎：“宋黎……”

“葛小姐刚才说了那些话，是不是该给她道个歉? ”戚程衍从进来就没好脸色，那表情，看得旁人觉得瘆得慌。

葛斯迎这下是怎么都横不起来了：“我、我……”

“不用跟我道歉，反正我也泼了你一身。”关知意道，“我只想告诉你，乔菲可不是随便任人搓圆捏扁的! ”

宋乔菲感动地拉住了关知意的手：“知意……”

“走了，我们先去换衣服，你这样不行。”

“嗯……”

关知意和宋乔菲先出去了，刘云跟在场人知会了声，也跟了出去。

关元白拍了拍宋黎的肩：“那我先走了，后续你处理。”

“好。”

宋黎目送他出去，回头看到戚程衍还站在原处，顿时又苦了脸：“大哥，你也先去歇着吧，放心放心，我晚点肯定去跟知意好好赔罪，不会让她受委屈的! ”

戚程衍冷哼了声，这才离开。

送走两尊大佛，宋黎松了口气，对着在场的人说道：“今天的事一个字都不许说出去，要是让我在外面听到什么，你们都别想干了。”

化妆间内的工作人员连连称是。

宋黎：“行了，都出去吧。”

众人鱼贯而出，只剩下葛斯迎和她的助理。

宋黎看了葛斯迎一眼，面色极差：“你还真能给我找麻烦! ”

葛斯迎此时已经知道事情的严重性：“我、我又不知道关知意是什么人，网上不说她只是普通人吗……”

“网上说什么你就信什么? 网上还说你是千年难遇的纯天然大美女呢，你自己动了多少，自己不知道啊! ”

葛斯迎脸都青了，可终究不敢再发脾气。

她平日里跟宋黎撒娇胡闹，那都是基于他愿意纵着她，可现在自家金主真的生气了，她怎么还敢任性……

“我真的不是故意的……”

“欺负谁不好，欺负到关知意头上！关家养出来的人我都不敢动，你还给我什么脏话都骂出来？！”宋黎瞪了她一眼，“这烂摊子我还得替你继续收拾着。”

“宋黎……”

“今天晚宴你别出来了，回去吧。”宋黎拧眉道，“顺便把你那些东西收拾收拾，从我家搬出去。”

葛斯迎愣住，顿时就崩溃了：“我不要！”

宋黎：“行，那房子就留给你，以后我不去了，咱们分了。”

“我不分！房子、房子我也不要！”

宋黎瞥了她一眼：“真不要？”

葛斯迎看宋黎一脸认真，显然是真的要分手，顿时到嘴边的话又不敢说了：“我……”

宋黎见她犹犹豫豫，心中冷笑：“那就还是要的。行了，明天我会让我助理去找你，有什么跟他说。”

说完后，他便从化妆间出去了，一点不拖泥带水。反正虚情假意的女朋友对他而言，就只是一个摆设罢了。

另外一边，工作人员拿来了新的礼服，让宋乔菲进里屋换了。

关知意坐在外面的椅子上等着她，面前站着的是欲言又止的刘云。

“好了我承认，关元白真的是我哥。我之前没说是因为这跟我拍戏也没什么关系，而且我一直都是一个人在闯，我哥并没有管我，所以……”

“所以戚总对你不一样的态度，也是因为这个？”

关知意愣了下，点头：“我们很早以前就认识了，也是邻居。所以啊，我之前才说我们之间不是那种关系。”

刘云咽了口口水，突然有点想做个脑部针灸清醒一下的冲动：“我的天……”

刘云没再说话，沉默了好半天。

关知意看着她这副样子，以为她是在生气自己隐瞒她，于是又道：“云姐，你别不高兴，我觉得这事……”

“我觉得这事简直是太不可思议了！你竟然、你竟然——”刘云指着她半天，说不出个所以然来。因为太过惊讶，以至于刘云的词汇匮乏。

想想之前种种，刘云觉得自己简直是个傻子。她竟然还觉得关知意跟自己一样，从底层爬上来很不容易。啊对了，她平日里还经常教育关知意，作为没背景没后台的演员要怎么怎么做事！

搞了半天，她以为的那个灰姑娘，原是京城赫赫有名的关家千金？

原来从始至终从底层爬起来的人，只有她自己啊！

“知意，我换好了。”宋乔菲从里间出来了，换了件粉白色的礼服裙。

关知意起身迎了上去：“这件好看！”

“当然了，这比我原先那件礼服档次高多了……”宋乔菲看着她，“那个，今天还是谢谢你了，你不知道我当时都快吓死了，生怕你因为这个被葛斯迎针对，不过还好，原来你……”

关知意讪讪道：“我也没想到我哥今天也在。”

“没事没事，我说呢，你平时也很少提你的家人。”

“嗯……刚出道那会儿，我家里人不同意我进娱乐圈，所以我一直自己在外面住。”

宋乔菲摸了摸下巴，认真道：“哎呀，我运气真是太好了吧！”

“啊？”

“我闺密竟然是富婆啊，还是贼富的那种！”

关知意：“别闹了啊。”

两人说笑了会儿，外面的宴会便开始了。

关知意、宋乔菲和刘云一块儿出去的时候，戚程衍正好迎面走了过来。

他今天穿了一身暗色系的西装，身高腿长，一路走来，就是在娱乐圈看多了美男的明星们都忍不住侧目。

“戚总。”走近后，刘云先打了个招呼。

戚程衍微微颔首，看向关知意：“都处理好了？”

关知意：“嗯。”

戚程衍点了下头，突然跟刘云道：“宋黎那边有些珠宝品牌合作方面的事，你去跟他谈谈吧。”

刘云眼睛一亮：“好的。”

刘云走后，宋乔菲打量了两人一眼，连忙道：“那我也先去那边跟我朋友聊一下。知意，戚总，我先过去了。”

关知意：“我等下找你。”

宋乔菲：“行。”

两人都走后，关知意也不知道跟戚程衍说什么，往他身后看了看，随口问道：“我哥呢？”

“在跟别人聊天。”

“哦……那你？”

“找你。”

关知意意外地看了他一眼：“找我干吗……”

“没事就不能找你了？”戚程衍含着淡淡笑意，问道，“晚上吃什么了？”

“没吃。”

戚程衍：“刘云又不许你吃饭了？”

“来这种聚会本来就不能吃饭。”关知意说完，目光突然落在了他的领带上。之前没注意看，现在近距离这么一观察，这领带……好像有点眼熟？

戚程衍看到她直勾勾地看着自己的衣领处，低眸看了眼：“发现了？”

关知意猛地抬眸：“这真的是……”

“你送的那条。”戚程衍回答的时候好像还想让她确认一下，随手就把领带从里面抽了出来。

“收、收回去！”关知意哪里想到他出席这种正式的场合竟然把她送的那条领带戴出来了，虽然说她是觉得挺可爱的，但是被别人看到，戚程衍这形象也是够颠覆的啊。

她二话不说就上手帮着往里塞：“快点收回去啊！”

戚程衍低眸看着她慌乱的样子，嘴角微微一勾：“你不是说很适合我吗，还不许我拿出来了？”

关知意耳朵都有些红了：“我就是随便说说，你还真信啊。”

“你说的话我一直挺信的。”

关知意愣了愣，抬眸看他。

她一直觉得戚程衍的眼睛生得极好看，像深夜里寂静的一片湖，看似平静无澜，实则暗流涌动。他静静看着她的时候，有时甚至会让她产生直接跳进去的冲动，不管不顾，只想沉溺……

“在干什么呢，大老远的就看你们说悄悄话。”这时，边上有人走了过来。

关知意回过了神，转向说话的那人。

来人正是有一段时间没见的肖燃。

关知意摇了摇头：“没干什么……”

肖燃看了眼戚程衍的领带，那领带还没完全被塞回去，所以他随手一勾就出来了：“这领带怎么了？”

关知意：“等——”

来不及了，领带已经被肖燃完全拉出来了。

领带在胸口荡了荡，尾部一只白色兔子正懒洋洋地趴着。

“噗……这什么啊，兔子？”肖燃看向戚程衍，毫不客气地嘲笑道，“我天，戚大少，你这品位也太独特了吧，哈哈哈哈，你几岁了你。”

戚程衍淡定道：“不好看吗？”

“这好看吗？！”

戚程衍满意地笑了笑：“我觉得挺好看的，小五你说呢。”

关知意瞥了肖燃一眼：“当……然好看了。”

肖燃眯了眯眼睛，又打量了下：“知意，你认真的吗？”

关知意瞪了他一眼：“我买的！我当然觉得好看了！”

“哦，你买的……啊？你买的？”

戚程衍幽幽一笑，慢条斯理地把领带塞了回去，状似不经意地给他解说了番：“出国的时候特地给我买的礼物，全世界就这一条。”

肖燃被戚程衍那神色刺痛了，一脸伤心：“知意你这样就过分了，买礼物怎么都没想到我呢，顺便带上我啊。”

关知意顿了顿：“不是，你刚不还说难看吗，怎么现在就要我给你带了，你变卦也太快了吧。”

“那不一样。”肖燃笑呵呵道，“是你买的，那怎样都好看啊。”

关知意：“……”

戚程衍脸色顿黑。

肖燃视若无睹，只道：“哦，对了知意，你跟我来，我想起还有事要跟你说一下。”

关知意正好也想好好问问肖燃这段时间在发什么神经，于是点了点头便要过去，结果脚还没迈出去，手腕先被扣住了。

她转头看向突然拉住她的戚程衍：“嗯？”

并没有什么理由留下她，只是一瞬的想法，不愿意让她跟肖燃走。

肖燃看了戚程衍一眼，笑了下：“程衍，妹妹借我一会儿没事吧？”

戚程衍看着他，没说话。

两人对视着，气氛怪异。

关知意只觉莫名其妙，看看肖燃，又看看戚程衍。

肖燃从戚程衍那儿收回了视线，对她笑了下：“走吧。”

“嗯。”关知意拉开了戚程衍的手，“那我先走了啊。”

戚程衍：“小五。”

“我有事要跟他说。”关知意似乎急于跟肖燃走，所以她并没有等戚程衍说什么，直接跟上了肖燃。

一高一矮，很快就走远了。

戚程衍低眸看了眼空空如也的手心，心口好像被铁丝缠住，觉得冰凉又透不过气。

他恍恍惚惚地想，以前他总能赢的，不管什么时候，小姑娘总是无条件腻在他的身边，都不舍得离开他。

可现在，他竟然开始输了……

她不再黏着他，也不再在他身边撒娇说笑了。别人可以吸引她的视线，也可以带走她了。

这个认知让戚程衍感到一丝痛苦。

而直到面对这种痛苦，他才不得不承认，他竟是那般沉迷她在身边的感觉。

沉迷到，一秒都不愿意失去。

·第十章·

宴会里人来人往，关知意拉着肖燃到了人较少的地方，直截了当地问道："说吧肖老师，你到底想干吗呢？"

肖燃幽幽道："你说呢？"

关知意有些头疼："你就别闹我了，我哥那人是会当真的。"

"你哥还是程衍？"

关知意一顿："没差……反正他们如果真以为你在追我，那就麻烦了。"

"不用以为。"肖燃往边上看了眼，小声道，"是真的。"

关知意微微瞠目："你、你……我……"

"别你啊我啊的了，知意，我也不差呀，要不要谈个恋爱试试？"

肖燃说这话的时候一脸认真，完全没有开玩笑的意思。

关知意震惊地看了他好一会儿，这才道："你怎么可以谈恋爱啊……"

肖燃一个踉跄："妹妹，我也是人！怎么不能谈恋爱了！"

"但是你是肖燃啊。"

肖燃代表顶流，更代表无数粉丝心里的男朋友，那谈恋爱不就等于失业嘛。

"我都二十九了。"肖燃叹了口气，一脸哀愁，"好不容易经纪人也放手了，我谈个恋爱不过分吧？"

"好像……是不过分。"

"高龄"还被禁止谈恋爱，是有点可怜兮兮的。不过……

"就算你要谈恋爱，对象也别是我吧。"

"为什么，是不是怕被网友骂？"

"那倒不是，不跟你在一起，我照样也有网友骂。"

肖燃："你骄傲个什么劲！"

"不是，我的意思是，我不喜欢你。"关知意有点尴尬，"我只当你是朋友来着。"

肖燃睨了她一眼："所以你是有喜欢的人了？"

"不……"

"程衍吗？"

关知意一愣："啊？"

肖燃平复了下呼吸："我就知道，你肯定是喜欢他。"

关知意立刻摇头："你别胡说八道啊，我、我什么时候说喜欢他了。"

肖燃不爽道："你看你，说到喜欢他，人都开始紧张了。"

"我真的没有！"

"发誓。"

"我发誓！如果喜欢他我就……"

"你就接下来再也演不到一部好戏，再也拿不到一个奖，哦对了，再加一个，你哥关元白再也找不到女朋友，这辈子孤独终老！"

关知意竖起来发誓的手指抖了抖，僵住了。

肖燃眯了眯眼睛，伸手敲了她一下："还跟我犟，行了行了，我懂了，不为难你了。"

"那……"

"今天的话当我没说过。"肖燃摊摊手，颇无奈道，"你这小孩，还挺长情……"

宴会结束后，关元白直接把关知意接回了家。

回家的路上，她接到了刘云打来的电话。

"知意，到家了吗？"

"还没呢。"

"那我先跟你说个好消息！"

关知意："什么？"

刘云话里隐隐带着一丝激动："今天戚总不是让我去跟宋总聊聊和他们的珠宝品牌合作的事吗，我一开始以为是那种普通合作，谁知道宋总竟然说让你去当他们的代言人！"

关知意顿了顿："代言人？"

"是啊，Evil 这个牌子这两年在国外大火，如今国内发展势头也不错，你能拿下他们的代言当然是好事，这是高奢品牌，可以提升咱们的格调。"

"这么突然……"

之前也没有什么消息传出来，难道宋黎是因为今天的事，想拿代言人的位置来跟她赔罪不成？

刘云似乎猜到了她的想法，道："Evil 国内会有两个代言人，一男一女。

宋总说男星早前定下肖燃了，女星这边本来就要跟咱们艺星合作的，你现在可是艺星的香饽饽，不选你还能选谁。”

关知意工作的事都是刘云帮她在操作，刘云眼光向来不错，所以她也不会不配合刘云接过来的工作。

挂了电话后，关元白问道：“Evil 的代言？”

“嗯，我经纪人说已经帮我接下了。”

“挺合适。”关元白道，“反正都是自己家的东西，你代言还能省点钱。”

关知意：“？？？”

“哦，没跟你说，Evil 我也入了股，三分之一。”关元白看了她一眼，“不过一直是宋黎在管事，让你当代言人这事我确实不知道。算他有点觉悟吧，知道给你赔罪。”

“什么赔罪啊，他是因为我现在可以匹配这个品牌，很合适，所以才选的我！请正视我现在的商业价值！”

关元白微微挑眉：“这样。”

关知意白眼差点儿翻到天上：“我不跟你说话了，心脏疼。”

关元白笑着摇了摇头，突然又道：“小五。”

关知意堵住耳朵。

关元白拉过她的手腕，把她的手拽了下来：“最后听我说两句。”

“……”

“今天我去了化妆间，我的意思你明白？”

关知意疑惑地看了他一眼：“什么意思？”

“意思就是以后发生这些事你都不用㞞，也千万别让人欺负了。”关元白道，“我们家的人被指着脸骂，像什么话。”

“噢，就是说哥你今天给我站台了，以后我都不许㞞，对吧？”

“把‘站台’那两个字给我收回去。”

关知意闷笑：“好，我知道啦。”

几日后，关知意签了合同，正式成为 Evil 的品牌代言人。

作为代言人，她的第一个工作便是拍摄广告。Evil 起源于巴黎，所以这次的广告拍摄地点也设在那里。广告是小型剧集的形式，总共拍三集，再加上拍平面等七七八八的工作，大概需要一周的时间。

拍摄前一天，关知意和工作团队一起去往法国。

入住了酒店，晚上便和导演团队一块儿看剧本。

肖燃也在，不过他大大咧咧嘻嘻哈哈的，对于上次在宴会提过的那事，仿佛根本没发生过。

关知意现在以工作为重，而且对肖燃突如其来的表白也没往心里去，所以也是不在意的。

第二天，团队出发去拍摄。

第一集的内容是相遇，两人饰演一对一见钟情的男女，在巴黎街道上的一家咖啡厅遇上并且相谈甚欢。剧情不复杂，但广告唯美度要求很高，所以一整个早上下来也没拍多少可用画面。

中午休息时间，关知意坐在窗边喝咖啡，等下午开工。

塞纳河畔，风光旖旎，细碎的光亮穿枝透叶，落在人的脸上，暖洋洋的，让人有些放空。

放空到……她忘了工作的繁忙，想起那人的身影。

不知道他现在在干什么呢?

这个念头一出现在脑子里，关知意立马坐直了，闷头喝了一口咖啡，摇了摇头。

想什么呢……他在干什么关你什么事，早说好了，要忘掉的。

关知意把咖啡推到了边上，支着脑袋，看着玻璃窗外，自己跟自己生闷气。

可气着气着，却看到不远处走来一个男人，深灰色大衣，黑色裤子，面容清俊，嘴角含笑……很眼熟。

等等?

关知意微微瞠目，她是疯了吗，至于这么想他吗，还把人给幻想出来了?

她揉了揉眼睛，再次看了过去，那人却没有消失，反而越走越近。

最后，他就站在了玻璃窗外，低眸看着她。

“咚咚——”

他伸手敲了下玻璃。

关知意猛地回过了神，是真的……

他不是应该在国内吗，怎么会在这里?

“戚总，您过来了——”咖啡厅里头有工作人员迎了出去。

关知意愣愣地看向门口，不一会儿，便看到他进来了。

“还没开始？”戚程衍走了过来，淡淡问了句。

关知意：“啊……快了，你怎么在这里？”

戚程衍随口道:“宋黎想要我投资，我自然是过来这边实地考察再做决定。”

原来是这样。

“知意，过来补下妆。”

关知意也来不及跟他再说什么，只道：“那我先过去了。”

戚程衍点头：“去忙吧。”

关知意走后，戚程衍便在桌边坐了下来。突然，有人拍了下他的肩膀：“你这追得是不是有点紧？”

回头，是肖燃。

戚程衍道：“你说什么？”

肖燃哼了声，小声道：“戚程衍，你瞒得过关元白是因为关元白太信任你，但是我对你可没那么多信心。之前还口口声声说不喜欢人家，真是给你厉害的……”

戚程衍面色不改，只是淡定地低眸看菜单。

肖燃继续叨叨："还实地考察……这点小事轮得到你这个总裁亲自来做吗，真是欺负知意天真无邪。而且我们这才来法国第二天！第二天啊你就到了，老实说你是不是怕啊？唉，不过也是，有我这么个大帅哥在她身边，确实该有你怕的。"

戚程衍眸间微动，抬眸看他："所以你现在是要跟我抢人？"

肖燃深吸了一口气，险些拍桌："你看！承认了吧！"

戚程衍勾了勾唇，视线落在了不远处正在补妆的女孩身上，终于淡淡道："我就是喜欢她，怎么了？"

Evil 在找代言人这事，戚程衍在宴会那天听宋黎说起过，后来宋黎想拉他进来，便说把代言人的名额给艺星。

他当天就让刘云去跟宋黎聊了。宋黎是朋友，他很放心，事情交给刘云后他便没有再管这件事，所以他之前是真的不知道，另一个代言人，宋黎签的是肖燃。

肖燃说的没错，他们前脚到法国他后脚就订机票过来，是追得很紧。

刚下飞机的那一刻，他其实也觉得自己的行为不像话。可到了咖啡厅，看到她出现在自己面前时，觉得自己荒唐的想法也随即飘散了。

他想，也没什么不像话的，既然清楚知道自己喜欢，自然不会轻易让她像之前一样，一工作就在自己眼前消失很长一段时间。

更何况，这次还是在肖燃边上。

不过，来归来，真的看到两人亲亲密密开始演戏的时候，他还是不能做到面不改色，坦然视之。

后来，他干脆不看了，坐在关知意原先那个位置，看着窗外喝咖啡。

"唉，拍了一下午，好累。"结束后，肖燃一边伸懒腰一边走了过来，"哎？你还没走啊。"

戚程衍面前放着的咖啡早凉了。他抬眸看了肖燃一眼："走什么，晚上还要请你吃饭。"

"请我吃饭？不会下毒吧。"肖燃一脸紧张。

"倒不至于。"

"是吗，那要是哪天知意跟我在一块儿了，你就至于了吧。"

话音刚落，就被戚程衍冷冰冰地看了眼。肖燃在他边上的椅子坐了下来，故意气他："哎呀，我开玩笑的，咱俩现在算是公平竞争，哪至于下毒，你说是吧。"

戚程衍懒得搭腔，只道："都结束了吗？吃饭去。"

"行。"肖燃抬手朝不远处的关知意招了招手，"知意吃饭了，今天你程衍哥哥要请我们吃大餐，他说一定要吃最贵的那种，要不然对不起他千里迢迢赶过来这么一趟。"

关知意："啊……"

“走了走了，坐我的车。”

两人的团队都配了保姆车，但为图方便，三人上了同一辆车。肖燃的经纪人和助理坐在前面，他们三人坐在后面闲聊。

说是聊，其实一直是肖燃在说话。

戚程衍是因为本来话就少，关知意则是因为戚程衍此时在这里。

她以前在他面前很能说，但现在心里堵着事，都不知道怎么正常跟他聊天了。

不过好在他们去的餐厅也不远，二十分钟后，他们便到了肖燃说的那家又贵又好吃的店。

吃完后，已经是晚上七点多。

餐厅在五楼，他们去停车场需要坐电梯。但肖燃刚走到电梯那边，就被几个年轻的女孩认了出来。

女孩们也没想到出来旅行吃个饭，竟然运气爆棚遇到肖燃，一时间激动得不知道东南西北，赶紧要签名。

关知意走在后面一些，看到有人认出肖燃，伸手扣了下帽子。虽然人家不一定认得她，但是他们都拿着手机，万一拍到她跟肖燃在一块儿然后传到网上，还不知道会闹成什么样。

不过她总得下楼……要不然等肖燃先走?

正这么想着的时候，手腕突然被扣住了。

“跟我来。”

她怔了怔，看着前面牵着她的戚程衍：“去哪儿？”

“走楼梯。”

“肖燃怎么办？”

“他经纪人和助理都在，没事，你在反而更难办。”

“也对。”

楼梯在前面不远，但因为很少有人用，门是关着的。

戚程衍推门进去，感应灯随即亮了起来，银白色的光一下子笼罩了两人。

戚程衍扣着她的手腕把她往下带。

关知意拍摄的时候穿的是高跟鞋，想着只是出来吃个饭没有特意换鞋，所以此时下楼梯有些艰难。

“我背你吧。”戚程衍看出她的小心翼翼，自然地站到了她前面。

关知意心一慌，立刻摇头：“不用不用，我可以走，就是这楼梯有点陡，走得会慢一点。”

戚程衍回头看了她一眼，一时没说话。

他沉默无言的时候总给人一种薄凉感，尤其是在这样白色的灯光下，眼神更显冷漠。

关知意没敢看他，只道：“我自己走。”

戚程衍又沉默了几秒，但最终也没坚持，只是原本扣着她手腕的手滑到了她的掌心，握紧了：“那牵好，别摔着。”

牵手，掌心相对。

关知意没想到他竟然会握住她的手，她记得长大后，他再也没有主动握过她的手了……

心口克制不住地狂跳，一时所有的思绪似乎都集中到了掌心，让她大气都不敢出。

可是……她为什么要紧张呢?

关知意一步步往楼下走，心里一点点开始委屈。

只是牵个手而已，他只是怕她摔着而已，为什么她反应这么大?

他能云淡风轻，她却只能心慌意乱，眼看着坚持了这么久和他保持距离，现在前功尽弃……

脑子里想法万千，走路都没有注意，脚一崴，险些摔着。

“哎——”

“小心！”戚程衍另一只手立刻环了上来，牢牢把她托住了。

关知意蒙了：“没事，没摔着。”

戚程衍没好气地看了她一眼，往下走了一个阶梯，也不管她肯不肯了，直接把她背了起来。

关知意惊呼一声，下意识勾住了他的脖颈没让自己摔着。

“不用背，我能走！”

“下个楼梯都不知道脑子里在想什么，等你摔了你就知道你能不能走了。”

关知意噎了噎：“我真能走，背着我多累啊……”

“你在倔强什么？”戚程衍突然道。

关知意愣了下：“什么？”

“以前缠着非要让背的都是谁?关小五，我怎么不知道你这么懂事了，还怕我累着？”

关知意伏在他背上，沉默。

戚程衍：“还是说，因为有了喜欢的人，对我要避嫌了？”

关知意怔住：“啊？”

“有那么喜欢肖燃吗？”

“我没有喜欢他。”

“那你喜欢谁？”

关知意脸色如临大敌：“我、我不喜欢谁！”

戚程衍停下了脚步，侧眸看她：“那是为什么?别告诉我你不觉得你自己这段时间奇奇怪怪。”

关知意张了张口，僵了好一会儿才道：“反正不管我有没有喜欢的人，我喜欢谁，我跟哥哥你本来就不能这么亲近不是吗？”

“……”

“我、我也不是小孩子，我天天那么黏着你，不管不顾的，你以后怎么跟你女朋友交代。”

戚程衍盯了她半晌，气笑了：“我哪里来的女朋友。”

“总会有。”

“是吗？”戚程衍冷声道，“就算有，这件事我也不需要跟她交代。”

“你觉得不需要交代，我倒是觉得需要呢。”关知意火气上来了，“我又不是你亲妹妹，你有女朋友了我才不要在你身边晃，我才不要惹人烦！”

“什么？”

关知意冷哼了声：“我说，我不想被人家误会！”

气血翻涌，戚程衍第一次知道什么叫被噎得头疼。

“关知意——”

“嗡嗡嗡——”

手机突然响了，生生把戚程衍快上头的火气遏制住。

关知意用力往口袋里一掏，把手机拿了出来：“喂！”

“你们去哪儿了啊？”

是肖燃打来的电话。

关知意平复了下情绪，道：“走楼梯，刚才你那边人多。”

“噢，那要到了吗？我们在车这边，快点过来吧。”

“嗯，知道。”

挂了电话，关知意闷声道：“肖燃在停车场等我们了。”

戚程衍咬了咬牙，黑着脸继续往下走。

一路无言。

到了出口后，关知意从他背上下来，径直往前走去。

第二天，关知意和肖燃继续拍摄。

今天戚程衍没有来，听刘云说，他去门店和制作工厂那边实地考察了。

经过一整天的拍摄，下午六点，众人准备收工去吃饭。

“戚总今天还没来？”肖燃玩笑道，“哎呀……看来是昨天坑了他一笔，今天不敢来了啊。”

“戚总可能是身体不适吧。”突然有人道。

关知意一愣，看向说话的那个工作人员。

那人继续道：“我也是听小姚说的。小姚今天送戚总去工厂那边，咱们工厂在郊区，风特大，还突然降温，小姚自己都被吹感冒了，我想着大概戚总也是？”

肖燃问道：“严重吗？”

“这我就不知道了。”

肖燃点点头：“让酒店的人照顾着，别拖严重了。”

“好的。”

肖燃交代完回头看关知意："今天我再带你去一家好吃的店，坐我的车吧。"

"不用了。"关知意犹豫了下道，"我今天有点累，回酒店吃就好。"

肖燃看了她半晌："嗯，那也行。"

关知意朝他点点头，跟着刘云他们走了。

肖燃看着她离开的方向，直到她的身影被车门挡住，这才收回了视线。

他沉默了片刻，忽然低低笑了下。

看来，他是真的没什么希望了。

巴黎人称这座城市为"光之城"，这里夜晚灯火璀璨，霓虹闪耀，比白天更具朝气。

可关知意丝毫没有欣赏的欲望，她望着车窗外不断往后退的街景，心里有的只是不安。

回到酒店后，刘云让人送了餐食到房间。关知意吃了几口，状似不经意地问道："他那边没事吧？"

刘云一时没反应过来她指的是谁："嗯？谁？"

关知意低眸夹菜："不是说生病了吗，有人照顾他吗？"

"哦，你说戚总啊，不知道啊，这会儿应该在休息吧。"刘云道，"不过他这次过来也没带经常跟着他的助理，异国他乡的，我想多少有些不便。"

关知意拧了拧眉："我们出来不是都带了药箱吗，体温计、退烧药什么的，给他送过去吧。"

"说得对。"刘云道，"那等会儿你去就好了。"

关知意愣了一下："我？"

"难道……你不去？"

刘云并非是指使关知意做事，如今她只服务于关知意一个艺人，也算是靠她吃饭了。刘云只是单纯地觉得，以关知意和戚程衍的关系，关知意是肯定会去看他的。

"要不你送药箱过去吧。"关知意想起两人昨天的对话，有些尴尬。当时火气上来就直接说了。

不要再亲近，不要再黏着，要避嫌……这么一戳破，都不知道怎么面对他了。

刘云道："不是，知意啊，我觉得还是你去比较好。他是上司，我去了都不敢问什么。你们熟，关心一下也是应该的。"

"哦……"

"怎么了，你们不会是……吵架了吧？"

关知意摆摆手："哪能啊，我等会儿去看看他。"

到底还是不放心的，不管她嘴上怎么说，心里压根儿就做不到不管不顾。

而且……人家生病了去探望一下，也是应该的吧。

关知意饭都没继续吃了，直接从行李箱里翻出医药箱，去往戚程衍的房间。

他住的房间在她们楼上。找到房间号后，关知意站在门口犹豫了会儿，敲门。

等了一分钟，门才从里面被拉开。

戚程衍穿着浴袍，安静地站在房内。

关知意看了他一眼，把药箱递了出去："我听说你今天去了郊区……你是不是感冒了？这个是我带出来的医药箱，你需要的话拿去用。"

戚程衍低眸看着她，还是没说话。

关知意："你拿着啊。"

"进来。"戚程衍没接，转身就往房里走去。

关知意顿了顿，只好跟了进去。

进门后，戚程衍在沙发上坐下。

关知意把药箱放在茶几上，从里面拿出了体温计："你先量体温吧。"

戚程衍嗯了声，也没拒绝。

关知意走到他边上，微微俯身，在他耳朵处测了一下。

"嘀——"

"38℃，你真的发烧了。"关知意连忙道，"你吃药了吗？"

药自然是吃过了，可戚程衍看着一脸紧张的小姑娘，欲说出的话在舌尖转了一圈，生生又咽了回去。

他往后靠了靠，淡淡道："没有。"

"你怎么没让人拿药过来啊，我还以为你吃过了。"关知意有些生气。

戚程衍看了她一眼："既然已经这么以为了，你怎么又过来了。"

还不是没看到，不放心！

关知意噎了噎，道："我想着万一你没吃呢……这是退烧药和感冒灵，我去倒开水，你吃一点。"

关知意转身去烧水了。戚程衍看着她的背影，捏了捏眉心。

他昨天在楼梯间是真的被她的话气到了，所以今天一早没有去拍摄现场，而是去了工厂那边。但其实工厂那边也没什么好看的，所以他只是随便走了一圈，便在外面闲逛。

今天天气极差，妖风阵阵，可惜当时他心情也极差，压根儿没将它放在眼里。

谁知道，回来就中招了。

本来还觉得自己这种行为幼稚，可方才看到关知意一脸紧张的模样，突然觉得有点值了，心里压抑着的那股气顿时消散不少，甚至有些无奈地想，这小屁孩什么都不知道，他跟她置什么气。

"这个吃一颗，感冒灵喝一杯，然后你好好休息。"关知意道，"等你睡醒了，再测一次体温。"

"嗯。"

关知意站在一旁看他吃药，等他吃完了，她才道："那你上床睡一下吧，我先走了。”

说刚说完，手腕就被拉住了。

不知道是不是他在发烧的缘故，他的掌心很烫，烫得她脉搏都躁动了几分。

“怎么了？”

“这么放心我一个病人自己待着？”

戚程衍抬眸看她，眼底带着一丝疲倦和……委屈，转瞬即过，关知意都怀疑自己看走眼了。

因为撇开她喜欢他这件事，戚程衍在她心中一直是很威严的“长辈式”人物。他对她总是端着大人样子，这种小孩子般的生病委屈显然跟他的形象不相符。

应该是看走眼了……

不过，她突然想起幼年时她生病的时候，有一回发了高烧他来家里看望她，她哭哭啼啼不让他走，他还真就陪了她一整天，学校的课都没去上。

现在反观她，还真有些没良心。

关知意自我反省了一会儿，道：“但是你要休息，我在不是打扰你了吗？”

“一时半会儿睡不着，你陪我说会儿话。”

“哦……”

戚程衍见她应下了，嘴角微微一勾，起身往床边走去：“我躺一会儿。”

可他还拉着她没放手，于是关知意只能被迫跟到他的床边，看着他躺进被窝里。

关知意：“那我……”

“坐边上。”戚程衍拉住她不放，道，“看着。”

“……”

关知意坐在床边，看着他侧躺着，目光淡淡地落在自己身上。

没人开口，房间被诡异的寂静笼罩，让她有些无所适从。

“今天拍摄顺利吗？”终于，戚程衍打破了寂静。

关知意看了眼被他拽住的手腕，坐立难安：“挺、挺顺利的。”

“还要拍几天？”

“三四天吧，最后一天还要拍广告图……”

“嗯。”

“那你呢，什么时候回去？”

“你想我什么时候回去？”

关知意一愣，这是她能决定的事吗？

戚程衍看到她疑惑的眼神，淡淡笑了一下，却也没说什么，只道：“看情况吧，身体舒服点了就回去。”

“嗯……这样也行。”

戚程衍在跟她说话的时候困意就已经袭来了，她来之前吃过的药在此时显出后劲。不过，看着坐在他床边的人，他有些舍不得睡。

“小五。”

“嗯？”

“昨天在楼梯间你说的话还记得吧。”

没想到他突然提起这个，关知意有些尴尬：“那个——”

“哥哥觉得有些伤心。”

嗯？

戚程衍半闭着眼，声音因为发烧有些沙哑：“在我身边晃了这么久，突然说不想晃了要避嫌……你们这些小年轻都这么狠心肠吗？”

房间暖气开得很足，他躺在被子里，脸被闷出一层薄红。

关知意呆呆地看着他，只觉得脑子里有什么，咔哒一声，断了。

他在，埋怨吗？

“不用避嫌，不会有人觉得你在我身边有什么不对，就算有……你觉得我会理她吗？”戚程衍的声音慢慢小了，似乎是支撑不住要睡过去。

可即便这样，她还是清楚地听到了他最后一句话。

他说：“小五，没人比你更重要。”

“怦怦，怦怦……”

他拉着她的手腕，眼睛已经闭上了。关知意盯着他的脸，只觉心在胡乱跳动，一下一下，好像要穿透胸膛冲出来，她有种快呼吸不过来的错觉。

他说，没人比你更重要。

她在他心里，竟是这样的吗？

突然涌上来的情绪让她有些理不清思绪，可是在这样的混乱之中，她还是不可避免地觉得高兴，明明之前已经对他建起了一堵厚厚的城墙，但他简单这么一句话就让那墙轰然倒塌，灰尘四起。她看到自己站在残破的墙下，不知所措，又满心欢喜。

他说她最重要……那是不是说，他其实心里有跟她一样的心思？

或许，他喜欢她？

脸一下就红了，关知意一边觉得心悸，一边又觉得不可能。

这样的念头和猜测让她慌张，因为对他，她总怕错。

兴许他的“最重要”并不是那种意思，兴许只是说……她跟亲人一样重要？

“哥哥？”

“嗯……”他应了声，带着丝睡梦中不清醒的嘶哑。

关知意抿了抿唇，不敢问：“没……你、你好好睡。”

她在床边坐了好一会儿，直到她感觉戚程衍真的彻底睡过去后，这才偷偷把自己的手从他掌心抽出来。

“嗡嗡——”

口袋里的手机响了，关知意怕吵到他，赶紧接了起来：“肖燃？”

“知意，你在哪儿？我今天在外面带了好吃的，给你拿过去吧。”肖燃在手机那头说道。

关知意往厕所方向走去，低声道："不用了，我吃过了。"

"干吗这么小声，你在哪儿？"

关知意："我在程衍哥这里，他发烧了，现在在睡觉。"

肖燃沉默了下，然后开口问道："他还好吧？"

"等会儿应该就能退烧了吧。"

"嗯，那这样，我让助理把吃的送你房间去，你经纪人在的吧？"

"在的，谢谢了。"

那边关知意压着声音在讲电话，而房间内，戚程衍在她走开后睁开了眼睛。

他看了眼她的背影，嘴角微微一扬。

循序渐进……

总不能吓着她。

戚程衍后来是真的睡过去了，关知意在他房间待了两个小时，又偷偷给他测了次体温。

37.2℃，降温了。

她绷着的一刻心总算放了下来，把药和体温计放在他的床头后，这才从他房间出来。

第二天，她继续去片场拍摄广告。

拍摄在十一点结束，吃完饭后有一段休息时间。

关知意没回酒店，就和肖燃等人在片场附近的一个咖啡店点了些吃的，坐着聊天。

说是聊天，其实她也没什么心思。

昨天戚程衍的话像是一针药剂打在她身上，不致命，但让人浑浑噩噩、胡思乱想，哪里还有心思跟别人说话。

"知意，知意？"

关知意回过神："啊？"

肖燃笑道："想什么呢，有没有听到我说话。"

关知意摸了摸鼻子："听见了……"

"是嘛，那我说什么了呀。"

"……"

其实是没听见的，关知意有些尴尬。还好这时，刘云突然朝不远处招了招手："戚总你来了啊，这边来坐。"

关知意呼吸一滞，立刻朝刘云视线的方向看去。

确实是戚程衍来了，他看起来比昨晚好多了，脸色也没那么差了。

"怎么都在这儿？"戚程衍看了关知意一眼，在刘云给他让出来的位子上坐下了。

刘云从边上挪过来一张椅子，道："时间有点紧，过一会儿就又要开工，干脆就不回酒店了。"

“嗯。”

“戚总您身体没事吧？”

“没事，昨晚吃了药好多了。”

刘云连连点头：“那就好那就好，那什么，我去给您点杯咖啡，您喝什么？”

“冰美式。”

“你不能喝冰的。”关知意下意识阻拦，对刘云道，“给他点热美式。”

刘云眼神在两人之间切换了下，一时不知道听谁的。

戚程衍淡淡一笑：“听她的吧。”

“哎，好的。”刘云起身。

明明只是一句普通的话，但他温顺纵容的语气让关知意听得浑身不自在。

关知意端起自己的咖啡喝了一口，耳尖莫名有些薄红。

肖燃的眼神在两人之间转了转，懒懒道：“我说，你是要在这儿待几天啊，我瞧着你在巴黎水土不服，早点回去比较好。”

关知意听着肖燃的话，默默吃了口自己眼前的蛋糕。

昨天戚程衍说什么来着……他说，你想我什么时候回去？

好像要交给她决定一样。

应该只是随口一说吧……

“公司没什么事，多待几天也没事。”戚程衍淡淡一笑，问道，“小五，你觉得呢？”

“咳——”关知意差点儿被奶油呛到，她蒙蒙地抬头，“我觉得……你随便呀。”

戚程衍嗯了声：“那到时候就跟你们一块儿回吧。”

“哦。”

肖燃结结实实地翻了个白眼：“真闲，你们家是倒闭了吧。”

“不劳你费心，好得很。就算倒闭了……”戚程衍道，“不还有小五家吗。”

肖燃：“哇，戚程衍你不要脸啊！关氏跟你有什么关系！”

戚程衍幽幽道：“没什么特别关系，就是戚家倒了他们会投钱，投到让戚家重新站起来的关系。”

肖燃：“……”

关知意顿了顿，这倒是。不说两家关系本来就好，就单单他哥关元白也不会看着戚程衍生意出问题。

没过一会儿，咖啡店的服务员就把戚程衍的咖啡端过来了，戚程衍安静地喝起了咖啡，也不说话了。

关知意本想继续吃两口蛋糕，但在刘云的眼神威胁下，只能讪讪地放下了小叉子。

“云姐，你就让她再吃两口吧，看她馋的。”肖燃看到两人的眼神交流，调侃道。

刘云：“已经吃了不少了，再吃晚饭可就没了。”

肖燃："多浪费啊，这蛋糕可好吃了。"

关知意："那我怎么没见你点。"

肖燃轻咳了声："我不爱吃甜食。"

关知意差点儿翻白眼。什么不爱吃甜食，明明就是他自己也在控制体重，这种甜食压根儿就不会碰。

"真那么好吃？"戚程衍随口一问。

关知意点了点头："是挺好吃的……"

"我试试。"戚程衍说完，很自然地拿起她方才用过的小叉子，在她吃得只剩下一半的蛋糕上叉了一块。

关知意："等——"

来不及了，他已经吃下去了。

"怎么？"

关知意看着自己用过的叉子被他含进嘴里，耳朵一下子发烫："那是我用过……"

戚程衍哦了声："你不是不吃了吗。"

"是不吃了——"

"那我用下没事吧。"戚程衍面色淡然，仿佛她说的是完全无关紧要的事。

关知意缓慢地眨了下眼睛："没事……"

戚程衍没再说什么，继续用她的叉子吃光了那块蛋糕。

肖燃看着关知意红彤彤的耳朵，又瞧瞧"看似正人君子其实就一禽兽"的戚程衍，心里暗自唾骂了一番！这家伙，肯定是故意的吧！

刘云也将眼前的一幕看在眼里。

这事要是放在以前，她会觉得没什么，因为那时她以为戚程衍喜欢关知意，在追关知意，可现在……他们两人不是很正常的关系吗，她怎么瞧着也不是很正常啊？

后来几天，戚程衍还真的就留在了巴黎。

回程那天，他买了和大家同一班飞机的机票。

关知意最近几天还是挺累的，上飞机后就一直在睡觉，直到落地了才昏昏沉沉地醒来。

"等会儿要回家吗？"戚程衍的座位和她的就隔了一条走廊。

关知意解了安全带，点点头。

"那正好，坐我车吧。"

关知意这两天面对他总是莫名紧张："啊？我问下云姐……"

"你问她，她还要来问我，何必绕圈。"

"……"

"走吧。"

"嗯……"

下机了。

“等会儿让肖燃先出去吧，我们晚点。”取完行李后，刘云说道。

“好。”

肖燃出行，机场肯定是有粉丝接机的。虽然说两人这次的广告行程，粉丝们都已经知道了，坐同一班飞机也没什么，但为避免不必要的麻烦，两边工作人员还是会让两人分开走。

当然，以关知意现在的热度，机场肯定也是有人蹲的，所以戚程衍也没有跟她一起走，只在她和刘云等工作人员一同取完行李后，才打了个电话给她。

“我让助理开车过来，你是要先上你们自己的车，还是直接到我车上来。”

关知意：“今天机场有记者，你的车太招摇。”

“我让开来的跟你那保姆车一样。”

“这样……那你现在上车了吗，在哪儿？”

“在……”

戚程衍还没回答，忽然听到她那边传来陌生人的声音。

“知意知意，今天是从法国回来的吧？”

戚程衍停顿了下：“记者？”

关知意是戴着无线耳机接的电话，所以旁人也看不出她在打电话，听到戚程衍问，她嗯了一声，然后回答记者道：“对，从法国回来。”

记者：“哇，这是你和肖燃继《朝野》之后，第二次合作了。”

“嗯。”

“肖燃刚刚才过去，你们俩既然搭同一班飞机，怎么没有一起走呢？”

关知意笑了笑，刚想说什么，就听耳机里的声音道：“明知故问，这记者脑子是不是不太好使。”

关知意听到他的话直想笑，但还是努力压了下去：“啊……我行李多，取行李耽误了时间。”

戚程衍：“谎说得不错。”

关知意：“……”

记者：“那两人再次合作感觉如何呢？”

戚程衍：“看着一般，我觉得宋黎选他并没有经过深思熟虑，单纯看中他的流量了。”

关知意：“当然挺好的，肖老师很敬业，合作很愉快。”

记者：“自《朝野》之后，好多人都成为了你们的 CP 粉呢，两人现实中有没有可能在一起呢？”

戚程衍停顿了下：“嗯……这我也想知道。”

关知意轻咳了声，回答十分官方：“我们只是朋友，好朋友。”

“那能说说你理想中的另外一半是什么样子的吗？”

这回，耳机那边没声了。

关知意也紧张了下：“就……对我好就行。”

“有没有什么补充的呢？”

关知意脑子卡壳，想着戚程衍还在跟她打着电话，话都有点说不出来了。

好在这时，刘云帮她挡了：“不好意思我们赶时间，不好意思不好意思。”

好不容易从记者的眼皮子底下出来了，关知意就听耳机那边的人说了句：“对你好就行……小五，你要求这么低的吗？”

关知意脚步一顿：“我随口说的。”

“是吗，那还有什么要求？”

关知意张了张口，只觉耳朵又开始发烫。

他问这么多干吗啊……难道，还真喜欢她不成？

不这么想还好，这么一想，整颗心都开始不安分地躁动，好像要从她自决定离他远点后就封锁的暗箱里跳出来。

可两次了，她已经在这份偷偷摸摸的暗恋中痛哭过两次。

感情太隐晦太浓烈，所以更害怕。

她想，这一次，是不是还是她自作多情？

“要求很多，一般人做不到。”关知意深吸了一口气，不想说了，“好了，我要挂了，车到了。”

戚程衍沉默了会儿：“看到了，我的车在你后面。”

“嗯，还有人在拍照，我就不坐你车了。”

“好。”戚程衍道，“回家后好好休息。”

“知道了。”

家里人都知道关知意今天回来，所以早早地准备了一桌子的菜等着。

“程衍呢。”进门后，关元白接过她的行李，往她身后看了一眼。

关知意：“干吗问我？”

关元白：“他不是说跟你同一班飞机，送你回来吗？”

关知意道：“噢，后来机场有记者，一起走不方便，就分开了。”

关元白点点头：“那我给他打电话吧，让他过来吃饭。”

晚饭时间，戚程衍到了她家一起吃饭。

她爸关兴怀跟戚程衍很有话聊，一会儿说股票怎么样，一会儿说项目怎么样。

关知意对此很习惯，反正他们在一块儿总是有聊不完的商业话题，她这个小白是完全插不进话的。

本来她还觉得高兴，低调地吃完饭就得了，谁知道吃到一半，她爸话锋一转，突然把话题引到了她身上。

“小五，你跟那个肖燃怎么样了？”

“咳——”关知意差点儿被饭给呛着。

关兴怀眯了眯眼：“怎么，有进度？”

关知意呛得脸都红了，缓了一会儿才道：“什么啊，不是跟你说了，没有的事！”

关兴怀静静地看着她，头上似乎顶着四字滚动弹幕：我不相信！

关知意：“反正你爱信不信。”

“他长那么好看，你不喜欢？”

关知意一噎：“我身边长得好看的人还少嘛！我是这么看脸的人吗！”

关兴怀想了想，道：“也是，你爸爸我和你这两个哥哥从小就把你的眼光给拔高了。”

关知意：“说哥哥就说哥哥，爸你把自己扯进来是什么意思。”

“怎么了？你的意思是老爸不帅？你爸年轻时也是京城一枝花好不好。”

关知意讪笑：“是是是，要不怎么能生出我这么可爱的女儿。”

“呵。”关兴怀道，“既然不喜欢肖燃，那你说说吧，喜欢什么样的，爸给你找。”

戚程衍微微一顿，抬眸看向了关知意。

关知意：“爸……你能别天天把注意力放我身上吗，多盯盯哥哥行不行啊。”

突然被点名的关元白冷飕飕道：“少把炸弹丢给我。”

“本来就该丢给你，您老早就到婚配年龄了。”

关元白伸手就在她脑门敲了一下：“是不是找打？”

关知意：“爸，你看看哥——”

关兴怀睨了他一眼，又道：“小五，你哥哥娶什么老婆我可不在意，重要的还是我的宝贝女儿的婚姻大事。”

关元白扯了下嘴角：“同意，就是怕你走歪路，被人欺负。”

“……”

关兴怀：“行行行，爸也不会安排你相什么亲了，就是问问，关心关心，这总行吧？”

“我什么样的都不喜欢。”关知意说起这个有些心虚，她脑子里那个人就在她面前坐着，她要怎么说啊！

关兴怀闻言皱了眉头：“怎么会有人不知道自己喜欢什么样的。”

关知意哼了哼：“就是不知道！那这样，你说说，我适合什么样的。”

“你啊……”关兴怀想了想，“家世得跟咱们家差不多，爸可不是看不起谁，只是这世道讲究门当户对真是对的，两方实力差太大，各种观念就会不同，结婚后会有很多矛盾。”

戚程衍微微一笑，这点符合。

关兴怀又道：“性子要好，但不能太聪明，傻乎乎的爸爸比较喜欢。”

戚程衍笑意一僵。

关知意：“为什么？”

“因为你也不聪明啊，对方如果太聪明岂不是要骗你了。小五，我就希望那人能听你话，能让你拿捏在手心。”

关知意：“那你直接点，就说白痴富二代就行了。”

“话不能这么说啊，什么白痴，我的意思是——”

“好了好了我明白了，别说了，快吃饭吧。”

……

餐桌上消停了，戚程衍低眸看着碗里的饭，若有所思。

听话、拿捏在手心，傻乎乎……

前面倒是容易，后面……傻乎乎？

后来，饭好不容易吃完了。

关知意没闲着，随手拿过新接的一个剧本看起来。进组时间还没到，不过由于她在这个剧中饰演的角色话多，要背的台词都是一大片一大片的，需要提早记一记。

“看什么。”关元白和戚程衍都吃完走过来了，关元白放了杯果汁在她面前，“又要去拍戏了？”

“还没，就是准备一下。”关知意把备份的那本递过去，随口道，“哥，你给我搭个戏。”

关元白：“什么？”

“就念一下男主角的台词跟我对一下就行了。”

关元白哦了声，认真地看了起来。这时，手机响了，他接起来跟对方说了会儿话后，把膝盖上的剧本扔到了戚程衍腿上：“有点事得去处理一下，你跟她对一下。”

关知意：“……”

戚程衍看了眼剧本：“嗯。”

关元白匆匆走往书房，戚程衍起身坐到了关元白原先坐的位置：“对哪部分？”

关知意清了清嗓子：“那个，其实我不着急对词，你要是有事的话……”

“我没事。”

“哦。”

“你开始吧。”

关知意这会儿突然说“不对了”，那就显得刻意了。于是，她只好合起剧本，硬着头皮开始背台词：“我已经很多天没见着你了，你跑哪儿去啦？还是你故意躲着我呀……”

这段是讲男主角躲着女主角，两人好几天没见面的场景。剧中，此时男主角是不喜欢女主角的，所以对她不停地靠近有些排斥。

关知意一大串问题问完后，戚程衍对着台词本念道：“没去哪儿，也没躲你。”

“可是我见不到你啊。我去宫里找你，也去了医馆找你，可是你都不在。我问了别人，他们说你没去当差。”

“嗯。”

“为什么啊，生病了吗？是你哪里不舒服吗？”关知意用紧张的语气问道。

戚程衍看了她一眼，继续念道：“单纯的不想去而已。”

“为什么……”

“因为我不想见到你。”

关知意下意识代入女主，声音有些低了，闷闷地道：“为什么……不想见我？”

戚程衍看了眼接下来的台词，视线从剧本上挪开，落到了关知意身上，他缓缓道：“因为我喜欢你。”

关知意本来代入得好好的，也准备好用更难过的语气说接下来的台词，可戚程衍突然的一句话让她整个呆住了：“啊？”

两人面面相觑，一个呆若木鸡，一个镇定自若。

戚程衍看着她的耳尖开始泛红，眼底有了丝笑意。他低下头重新看向剧本，似这才发现自己念错了台词：“哦，看漏了一个字。男主角说，因为我不喜欢你。”

关知意：“……”

果然是念错了。

可明明知道他是看错了词，但听到他嘴里突然冒出这几个字，她还是没出息被电到了。

心里像是下起一场雷雨，雨点又重又快，还伴随着一阵电闪雷鸣，响得她觉得自己快失聪了。

“怎么了，不继续往下念？”戚程衍问道。

关知意连忙低下了头，掩饰自己慌张的眼神：“哦，我、我有点忘词，我再看一遍。”

戚程衍嗯了声，看着她微垂的脑袋。

眼前的小姑娘睫毛忽闪忽闪地眨着，耳尖通红，脸颊也晕出了些薄红。

是害羞了吗?

戚程衍勾了勾唇，如果是的话……那就好。

关元白没多久便处理完事回来了，关知意对词也对不下去了，跟两人说了声“对得差不多了”，就匆匆跑回了房间。

戚程衍见她走了便道：“那我先回去了。”

关元白：“就走了啊？”

戚程衍笑了下，意味深长地道：“嗯，明天再过来。”

关元白不疑有他：“行吧。”

然而第二天，戚程衍并没能过来，因为戚老爷子又给他添了个堵。

“梦佳啊，你可真是有心了，还知道我腿不舒服，给我送来了这些补品。”

“您不用客气，我也就是听我爷爷说的。我想着这些对您有用，就给送来了。”

“哎呀……你可真是个好孩子。”

客厅里坐着的两人客气连连，戚程衍从楼上下来时，看到的就是这个画面。

他看到杨梦佳的时候还愣了愣。他记得之前他当着媒体的面否认了未婚妻一事后，她就没有再出现过了。

他想着，她毕竟也是个千金小姐，被这么拂了面子应该觉得很难堪，不会再出现了。

可是，怎么又来了？

“杨小姐，好久不见。”戚程衍十分敷衍地打了个招呼后，对戚老爷子道，“爷爷，我有事去下元白家，先走了。”

“你等等！”戚名胜喊住他，“这就吃饭了，吃完午饭再说。”

戚程衍哦了声：“好的，我去他们家吃。”

戚名胜瞪了他一眼，咬着牙道：“不用了，你留下，我叫元白和小五过来吃饭。”

戚程衍：“……”

“家里正好也来了客人，大家一起吃，热闹！”

喊关家两兄妹过来吃饭倒是常事，但今天老爷子明显是因为杨梦佳才这样。他对这个孙媳妇很满意，所以铆足了劲想要撮合自家孙子和她。

关知意被关元白喊着一块儿去戚程衍家吃饭的时候也没多想，毕竟是戚老爷子叫，她是肯定不会推托的。

但没想到按了门铃后，来开门的是一个长相漂亮的女人。

关元白看到来人也愣了一下：“杨小姐？”

杨梦佳笑了笑：“叫我梦佳就可以了。”

关元白礼貌地点了下头，眼底却有些看热闹的意味——看来戚程衍这家伙又被抓着“培养感情”了。

“请进吧。”

“好。”

关元白进了门，身后跟着的关知意则偷偷看了杨梦佳一眼。一眼之后，这几天她心里隐隐约约的猜测突然如气泡一样被戳破，顿时消失得无影无踪。

她好像……还是想多了。

关知意为之前自己莫名其妙的想法感到无奈。她到底是有多自信，才觉得眼前这个男人会在那么长时间里把她当妹妹的情况下，突然对她有了男女之情。

“来了。”进门后，戚程衍站在客厅等着他们。

关元白走了过去，拍了下他的肩，压着声道：“我看你就从了吧。”

戚程衍面色冷冷：“从不了。”

“怎么从不了，人挺不错的。”

“不错就介绍给你吧。”

关元白：“……”

“小五，元白，都到了啊，来来来，那咱们吃饭了。”戚名胜招呼道。

关知意点点头，走到了戚名胜边上：“爷爷，今天有什么好吃的呀？”

戚名胜宠溺地拍了拍她的手背：“你喜欢的几道菜都有，要是还想吃什么，再让厨房给你做。”

关知意看了看，笑道：“这么多，那不用再做了，肯定够了。”

“那快坐下吧，吃饭吃饭。”

不一会儿，五人便在餐桌旁坐下了。

“梦佳最近在干什么呀？”戚名胜问道。

杨梦佳：“最近公司在做能源项目，我爸让我跟着，多学一学。”

“是嘛。”戚名胜道，“那巧了，程衍之前也说对这事有兴趣，你们倒是可以好好聊聊。”

杨梦佳嗯了声，看了戚程衍一眼。

戚名胜又道：“程衍，你说说，你上次看中的那项目叫什么来着……”

“爷爷你不知道吗，上次开了董事会，能源这块暂时不做了。”戚程衍淡淡道。

戚名胜笑意微僵：“是、是吗？”

戚程衍道：“嗯，可能您老了记忆有点退化，记不得了。”

戚名胜：“……”

杨梦佳：“没事没事，这事其实我也刚开始跟，不太懂的，可能真要说还说不出什么来。”

“梦佳你就别谦虚了。”戚名胜横了戚程衍一眼，又道，“哦，对了，听说你喜欢旅行，程衍也去过很多地方，以后你们可以一起去旅行。”

“我去那么多地方是为工作，要找旅行玩伴的话，华泓希吧。”戚程衍对着杨梦佳笑了下，“他是我表弟，很会玩，下次介绍给杨小姐认识。”

杨梦佳：“……”

关知意一边乖乖吃饭，一边打量戚名胜的脸色，感觉戚爷爷好像要被气死了……

而戚程衍话都说到这份上了，明眼人都看出他的意思了。

关知意默默想着，原来杨梦佳不是他叫来家里的啊。

“看什么，还不吃？”戚程衍突然抬眸望了过来。关知意正好在看他，眼神猝不及防跟他撞上。

关知意眼底一颤，连忙低下头吃饭。

“试试这个，今天阿姨做得不错。”戚程衍夹了块糖醋肉到关知意碗里。

关知意闷声说了句谢谢。

戚名胜坐在戚程衍边上，桌下的手拉了拉自家孙子的衣服，用眼神示意他给杨梦佳也夹点菜。

戚程衍恍若未觉，又给关知意夹菜：“这个也挺好吃。”

关知意：“哦。”

“这边的鱼夹得到吗？算了我给你弄吧……还有这个肉挺好吃的，小五，多吃点……”戚程衍接下来隔一会儿就给关知意夹菜，且夹菜的速度完全超过了她吃的速度。

不一会儿，关知意的碗里就堆起了一座小山。

她嘴角微微一抽，在他还要往她碗里夹菜的时候阻止了："够了哥哥，我吃不完。"

戚程衍："你在长身体，多吃点。"

关知意："……"

关元白瞥了戚程衍一眼："她成年好多年了，长身体？"

戚程衍面不改色："哦，那就长点肉，太瘦了。"

关元白看着戚程衍这样，自然觉得他是故意在戚老爷子面前撇清自己和杨梦佳。于是，他勾了勾唇，道："放心，我妹妹我照顾，你管自己吧。"

然而戚程衍笑了笑，压根儿也不理他，仍自顾自地给关知意夹菜。

一顿饭吃得戚老爷子没滋没味，吃完饭后，杨梦佳便要离开了。

"戚爷爷，那我先走了，谢谢您的招待。"

"梦佳啊，那你之后再来啊。"

"会的爷爷。"

"程衍！"戚老爷子厉声喊住了从厨房出来的戚程衍，"梦佳要回去了，你送送她。"

戚程衍这次倒没拒绝，只是突然转身把拿着一盘车厘子出来的关知意拉了过来："小五，跟我一起送客人离开。"

关知意："等等……这个——"

"这个等会儿回来吃。"戚程衍把水果盘放在了边上，拖着她往前走去，顺便回头招呼杨梦佳，"走吧，杨小姐。"

杨梦佳看了两人一眼，跟了上去。

关知意现在是完全明白戚程衍对杨梦佳没什么意思了，连送人都要拉她一起，避嫌不要太明显。

"我回去了……"关知意小声道。

话没说完，就被戚程衍按住了肩。

"马上就到了，一起送下客人怎么了。"

"那是你的客人，不是我的客人。"

"一样。"

"哪里一样了！"

两人嘀嘀咕咕说着话时，杨梦佳也走到自己的车旁了。

"戚总，方便说个话吗？"杨梦佳回过头来，说道。

关知意连忙就要溜，但是戚程衍把她拽得死死的，她压根儿走不了。

"方便，你说吧。"戚程衍道。

杨梦佳看了关知意一眼，笑了笑："行吧，看知意也不是外人，那我直说了。"

戚程衍点头。

杨梦佳：“我喜欢你，确实喜欢。”

这就表白了？

关知意背后一层冷汗，那她现在在这里是什么，电灯泡吗！还不让她走！

杨梦佳继续道：“前两天知道爷爷腿有些不舒服我就来了，我想着能再见到你。我之前说过的话你还记得吧？我觉得我们真的挺合适的，再加上我对你又有好感，所以我就想再试试。我知道，之前没经过你的同意就以未婚妻的身份去了你公司确实影响不好，不过那会儿爷爷认可了，我以为你也默认了，所以才这样的。”

戚程衍笑了笑：“杨小姐，这种事还是要从当事人嘴里说出来才行，我爷爷并不能代表我。”

“也是。”杨梦佳笑了笑，突然有些疑惑道，“不过我到底哪里不好，你这么讨厌我？”

“没有讨厌。”

“那是——”

“只是我有喜欢的人了，不方便跟别人牵扯不清而已。”

关知意突然一怔，他有喜欢的人了？不是杨梦佳？那是……

杨梦佳也愣了一下：“是吗，你喜欢谁？”

戚程衍侧眸看向了关知意，没说话。

关知意蒙蒙地和他对视。

杨梦佳看着戚程衍看关知意那眼神，突然想起之前他对关知意的各种照顾，顿时反应了过来：“你，你……”

“不管我喜欢谁，对杨小姐都是不公平的，因为我很喜欢那个人，没办法再去注意别人。”戚程衍道，“所以我想，你没必要再在我身上花力气了。”

关知意一脸蒙，为什么还在看她！！！

杨梦佳脸色一阵青一阵红，僵了片刻后，转身开了车门，扬长而去。

车鸣声淡去后，地下车库一片寂静，静得几乎能让人听到自己的心跳声。

关知意艰难地咽了口口水：“哥哥你在做什么啊，你知不知道你刚才那眼神会让人误会！”

戚程衍松开了她，淡淡道：“误会什么？”

“你刚……你这样子，杨梦佳肯定误会你喜欢我啊！你真是，还拿我当挡箭牌，我现在就去告诉爷爷——”

“如果不是误会呢。”

“怎么不……什么？”关知意猛地停下了脚步，只觉脑中嗡的一声，突然一片空白。

“我说，如果不是误会，你怎么想？”

眼前高大的男人朝她走近一步，两人离得更近了些。

他低眸看着她，一双漆黑的眼里似揉进了这里所有的灯光，细碎地闪着，温柔缱绻，仿佛要把人整个吸进去。

关知意张了张口，却哑口无言。

他在说什么？不是误会？

他喜欢她，不是误会？

“吓着你了？”戚程衍看着她呆愣的模样，轻叹了一口气。

他已经够缓了，一点一点，想让她慢慢感觉到他不一样的情感，可这样还是吓着她了吗？

不过，不管是不是会吓到她，他都必须说下去了。

到了这步，他停不下来，也不想停下来。

“你、你什么意思？”关知意眼底巨颤，不知所措。

“我的意思是，我不当你哥哥了吧。”

心脏忐忑乱撞，耳边尽是血液的轰鸣声。关知意看着越发靠近的男人，快被这冲击的感觉逼得受不住。

可是眼前的人却不放过她。

他抬手摸了下她的脸，低声道：“小五，要不然，当男朋友好不好？”

他疯了吗？

关知意第一个念头就是这样。

她盯着他，手都发颤了。

他竟然说喜欢她？

他怎么会……突然喜欢她？

关知意不知道该怎么形容此时的感觉，就好像被抛到了棉花糖罐子里，周围都是甜腻腻的味道，可是她觉得心慌——整个人陷下去，爬都爬不起来的心慌。

她想起过往种种：她偷偷喜欢着他，听到他拒绝，听到他说不喜欢……

她已经决定放弃了，她对他不抱希望了啊。

可现在是，怎么回事……

戚程衍已经做好准备，面对在他表白之后她慌张无措的样子，可他没想到她会哭。

此时眼前的小姑娘眼眶红得吓人，泪水再多一点点，就要溢出来了。

“小五……”他愣住了。

关知意紧张得舌头都捋不直了：“你、你认真的吗？”

眼泪随着她说出的话掉了一颗下来，砸在地上，仿佛落到了他的心里。

“当然是认真的。”戚程衍喉咙一紧，“你别哭，我只是想告诉你这件事，没要立刻做你男朋友的意思。今天是有点突然，但是你别害怕……”

关知意吸了吸鼻子，伸手抹了把眼泪。

戚程衍有些后悔说得这么突然了，只是他真的不太想等了。再等下去，不知道他身边还要出现多少“杨梦佳”。

“不用着急回应什么，好好想想。”戚程衍哄道，“想通了说不定会发现，哥哥当你男朋友也挺好的。”

关知意从地下车库上来的时候，整个人都已经蒙了。

戚名胜看到两人一块儿回来，瞪了戚程衍一眼：“你瞧瞧你，送个人都要拉小五去当电灯泡，你就这么瞧不上梦佳？她哪里不好！”

戚程衍看了边上的小姑娘一眼，笑了下：“没什么不好，只是……”

戚名胜：“只是什么！”

“只是我有喜欢的人了。”

关知意僵了僵，走路开始同手同脚。

“什么？喜欢的人？”戚名胜眼睛一亮，“谁？哪家的？叫什么名字？”

关知意猛地一阵咳嗽：“爷、爷爷，我突然想起我有点事，我先回去了。”

“等等等等，先听他说说，谁啊到底！”其实戚名胜倒也不是非杨梦佳不可，他只是希望戚程衍能快点谈个恋爱结个婚。可惜啊，他这孙子油盐不进，就是对这事不上心。

正恼火这事没希望呢，突然听到他说自己有喜欢的人，顿时，老爷子又觉得自己看到了曙光。

面对戚名胜迫切的眼神，戚程衍看了惊慌的小姑娘一眼，淡淡笑道：“先不告诉你。”

戚名胜一噎：“怎么就不能告诉了！”

“我还在追，没追上之前，不想爷爷你干扰。”

“我怎么就会干扰了！”

戚程衍不理他：“反正她回答我之后，我会通知你的。”

关知意已经完全不敢看戚程衍了。今天的信息量太大了，她一时半会儿消化不了。

回去的路上，她脑子里还是戚程衍清清浅浅的那句话：要不然，当男朋友好不好。

男朋友……

好不好……

他是认真的？

“小五，小五！”

关知意吓了一跳：“干吗……”

“你走什么神，喊了几遍都不应。”关元白不满道。

关知意按了按耳朵：“我在想事情嘛……”

关元白正色道：“说真的，程衍真有喜欢的人了？谁？”

关知意面色一变：“你、你干吗问我？”

“你平时跟他走得近，没发现他身边有什么人吗？”

“我哪里跟他走得近了！”关知意一阵心虚，“人家是你的好朋友，你反省一下自己为什么不知道吧！”

说完，她气冲冲地往家里走。

关元白一阵莫名其妙，可转念一想，好像也有点道理。

他作为好朋友竟然都不知道有这么一号人物……

大概，那只是戚程衍随口一说，敷衍他爷爷的吧？

关知意曾经的秘密是喜欢一个人，她没有告诉过任何人喜欢他的事。

所以后来她决定不喜欢他了，也只是自己慢慢消化。

现在她又有了个秘密，那个秘密是：曾经她喜欢的那个人说喜欢她，而且还表白了。

他的表白来得那么突然，她猝不及防，还是只能靠自己消化。

但是这次，显然她消化不了。

一整个晚上，心都在怦怦乱跳，不知所措。

大概有一种人就是这样，糖果给得太突然反而会让人小心翼翼地捧着，不敢吃不敢碰，只知道傻乎乎地盯着，以确定这颗糖真的属于自己。

第二天，关知意顶着黑眼圈起床。

她的起床时间一般是午餐时间，所以从楼上下来后直接坐到了餐桌边开始吃午饭。

她恍恍惚惚地拿起筷子吃饭，跟在座的人打了个招呼：“爸，哥，早。”

关兴怀和关元白对视了一眼，问道：“小五，身体不舒服？”

关知意摇了摇头。

关兴怀：“那是熬夜了？你看你这脸色差的，是不是一晚上没睡啊。”

“啊……我睡了啊。”

虽然是早上七点才睡着的。

关元白拧眉：“我看你就是玩手机玩到大半夜了吧，仗着自己年轻就瞎熬夜，也不怕自己老得快。”

关知意低着头扒饭，没搭话。

她也不是自己不睡，是她控制不住。精神振奋到睡不着，她有什么办法！

关知意问道：“你们今天怎么都在家啊？”

关兴怀道：“爸爸要去出差，下午的飞机。”

关元白：“我下午才去公司。”

“哦……”

关元白：“没睡够的话，你下午再睡一会儿，反正你在家也没什么事。”

“知道了。”

吃过饭后，关兴怀先去机场了。

关元白不着急去公司，所以在客厅陪关知意看电影。

过了会儿，大门外传来声响。

关知意疑惑道：“谁来了？”

“程衍吧，他今天要去我们公司谈点事，所以就过来和我一块儿走。”

关知意听到戚程衍的名字，头发都要竖起来了。

这段时间下来，自己看起来是在疏远他，其实内心深处从来没有忘记过他。

昨天他表白的时候，她承认自己是欣喜若狂的。

可还是慌，很慌。

好像这就是个幻境一样，她动作大点，这一切就会被她戳破。

果然是戚程衍来了，他走进来后便将目光落在了关知意身上，然后径直走过来，坐到了她边上。

关知意一怔。

关元白起身："来得挺早啊你，那你等会儿啊，我上楼换身衣服再出发。"

戚程衍："去吧，不着急。"

"嗯。"

关元白上楼去了，客厅里只剩下他们两个人。

关知意直挺挺地坐着，怀里的抱枕都快被她掐扁了。

"有没有想通？"突然，身边的人说话了。

关知意呼吸一滞："什、什么？"

戚程衍转头看她，眼底带着淡淡的笑意："昨天晚上我说的事，想通了吗？"

关知意愣住，想起来了，他昨天说：想通了说不定会发现，哥哥当你男朋友也挺好的。

"我、你……可是，这才一个晚上……"

戚程衍沉吟："也是，那再给你一个晚上。"

关知意一噎，有些难以置信："那要是我还没想通呢……"

"那我只能再给你一个晚上了。"

"……"

戚程衍抬手揉了揉她的头发："没事，我会等到你想通为止。"

关知意怔怔地看着他："所以，你这是要……追我的意思？"

"不明显吗？"

"为什么？"

戚程衍笑了："这有什么为什么的。"

关知意脸热极了，紧张得手都在抖："我是说……你为什么喜欢我，你不是一直只当我是妹妹吗？"

戚程衍笑意微敛。他听关知意这么问，有那么一瞬间也觉得自己是禽兽。他轻咳了声，颇尴尬道："不知不觉就喜欢上了你这个小朋友，这事……哥哥也控制不住。"

噌的一下，不止脸，关知意连脖子都红了。

戚程衍看了她一眼，试探道："不过我觉得这事没关系吧，我也不是你亲哥哥，可以追吧？"

关知意下巴搭在靠枕上，声音发紧，人却故作淡定："哦……那你要怎么追？"

戚程衍见她没有排斥，心中一喜，问："小五有什么特别喜欢的东西吗？"

关知意瞄了他一眼："不知道。"

“嗯，那我就看着买？”

“……”

“还要想想最近有什么好吃的餐厅可以带你去吃。”戚程衍道，“明天跟我一块儿去吃饭吧。”

关知意眼神在发颤，不敢看他：“我明天要去上海，接下来五天都在那儿。”

戚程衍微微一顿：“好，那等你回来，我再带你去吃好吃的。”

“……”

“程衍，你车开过来了吗？”这时，换好正装的关元白从楼上下来了。

“开了。”

“哦，那直接坐你车，走吧。”

“好。”

戚程衍轻拍了关知意一下，起身走向关元白。

关元白一边扣袖口一边往外走，无意回头看了眼后，奇怪道：“这家伙在干什么？”

戚程衍也回头看了眼，只见不远处的沙发上，关知意窝在那里，整张脸都埋到了靠枕里。

戚程衍道：“可能，电影挺恐怖？”

关元白莫名其妙看了他一眼：“这是喜剧片。”

戚程衍笑了一下：“是吗。”

关知意第二天是真的有工作。

当天早上，刘云就过来接人了。于是，关知意跟着一众工作人员飞往上海。

这次她来上海有三个工作：一个游戏代言广告拍摄，一个杂志拍摄，最后还有一个商业红毯需要参加。

戚程衍：到了吗？

刚下飞机开了手机，就有一条消息进来了。

以前他也会关注她的行程，在她下飞机的时候也经常询问，可今天给她的感觉却不一样。

她看着他的消息，心中思绪万千。

关知意：刚到。

戚程衍：到酒店告诉我一声，注意休息。

关知意：嗯。

戚程衍：对了，虽然在工作，但每天记得想想。

关知意：想什么？

戚程衍：想想我适不适合当男朋友。

关知意看了一眼，匆匆将手机塞到了口袋里，口袋里的手紧紧捏着手机，手心有些出汗。

悄无声息的暗恋，适可而止的决绝，这一切，都在那天他跟自己说他喜欢她的那一刻被全部打破。

她看着他的信息，听着他的话语，欣喜若狂，但也紧张无措。

而在这样的紧张无措里，她也有自己小小的私心。

她喜欢他那么久，中间酸涩只有自己知道。

所以她想好好确认他的感情，想自私地占一点上风，当然也想知道，被他热切喜欢和追求，会是怎样的滋味。

前三天安排的都是游戏广告拍摄工作。最初两天工作量比较大，时间也十分紧迫，关知意一整天下来，几乎只有晚上才能看看手机。

戚程衍这两天一直在给她发消息，有时是问她吃饭了没有，有时是问她工作累不累，但她因为工作，回得都不及时。

第三天依旧如此。

拍了一早上后，关知意得了点中午吃饭的时间，于是一边往休息厅那边走，一边让毛毛把自己的手机拿过来。

她点开，一心想看到他的消息，可是，今天没有。

心里一下就失落了，她竟然在想，她才尝了两天的甜头……

“知意姐，今天去房车那边吃吧。”

这两天他们都是在休息厅和其他工作人员一起吃饭的，不过刘云为了管理她的身材，让她吃“独食”也是常事，于是关知意也没想太多，直接往房车那边走去。

她没看到他的消息，心情不太好，所以一边走路一边看手机，有些走神，以至于她走到房车边上时，才发现毛毛没跟着她了。

关知意回头张望了会儿，还是没看到毛毛，只好伸手敲了敲门。

门开了，关知意抬脚上去：“毛毛不知道突然去哪儿了，走着走着就——”

话音戛然而止。

关知意愣愣地看着房车里坐着的人，喉咙跟被堵住了似的。

怎么不是刘云……

怎么会是，本应在京城的戚程衍？

“你……”

戚程衍道：“是我跟她说让你一个人过来的。”

“你怎么会在这里？”

戚程衍没答，只是起身关上了房车的门，拉着她的手腕在桌边坐下：“给你买了些好吃的，过来。”

关知意轻抿了下唇：“你还没说你怎么——”

“想你了。”

“……”

心脏重重一颤，那瞬间，什么想看他追求自己的私心啊，什么恋而不得的酸涩啊，都在此时被全数丢开。关知意只觉心跳越来越放肆，她用了好大的力气，才把自己那声“其实我也好想你”给按压了下去。

关知意，冷静点，现在是他在追求你！你有点出息好不好，不要动不动就受不了！

“就因为这个……你就来了？”

戚程衍用小叉子叉了块水果递到她嘴边，声音既温柔又无奈：“嗯，发现想得有点过分，扛不住，只好来了。”

·第十一章·

想她拍了这么多戏，看了这么多小说，什么情话没听过。

可到底说的人不一样，感受完全不一样。

关知意已经在尽量稳住自己了，但在他说完这一句后，脸还是一下子就烫了起来，怎么压都压不下去。

“怎么不动筷子，不合你胃口？”戚程衍看着她红彤彤的脸颊，收敛了。

“不是……”

“那快吃吧，听刘云说，你们最近拍摄时间挺紧，吃饭都没多少时间。”

“嗯。”

关知意接过他递过来的筷子，低着头吃饭。

她一吃饭，他也就没说话了，房车里安静得只剩下碗筷碰撞的声音。

关知意有点坐不住，抬眸看了他一眼。

这会儿，她才发现戚程衍支着下巴，一直在看她。

“你看着我干什么？”

戚程衍笑了下：“我来这儿，不就是为了看你？”

关知意：“那你一直看着我，我吃不下东西。”

“这样，那你就当我没在看你。”

“……”

戚程衍看了眼她嘴边的一点油渍，抽了张纸递给她：“擦一下。”

关知意被他噎着，没理他。

戚程衍微微挑眉：“这意思是，要我帮你擦是吗？”

关知意一愣，立刻从他手中把纸巾抽了过去：“我才没这么想……”

“那你怎么想的，这么多天有想出什么来吗？”戚程衍道，“还觉得跟我谈恋爱不合适？”

关知意擦完嘴，把纸巾揉成了一团，低声道：“哪有你这样的……”

“嗯？”

“你才跟我表白了几天啊，天天都问。”

戚程衍顿了顿，也颇有些烦恼的样子：“是啊，这不是担心，怕你不喜欢我吗。”

“那也没你这样的！”关知意鼓着勇气道，“我、我可不是那么好追的人，不是你说不喜欢就不喜欢，你说喜欢，我就非得凑上去的！”

戚程衍迟疑了下：“我什么时候说不喜欢了……”

“反正就算你跟我有点交情，那也得看你表现。”

戚程衍看着眼前如临大敌的小姑娘，浅声笑了笑：“嗯，好，我一定好好表现。”

“你笑什么，我没跟你开玩笑。”

“我也没跟你开玩笑。”戚程衍越过桌面，伸手在她脑门上轻敲了一下，像以前的每一次一样，“不过小五，看在我们有点交情的分上，我的机会会大一点吗？”

“再说。”

“还挺绝情。”

“那是，我可是一点都不好糊弄的。”

像在警告他，也像在说服自己。

关知意垂眸继续吃东西，心里坚决地想着，上次当着大家的面说不喜欢的可是他，他也得为自己的话负点责任吧！

吃完饭休息了一小会儿，关知意就继续拍摄了，一直到了晚上饭点他们才收工回酒店。

“知意，明天红毯的裙子和配饰你来看看。”刘云站在房间门口道。

关知意累得要死，只想趴床上睡觉：“昨天你不是让我看过了吗……”

刘云：“这次不一样。昨天是品牌方那边借的，今天这是戚总送来给你的。”

关知意一下睁开了眼睛：“什么？”

酒店房间的客厅里放着一个大盒子，挂着一件小礼服。关知意走出来后，刘云和一屋子工作人员都意味深长地看着她。

因为现在屋里的人都是只服务于关知意的，都是自己人，所以刘云直接道：“知意，这回是真的吧？”

“什么？”

“上次我不知道你和戚总是青梅竹马的关系，还误会了你们，可我瞧着，这次好像不是误会。”刘云道，“那什么，戚总在追你。”

不是疑问句，而是肯定句。

关知意不知道戚程衍对刘云是怎么说的，但她这会儿也实在没法反驳，因为那个人确实亲口说了……他喜欢她。

“他现在在哪儿？”关知意问。

刘云道：“下午就飞回去了。戚总今天还有工作要做，就是为了见你一面，特地过来跟你吃午饭的。”

“……”

“哎呀先来看看这个吧，这耳环和项链好好看啊。这礼服也绝了，这次红毯绝对艳压群芳！”

关知意没说话，但看着盒子里精致的首饰和挂着的裙子，心里是有在偷偷高兴的。

他大老远过来，竟然只是为了跟她吃个饭吗……

关知意不是没被人追求过，但小时候追她的同学，都被关元白和戚程衍打发走了；后来大学被人追，则是被她完全忽略了，因为她课余时间很少在学校，所以也给不了男孩什么机会。

进了娱乐圈后，对她表过白的其实只有肖燃一个，但她心里知道，自己跟肖燃完完全全不可能，所以也可以忽略。

总的来说，她被追求的经历其实很少。像戚程衍这样认认真真说追求，又是送礼物又是大老远飞过来和她吃饭，她还真没怎么感受过……

两日后，关知意工作结束，回了京城。

戚程衍对她的行程很了解，她刚到家，他的消息就已经过来了。

彼时，关知意正在跟关元白聊天。

戚程衍：晚上一起吃饭。

关知意看到手机信息，嘴边忍不住有了点笑意。

关元白正说得起劲，回头看到她一副走神的样子，皱眉道：“你有没有在听我说话。”

“啊……听了听了，那哥你决定吧，我觉得你比较了解奶奶，你给她送的东西她肯定喜欢。”

关元白点头：“行，那我到时候安排。”

“好，那我先走了啊。”

“去哪儿？”

“回房间。”关知意道，“哦，对了，晚上我跟……朋友出门吃饭，不在家里吃了。”

关元白：“你才刚回来就——”

“走啦！”

关知意趿拉着拖鞋，噌噌噌地往楼上跑。

关元白看着她的背影摇了摇头：“还真没把我放眼里。”

关知意回到房间后趴在床上，心口不一地回复道：我今天要在家里跟我哥一起吃饭。

戚程衍：跟他有什么好吃的。

此时没人在边上，关知意的笑意也就更肆无忌惮了些，她噼里啪啦地打字：那跟你有什么好吃的！

戚程衍：来了就知道了，如果你不来的话，我可要去你家了。

关知意愣了愣：你来我家干什么？

戚程衍：告诉你哥哥，我在追你，需要带你去约个会。

关知意停下了打字的手。

这事要是让她哥知道，她哥肯定把她劈头盖脸一顿骂。骂就算了，主要是她觉得这事有点尴尬……

关知意深吸了一口气：你疯了？

戚程衍：怕的话等会儿你来门口，我不进去。

关知意早就决定要跟他一起去吃饭了，她心里也是想着他的，只不过现在故作矜持，装一装罢了。

关知意：哦。

一个字的回复，看起来她好像很勉强似的，可实际上她发完后就在床上打了个滚，心底压抑不住地叫嚣。

所以……等会儿穿什么比较好呢？

洗头洗澡，化妆吹发，关知意愣是在房间捣鼓了两个小时，这才在五点钟的时候悄悄地从楼上下来。

她趁着关元白没在客厅，一溜烟往外跑去。

戚程衍的车已经在外面等着了，关知意赶紧开了车门坐进去："走走走，快点。"

戚程衍看了她一眼："你偷偷摸摸的是……"

"当然是怕我哥看到了！"

"跟我吃饭给他看到有什么关系。"

"那问题是我刚才说我跟朋友出去吃饭，没说是你，现在又变成你，他肯定觉得奇怪！"

戚程衍笑了一下："看来你很怕你哥知道这事。"

"你不怕吗？！"

戚程衍被她这反问弄得有点尴尬。其实当初他喜欢上关知意的时候也觉得对不起关元白，感觉自己在人家身边这么多年，现在感情变了，以往他的存在就有点变了味。

不过他清楚，这事瞒不了多久。

"咳，先去吃饭吧。"戚程衍踩了油门。

关知意瞥了眼他有些不自在的表情……她就知道！这事他肯定也觉得怪异！

戚程衍带她去了一家会员制的餐厅，来这儿的人非富即贵，用餐的客人和服务员对明星来吃饭一点都不会惊讶，所以也不用担心关知意会被人拍。

“这家餐厅我听我姐说过，她说挺好吃的。”关知意的认知里，连关兮都点头说好的，那肯定就是很好的了。

戚程衍道：“嗯，来过一次，确实还可以，你看看想吃什么。”

“好。”

关知意点了份套餐，戚程衍接过她看过的菜单，又点了几样她可能会喜欢吃的。

关知意道：“你不要点太多，我吃不了。”

“刘云又限制你了？”

他的语气像下一秒就要去收拾下属似的。

关知意摸了摸鼻子，替刘云辩解道：“不在拍摄期她不会限制我，是我自己，我自觉保持身材。”

“没必要那么苛刻，胖点也挺好看。”

“胡说……”

戚程衍抬眸看了她一眼：“我又不是没看过，怎么胡说。”

“那那个时候也没见你喜欢我啊。”

戚程衍一噎，有点哭笑不得：“我难道是因为你瘦了才喜欢你的吗。”

“那你倒是说说，你为什么喜欢我？”关知意微仰着下巴，一副“我倒要看看你这个追求者要说什么花言巧语”的姿态。

戚程衍放下了菜单，刚想开口说什么，突然听到身后有人喊道：“哥，知意？！”

戚程衍一顿，回头看去。

关知意看到突然出现在这里的华泓希也是一愣，然后有点尴尬，可尴尬过后又想，一起吃个饭而已，怎么了！

然而她不知道的是，华泓希这人脑子里的想法，跟她完全不一样。

在他的认知里，一男一女来这样浪漫的餐厅吃烛光晚餐，不是情侣就是夫妻，再不济也是暧昧对象，反正关系普通的人在这儿吃饭，完全就是浪费气氛。

于是，华泓希示意边上的女伴等他一下，走到两人桌边，十分开心地道：“你们竟然开始约会了啊。”

戚程衍：“……”

关知意：“……”

见没人回答，华泓希眼睛亮了亮，转向关知意：“我就知道，知意，你还是忍不住跟哥表白了吧。”

戚程衍怔住，看向关知意。

关知意被华泓希这句话说傻了：“华泓希！”

现场气氛诡异，然而华泓希这个二愣子一点都没察觉出来，他笑嘻嘻地坐到戚程衍边上，道：“不过我是真没想到啊，哥，原来你喜欢知意这型啊，我当初还说你不会喜欢看着长大的小姑娘，还觉得知意不表白是对的呢。”

戚程衍神色莫辨，沉默地看着桌对面的关知意。

关知意此时脸都快烧起来了："华泓希，你胡说什么呢，我、我什么时候跟你说我要表白了！"

华泓希悠悠一笑："是是是，是没直说。但也不知道是谁呢，当初非得在哥面前澄清咱俩的关系。"

关知意窘。

"哎呀，不过这么一看，你们在一起也挺般配哦。"

关知意有直接冲上去把华泓希活埋了的冲动……

她都想好要把自己那段暗恋先瞒住了，可现在被华泓希一搅和，她那点私心和怯懦完全被公之于众。

此时她都不敢去看戚程衍了。

最近这段时间她在两人的关系里可算是占尽了上风，一直以来她表现出来的都是她只是在考虑要不要接受他而已！

但现在……戚程衍那么聪明，华泓希这么一说，他肯定立马明白过来了。

关知意一时又是尴尬又是羞怯，别说埋华泓希了，直接把自己埋起来得了！

餐桌边好一会儿没人说话。

华泓希此时终于察觉出了一点不对劲："呃……等下，你们不会不是来约会的吧？"

戚程衍盯着关知意面红耳赤不知所措的样子，只觉得有什么从心口冒了出来，密密麻麻，带着惊异和欣喜，席卷了全身。他极力地按捺着，才没在"原来她竟是喜欢自己"的惊喜中失态。

"是在约会。"戚程衍道。

华泓希松了口气："噢，吓我一跳，我以为知意还没表白，被我戳破了呢。"

"她没表白。"

华泓希："啊？"

戚程衍转头看了他一眼，淡淡笑了下："是我表白了。"

华泓希一怔，缓缓举了个大拇指："哥，你牛。"

"没什么事的话你可以走了。"戚程衍的目光缓缓挪到了关知意脸上。

华泓希立马露出懂了的表情："我马上走！哥，知意！约会快乐！"

关知意无语。

华泓希走了，剩下两人面面相觑。

"我突然有点肚子疼，我不想吃了！"谎言太快被拆穿，此刻她如坐针毡，在他眼皮底下完全待不下去了，于是说完后，拔腿就走。

戚程衍微微一愣："你等等——"

脚底抹油的关知意溜得飞快，可从餐厅出来后，她才后知后觉地想起自己根本就没开车出来。

现在跑出来，她能去哪儿？

她正想着是否用手机叫个车的时候，手里的手机被人从后面抽走了。

“跑这么快干什么。”

回头，只见戚程衍站在身后，直勾勾地看着她。

关知意看着他眼底的笑意，更尴尬了：“我肚子疼，我想回家。”

“那也得我送你回去，难不成你想自己打车？你觉得你现在一个人打车合适吗？”戚程衍也不拆穿她毫无可信度的谎话，只是拉过她的手，把她往停车的地方带。

关知意被迫跟在他边上，一脸生无可恋。

没什么比上一秒还趾高气扬说“我考虑考虑你”吧，下一秒就变成“我暗恋你比你喜欢我还早”更丢人了！

“安全带系上。”拉着她在副驾驶位坐下后，戚程衍道。

关知意闷闷嗯了声。

戚程衍坐到了驾驶座上，但他没有立刻发动车子，只是侧头看着她，也不说话，只是看着。

关知意忍了许久，终于在一分钟后破功。

她深吸了一口气，转头瞪着他：“看什么啊……对，我就是喜欢你，我很早就喜欢你了！怎么了！不行啊！”

戚程衍沉默片刻：“很早是多早？”

“你回国的时候？或者更早，反正，就是比你早。但是我之前已经决定不喜欢你了，所以我现在也不算故意让你追我！”

戚程衍本还陷在她很早就喜欢自己的喜悦中，听到她后面那句话，他愣了一下：“为什么又决定不喜欢我？”

关知意抿了抿唇，看向车前方，低声道：“我听到了。”

“什么？”

“那天你在南爵跟我哥还有肖燃说，你不可能对我有意思。我知道你不喜欢我，所以我就放弃了。”

那天的画面顿时涌进了戚程衍的脑海里，他想起那天他们三人在房间里等她上来吃饭，可她却迟迟没来，后来打电话，竟是已经睡了。

“其实你那天来了？”

关知意想起那天听到他说不喜欢的心情，现在还是很难受：“嗯。”

戚程衍看着眼前人闷闷不乐的样子，心里说不出的后悔和郁结。

那时他确实还看不清自己的心，也确实在犹豫在纠结，但绝对不是对她没意思。

他会那么说，只是因为不想让肖燃瞎编排而已。

“所以我不懂为什么，为什么你现在说喜欢我呢？”关知意眼底有些迷茫，“我以为，你真的会永远只把我当成一个小孩子……”

话没说完，她便被戚程衍揽了过去。

她怔怔地靠在他的胸口，想抬头，又被他压了回去。

“对不起。”她听到他说。

关知意愣住，只听抱着她的人继续道：“是我的错。我那天那么说只是因为我还在想喜欢上你这件事要怎么处理，当时还没法直接当着他们的面说出来。但我喜欢你这件事，确实该早点告诉你。”

他是真后悔了。

一直以来，他都觉得自己把关知意护得很好。可原来，自己一直捧在手心的小姑娘，竟是被自己给伤了。

他不确定她所说的很早就喜欢自己是多早，但如她所说，确实比他早。至少在自己对她没有异样心思的时候，她已经在因自己不喜欢她而失落难过。

“对不起啊小五。”

戚程衍的呼吸有些沉重。

关知意鼻子发酸，那时的委屈和失落仿佛一下涌上来，但因他的解释道歉，似乎又被抛去了天边，原来那个时候，他其实是喜欢自己的吗?

关知意突然就有些明白过来了。

喜欢这种事，从前连她自己都没办法跟他直接说出口，那像他这般成熟的人，喜欢上朝夕相处、几乎是看着长大的女孩，自然顾虑也更多，怎么可能直接在她哥面前就那么说出来。

“原来是这样吗……”

“是，不骗你。”戚程衍放开她，看着她的眼睛道，“所以，把你不喜欢我的决定收回去，重新喜欢我好不好？”

关知意被他捧着脸，蒙蒙地看着他：“这么突然，哪有这样的……”

“可以这样。”戚程衍想了想，哄道，“过去是我的错，让你吃亏了。”

关知意小声哼了哼，但其实心里知道，这件事归根结底，没有谁对谁错，没有谁吃亏，只是阴错阳差罢了。

戚程衍见她沉默着不说话，似是突然想起了什么，说道：“突然想起来，你也让我吃过亏，那咱们互相抵消一下，扯平好不好？”

关知意一顿，疑惑道：“你哪里吃亏了？”

戚程衍笑了笑，说：“被轻薄算不算吃亏？”

“啊？”

“你就说算不算。”

关知意不明白他突然这么说是什么意思，只道：“被人轻薄这种事……算吧？”

“那就是了。”戚程衍扬着嘴角，“我被你轻薄过，那就是吃亏了。”

关知意猛地瞪大眼睛：“你胡说什么——”

“《朝野》庆功宴那天晚上你喝醉了记不记得，那时是我带你回的房间。当时我本来想放下你就走的，谁知道你拉着我不放，还揪着我一顿亲。”戚程衍捏了捏她的脸颊，有些无奈，“那会儿我可是叫天天不应叫地地不灵，而且更伤人的事，你第二天就忘了，但是我没忘。所以，这算是你做的坏事。”

《朝野》庆功宴……那次在那个庄园吗?

等等，难道那些接吻、翻滚的画面，不是她的梦?

关知意惊得不知道说什么了：“都是真的……”

“什么真的假的？难道你记得？”

关知意拍开他的手：“那、那明明是梦！如果真有这么一回事，你第二天起来怎么不说！”

戚程衍微微挑眉，原来她记得的。

“那时我不知道你喜欢我，所以那种事我当然不好说，怕你面子挂不住。”

关知意：“……”

“你既然记得，那我们就扯平了。”

“可是——”

“别可是了，也别喜欢别人。”戚程衍叹了口气，把她所有的话都堵了回去，“小五，跟以前一样喜欢哥哥好不好？要不然，哥哥真的要难过死了。”

回家的路上，关知意整个人都是飘的。

到了家门口，戚程衍示意她可以下车了，她都还怔怔的没回过神。

“不想回家？要不然带你再去兜一圈？”戚程衍道。

关知意连忙摇头，立刻开了车门下车：“我回家的！”

“小五。”

关知意停住，但是没回头。

“明天见。”

“噢。”

说完，关知意三步并作两步跑回去，啪的一声关上大门。

可靠在门后，她的耳尖又红了。

“你回来这么早？”这时，关元白从楼上下来了。

关知意看到他，身子一震：“啊，对，对啊。”

“化妆两小时，这么一会儿就回来了，真能折腾。”

关知意：“没，我朋友突然有事，所以饭都没吃就散了。”

“哦，让阿姨给你弄点东西吃。”

“我不饿。”

“不饿也得吃点东西。”关元白走过来把她往餐厅那边拉，“看看吃什么。”

“那、那随便做吧……”

关元白回头看她，视线落到她的耳朵上时，愣了下：“你耳朵怎么这么红？”

关知意一下子捂住了：“是吗？”

关元白眯了眯眼，一脸探究。

关知意轻咳了声：“好像有点热啊……那什么，陈姨，我想吃饺子，有饺子吗？”

“有的，小姐你等一下啊，马上给你做。”

“好！”

关知意推开关元白的手：“我去客厅等着！”

关元白其实只是奇怪地问了声而已，但关知意却心虚得很，尤其是当手机振动，拿出来看到是戚程衍的微信。

戚程衍：晚上没吃就跑了，到家记得吃点东西。明天见。

她瞄了眼关元白，确定他没过来才偷偷回复：知道了。

戚程衍说明天见，但实际上，他们明天根本就见不了。

关知意忘了，她第二天已经有工作行程，又要飞上海。

作为艺人，尤其是一个处在上升期的艺人，根本没有那么多时间在家里闲着。

上海活动结束后，她无缝进组，又去了横店开始新的拍摄。

进组第三天，关知意收到了戚程衍发来的消息：什么时候能回来？

此时，她正在片场等戏：我才刚拍三天……

戚程衍：刘云给你安排的工作太密了。

关知意：比起其他艺人其实还好了……

戚程衍：下次需要对你的未来规划专门再开个会，要质不要量，你需要多点时间空出来。

关知意：那会挺闲的吧……

戚程衍：我陪你，不会闲。

关知意看着他发来的话发了一会儿呆。

这几天下来，戚程衍每天都会给她发消息，甚至有时候会发视频过来。

但两人关系戳破之后，她是不敢接视频的。

倒不是不想见他，而是一想起那天他说的“醉酒不省人事轻薄人”，整张脸就红得不像话。

“笑什么呢？”这时，同剧组的演员杨子若看了过来。

两人之前一起合作过综艺《滚蛋吧，脂肪！》，所以对彼此都很熟悉。

关知意立刻收敛了笑意：“没啊。”

“还没呢，笑得春心荡漾的，跟男朋友聊天？”

有那么夸张吗……

关知意正色：“我就是看到好笑的事了……等等，我哪里有男朋友？！”

杨子若道：“圈子里谈恋爱很少会有人公开的，你要是私底下有男朋友也不奇怪啊。”

“真没有……”

应该说，还没有。

戚程衍：怎么不回了，开拍了吗？

手机振动，戚程衍又发了消息过来。

关知意很快回复了个“嗯”字。

戚程衍：好，那不打扰你了。

关知意没再回，但接下来一整天心情都很好，他的喜欢、他的关心让她开心，甚至，开心到有些想他了。

不过想归想，工作依然要继续。

又是一周后。

这天，关知意上午拍完回到酒店。

因为下午三点还有拍摄，所以她的妆发都没卸，直接回酒店躺着休息，等毛毛给她来送吃的。

“叮咚——”

门铃响了。

关知意睡得浅，闻声睁开了眼睛。

毛毛是不是又忘带房卡出去了……

她叹了口气，艰难地从床上爬了起来，开门：“你房卡没——”

话在看到眼前人的时候，猛地刹住了车。

外面是有人，却不是她的小助理毛毛。

“怎么了，不让我进去？”门口站着的人开口。

关知意这才彻底从梦中清醒：“哥、哥哥？”

戚程衍嗯了声：“就你一个人？”

“嗯。”

“吃过了吗？”

关知意摇了摇头：“晚点毛毛会给我送午餐，那个……进、进来吧。”

他怎么又突然出现了？

关知意心跳如鼓，关上门后，回头看他。

此时，戚程衍也在打量她。

眼前的人穿着古代服饰，头发扎成马尾，是男妆的模样。

人是可爱娇俏的，但因着扮相，徒增一丝英气。

“怎么了？”关知意见他一直看着她，小声问道。

戚程衍笑了下：“这么看倒有点小公子的样子。”

关知意有些不好意思：“今天的戏份是女扮男装，等会儿还要去拍摄，就没卸了。”

“嗯。”戚程衍转身往里走去，四处看了看后，评价道，“这房间有点小。”

为图方便，剧组住的酒店选了离片场最近的。这不是横店最好的酒店，但也不差，房间由一个小客厅和一间卧室组成，住着也挺舒服。

不过对于眼前这位来说，确实简陋了。

关知意轻咳了声，跟了上去：“还好吧，其实也不小，酒店东西挺好吃的。而且我的卧室对着湖，空气还挺好。”

关知意都不知道自己在说什么了，几天不见，面对他没来由地紧张。

但戚程衍似是没察觉到她的紧张，听到她说卧室对着湖，便站到卧室门口往落地窗看了眼。

不过外头的景致他也就瞄了那么一眼而已，因为他的视线被关知意的床吸引了。

关知意走到他边上，看到他的视线后，顿时反应过来，匆匆进去把床上的衣服和琐碎的东西往行李箱里丢。

“我刚回来，太累就在这儿睡了一会儿，东西都没收拾。”

戚程衍靠在门边，看着她笑：“还好，不怎么乱。”

瞎了吧，这还不怎么乱！

关知意耳尖薄红，把衣服都收好后，抹平了被子：“那什么，你今天来了怎么没人告诉我。”

“没人知道。”

“那你怎么知道我住哪儿？”

“前几天问了刘云，她告诉我的。本来我前几天就该来的，但是工作上有点事耽搁了，所以今天才来。”

“哦，那你干吗来啊……”

其实这问题就是白问，还能有什么，就是想见了呗。可大概是看到他突然出现在眼前，她有些蒙，问出的话都显得很傻。

戚程衍道：“你太久不回来，我不太放心，所以过来看看。”

“不放心什么？”

戚程衍未答，朝她勾了勾手指。

关知意疑惑，走到了他身边：“什么？”

戚程衍在她走近后单手搭在了她肩上，微微弯下腰，视线和她齐平：“小五，你不知道为什么？”

他突然离她很近，这么一靠近，他的鼻息都能被她感知。

温热的，丝丝撩人。

关知意睫毛颤动，咽了口口水：“我……不知道啊。”

戚程衍直勾勾地盯着她看，甚是无奈道：“怕你太久没见到我，喜欢别人超过我，所以觉得应该时常来看看。”

关知意一怔：“你胡说什么——”

戚程衍眉头微微一挑：“哦，胡说吗？”

“不是，我的意思是……”

“我明白。”戚程衍轻笑了声，搭着她的那只手转而摸了摸她脑后，指腹滑过发丝，像安抚也像依恋，“你的意思就是，怎么可能喜欢别人超过喜欢我。”

“……”

“也是，哥哥对你这么好，你要是还能喜欢别人，那真是白眼狼了。”

关知意愣了愣，下意识觉得该有气势地否认一下，可看着他含笑的眼睛，心脏都不受控制了，更何况嘴巴。

“我、我打电话问问毛毛什么时候把午餐拿过来。”她生硬地扯开了话题。

然而，戚程衍并没有放她离开的意思：“等一下。”

“啊？”

“这么远跑来找你，是不是该拥抱一下。”

关知意还没回答，就听他很快接道：“我觉得应该。”

说着，他上前揽住了她，动作很轻，将她抱在了怀里。

关知意瞬间话都说不出来了，只听到她的耳边，他的心脏有节奏地跳动着，一下一下……有点急促。

“嘀——”

突然，门外响起了刷卡声。

关知意猛地从他怀里弹出来，看着不远处的房门。

刷卡声后，门被推开，随之而来的还有两个人的声音。

“你们到现在才吃饭？”一个男声道。

“对，今天结束有点迟。”是毛毛的声音。

关知意和戚程衍在听到那个男人的声音后对视了一眼，一人眼中是诧异，一人眼中则是惊恐！

关知意二话不说把卧室的门甩上了！

关元白？！她哥怎么来了！！！

她整个人都慌了。本来她就怕她哥知道这事，她还没想好怎么说、怎么面对呢！

怎么办怎么办？啊！对！藏起来！把戚程衍藏起来再说！

“小五人呢？”

“应该在卧室睡觉。”

“哦，我去叫她。”

脚步声近了，关知意原地慌乱了几秒，抬头看到卧室里的柜子，脑子一抽，扯着戚程衍就往柜子边走。

她拉开，把人推进去，关门！

然而门关到一半就被里头的人抵住了。

戚程衍站在柜子里，目光还带着没反应过来的迷茫：“嗯？”

关知意被他的眼神看得一颤：“躲一会儿，就一会儿！我马上把他赶走。”

说着，她再也不敢看戚程衍的眼神，砰的一声把柜子门给甩上了。

与此同时，卧室门被敲响。

“小五。”

关知意跑到门边，深吸了一口气，把门打开了：“嗨，哥！”

关元白站在门外：“刚睡醒？”

“是啊……听到你们进来的声音就起来了，你怎么在这儿呢？”

“哦，我昨天到上海出差，今天的行程因为对方有点事临时取消了，所以就过来看看你。”

关知意微微一笑：“这样啊，那你怎么没有打电话通知我一声呢。”

“给你打电话了，你一直没接，所以后来就直接联系你助理了。怎么，不欢迎我？”

“怎么可能！”关知意心虚，声音都大了，“我、我超欢迎你！”

关元白睨了她一眼：“我没聋，你喊什么。”

“……”

“行了，过来，带了点东西给你吃。”

关知意看向小客厅茶几上一桌子吃的，嘴角微微一抽：“啊……既然哥哥你来了，我应该要请你吃饭，走，我带你去外面吃。”

关元白径直在沙发上坐了下来：“你穿着这太监的衣服就不要出去吃饭了。”

“这是锦衣卫的衣服。”

“是吗？我以为是东厂。”

“……”

“行了，别折腾，我跟你一起吃这些就可以。”

关知意摇头：“不不不，你远道而来，我一定得带你出去吃好的。”

“不用。”

“要的要的，走吧。”

“我说不用。”

“一定要的！”

关元白手上一顿，转头看她，眼神凌厉：“发什么神经，给我坐下。”

“哦。”

在关元白的眼神攻击下，关知意只好停止了把他带出去的念头。

“最近天气这么干，吃完饭之后多吃点水果，别因为怕胖，什么都不吃。”关元白道。

关知意心不在焉地嗯了一声。

“这两天拍戏还顺利？”

“挺顺利的……”关知意道，“所以，哥你什么时候回去？”

“后天吧，后天还要跟程衍去一个拍卖会。”

“咳，咳咳——”

关元白皱眉看了她一眼：“吃慢点。”

关知意连连点头，心虚地垂眸。

方才一着急就把人藏起来了，现在冷静下来仔细想想，要是在他们进来之前他俩赶紧回客厅坐着，以关元白对两人的认知，戚程衍来探个班完全不奇怪！

可糟就糟在她太心虚了，当下第一个想法就是逃避。

现在好了，把人藏起来就算了，还藏在衣柜里……

一顿饭吃得无滋无味。好不容易等关元白把饭吃完，却依然没见他有要走的意思。

关元白就坐在沙发上，有一句没一句地啰唆着，无非是说“你不能减肥，得多吃饭”“在剧组里要注意，不要再受伤”之类。

但她哥就是有这种能力，交代她事情的时候，他能把一句简单的话扩展延伸，举一反三，弄成长篇大论。

关知意如坐针毡，听得头皮发麻：“哎，哥，我都知道了，你少说两句好不好。”

“你什么态度？”

“不是，我这不是嫌你说得累吗……”

关元白横了她一眼：“你少来。对了，上次我去爷爷奶奶家，他们还念叨你很久没去了，你自己看着办，给他们打打电话。”

“我知道的。”关知意道，“再过一个月，爷爷不是还说要举办他和奶奶金婚派对嘛，我到时候会请假去的。”

“那就好。”

“嗯……那哥你？”

“什么？”

“什么时候走啊？”

关元白瞪了她一眼：“这么想让我走？”

“不是不是，我就是想说我晚点就要去片场了，没时间招待你。”

关元白想想也是，她等会儿要去片场，总得给她留点时间休息一下。

“行吧，那我就先走了，你自己注意休息。”

关知意眼睛一亮，点头如捣蒜：“好的好的好的！”

“……”

“那我就不送你了，我这装扮出去不方便。”

“知道了。”

关知意把关元白送到门口，晃了晃手：“辛苦您这么大老远来看我，爱你爱你，舍不得你。”

关元白一怔。

“拜拜！”

啪的一声，门关得迅速，丝毫没有舍不得的痕迹。

关元白：“……”

毛毛方才回自己房间吃饭去了，一时半会儿也不会回来。关上门后，关知意迅速跑回了卧室，打开衣柜。

不大的衣柜里零星挂着两三条长裙，但长裙此时都被拢到一起，滑到最右边。

而此时衣柜左壁上，靠坐着一个人。他微曲着腿，半个人都笼在阴影里。

关知意一愣，蹲下看他：“哥哥，你怎么坐着？”

"站不直。"

关知意抬头看了下衣柜的高度，这才发现以他的身高，站着确实得歪着脑袋……

念及他在这个小小的衣柜里憋了那么久，她神色愧疚："那个，他们都走了。"

戚程衍侧着头看着她，微微笑着。

关知意看到他笑，脊背发麻："对不起对不起，我刚才是真的脑子有点乱，我下意识就……啊！"

话没说完，戚程衍突然伸出手把她拉了过去。

关知意没蹲稳，被他这么一拽，直接扑在了地上，膝盖跪在衣柜边沿，戏服衣摆散在地上，骤然离他很近。

"你知道这衣柜密封性很好吗？"戚程衍笑意收敛后，那股子莫名危险的味道就出来了。

关知意咽了口口水，小声道："我不知道……"

"哦，那把我就这么塞在衣柜里，打算怎么赔偿？"

大概是真的闷，这么近看，他的脸似乎有些薄红。那抹红竟让眼前的俊朗有了几分艳色，阴影之下，惊心动魄。

关知意看得有些傻了，喃喃道："我错了……"

戚程衍掀起眼帘："现在认错有什么用。"

"那你想怎么办？"

短暂的静默，他没开口说话。

就在关知意以为没有什么后续，打算起来的时候，戚程衍突然伸手抚在她的脸侧，然后就这么坐在衣柜里，探过头，在她完全没反应过来的时候吻住了她的唇。

突如其来，又仿佛早有预谋。

关知意一下子僵在了原处，看着近在咫尺的人，感受着这人温热的呼吸与自己缠绕。

"认错没用，就这样赔偿吧。"戚程衍拉开一点距离。

关知意撑在地上的手不自觉蜷了起来，愣愣问道："那，可以了吗？"

戚程衍直勾勾地看着她，刚想开口再说什么的时候，外面传来嘀的一声——门又被人刷开了。

关知意迷茫又无措地往门口方向看了一眼，当下的念头就是：备份房卡她以后谁都不给了！

下一秒，她整个人被衣柜里的人拽了进去。

衣柜门被关上了，黑暗顿时笼罩了一切。

关知意看不到眼前的人，只知道自己坐在了他的腿上，整个人都被他拥住了。

"不想让人发现就别说话。"耳边传来戚程衍的声音，很低，带着一丝湿热气息撩过耳侧，听得她半个身子都麻了。

关知意不敢吭声，只想往后退！

“也别乱动。”

“……”

“怎么人都不在啊……”外面隐隐约约传来了毛毛的声音。

“知意应该送关总去了吧，你看她手机还在这儿。”是另外一个工作人员。

“好吧，那把这儿收拾一下我们再回去。”

“嗯。”

外面的声音隔着衣柜听有些模糊，收拾东西的声音，交谈的声音，隐隐约约地传来。

关知意趴在他的肩头，不知是紧张被发现还是紧张别的什么，克制不住地抖，很轻微，但确实是在抖。

戚程衍也没好到哪儿去。

方才那一刻他就是想逗逗她才把她给拉进来，可拉进来后，他发现这不是个正确的选择，尤其是听着怀里的人压抑的呼吸声……

看不见，更诱人。

不知过了多久，外面终于没了声响。

关知意小声道：“他们是不是走了？”

戚程衍没有回答。

关知意把手从他手中抽出来，想去推门，可他却立刻把她拽回来了。

“没走。”他说。

关知意：“可我好像听到关门声了。”

“我没听到。”戚程衍声音有些低沉，带着说不清道不明的味道，“先别出去。”

“可是……”

“你刚不是问我，是不是可以了吗？”

关知意愣了下。

不知道是不是衣柜里太黑，让她产生错觉，她觉得戚程衍问这句话的时候声音很沉，带着蓄势待发的紧绷感，有些吓人。

戚程衍：“不可以。”

“什么……”

“小五，我觉得补偿可能不太够。”

话音刚落，他就再次向她靠近。

脸颊有些痒，她知道那是他把握不准距离，嘴唇轻轻掠过。

关知意背后冒出了一层薄汗：“那、那个……唔！”

她紧张地想说点什么，可他却利用了声音，一下子找准了她的唇。

狠狠地吻住，像要把补偿拿够！

关知意清醒的时候从未被人这么激烈地吻过，眼睛虽看不清，可唇齿间都是他的味道，鼻息也和他缠绕着，就连耳朵听到的，都是这个狭小静谧的空间里，交缠时发出的细碎旖旎声。

衣柜的密封性也太好了吧，短短一会儿，她就觉得呼吸不畅，几乎脱力地靠在他身上。

他不知厌倦，她不知所措，一轮一轮……

分开时被对方微喘的呼吸灼伤，贴近时被那甜腻到能杀人的银丝纠缠，不舍得停，没办法停。

“等、等等。”

“……”

“唔。”

戚程衍：“别往后躲。”

“我喘不过气了……”

戚程衍轻笑了声，低声道：“空气这不还挺够的吗。”

“你刚才不是这么说的……你别亲了……”关知意仰着下巴，茫然的声色带了些撒娇的味道。

戚程衍总算是停了下来。

“你信我，她们真的走了……”

“嗯，知道了。”

戚程衍觉得是要适可而止了，于是放开了她：“那你开门吧。”

关知意伸出手，缓缓推开了柜门。

光亮一下子涌了进来，戚程衍眯了眯眼，一下子没能适应，等适应后看清眼前的人，心里却是咯噔一响。

小姑娘面色绯红，空气涌进来后，她微张着口，急促地喘息着，而嘴边处一丝晶莹，是方才留下的痕迹。

戚程衍眼神暗了暗，伸手欲抹去，然而身上的人却似惊弓之鸟，马上往后仰，然后连滚带爬地从他身上下去了。

“别坐着了，你也快出来啊！”说完，关知意看都没敢看他就往卧室外跑去。

戚程衍看着她的背影，微微失笑：“来了。”

小客厅的桌上，之前乱堆的东西已经被毛毛收拾干净了。关知意坐在沙发上，眼神闪烁。

他们在里面干什么了……

怎么就突然，突然就亲成那样了！

关知意伸手摸了下嘴唇，方才的触感挥之不去……

“什么时候去片场？”

看到卧室里的人出来，关知意一下子挺直了背：“不知道！不是，再、再过半个小时。”

戚程衍看着惊慌的小姑娘，笑了一下，坐了过去。

关知意整个人都绷着，没敢去看他。

“转过来。”

“……”

“转过来。”戚程衍直接伸手按住她的肩膀，把她转向自己的方向。

关知意嘟囔道：“干吗……”

戚程衍伸手理了理她的衣服：“刚才那样抱着，都弄乱你的衣服了。”

关知意脸轰地更烫了，她赶紧低头掩去眼底那丝慌乱，伸手抹平衣摆上的褶皱：“没关系，等会儿去片场让服装师再弄一下就好。”

“嗯。”

关知意收拾好衣服，瞄了他一眼：“那，你还不走？”

戚程衍微微扬了扬眉：“前一秒在赶你哥哥，这一秒就在赶我了？”

“我就是问问……”

“我明天才回去。”

“明天？”

“嗯，所以晚上还可以陪你。”

虽然关知意现在整个人都是紧绷的，但听到他说要陪她，心里的甜蜜破土而出。

“你刚才和你哥都吃什么了。”戚程衍问道。

“就酒店的午餐……还有我哥给我买的一点吃的。”关知意想到这儿，突然道，“啊，你是不是还没吃饭啊？他给我带的点心很多，我去拿——”

“算了。”戚程衍拉住她，“我不爱吃甜食。”

“那怎么办……”

正说着，房间门又被刷开了。

“知意姐，我们该出发了——”话音刚落，来人就因客厅里坐着的戚程衍愣住了，“戚总？”

戚程衍朝她点点头。

毛毛：“您怎么在这儿？”

“探班。”

毛毛意外道：“刚才知意姐的哥哥也来了呢，你们怎么不是一起来的啊……”

戚程衍看了关知意一眼，淡淡笑了下：“不知道他要来，正好错开了。”

“噢，那知意姐现在得跟我去片场了，您……”

“没事，你们去忙吧。”

“哎，好的。”

关知意起身跟着毛毛去了，可走了几步又不放心，回头交代道：“要不然你先在房间待着，我让人送点吃的过来？累了的话，你也可以在房间休息一会儿。”

戚程衍目送她，十分顺从道：“好。”

“那我走了？”

“嗯。”

和毛毛从房间出来后，关知意这才松了一口气，但脸上的热度却没那么快降下来。

毛毛偷偷笑了下：“戚总追得可真紧，咱们才来多久啊。”

关知意摸了摸鼻子，有些不好意思：“别八卦。”

毛毛嘻嘻一笑：“知意姐，那你是不是也喜欢他啊？”

关知意睨了她一眼，想有气势地否认，然而话在舌尖绕了一圈终究说不出来，最后只得泄气道：“有那么明显吗……”

毛毛认真道：“有啊，戚总在的时候，你的眼神根本就挪不开。”

“哦……”

“不过我觉得戚总也超级喜欢你啦。”

关知意看向毛毛，眼里是她自己都没察觉的期待：“哪里看出来的？”

“这需要特别去看吗，一眼就知道啦。戚总对你那么好，而且还总是偷偷来探班。”毛毛想了想，突然道，“哦对了，上次咱们去法国拍广告，云姐说戚总肯定就是想见你才去的，工作什么的都是借口。”

关知意还真没想过那次他是特地去巴黎看她的，毕竟那么远，他工作又那么忙……

“哎呀，时间差不多了，咱们赶紧上车，别迟到了。”毛毛道。

关知意的眼底因为那人隐隐有笑意：“好……”

今天关知意的戏份比较重，到了片场后，马不停蹄开始拍摄。一直到晚上吃饭时间，她才有空拿起手机，问问戚程衍现在是什么情况。

“知意，谢谢啦！”这时，迎面走来的一个演员朝她扬了扬手上的咖啡和小点心。

关知意：“嗯？”

“你买的这点心超赞！”

关知意疑惑地看了她手上的东西一眼。

“谢谢关老师！”又走过一个演员。

“关老师，咖啡不错。”一个工作人员走过去。

“知意，这个好吃啊。”

“谢谢关老师！”

……

一路走来，工作人员和演员都在跟她道谢。

关知意一头雾水，走到外面，便看到一辆点心车和一辆咖啡车停在门口。车上印着品牌店的logo，显然是店里直接开车来现场制作，然后现场派送的。

“不是我买的啊……”关知意喃喃。

这时，毛毛过来了，递给她一杯咖啡：“姐，给你。”

关知意：“这些……你去弄的？”

“我弄的怎么可能不提前告知你一声。”毛毛在她耳边道，“是戚总叫过来的，不过是以你的名义送给剧组的。”

“那他人呢……”

“他只是打电话让我接一下应援车，他人在哪儿我就不知道了。”毛毛开心道，“今天咱们这场戏是大戏，群演超级多，竟然每个人都分到了，戚总也太贴心了吧……”

耳边是毛毛的夸赞声，不过关知意却没怎么听进去。

她拿起手机，找了个地方坐下，给戚程衍打电话。

“小五。”电话很快被接通，他的声音从手机那头传了过来，似带了磁场，颤了她半边心。

关知意：“咖啡和点心是你叫的？”

“好吃吗？”

其实她还没吃，但还是道：“好吃，不过怎么以我的名义送？你怎么没来？”

“我吗……”戚程衍似轻笑了下，“不敢来。”

关知意愣了一下：“为什么？”

“这次剧组里可没有熟人能让我有借口去探班。”

关知意疑惑了下，想着不是有她吗，然后就听戚程衍慢条斯理道：“探你的班，名不正言不顺啊。”

“啊？”

“要不然，你给我个正式点的名义吧。”

探班的名义……

明明他们之间有那么多联系，可是他却说，名不正言不顺。

给他什么样的名义……不言而喻。

关知意捏紧了手机。

你给我一个正式点的名义吧。

曾几何时，她那般想要给他这个名义，也那般想从他那里获得这样的名义，可后来误会和胆怯让她退缩了；而如今，是他迎面而来，伸出手，要把缩回壳里的她拽出去……

关知意抿着唇，呼吸都有些凌乱。她咽了好几次口水，喉咙都发干了，才缓缓道：“你真的，很喜欢很喜欢我吗？”

戚程衍一直等着她说话，闻言微微一愣：“嗯，很喜欢，特别喜欢。”

“那，以后再也不会说我只是小孩子，不会说对我没有别的意思吗？”

戚程衍轻叹了声，知道是之前的话带给她的阴影太重了。

他放软了语气，浅声哄着：“小五，今天我对你做了什么？你说，我还当你是小孩子吗？”

关知意眼眶有些红了。眼前的人和物都有些模糊，她只能听见耳边的声音，好像很远，又好像近在咫尺。

他说：“我喜欢你，不是喜欢小孩子的喜欢，是想让你当女朋友的喜欢。所以……给哥哥一个机会行不行？”

是止不住的心动。

年幼时的崇拜和依赖，成熟时的喜欢和深爱。

曾经有多不安多难过，现在就有多安定多喜悦。

那是戚程衍啊，是护着她长大、宠得她再也看不见别人的人，也是她不知道等了多久，终于等到他说喜欢她的人。

关知意哽咽了下，却不敢让人发现。

她俯下身，趴在膝上，声音有些闷，有些小，但终于还是对手机那头的人说道：“好。”

轻飘飘的一个字，轻得如咖啡氤氲的热气，又重似这些年累积在一起的年年岁岁。

眼前依然人来人往，嘈杂声四起，可她什么都听不见了，只觉得有些眩晕，明明滴酒未沾，却如坠入酒窖。

似一场梦，不愿醒。

今天剧组夜戏也排满了，工作人员在片场里忙碌，一会儿指挥群演站位，一会儿交代灯光师打光。

等夜戏完全结束的时候，已经是晚上十二点多。

关知意从房顶上下来后解了威亚，脚上还有些飘。

可她有些等不及了，换了戏服后妆也没卸，就把毛毛喊了过来。

她没料到今天戏会拍到这么晚，之前戚程衍说要来接她。

“知意姐。”毛毛走了过来。

关知意把手机从她手上接了过来：“刚才有人打电话过来吗？”

“没有。”

关知意拧着眉，刚要解锁屏幕就听毛毛笑嘻嘻道：“不过九点的时候有人打来啦，是戚总哦。”

关知意一顿：“九点？”

“对啊，那会儿戚总说他在西门的停车场等你。”

“那他现在还在？”

毛毛：“这我就不知道了，不过应该是在的吧……”

毛毛话没说完，就见关知意往西门方向去了。

正值深夜，片场停车场的车已经很少了，只依稀停着几辆拍夜戏的剧组的车子。

关知意戴着帽子一路小跑到停车场后，远远就看到了最里面的那辆车，有人站在驾驶位边上。

车门是开着的，站着的人一只手搭在上面，另一只手拿着手机在打电话。

关知意抬脚走了过去。

脚步声近了后，那人也看到她了。

他朝她笑了，笑意很淡，却似点亮了黑夜。

关知意深吸了一口气，走了过去，站在他面前。

他伸手轻拍了下她的帽子，对手机那头的人道：“嗯，明天我回去后处理。对，其他事你自己决定就好……知道……好，不说了，现在有重要的事。”

对面调侃着问了句什么重要的事，男人嘴角微微一扬，道：“很重要的事，比命重要多了。”

关知意愣了愣，突然有点不好意思。

她指了指副驾驶座，示意自己要坐进去了，但还没绕过去，就先被他拉住了。

戚程衍挂了电话。

关知意脸有点红，没去看他，只干巴巴地道：“不开车吗？”

良久，没听到戚程衍的回答，她不得不抬首看他：“怎么了？”

夜色浓重，抬首时，只见眼前的男人正低眸看着她，她恍惚觉得，他的眼底，星河熠熠。

“哥哥？”

“先别叫哥哥。”

“……”

他笑意微敛，道：“见到男朋友，不先抱抱吗？”

·第十二章·

四周很安静，关知意似乎能听到自己血液回流的声音。

而远处，模模糊糊有人声和脚步声靠近了。

“今天还不是最晚的呢，上次直接到了凌晨三点多。”

“哇，那你们剧组比我们还晚……”

戚程衍往声音传来的方向看了一眼，不逗她了：“先进车里，我送你回——”

可话没说完，眼前的人突然抱了上来。两只细胳膊圈住了他的腰，紧紧地抱着。

戚程衍怔了怔，心顿时软得一塌糊涂。

“小五……”

关知意扑在他怀里，思绪万千。

不过她也知道有人来了，于是几秒后便放开了他，只站在他面前，仰头看着他：“这样行不行？”

戚程衍愣了愣，只道：“本来不太行，但现在有人来了，勉强满意。”

“噢。”

“先进去。”

戚程衍把她牵到副驾驶位那边，在外人走近之前把车门开了，让她坐进去。

片场离酒店挺近的，开车不过十多分钟。

车开进酒店地下停车场停好。两人坐在车里，没有立刻离开。

此时的关知意，心中有一种很神奇很微妙的感觉。

身边这个人就是她男朋友啊，想想不久前，她在疏远他；再往前一点，她偷偷单恋他；再再往前一点，他们还是“兄友妹恭”的好邻居……

“这件事我能不能跟云姐说啊？”片刻静默后，关知意问道。

戚程衍转头看她：“为什么不可以？”

关知意有些不好意思：“之前别的艺人公开恋爱，她都说人家耽误工作，不知道我跟你在一起，她会有什么想法。”

“放心吧，她不会有什么想法。”

关知意瞥了他一眼：“我猜是她不敢有想法吧，毕竟你是她老板。”

戚程衍笑了笑：“那你呢，你是什么想法？”

关知意：“其实我不太在意这一点，我只是个演员，演好戏就好了，我想就算我的粉丝知道我谈恋爱也不会怎么样的。就是……”

“什么？”

“你也知道网友言论有时很偏激的，黑我的人那么多，我不希望你因为我被那些无聊的人盯上，被他们攻击。”

戚程衍扬唇：“担心我？”

“当然了，你上次又不是没被骂过。”

“放心吧，网上那些东西我不会放在心上。”

“但是我会放在心上，我不喜欢别人随便抹黑你。”关知意皱了眉头道，“所以这件事暂时只有自己人知道就好了，而且我们刚在一起，你也不是圈内人，不用特地上网交代。”

“嗯……也是。”戚程衍单手支在方向盘上，幽幽道，“不过，你确定敢让自己人知道？”

关知意一愣，刚想说为什么不敢，突然想到这个“自己人”并不是单指他们身边的工作人员，还有两家的人。

戚程衍看她愣在原处，忍不住捏了捏她的脸：“不知道该怎么说？”

“我想想怎么开口……我觉得我哥会爆炸。”

戚程衍道：“没事，我找个时间跟他好好说。”

关知意顿时尿了：“等等等等，还是一起说吧。我现在还在剧组……要不等我杀青？我想想怎么当面跟他说，他才能接受得容易点。”

“你觉得他会难以接受？”

关知意肯定道：“那当然，你想他平时都是怎么看我们俩的，现在要是突然知道这事，肯定得骂我。”

戚程衍沉默了片刻，缓缓道：“应该不是骂你，是骂我。”

“……”

两人聊了一会儿，因为关知意明天早上还要拍戏，所以戚程衍便放了手，让她上楼休息。

关知意解了安全带：“那，你明天就要回去了吧？”

“嗯。”

关知意点点头，心里隐隐有些舍不得。

“过段时间再来看你。”

“不用了，你也挺忙的，来来去去很麻烦。”关知意想了想，“我爷爷奶奶过段时间要办金婚宴，我到时候会请假一天回去。”

戚程衍勾了勾唇：“你这是在告诉我，要好好期待这场宴会了。”

“不是，我的意思是……”

“是要我乖乖等你。”戚程衍握住了她的手，“好，我等你。”

饶是停车场光线不好，还是能清晰地看到关知意白皙的皮肤下有红色晕染开来。

“那我先上去了。”她略显匆忙地说道。

然而戚程衍并没有放开她的手。

关知意：“怎么了？”

“明天就走了，会有很长一段时间见不着。”

“嗯……”

“还有没有什么想跟我说的。”

关知意想了想：“还要说什么？”

戚程衍自己也不知道还要说什么，只是有些舍不得放手罢了。他深深看了她一眼：“也没什么，回去吧，好好休息。”

关知意点点头，转身去开车门，可手放到车门上又停住了。

戚程衍看着她停在那里，有些不解，刚想问什么时，只见眼前的女孩突然转了过来，以迅雷不及掩耳之势，突然捧住了他的脸，在他唇上亲了一下。

大概是紧张，她亲得很用力，车内响起一声清脆的吧唧声。

“……”

“没什么要说的了，但是有想要做的！”关知意说完后很快就松了手，转身，下车，一气呵成。

戚程衍难得愣住了，他看着跑开的关知意，好一会儿才回过神来。

良久后，他抬手碰了下嘴唇，微微失笑。

关知意不让戚程衍再来探班也是有原因的——这次拍摄的这部电影拍摄时间不长，所以每天工作排得非常满，他要是来了，她还真没有时间陪他。

而戚程衍后来也怕打扰到她，所以除了每天电话信息联系外，没有再来剧组。

就这样一个月后，关知意的爷爷奶奶金婚宴到了。

关知意很早就跟剧组请假协调了时间，所以这天早上的戏份拍完后，直接买了机票飞回去。

宴会是在关家老宅举行。关老爷子爱热闹，请了许多亲戚朋友，戚家就在邀请列表里。

宴会时间在晚上，但因为飞机有些延误，关知意下飞机时已经有些迟了，所以她也没回家，让关兮给她带套更换衣服去爷爷家里，她上门直接更换。

爷爷奶奶很疼孙子孙女，老宅这边也一直留着他们的房间，想来住随时都能来。

关知意到老宅后，低调地从门口进去，去了关兮的房间。

“姐。”

“来了啊。”关兮回头看了她一眼，愣了下，“穿得真够随便的。”

关知意：“我下了戏随便穿套衣服就赶飞机了。对了，让你给我带的衣服呢？”

“第一个衣柜。”

“噢。”

关兮给她带了条小裙子，关知意换上后用关兮的化妆品化了个妆，然后便想下楼了。

关兮拉住她：“口红啊，口红再涂一点，太淡。”

关知意：“不用啦。”

“你给我过来。”关兮对妆容和服装要求极其苛刻，一把就将关知意抓了回来，“你急什么，宴会都结束了，大家现在各聊各的呢。你本来就已经迟到了，着急这几分钟？”

关知意：“我哪有着急……”

可实际上，急得不能再急。

脚下生风，满心欢喜，不过是因为想见一个人。

关兮修整好她的妆容，终于肯放她下楼了。

今天爷爷奶奶是主角，关知意自然是先跟着关兮一起去找他们。

两位老人正和其他长辈在大厅里谈天说地，见小孙女到了，拉着聊了好一会儿才道：“年轻人就跟年轻人玩，小五，你的哥哥们在后院呢，去找他们吧。”

“好呀。”关知意起身，“爷爷奶奶，那我先过去了。”

“去吧去吧。”关老爷子说着又跟边上的朋友炫耀，“看到没，我小孙女，现在可了不起了，拍的那部戏叫，叫《朝野》，那可真是好看哟……”

“这小姑娘是真的水灵啊，不知道哪家小子有这个福气了。”

“哈哈哈是啊是啊，我可是要好好评估，可不能随便。”

“那是自然。”

……

身后的交谈声渐渐远去了，关知意走往去后院的路上。

一路上，家佣来来往往，有的拿着小点心，有的拿着红酒，见到关知意，都客客气气唤声五小姐。

“我哥他们呢。”

家佣道：“就在前面呢，左拐就到了。”

“好。”

后院摆了白色长桌，长桌上是琳琅满目的点心。

关知意走过去，看到前面八九个人聚在一起，个个西装革履，穿得都很正式。

她一眼就看到戚程衍了。

他还没看到她，正在跟边上的人说话，眼里含着浅浅的笑意。

关知意轻吸了一口气，莫名有些紧张。

这是他们确定关系后，第二次见面……

“你们瞧瞧谁来了，这不是咱们家的小五嘛。”突然，有人朝这边招了招手。

招手的人是她二哥关子裕，他这么一招呼，那边一群人都看了过来，于是关知意就这么和戚程衍的目光对上了，远远相隔，火光一闪而过。

但是一众人看着，尤其是她几个哥哥都在，她也没好意思只看戚程衍，于是走上前，乖乖地打了一圈招呼。

关元白看着她：“怎么这么晚？”

关知意道：“飞机延误了。”

关子裕：“没事没事，来了就好。”

关知意道：“你们怎么都围在这儿啊，说什么呢？”

“也没什么，我们就是在下注。”

“下注？”

“对啊。”关子裕笑道，“我们这不是好几个都单身吗，所以我们在猜谁会最后一个脱单。来来来，小五也来猜猜会是谁。哎，我给你两个稳赢的候选参考，你哥关元白，还有这位戚少爷。”

关知意看了眼戚程衍，后者正好看着她，意味深长地对她笑了一下。

关知意心里咯噔一响，赶紧移开了视线。

关元白对此不屑一顾：“关子裕，你能再无聊点吗。”

关子裕：“你就是怕你自己被人押得最多没面子，所以才不玩的吧！”

“我怎么可能被压最多。”关元白幽幽道，“怎么着也有程衍垫底。”

戚程衍微微挑了挑眉：“是吗？”

“不是吗。”

关子裕道：“来啊小五，投一个投一个，你投谁？”

众人都目光炯炯地等着答案。

关知意瞄了戚程衍一眼，然后缓缓伸出食指，再缓缓地……指向了关元白。

静默了几秒，众人一阵爆笑。

“哈哈哈哈元白！你妹都不相信你啊，哈哈哈哈……”

关元白嘴角微微一抽：“关知意？”

关知意一脸心虚：“哥，我、我就是瞎指。”

闹腾一阵过后，这场宴会到了散场的时候。

不过散的是各家长辈，小辈们好不容易聚这么齐，也没有就此散了的意思，大家决定转个场继续——关元白联系了宋黎，让他把他家会所腾出一个大包厢来。

一群年轻人出去玩，不外乎喝酒和游戏。

到了包厢后，众人便各自玩开了。

这里的人都是关知意的熟人，所以她也不拘谨，就坐在关元白边上，随意吃着水果。

顺便……偷偷瞄戚程衍。

戚程衍坐在她左前方。他身边坐着宋黎，宋黎叽叽喳喳的，正缠着他说话。

周边有些吵，关知意不知道他们在说什么，只看到戚程衍的目光落到了她身上，眉头微微一挑，看了眼自己身边的位置。

这是在示意她坐到他身边去。

关知意蠢蠢欲动，但不知道是不是因为自己瞒着大家跟戚程衍偷偷谈恋爱，所以都不太敢过去跟他说话了，总觉得自己一到他身边就会露馅似的。

两人视线在空气中交汇。

关知意犹豫间，只听身边的关元白突然问道，“这次回来待多久？”

关知意吓了一跳，连忙收回了视线：“啊？我明天下午就要走了。”

“这么着急？”

“电影还在拍嘛，我不能请假太久，不过还有一个月就能杀青了。”

“噢。”

“元白！过来过来，江随洲这家伙手气太好了，来帮帮我啊。”这时，不远处，关子裕朝这边喊道。

“二哥你要点脸，打不过就喊外援。”关兮不满的声音传来。

关子裕：“关兮同志，请你认清你的身份！你还不是江家的，怎么就外援了——”

“你管我，反正江随洲输了都是我的损失。”

……

那边吵吵闹闹，关元白笑了下，对关知意说：“少吃点凉的，我过去一下。”

“行。”

关元白走后，关知意又看了戚程衍一眼。宋黎此时跑去点歌了，有另外一个人在跟他说话。

她看他忙着同旁人聊天，一时没关注到她，于是也就没有再动直接跑过去找他的冲动，就坐在位置上，默默听宋黎唱歌。

听着听着，边上沙发突然微微往下一陷。

关知意愣了下，回头。

“怎么不过去跟你哥他们一起玩？”戚程衍竟然直接坐过来了。

关知意看到他就在自己身边，心里不自觉开始紧张，只得故作镇定道：“我不会玩牌。”

“那怎么不坐我旁边来。”

关知意小声道：“你边上不是有人嘛……”

戚程衍睨了她一眼，笑道：“你要过来了，我自然让他们让位。”

“我才不要，这多明显。”

“明显什么？你以前这么做怎么不觉得有什么不正常？”

这里的人都是熟人，都知道她从小黏戚程衍黏得紧，在同一间屋子里，她不在他身边待着才不正常。

是她现在心虚，所以自我拘束。

关知意没法反驳，只好道：“反正你现在自己过来了。”

戚程衍敲了敲她的额头，淡淡道：“是啊，想你啊。”

关知意微微瞠目，快速地看了距离他们最近的人一眼，看那人显然没听到的样子，她才松了口气：“你很大声……”

“嗯？”

“我说你讲得太大声了。”

“没人听见。”戚程衍看着她，“看来，你不想我啊。”

关知意哪舍得他这么想，她轻吸了一口气，大着胆子靠近他耳边，快速道：“不是的，我、我也很想你。”

说完后，她立刻坐直了，装模作样地拿起玻璃杯喝了口果汁。

戚程衍微微一怔，看着她的眼神有些深。

“再说一遍。”

宋黎那歌正好唱到一个高音，声音震天响。

关知意被他紧盯着，只好又凑近他耳边道：“你没听到就算了……好话不说第二遍！”

戚程衍眯了眯眼，右手覆在了她放在沙发上的手背上。

温热一下子罩了下来，关知意像被烫到似的，立刻就想抽出来，然而却被他死死压住。

关知意一脸紧张：“干吗……”

“好久没见，还有什么想跟我说的没有？”

两人衣袖交叠，半遮半掩，旁人倒也看得不是很清楚。

关知意一边因为在众目睽睽下跟戚程衍偷偷摸摸感到紧张，一边又因为两人久别重逢而感到甜蜜。

她抿了抿唇，问道：“那你呢，有没有什么想跟我说的？”

“不是我问你问题吗，怎么又反问了。”

关知意轻哼了声：“我想先听你的答案，我参考参考，然后再跟你说我的。”

眼前的小姑娘面目娇俏，神色狡黠。

戚程衍突然有些后悔跟这群人来这儿了，这会儿，他应该把她偷偷带回家才对。

“好吧，那我先说。”

“我听着呢。”

“程衍，我点了首歌，咱俩对唱。”突然，音响里传出的巨大声音把两人从暧昧的气氛中拉了出来，抬眸，是宋黎从点歌区那边跑过来了。

戚程衍在他回头的时候便松了手：“谁要跟你对唱。”

宋黎跑到两人前面：“哎呀唱一个嘛，我唱女的你唱男的。”

“不会。”

“那我唱男的你唱女的？”

“滚。”

宋黎白了他一眼，转向关知意：“那我跟小五唱。”

关知意看着屏幕上的歌名，有些不好意思：“可是，这歌我没听过。”

宋黎：“真的假的？这歌你都没听过？”

“真的。”

“啧，果然是小年轻啊。程衍，咱们跟小五都有代沟了。”

戚程衍看了他一眼道：“这么老的歌，我也没听过。”

宋黎：“？”

“我跟你也有代沟。”

宋黎：“……”

戚程衍不再理他，说完后起了身：“有点事，我出去打个电话。”

“等等——喂，你给我回来！你再说一遍这歌你没听过？初中那会儿咱学校广播站循环播放的好不好！”

然而戚程衍并没有回来。

宋黎找不到人和他合唱，只好气呼呼地回去点了重播，然后一个顶俩，硬是自己一个人把歌给唱了。

“宋黎！你能不能闭嘴，这辈子我就没让我耳朵受过这委屈！”不远处的娱乐区，正在打牌的关兮怒气冲冲地朝这边喊。

宋黎充耳不闻，只管自己陶醉，看得关知意直乐。

这时，手机振动。

关知意拿出手机看了一眼，看到了戚程衍给她发来了两个字：出来。

关知意看完后默默收起了手机，然后状似不经意地起身，偷偷溜出去了。

从包厢出来后，她沿着走廊一直走，可却没看到戚程衍，刚想拿出手机问问他在哪儿的时候，拐角处突然伸出一只手把她拉了过去。

“啊——”

“是我。”

关知意立刻掩住了口：“吓死我了。”

“过来。”

戚程衍拉着她往走廊另一侧走，走到尽头后，顺着楼梯上去。

他们原先的包厢在顶层，所以再往上走，便是天台了。

本来是想去天台的，但戚程衍看关知意穿的小裙子，出去可能会有些冷，所以他也就没继续往上走，只停留在了楼梯上。

这层很少有人上来，连灯都是关闭的，只有一些光亮隐隐约约从天台的门那儿倾洒进来。

这里只有他们两人，只剩他们的呼吸声。

这般寂静下，从登机开始便挤压着的迫切和甜蜜隐隐破土而出，关知意借着微弱的光看着他的脸，舍不得挪开视线。

“哥哥，没人打扰了，你刚才要说什么，可以说了。”关知意站得比戚程衍高一级阶梯，再加上她穿着小高跟，这才勉强与他一样高。

戚程衍捏了捏她的脸，声音有些低：“好啊。”

关知意好整以暇地等着，可戚程衍看着她，突然轻叹了一口气。

关知意：“嗯？”

戚程衍：“还是先不说了吧。”

“为什么——”

戚程衍没答，只是突然伸手揽住了她的腰，将她抱住了。

关知意呆了片刻，一腔热情似乎都被倾洒了出来，什么收敛什么矜持，一下子都不存在了。

她嘴角忍不住溢出了笑来，用力地回抱住他。

谁都没有再说话，只是安安静静地抱着，可关知意却觉得，她什么都懂了。

其实此时两人真的没什么好说的呀，就是，很想很想对方。

两人也不知道偷偷抱了多久，直到关知意的手机不合时宜地响了起来……

拿出来一看，是关兮打来的。

“他们肯定发现我不在里头，找我了。”

“嗯。”

关知意现在的身份不一样，在外面要特别小心，所以戚程衍很能理解她家里人见她好半天没回去会操心。

可是，到底短暂的小聚不能让他满意。

关知意接起电话说自己马上回去后便挂了。戚程衍看她要往下走了，拉住了她：“就这么回去了？”

“他们在找我们……”

戚程衍没说话，但也没舍得放手。

这时，楼梯口突然有窸窸窣窣的衣服摩擦声传来。

戚程衍和关知意同时怔了下，朝下看了眼，只见这会儿下面有两个身影跌跌撞撞地上来了，一边亲一边往上走，好不刺激。

“……”

这楼梯是什么风水宝地吗……

两人很快就上来了。

那女人先发现这边有人，惊呼了声，连忙示意男人松开自己。

而戚程衍也在两人上来的时候将关知意完全揽进了自己怀里，将她的脸挡得严严实实，再加上这边光线昏暗，也看不出是她。

“先来后到，两位能不能让让？”戚程衍侧眸看着两人，声音淡淡。

那两人也是明白人，反应过来后，那男人笑了一声：“兄弟，很会挑地儿啊。”

戚程衍嗯了声：“还好。”

“行吧行吧，那打扰了，你们继续。”说着，男人笑嘻嘻地搂着身边的女人下去了。

关知意被戚程衍堵在胸膛和墙壁之间，脸红了个彻底。

确实……很会挑地儿。

“咱们回去吧？”脚步声远去后，她抬头看他。

戚程衍低眸看着她，嗯了一声，接着十分自然地低头在她唇上亲了一下。

关知意眨巴着眼睛，怔怔地看着他。

“占了别人的地方也不能不做事。”戚程衍笑了笑，又低头亲了一下，“你说呢。”

关知意抿了抿唇：“好像是……”

“那再亲一下？”

他声色都低了下来。

他这模样让关知意想起了之前在衣柜里……她有种预感，这要是再让他继续，肯定无休止。

于是，关知意立刻伸手挡住了嘴：“下次吧，今天适可而止。”

戚程衍幽幽道：“怎么说得好像我不会适可而止似的。”

“可你确实不会适可而止。”

“……”

“反正……真的得回去了。”

“嗯。”

他显然很不想回去。

关知意见他脸色沉沉，晃了晃他的手：“别不高兴呀，我明天去你家找你玩。”

戚程衍看了她一眼：“是吗，找我玩什么？”

“你想玩什么？”

戚程衍拍了拍她的脑袋：“你吧。”

两人一前一后回了包厢。关家几位看到关知意安全回来也就放心了，并没察觉出异样。

十点多，关元白这批人先散了场，关兮和宋黎等人打牌打得上了头，还准备继续玩。

回到家后，关知意舒舒服服睡了个好觉，第二天循着拍戏时的生物钟，七点就自动醒了过来。

她爸和她哥还在睡梦中，关知意从楼上下来后，家里阿姨迎了上来：“这么早醒了呀，那我马上去做早餐。”

关知意刚想点头，突然又想起了什么：“不用了陈姨。”

“怎么了？”

“我去戚爷爷家吃吧。”关知意面不改色道，“正好有点事找程衍哥哥说。”

少爷小姐们从小来来去去吃饭很正常，陈姨丝毫没有怀疑：“哎，好的。”

关知意交代完之后便出门了，不过这个点是有点早，也不知道他会不会早起去晨跑……

“关小姐。”

“嗯。”进门后，关知意随意地在客厅拿了点东西吃，边吃边问，“爷爷呢？”

家佣道：“老爷子还在睡呢。”

“哦。”关知意状似不经意地问道，“那哥哥醒了吗？”

“应该还没有。”

“好，那你忙你的去吧，我就在这儿坐坐。”

“那您自便，我去准备早餐。”

“嗯。”

关知意在客厅坐了一会儿，挑了茶几上几颗奶糖吃，吃完后，还没见戚程衍起来。于是，她朝厨房那边看了眼，见没人注意到她，便径直往楼上去了。

说起来，戚程衍的房间她长大后就再没来过了。不过小时候是常客，那会儿经常背着书包，哭哭啼啼地跑到他房间，要他教写作业。每次，他都在他房间的书桌上，耐心教她……

关知意轻车熟路地走到他的房间门口敲门，可敲了几下却没人回应，于是她扭了下门把——意料之外，竟然没锁。

她推开一条小缝，低声道：“哥哥，你醒了吗？”

没人回答。

睡得有这么死吗……

关知意推门进去。

戚程衍的房间很大，关知意绕过沙发和书架，往床的方向走去。

房间没开灯，只有一丝光亮从没掩紧的窗帘外透进来。

关知意走到床边，发现被子被掀开，里面并没有人。

“这不已经醒了吗……”关知意疑惑道。

“找我？”突然，身后传来一个声音。

关知意吓了一跳，猛地回头。

身后不知什么时候已经站了一个人，他手上拿着个毛巾在擦头发，但头发只是擦得半干，依稀有水珠顺着脸颊滑落到肩头，再顺着肩头往下，一路无阻……

他竟然只穿了条浅灰色的长裤，上半身裸着，腹部结实的肌理和没入裤腰处若隐若现的硬朗线条收入眼中……

关知意默默咽了口口水，即便房间里光线不好，她都能感觉到他皮肤好到发光。

“……”

“还看？”戚程衍把毛巾随手往边上一丢，笑着往前走了几步，俯下身看她，“好看吗？”

关知意脸都烧了起来。她往后退了一步，可后面就是床，退无可退，一个没站稳，直接坐到了床上。

她僵了僵，不敢再看他的身体，只好仰着头盯着他的脸："你走路怎么没声。"

问出口后，关知意突然意识到脚下是厚厚的毛地毯，只好又圆场道："我就是想看看你今天怎么还没起床，本来是要叫你起床的。"

"嗯。"戚程衍俯下身，一手撑在了床上。

有点近……

关知意只好往后仰，以确保自己不会拿脸撑上他的胸。

"你干吗……"

"本来是要起床了，但是现在，突然有点想睡个回笼觉。"

关知意瞠目："啊？"

戚程衍笑了一下，突然单手搂住她，直接躺回了床上。

关知意整个人被他圈在了怀里，头枕在他手臂上，手心下是他结实又有弹性的……躯体。

她一下子屏住了呼吸，甚至有点想捂鼻子，总感觉自己会没出息地流出两行鼻血来……

"晚上几点走。"他问道。

关知意："四点多的飞机。"

"那下午我送你去机场。"

"不，不用了。"关知意道，"毛毛会来接我，她跟我一块儿去。你跟我一起出现不太方便。"

戚程衍拧了拧眉，突然觉得因为她的明星身份，两人出行还真有些障碍。

他有些惆怅地把她又搂紧了些，下颚在她脸上蹭了蹭。

"哥哥……"

"嗯？"

"你、你能不能先穿个衣服啊？"

怀里的小姑娘红着脸，眼神闪烁。戚程衍低眸看着她，只听她小声道："要不然我觉得有点扛不住。"

戚程衍微微挑眉："扛不住什么？"

关知意支吾了声："反正你把衣服穿上吧……非礼勿视。"

"哦。"戚程衍突然伸手一拉，把边上的被子拉了过来，一下子把两人严严实实地盖住了，"这样是不是看不见了。"

关知意："……"

两人之间不过隔着一层薄薄的布料，似乎完全能感觉到肌肤之下血液的奔腾。

关知意顿时紧张得不行，侧过头不去看他："我要起来！有人进来怎么办。"

"除了你，没人敢一声不吭就进来。"

“那楼下阿姨刚才还看我坐在客厅的，我不能离开太久……”侧着头本是为了离他远一点，可很快关知意就发现，这样反而让他说话时的气息都喷在她的耳朵上了。

密密麻麻，让她一阵战栗。

关知意缩了缩：“你别离我这么近……”

“小五，你到底长大了没有。”戚程衍突然冒出了一句莫名其妙的话。

关知意愣住：“什么？”

戚程衍轻笑了声：“你说你怎么长大了，身上还一股奶味？”

“哪、哪里有奶味啊。”她回过头问他。

她回头的瞬间，嘴唇轻轻擦过了他的脸颊。

戚程衍轻顿了下，在她脸上闻了一下，然后慢慢挪动着，在她嘴唇处停下。

“嗯……这里奶味最重。”

关知意一惊，回过神来了：“那是我刚吃了奶糖，才不是我身上的味道。”

“哦，是吗。”

“真的，就在你家楼下拿的，你自己没吃过吗……”

“没有。”戚程衍道，“那应该是前几天亲戚家的小孩过来，随手放在那儿的。”

“……”

“小孩子的糖吃得那么起劲，看来还是个小朋友。”

什么小朋友，你见过这么婀娜多姿的小朋友吗！

关知意瞪着他，可又意识到被子下面这么黑，他根本什么也看不见，于是突然大胆地翻身，一只腿从他身上跨了过去，居高临下。

“哥哥，小朋友会这样吗？”关知意得意扬扬地坐在他身上。

戚程衍的呼吸几乎在她放肆的瞬间变得粗重，克制和温柔都像气泡一样，飘飘荡荡，就要破灭。

“小五。”他声音沉了下来。

关知意却恍然不觉。她俯下身，在黑暗中抚摸着他的脸，确定了位置后，低头在他额头上吻了一下，然后是眉峰、鼻子，最后是嘴唇。

她轻轻在上面印下一个吻，羞怯又虔诚：“昨天欠的亲亲，今天补上。”

说完后，她开开心心地想要起身掀开被子，然而才刚要动作，下面的人就察觉到，立刻伸手滑到她颈后，穿过发丝，将她往下压的同时突然猛地一个翻身。

天旋地转，等关知意回过神来，已经变成下面的那一个。

“就这么补？”

关知意：“那要不然……”

“你也太随便了。”

戚程衍声音很低，但关知意感觉到他的气息近了，她的手有些紧张地抓住了被单：“那个，你确定不先起床吗……”

“一分钟。”

“嗯？”

戚程衍没答，只是亲了下来，迂缓地动作着。

他说的一分钟，便是这样温存的一分钟。

可这样的地方，这样的动作，克制什么的都不复存在。从轻缓到激烈，也仅仅只需要几秒钟。

衣料和床单摩擦，什么都看不见，关知意只能听见他的呼吸声越发粗重，而自己的思绪越发模糊。

太乱了……

她都不知道他们抱得有多紧。

被子里的空气都不够用了……

无法呼吸，又舍不得离开。

“嘶——”黑暗中，戚程衍闷哼了声。

关知意僵住，刚曲起的腿抖了抖，不敢动了。

戚程衍也没动了，两人重重地呼吸着，气氛一瞬间暧昧到了极致。

她紧抿着唇，良久道：“我、我觉得，我还是出去吧？”

戚程衍没再亲她，只是伏在她耳侧。

片刻后，他往边上一倒，把被子掀开。

空气一下子侵袭过来，然而关知意却不觉得呼吸舒畅。她匆匆从床上爬了起来：“我下去等你啊。”

头都不敢回。

戚程衍看着她的背影：“嗯。”

关知意立刻跑走了。

戚程衍在她出门后才把被子从身上掀开，沉默片刻后，从床上下来，直接往浴室走去。

一起吃早饭什么的，早被关知意忘干净了。她从楼上跑下来后，压根儿就没有等他，拔腿就往家里跑。

回到家躲到自己房间后，她一下子扑到了床上，脸埋在软绵绵的被子里，又羞又窘。

本来昨天还说今天的半天假期要去他家跟他腻在一块儿，结果早上这么一闹，她都不好意思去了。还是中午戚程衍到她家吃饭，两人才重新碰上。

不过在家里，两人除了正常吃顿饭，其他什么也别想做。

吃完饭后，关知意回房间收拾了下自己的东西，然后回到楼下等毛毛和刘云来接她。

“刘云什么时候过来？”戚程衍坐到她边上，问了句。

他看起来很淡定，好像早上什么也没发生似的。于是，关知意也觉得自己不能表现得那么没见过世面，故作冷静道：“刚才打电话说在路上了，半个小时就能到了吧。”

“好。”戚程衍道，“拍戏不要过于拼命，注意休息。”

“嗯。”

“也不要再减肥。”

“嗯。”

“每天都要回我消息。”

“嗯。”

“早上跑那么快，害羞？”

“嗯……啊？”关知意猛地转头看他，没想到话题跳转这么快，“我、我害羞什么……”

戚程衍笑了下，拿起茶几上的水喝了口，淡淡道：“撩了别人，溜得倒是很快。”

关知意呼吸一滞，但因为关元白就在小院外面浇花，她声音也不敢太大：“我撩什么……明明是你，你……”

“我怎么了。”戚程衍伸手捏了把她的脸，“是你大早上的跑到别人房间去。”

反咬一口啊……可明明是他把她拎床上去的！怎么现在变成她故意去他房间……

戚程衍看她想要反驳又无从下口的模样，心情愉悦：“不过我允许，以后想来随便来。”

末了，他又补充一句：“房间门 24 小时不上锁。”

“……”

半个小时后，刘云到了，关元白和戚程衍送关知意到了门口。

刘云下车后同关元白和戚程衍打了声招呼，接过了关知意身上唯一一个小包：“上车吧。”

关知意点点头，坐进了后排。

关元白见关知意上了车，便往回走了。

车还没动，关知意把窗户按下来，趴在了窗框边，耷拉着脑袋看着还没离开的戚程衍。

关知意：“那我走了啊。”

戚程衍走到车窗边，道：“到了给我打电话。”

关知意盯着他的脸，心里那股舍不得的情绪越发高涨。这一去，又是一个多月见不到面了。

“嗯……”

小姑娘情绪太明显，表情也丝毫没有遮掩。戚程衍看着她的模样，心疼得不行：“这次拍完不拍了，嗯？”

车里听得清楚的刘云一个激灵，啥？啥不拍了？！

关知意伸手点了点戚程衍的腰：“什么不拍了，胡说八道……”

拒绝得真够速度的。

戚程衍揉了揉她的脑袋，轻叹了一声。

他确实是不想她一进组就几个月几个月地劳累，但是他也知道这是她喜欢的事，他不能也不该去干扰。

说不拍，只不过是哄自己的话罢了。

戚程衍："那休息一段时间，好好挑挑剧本。"

这话与其是说给关知意听，不如说是说给刘云听。

刘云可是人精，立马就听出来了，连忙点头："是是，我也是这么打算的。"

休息一段时间不拍戏没问题，不是不拍了就好！这姑娘现在可是她的命啊！

关知意："知道了，那你回去吧，我真的走了。"

戚程衍往后退了一步，示意开车。

"走吧。"刘云道。

毛毛发动了车子。

车子远去，后面的人影也渐渐消失了。

关知意再也看不到他后，这才惆怅地坐好。

刘云早在他们在一起不久后就被告知了，此时见关知意无精打采的模样，安抚道："很快的，一个月那还不是嗖地就过去了。"

"你不用安慰我，我又不是小孩子。"

刘云笑了一下："谈恋爱的人可不都是小孩子，一会儿见不到就要死要活的，更何况你们要分开这么久。"

关知意看向窗外，喃喃道："就当异地恋好了……"

回到片场后，关知意开始了新一轮的拍摄。

关知意在工作中对自己的要求很高，拍戏的时候，所有精力都投入在自己的角色当中，只是偶尔在拍摄完回酒店的路上，会很突然地想他想他想他……

想他这会儿在干什么，想他工作是不是很忙，想他是不是，也在想她。

以前拍戏的时候也会演到这种感情戏，那会儿她表面演得很好，但其实内心并不是十分理解那种思念的感觉。

现在跟戚程衍在一起了，她才总算体会到。

原来，思念真的是一件，又甜蜜又难过的事。

终于，一个月缓慢地过去了。

杀青后，关知意低调地回到家。

因为这戏杀青没有放出风声，所以她爸和她哥都还不知道她回来了。

关知意下了飞机坐上公司的保姆车后，戚程衍给她发来了消息：今天公司有点事会晚一点回去，到时候去你家找你。

关知意看着他的消息，想了一会儿，回道：我不想回家。

戚程衍：怎么了？

关知意：一回家就在他们的眼皮子底下了，我想先见你……

不知道戚程衍看到这消息是怎么想的，反正关知意自己发出去后有种好肉麻的感觉。

可肉麻归肉麻，她心里真是这么想的。

这一个月下来，她是真的好想好想见他，而且只想单独跟他在一块儿。

戚程衍收到关知意消息的时候正在去开会的路上，看到她说想先见他，心口顿时软得不像话。

他一边走一边回消息，可还没发出去，她的对话框又跳出了一条新消息。

关知意：哥哥，我想你。

戚程衍脚步一滞，愣住了。

“戚总？”旁边拿着一沓资料的助理见他停下，疑惑地看着他。

戚程衍看着那几个字，缓了好一会儿才道：“你先过去。”

助理不明所以，但还是听话地先往会议室去了。

戚程衍站在走廊，直接回拨了一个电话过去。

关知意看到来电窘得要死，有些肉麻的话打打字还行，说出来就很不好意思了。

她红着脸接了起来：“干吗呀……”

“让刘云往星禾湾开。”戚程衍直截了当地道。

让她过去，那就是两人先单独见面的意思了。

关知意嘴角微扬：“噢……好啊。”

“小五，我会尽早回去。”

“嗯。”

“等我。”

戚程衍这人一贯沉稳，从小到大做事都在把控之内，而且随着年龄增长，急切这种情绪越来越不可能出现在他身上了。

可今天，他却罕见地急切了，甚至，开会都在走神。

各部门的经理可都是人精，上司有异样，自然很快就察觉到，但他们打心眼里不会把情爱这种事和戚程衍的走神联系在一起。

在他们眼里，以这男人的行事作风，就不会是那种被“男女私情”牵着鼻子走的人。

所以他们只觉得，是不是公司哪里出了问题，或者是谁的项目让戚程衍不满意了……

一场会议下来，众人都是提心吊胆，生怕下一秒自己就会被沉默的老板揪出来骂一通。

然而意外的是，从头至尾，戚程衍都没说一句重话，而且会议结束后，他马上便起身离开。

一众经理都松了一口气。

"今天戚总怎么都不说话?"

"吓死,我看他一言不发的样子,以为是暴风雨前的宁静。"

"我也是,以为我们要挨骂了。"

"不是……那啥事没有,戚总干吗这样?"

"不知道啊,走这么快,应该有急事吧。"

"哈哈哈见女朋友去了吧。"

"瞎说,这么久下来你见过他身边有过女人啊。"

"我知道啊,我就开个玩笑。"

……

戚程衍从公司出来后,直接开车去了星禾湾。

这里他常来住,毕竟关知意不在御和的话,他回那边住,等着他的只有爷爷的唠叨。

算时间,她应该在这边等了他两个小时,不知道一个人会不会无聊。

这么想着的时候,戚程衍也已经到家。

推开门走进客厅,却没见到她的身影。

"小五。"

没人应。

戚程衍想着,她可能是下了飞机有些累,去房间睡觉了,于是他转身便要上楼。

"哥哥,你回来啦。"

戚程衍一顿,回头,竟然见关知意穿着围裙,一手拿着勺子,从厨房方向走了过来。

"你怎么……"

"我熬了汤,好香啊,你快来试试。"

戚程衍愣住:"阿姨呢?"

关知意道:"我让她们回家了,今天我做饭。"

厨房门在她出来的时候被打开了,所以此时戚程衍才闻到了一股浓郁的香味。

他走到关知意面前,捋了下她的一丝碎发:"刚下飞机怎么也不休息,干吗自己做饭。"

"我没感觉累,到这儿闲着没事干,就想着做个饭等你回来吃。"关知意兴致勃勃地拉着他往厨房走去,"我好久没自己做了,不过手艺还是很好哦,快来尝尝。"

进了厨房后,关知意舀了一小勺汤递过去。

戚程衍看着她,弯下腰喝了一口。

"好喝吗?"

“嗯。”

关知意道：“这么想起来，你好像从没吃过我做的东西。”

“是啊，谁知道你这个小丫头长大后，竟然会自己去学做菜。”

关知意得意一笑：“你要是觉得好吃，我以后一有空就给你做。”

戚程衍屈指在她鼻子上刮了一下：“想让你哥骂死我？”

“啊？”

“你的手可不是有空就拿来做饭的。”

关知意眨巴着眼睛：“那——”

戚程衍拉过她的手臂环在自己腰间：“你以后有空，不如多抱抱我。”

锅里还冒着汤的香味，关知意在戚程衍怀里待了一小会儿，抬头道：“等会儿再抱吧。”

“嗯？”

“我得关个火。”

戚程衍轻笑了声，松开她：“还做什么了？”

关知意指了指烤箱：“这里面是烤鸡翅。反正冰箱里有什么我就做什么了，等会儿还要再炒个菜的。嗯……现在先把汤端出去。”

“我帮你。”

“不用了，你先出去吧。”

“还是我来吧。”戚程衍接过她手里的勺子，“你弄菜去。”

“行不行啊，很烫的，你小心点啊。”

戚程衍看着她，有些好笑：“我在你眼里是傻子吗。”

“当然不是。”关知意想了下，“就是觉得你跟我哥一样，厨房压根儿都不来。”

养尊处优的少爷小姐自然不太会下厨，关知意如果不是有自己独居的那段经历，对下厨原本也是一窍不通。

“不太来不代表不会。”戚程衍舀了汤在碗里，一边弄一边道，“下次做给你试试。”

关知意看了他一眼：“真的啊，会不会中毒？”

话音刚落，就被人轻飘飘地看了眼。

关知意连忙做了个封嘴的动作，回头炒菜去了。

炒完菜后，两人坐着一块儿吃了晚饭，饭后便坐在沙发上，看着电视上关知意的新剧《急诊科》，她在里面饰演一名医生。

这剧刚播不久，线上才十集，但反响很不错，频频上热搜。

“你说我什么时候跟我哥说我们的事比较好？”关知意腻在戚程衍边上，突然问了句。

戚程衍：“这件事我来说就好。”

“还是我说吧。”

戚程衍左手搭在她肩上，捏着她的下巴玩：“你说？你这样子能说出口？”

“我尽量……”

“行了，这件事本来就该我去交代。”戚程衍道，“之前是看你一直在拍戏，没准备好应对这件事。现在你既然已经准备好了，那我自然会去跟元白讲。”

“所以什么时候说？”

戚程衍想了想：“晚点我跟他联系。”

“喔……”

两人一边有一搭没一搭地聊着，一边看电视剧。

突然，关知意看着电视上剧情的走向有点不对劲。这剧虽然以医疗线为主，但感情线也是看点之一。

她看着屏幕里的自己急匆匆地从楼上下来……

等等，这个画面，等会儿应该就要跟男演员撞上了吧？撞上之后，不小心亲上了吧？

关知意轻咳了声，赶紧拿过遥控器：“这剧好像也不是很好看哦，我们看综艺吧？”

戚程衍不常看电视剧，但此刻毕竟看了两集下来，他略带疑惑地看向关知意：“怎么了，不是挺好看的吗？”

关知意略感尴尬，抬手就要退出观看，但还没按到，戚程衍先把遥控器抢走了。

“哎——”

在他面前，她撒谎或者不自在总是能很快让他看出来，戚程衍将遥控器换了只手，放远了：“有什么不能看的？”

屏幕里，两人撞上了，镜头一下子拉近。

关知意立刻伸手捂住了戚程衍的眼睛：“少儿不宜！”

戚程衍：“……”

画面不长，几秒钟而已，很快就过去了。

作为演员，剧里的各种行为当然只是工作，她分得很清。但自己分得清是一回事，在戚程衍面前，还是觉得有点不好意思。

“接吻了？”被捂住眼睛的人突然凉飕飕地说了句。

关知意：“我说没有……你信吗？”

戚程衍拉下她的手，朝她微微一笑：“我没看到，你说什么我就信什么。”

这说法，听着怎么更奇怪啊……

“其实吧，刚才就是碰了一下，就一下而已，但是电视画面效果嘛，看起来好像亲很久一样。”

戚程衍微微挑眉。

关知意咽了口口水：“不过你懂的吧，这都是拍戏需要，演员嘛，这种时候就是没有感情的机器！”

戚程衍幽幽道：“既然是这样，你捂我眼睛干什么。”

“那，虽然这么说，还是怕你看了不高兴。”

“哦？”

关知意立刻竖起了手指：“不过我发誓啊，在我眼里那都是工作，亲别人的嘴唇跟亲猪肉可没什么区别。”

戚程衍缓缓靠近她：“那我呢。”

“你，你当然不是猪肉了。”

“那是什么。”

靠得越发近了……

关知意只得往后仰，被他压得不得不往后伸手撑住自己的身体：“你是男朋友呀……”

“嗯，那男朋友的嘴唇有没有更好亲？”

“我不知道。”

戚程衍眯了眯眼，有些危险了：“什么？”

关知意认真道：“是这样的，目前我拍过的剧亲嘴都只是碰一下而已，但跟你就不一样了嘛……”

戚程衍好整以暇地看着她：“哪里不一样？”

关知意盯着他的嘴唇，小声道：“拍戏可不能伸舌头……”

戚程衍若有所思，突然俯下身在她唇上轻舔了一下：“你说这样？”

关知意怔住，脸一下就红了。

戚程衍见她没吭声，伸手捏住了她的脸，迫使她微微张开了嘴。

“舌头。”

关知意愣愣地看着他：“干吗？”

戚程衍低沉着声音，缓缓道：“我们复习一下戏外该怎么接吻。”

“唔……”

作为娱乐公司的总裁，戚程衍对演戏得为艺术献身这种事当然是清楚的。他也知道关知意的梦想是当一个优秀的演员，作为演员，戏里有些剧情安排无可厚非。

很早就明白了，但明白归明白，他从来不会去看。

今天如果不是关知意捂他眼睛的话，他看到了估计也是跳过。

纵容她专心自己的事业是一回事，但真的看到某些亲密的画面，就是另一回事了。

但不高兴、生气是不至于的。演戏对她来说意味着什么，他很清楚，表现得不高兴，不过是看她一脸紧张的模样，想逗逗她罢了。

毕竟这样逗，才能让她乖乖地让他欺负。

关知意和戚程衍在沙发上一阵亲昵，等到她快喘不过气了，他才松开她，突然道：“《朝野》我没全部看。”

“干吗突然说那个……”

“跟肖燃有吻戏吗？”

关知意一愣：“那部戏里最大的尺度就是亲了下他的脸……”

“嗯。”戚程衍笑了笑，支着手在她边上，满意了，“他最近有联系你吗？”

别人的戏都可看作是工作，可肖燃喜欢关知意，所以在戚程衍这儿就不一样了。

“他比我还忙，哪有那么多时间联系我。”关知意迟疑道，“哥哥，你不会还觉得肖燃喜欢我吧。”

“不是吗？”

“不是。”

戚程衍捏了捏她的脸：“好吧，不喜欢最好。”

两人在沙发上躺了一会儿。关知意方才说不累，但其实拍了那么久的戏，怎么可能不累，躺了一会儿就不知不觉睡着了。

戚程衍看她睡得很熟，直接抱她回了房间。

等关知意再醒来时，已经是晚上十一点多。

房间开了床头灯，她打量了眼，发现是戚程衍的主卧，但房间安安静静，只有她一个人。

于是，她迷迷糊糊从床上下来，推开了房间门。

楼上房间有点多，关知意走了一圈都没有看到戚程衍的踪影，最后她打着哈欠，迷迷糊糊地去了书房。

戚程衍确实在书房，因为还没到睡觉的时间点，他方才便想来处理点公事，但宋黎打来了电话。

宋黎正和一群朋友在外面玩，所以想叫他也过去，不过他房间里还睡着小姑娘，怎么可能出门。

宋黎喝醉了，视频电话一个接一个打过来，后来戚程衍也懒得理这醉鬼了，接了视频后把手机靠在桌上，任由他对着自己长篇大论。

宋黎这人他了解，喝醉了不对着人说个够，决不罢休。

“嗯……哦……好……”

戚程衍专心地看着电脑上的文件，压根儿就没听对方说了什么，只敷衍地应付着。

这时，突然听到了一点响动，等他抬眸看去时，已经有个人影从门口进来了。

睡蒙了的小姑娘走到他身边，站在原地，看着他发呆。

戚程衍愣了愣，伸手要去拉她，结果这人看他抬起手便立刻凑上前，直接坐到了他腿上，整个人窝在他的怀里。

“怎么不陪我睡觉……”

她刚睡醒，声音糯糯的，不自觉带着点撒娇的味道。

戚程衍顿了下，第一反应就是把桌上的手机扣了下来。然而饶是他速度快，还是让那边的宋黎看到了。

顿时，耳机里就传来了宋黎夸张的声音：“戚程衍！你、你、你……抱着谁？！”

关知意头发睡得凌乱，下来时也没有整理，方才又是一下就窝到戚程衍怀里，在镜头里一晃而过，看得并不清晰，而且她刚睡醒的声音蒙蒙的，对她不是很熟悉的宋黎也听不分明。

于是，宋黎在耳机里喊道："难怪不来……嗝！美人在怀，你不得了啊戚程衍，谁啊——"

戚程衍见他醉得过分，眼神和耳朵都不好使了，干脆道："挂了。"

按掉视频后，耳边终于安静了。

他拿下了耳机，伸手抱住了关知意，声音放轻了些："怎么醒了？"

"没睡醒，还想睡……"关知意在他怀里蹭了蹭，"你刚跟谁打电话？"

"宋黎。"

"他干吗呀。"

"让我出去找他们。"

关知意撑开眼皮："你要出门吗？"

戚程衍低眸，在她额头上亲了一下："不出去。"

"噢。"

"陪你睡觉好不好？"

关知意昏昏欲睡："好啊，那你抱我……"

戚程衍轻笑了声，直接拦腰将她抱着起了身："行。"

另外一边，被挂了视频的宋黎跌跌撞撞地走到了包厢沙发边。

他喝得太多了，走得不稳，直接跌在了沙发上。江随洲被他扑倒，嫌弃地让了个位："别吐我身上。"

"不是，我没有吐——"宋黎强撑着坐起来，对着在场人道，"我、我跟你们说，刚才我看到，嗝——戚程衍，女人，抱着一个女人。那、那女人还说，怎么不陪我睡觉。天哪，她竟然让戚程衍陪她睡觉！我说怎么死活叫不出来，原来家里藏了个女人！重色轻友！快，我们杀去他家里把他揪出来！"

在场的友人，包括被死活拉出来的关元白，全都安静地看了他一会儿，然后跟什么都没听见似的，各自做各自的事去了。

被忽略的宋黎："你们怎么不听我说啊……哎哟真的！我没乱说，我——呕！"

关元白拧眉，对边上一人道："拉他去厕所，不要在这儿吐。"

"哦，好！"

被架走的宋黎："元白！！真的啦，真的——"

"宋黎不是醉傻了吧。"边上一友人道，"还看到程衍抱着一个女人，要陪人家睡觉，哈哈哈哈笑死。"

关元白勾了勾唇："我刚才如果不答应他出来，估计也会被这么编排，然后这家伙就会拉着你们来我家抓人了。"

"哈哈哈哈，现在他抓得了人吗，站都站不稳了。"

"行了，不用理他。"

“那程衍还叫不叫了？”

“不用了，他不过来应该真有事。”

每回从剧组出来，关知意就会跟嗜睡虫一样，睡眠时间变得尤其长，昨天那么早就开始睡，第二天竟然还睡到了十点钟。

戚程衍向来早起，但今天醒来看见怀里钻着个人，起床的欲望便被生生掐灭了。

于是，他抱着她看了会儿，不知不觉又睡了过去。

再醒来就是因为被人踹了一脚，踹在他大腿上。虽不是很重，但戚程衍睡得浅，一有动静便睁开了眼睛。

这会儿，原本睡在他怀里的人，此时的状态差不多是横着的，头在床沿边，脚在他身上。

她伸了个懒腰，似乎要睡醒了。

戚程衍勾了勾唇，伸手抓住了她的脚踝。

关知意醒了后，第一件事便是要伸手去床头柜拿手机，可伸出手摸了一会儿，并没有摸到手机，睁开眼看了看，这才想起自己昨天不是在自己房间睡的。

昨天，她是跟戚程衍一块儿睡的，但她太困了，回房间后都没跟他讲两句话就又睡了过去……

“醒了。”突然，一个声音传来。

关知意转头看了眼，嗯？没人？

“在这边。”有人拉了拉她的腿，话里隐隐含着笑意，“自己挪回来。”

关知意循声看过去，这才发现自己的睡姿十分放肆。

她呆愣了一下，拉起被子盖住了半边脸：“我平时一个人睡……”

所以睡习惯了，一个人占着张大床，睡觉从来都是乱来。

戚程衍笑了声：“我知道，过来吧。”

关知意慢慢挪了过去，躺在了自己的枕头上，从被子里露出一双眼睛看着他：“你今天不用去公司吗？”

“本来要去。”

“然后呢？”

“然后想着你一个人在家，我不放心，所以不去了。”

“这也行？”关知意道，“你不用管我，我自己一个人在家也行的。你、你晚上回来就好。”

这话听着，倒有点小媳妇的意思。

戚程衍若是方才还有点去工作的心思，这下是真的一点都没有了，心软成一片，只想把人搂在怀里。

下一秒，他也确实这么做了。

他抱住他，下颚抵在她发顶：“饿不饿？”

关知意靠在他胸口，只觉这感觉十分神奇，他们竟然能在同一张床上醒来啊……好像夫妻。

她偷偷笑了下，揪着他胸口的衣服舍不得放："有一点。"

"那我们起床，下楼吃饭？"

"可是我昨天跟阿姨说今天也不用来了。"

戚程衍："我做。"

"啊？"关知意诧异地抬头看他，"你昨天说的是认真的啊。"

"这么不相信？"

关知意："也不是……那我就尝尝呗？"

说完后，她的目光突然盯住了他的下巴，盯着盯着，拿额头蹭了下。

戚程衍不明所以，只见蹭完的小姑娘摸了摸自己的额头，傻兮兮地道："你好像长了一点胡子，有点扎人。"

"扎吗？"

"嗯，要不要我等会儿帮你刮！"

关知意突然兴奋起来。

戚程衍看着她这开心劲，笑道："你会吗？"

"没试过。"关知意兴致勃勃地道，"不过我看过我哥弄啊，那还不简单，不就是涂上一层白泡泡，再刮了就好了。"

"怎么听着不是很靠谱的样子。"

"谁说的。"关知意摸了摸他的下巴，"我肯定很厉害！"

两人起床后去了浴室洗漱，洗完后，戚程衍还真就把刮胡刀递给她，任她在自己脸上造作。

"你蹲一点，这样我不好弄。"

戚程衍见她头抬得费劲，直接将她抱起来坐到了洗脸台上，然后两手支在她两侧，倾身往她身上靠。

"这样有没有方便点。"

关知意扶住了他的头："有！"

戚程衍笑得纵容："嗯，那你玩吧。"

关知意没说，她想帮他刮胡子其实就是电影看多了，以前每次看到这种画面，她都会觉得男女主角很甜蜜，所以才想要自己也试试。

"嘶……"

关知意骤然停下，紧张道："弄伤你了？破了吗？！"

戚程衍嘴角微微一扬："没有，吓你的。"

关知意瞪了他一眼："你安静点。"

接下来，她刮得更加小心，生怕把他给弄伤。

她是聚精会神，整个人都绷着，但戚程衍却是悠闲得很。只是他这么近看着喜欢的小姑娘，心里难免有点蠢蠢欲动。

"好了吗？"

关知意："还没呢。"

过了一会儿。

戚程衍："差不多了吗？"

关知意摇头："等等。"

又过了一会儿。

戚程衍："现在呢？"

关知意看了他一眼："快了……哎呀，你这么着急干吗。"

戚程衍微仰着头，淡淡道："想亲你。"

关知意手上一顿，沉默了片刻后道："哥哥，你现在别诱惑我。"

"嗯？"

关知意强迫自己把视线从他的嘴唇上挪开，认真道："刮完后再亲。"

"说说也不行吗？"

"不行。"

"好吧，那你快点。"

关知意点点头，屏住了呼吸，最后几下利落地弄完了。

"好了，可以洗啦。"关知意松了口气。

戚程衍："嗯。"

戚程衍清洗擦干后，重新站到了她面前。

关知意伸手摸了摸他的下巴："不愧是我，厉害。"

戚程衍却是直接低头去寻她的唇："现在可以亲了？"

关知意愣了愣："那我下去。"

"不用，就在这儿。"

说着，他低头吻住了她的唇。

是薄荷的味道……她和他唇齿相依时，只这样迷糊地想着。

而且她总觉得，他亲人的时候和平时不一样。他平时对她温柔又纵容，可接吻的时候，他的强势和霸道就表现得十分明显。

此时，她就被亲得不停往后仰，而他这般密密实实地压着，她往后撑得手都要酸了。

"等一下……"

戚程衍这会儿哪愿意停下来，揽住她的腰把她扶了起来，将她扣在了怀里："这样会不会舒服点？"

关知意紧扣他的腰身，此时这种问题再加上这种姿态，让她面色通红："你让我先下去吧……"

戚程衍几乎是迷恋地看着她这副可怜兮兮的模样，哄道："等一会儿下。"

"那还要不要做饭，我饿了。"

戚程衍回过神，这才想起还没喂饱这小丫头："好，马上……"

说着，他又依依不舍地亲了好一会儿。

关知意不知道别人刚开始谈恋爱是怎样的，只觉得他们自确定关系后，她有种时刻都浸在蜜糖里的感觉。

黏黏糊糊，满心欢喜。

其实她以前就爱黏着他，但和现在一对比，她才发现原来她以前那种黏，一点意思都没有，只是站在他身边，哪里比得上可以抱他、亲他来得开心。

后来，两人好不容易才从浴室里出来。

戚程衍去了厨房后，关知意也跟了进去。她就在边上看着，偶尔帮他打打下手、洗洗菜。

戚程衍比她想象中要厉害多了，没见过他下厨房，但是做出的东西却是有模有样。

“我刚才看到有几辆车开过去，好像去隔壁了啊。”吃饭的时候，关知意道。

戚程衍点头：“你哥那房子已经装修好很久了，最近应该是陆续在搬一些零碎家具进来。”

“他不会也在吧？”

“从装修开始就没见他来过。”

关知意松了口气：“也是，他不喜欢处理这些小事，在房子没能住人前他绝不会过来。不过他是打算搬出来住了吗？”

“可能吧。”

“难道是交女朋友了？”关知意眼睛一亮，“肯定是，在家不方便带女朋友回去，在外面就可以为所欲为了。”

话音刚落，就看到戚程衍意味深长地看着她。

关知意：“我没在暗指你。”

“哦？”

“真的……”

两人一边吃一边闲聊，而此时，隔壁搬运东西的人来来回回，终于将所有的东西都安放整齐。

“我想要放在这面墙边的那些摆件呢。”客厅里，一个男人站在中央问了句。

边上的工作人员连忙道：“关总，那些东西易碎而且贵重，所以我们没有在这批拿进来，不过您放心，晚上七点之前都会送到。”

“嗯。”

房子里的摆件设备差不多都弄好了，所有生活用品也都齐全，可以直接入住。

关元白转了一圈，道：“还可以。”

几个工作人员小心翼翼地在边上候着。这房子从头至尾所有事宜都是他们在弄，这么长时间以来房子主人从没出现过，今天意外来了，他们不免有些紧张，生怕哪里不如他的意。

听到关元白没有挑刺，大家皆松了口气。

关元白道：“那你们把细节再处理处理吧，我随便看看。”

“哎，好的。”

关元白今天是闲来无事所以才来这套房子看看，毕竟之后搬出来的话，大概率会住这里。

看完房子后，正好是饭点，于是关元白出门去了隔壁。

隔壁就是戚程衍家。他家关元白上回来过，密码也是知道的，所以一边按密码锁一边打电话。

而彼时，丝毫不知情的戚程衍和关知意刚吃完饭，一个在厨房里洗草莓，一个在外面客厅帮忙找里头那人说的一部电影。

“嗡嗡嗡——”

茶几上的手机振动了起来。

戚程衍低眸看到来电显示后，接了起来：“元白。”

“你在家吗？”

“在。”戚程衍往厨房方向看一眼，“你这两天有空吗？”

“怎么了。”

“我有点事想跟你说一下。”

“什么事？那你直接说吧，我到了。”

“嗯？”

“我刚来看一下我那房子装得怎么样。”

戚程衍微微一顿：“所以你现在在你家？”

“没有了。”

“那你——”

在哪里？

后面三个字在戚程衍看到刚刚进门的人时，咽回了喉咙里——已经不用问了，关元白不在自己家，而是在他的家里。

关元白看戚程衍在客厅里坐着，直接挂了电话朝他走了过来：“你……”

“草莓洗好啦！”关元白还没开口，就见一个身影从厨房跑了出来，直奔坐在沙发上的戚程衍，“好甜好甜啊。”

关知意咬了一口，特自然地把缺了个尖尖的草莓屁股递到戚程衍嘴边：“你尝尝。”

戚程衍轻咳了一声，拉下了她的手，看着玄关处：“既然你来了，那正好。”

正好？正好什么？

关元白没想明白，只是看着关知意手里被咬了一口的草莓。

此时此刻，他第一个念头是：这家伙什么时候回来的？

第二个念头是：她怎么在这儿没回家？

第三个念头是：她怎么能把自己吃过的东西再递给别人吃，还有没有礼貌了？

几个念头在脑子里胡乱碰撞着，最后只化成一句：

“你怎么在这里？”

关知意在戚程衍说话的时候就已经回头了，她看到客厅站着的人时，如遭雷劈。

她哥什么时候来的？突然出现？戚程衍叫他来的吗？

不对啊，叫他来之前戚程衍肯定要通知她一下的！

关知意脑子一片混乱，立刻把草莓丢回了水果盘里：“我、我那个……”

关元白眉头轻皱，觉得有哪里不对劲，可一时半会儿竟没转过思绪来：“你不是在外拍戏？”

“杀青了……”

“什么时候回来的？”

“昨、昨天。”

昨天回来，他竟然不知道？

而且她回来，为什么要住这里？又受伤了？又闯祸了？

关元白上上下下打量了她一番，没有啊。

最后，目光落到那只被咬了一半的草莓上面。

他向来知道她和戚程衍关系好，但再怎么好，也不至于亲密到这个地步吧？

关元白心口没来由地咯噔一响，他看看关知意，又看看戚程衍，不知道为什么，脑子里突然响起了昨晚宋黎醉酒后咋咋呼呼的声音。

——“我刚才看到戚程衍抱着一个女人！”

——“他竟然因为要陪人家睡不出门！”

关元白沉默了片刻，那瞬间产生的荒唐感让他立刻否定了自己的怀疑。

什么玩意儿，宋黎昨晚醉得要死，现在大概都还没醒过来，他的话能信才有鬼吧。

虽是这么想着，可关元白紧绷的心却没能放松，他盯着关知意，道：“昨天回来怎么不告诉我一声？”

关知意僵在原地，没吭声。

关元白的心又凉了几分。

戚程衍道：“小五，你先上楼，我跟你哥说。”

关知意咽了口口水：“我在边上看着。”

“你先上楼。”

关知意见戚程衍态度坚决，只好默默放下水果盘往楼梯口挪。

关元白眸色微敛。

他看着戚程衍，突然觉得诡异至极！而且眼前两人的神色，让他心底对宋黎那些话的否认也动摇了几分。

不敢相信，却好像不得不信。

“你站住。”关元白大步走了过来，指着沙发道，“坐下。”

关知意的视线在两人之间转了一圈：“我到底是走还是坐啊……”

“坐！”关元白深吸了口气，看向戚程衍，“她在这儿又怎么了，什么事这么神秘，你直说吧，要跟我说什么？”

戚程衍看关元白这神色，觉得关元白大概是猜到了，只是可能不太敢信。

他直视着关元白，认真道：“我是想说，我跟小五……”

“戚程衍！”

关元白挺直背，瞳孔地震：“你等会儿。”

戚程衍嘴角微微一抽：“你让我把话说完不行？”

“不行！我就突然想问你，昨天宋黎给你打的电话还是视频？”

戚程衍沉默了会儿：“视频。”

瞳孔地震过后，眼底海啸隐隐欲见。

关元白紧盯着他：“所以他跟你视频的时候，小五在你身边？”

“在。”

“宋黎说的都是真的？”

戚程衍停顿了下：“他说什么了。”

关元白张了张口，原话是肯定说不出口了，只道：“不管他说什么，重点是大半夜的，这家伙为什么跟你待一块儿？”

戚程衍看了他几秒：“元白，你心里想的应该就是我要说的。”

“……”

“我跟小五在一起了，不久以前。”

关元白一动不动地盯着他。

什么玩意儿？在一起？他跟这小屁孩？

“你疯了吗？”良久后，关元白咬牙切齿道。

“我喜欢她。”

“她追的你？”

两人几乎是同时开口。

不远处坐着的关知意本是一脸紧张，但听到关元白这么问后，顿时不爽：“什么啊……你干吗认定是我追的人。”

关元白瞪了她一眼：“你现在给我安静！”

关知意敢怒不敢言。

戚程衍道：“是我追的。”

关元白回头看他，一脸“你脑子出了什么问题”的表情。

“你、你追她？你发什么神经？！”

关知意：“……”

戚程衍：“没发神经。”

关元白脸色铁青：“不是，你追她……你什么时候开始喜欢她的？等会儿，戚程衍，你可别告诉我，一直以来你都怀着这心思？”

“是回国之后才……”戚程衍说到这儿，有点尴尬了，“你别多想，我还没那么禽兽。”

关元白顿时面无表情：“你现在不是吗？”

“也是。”

关元白：“？”

关元白现在感觉天崩地裂。

一直以来，他从没把戚程衍和他妹妹的感情想歪，因为实在是太熟了，从小到大，这两人就在自己眼皮底下，怎么可能有超出兄妹情谊的感情？

而且以他对戚程衍的了解，戚程衍做事向来有思量，分寸还拿捏得特别好，怎么会去动这个小屁孩啊？

戚程衍到底什么时候变禽兽的？他怎么一点都不知道！！

“哥，其实吧，也不完全是他追我。”关知意瞧着这两人僵持着，开口道，“我早就喜欢他了，只是你们都不知道而已。”

关元白有些头晕，他看向她，难以置信道：“你之前不是跟华泓希在一起吗，你不是喜欢他喜欢得要死要活？！”

“我什么时候要死要活了……等等！”关知意一顿，突然想起这件事好像从始至终都被她遗忘了，她尴尬道，“哥，我好像没有告诉你，我跟华泓希从来没有在一起过。”

关元白按了按眉心，因为对他们的事太过震惊，现在听到关知意这么说，他的内心完全波澜无惊了：“接着说？”

关知意往后挪了挪，生怕对面那人冲过来爆揍她一顿：“就是，之前我假装跟华泓希……是为了不让爸再让我相亲来着……”

“所以？”

“所以我从始至终都没有喜欢过他。”

“……”

关知意：“哥，那个……”

“我出去冷静一下。”关元白突然起身往外走。

关知意立刻就想跟出去，戚程衍按住她：“我去。”

戚程衍跟着关元白走到了小院外面，关元白听到身后的脚步声，回头指着他道：“你说说吧，我现在是揍你呢，还是揍你？！”

戚程衍站在原地看着他，略显无奈：“都这么熟了，这步就省了吧。”

关元白道：“套近乎？上学那会儿，我说招惹小五的必被我揍一顿，你可响应得很快。”

“那些人心怀鬼胎。”

“你不心怀鬼胎？”

“我喜欢她。”

关元白噎了噎，因为“至交好友当着自己的面表白自个儿妹妹”的画面有些头疼。

戚程衍又缓缓道：“我平时对她怎么样你清楚的，不放心我？”

“少跟我说这些……”关元白道，“你们到底什么时候开始的？”

戚程衍想了想："两个多月了。"

"两、两个多月。"关元白扶额，"还真能藏！"

"不是藏，是她一直在剧组，我也没跟她见过几面，所以我们说好等她杀青就告诉家里人。"戚程衍道，"刚才你给我打电话，我就是想约你说这事，谁想到你竟然来我家了。"

"你……"

"元白，冷静点。"戚程衍安抚地拍了拍关元白的肩。

关元白被他看得要吐血，盯了他半天，咬牙切齿道："戚程衍，你这死变态。"

戚程衍惆怅道："起初我也这么觉得，毕竟小五也是我们照顾着长大的。但是我后来想想，我喜欢她这件事好像没有任何一个地方有问题，而且……"

"行了，你住口，我先走了。"关元白听不下去，转头就往外去。

戚程衍跟在他后头："等会儿，我还没说完。"

"我不听。"

"你需要听。这样，你家我还没去过，我们去你家聊。"

"滚滚滚！"

"关元白——"

关知意不知道戚程衍和关元白两人单独说了什么，只知道两人出去后，戚程衍好久都没回来。

等着等着，手机突然响了，关知意兴冲冲地拿起来，却发现是刘云打来的电话。

"喂……"

刘云："怎么了，听着有气无力的。"

"没什么。"

刘云："噢，今天晚上有《急诊科》的群采，我去接你还是？"

"我晚点自己开车过去，你等我就行。"

"好，那也可以。"

关知意杀青后，这段时间很空闲，唯一一个行程就是《急诊科》这部剧的群体采访。

"那你今天还在戚总那儿吧？"刘云问道。

"嗯。"

"行了，晚上别迟到哦。"

"好……"

关知意满心都是那两人谈成什么样了，挂了电话后，噌噌噌跑到门外去看了眼，结果也没看到人，她只好又回到了房里。

过了一会儿后，戚程衍终于回来了。

她立刻奔了过去："怎么样怎么样，他没事吧？没被我气死吧？"

戚程衍敲了下她的额头：“他怎么会生你的气。”

“那……”

“要生也是生我的气，是我把他的宝贝妹妹勾搭走的不是。”

“所以他生你的气了？骂你了？”

“骂只是基本。”戚程衍道，“不过你放心，我跟他保证了。”

“保证什么？”

“当然是保证好好对你。”

“这有什么好保证的……”关知意道，“你一直以来都是好好对我的啊。”

戚程衍笑了笑：“行了，行李箱稍微收拾一下，你过去吧。”

“啊？去哪儿？”

戚程衍指了指对面，有些无奈道：“你哥哥不让你住这儿，让我叫你过去。”

一听到要跟他分开，关知意顿时苦了脸。

但想想也是，她哥要是知道了这事还让她没日没夜地跟戚程衍黏在一块儿，那就真不是她哥了。

关元白今天也没准备走了，他在客厅等了一会儿，看到关知意磨磨蹭蹭进来了。

“哥。”她站在他面前。

关元白指了指楼上左边的房间：“晚上给我住这里来。”

“哦。”关知意小心翼翼地打量他，“你们刚才说什么了，去了那么久。”

“久？你们瞒着我的事三天三夜能说完吗？”

“哪有那么夸张。”

“呵。”

语气虽然还很生气，但表情缓和了不少。

关知意道：“你别生气了，程衍哥哥是什么样的人你最了解了，我跟他在一起你有什么不放心的，对吧？”

关元白抬眸看了她一眼，冷飕飕地飞箭。

他现在自然不是生气。如她所说，戚程衍是什么样的人他很清楚，就因为太过清楚了，所以才会觉得匪夷所思。

戚程衍到底怎么想的，才会对从小看到大的小孩下手？得亏自己那么信任他，觉得他把关知意当妹妹带。

禽兽啊……

不过想归想，另外一方面，关元白脑子里还时不时浮现方才戚程衍单独跟他说那些话时的画面。

他知道戚程衍在男女情感上是比较薄凉的，从小到大，他就没看到戚程衍对哪个女人上过心，所以他也从来没想过有一天戚程衍会跟他说——他很爱一个人，很想守着她，很想跟她一辈子在一起。

有触动吗？

那是绝对的。

只不过对象是自己的妹妹，所以触动之下还有些许想打人。

“哥，我等会儿要出门，我……”

“我才刚喊你回来你就要跟人出去，偷偷约会是吧！”

关知意：“不是！我晚上有工作，真的！”

关元白轻哼了声。

关知意道：“哎呀真的啦，有个采访。那个，你开车过来的吧？等会儿借我开走。”

关元白警告道：“晚上回这里住，明白？你还没嫁人呢，老往别人家跑像什么样子！”

以前总是跑戚程衍家，怎么都没说不像样子……

关知意这么想着，但嘴巴上是不敢这么说的，只乖顺道：“明白明白！”

·第十三章·

采访晚上八点钟开始，关知意提早了一个半小时出发，和自己的团队会合。

车开到采访平台的公司停车场后，刘云和毛毛来接人。两人按关知意说的位置找过去，看到她站在一辆跑车边。

车是黑色的，可在这停车场里，那车黑得一点都不低调，磨砂的质地，流畅的车身，极具攻击性的车头，一种强势感迎面而来。

自知道关知意的家庭背景后，刘云也是慢慢适应过来了，毕竟连人家的豪宅都去过了。但现如今看到她上班开了这么一辆车过来，还是遭受了一波冲击。

这车刘云在网上看到过，贵得能让她这种已经在娱乐圈见惯了富豪的人都头皮发麻。

“哇知意姐，你的车好酷啊！”毛毛眼睛发光。

关知意出门前直接开走了关元白的车，道：“不是我的，我哥的。”

毛毛：“这哪个型号，没见过啊。”

关知意对车一点研究都没有，闻言摇头：“我不知道。”

刘云拍了拍毛毛的肩：“别问了，你还是不知道比较好。”

毛毛：“为什么？”

刘云比了比心口：“知道得太清楚，心会痛。”

工作晚上八点正式开始，关知意和剧组一众演员一起进行采访、游戏。

一个小时后，工作结束。

关知意回到停车场，和刘云等人告别后上了车，直接往星禾湾开。

自之前在戚程衍的手底下练过车后，现如今她开车已经很熟练了。夜晚马路较为空旷，开着开着，她的速度不自觉就飙了上去。

险些……让后面的人追不上。

“开得这么快，跟上，赶紧跟上啊！”后面一辆灰色轿车的副驾驶位上，一个拿着相机的人催促道。

驾驶位上的人骂了一声：“你跟上试试？！她什么车，咱们这什么车！”

“那千万别跟丢了啊！”

“尽量……”

灰色轿车一路跟着关知意，直到来了星禾湾小区门口。

跑车过了小区大门很快就进去了，轿车里的人一看这小区就知道自己肯定进不去，于是让后座的人掏设备。

“快点快点，把我那新武器拿出来。”

“得嘞。”

汽车天窗打开，一辆小型无人机缓缓升起，很快从某个犄角旮旯里低调飞进小区……

关知意开着车路过了戚程衍的房子，恋恋不舍地看了一眼后，才开回了关元白家。

“回来了。”关元白也是刚回来，一身西装都还没换。

关知意嗯了声：“累死了，我去睡觉了。”

关元白瞥了她一眼：“哦。”

关知意上楼了，关元白在楼下看了会儿手机。

等了一会儿后，没见关知意下来，关元白有些意外，因为以他对关知意的了解，她一定会偷偷摸摸下来去隔壁晃一圈，可竟然没有？

关元白有些疑惑，但与此同时也有些得意——看来他这哥哥还是有点威慑力的。

然而，他这个千年老光棍不知道的是，情侣间不见面也是可以腻腻歪歪的。

比如说，视频。

早早回房间的关知意洗完澡躺在了床上，开开心心地拿起手机接了戚程衍发来的视频电话。

“洗完澡了？”戚程衍在书房里，坐在椅子上，耳朵上戴着耳机。

关知意趴在床上，露出半张脸看着他：“洗完啦，准备睡觉了，你呢？”

“还有点事要处理一下，等会儿睡。”

“啊……那我要不挂了吧，是不是影响你了。”

“没有。”戚程衍道，“那些事晚点处理就可以，你晚点可就睡觉了。”

“那我也可以晚睡，我等你！”

戚程衍：“不用，你早点睡，好好休息。”

关知意支吾了声：“那，明天你要干吗？”

“明天要去公司。”

“喔……”

“晚上回来陪你吃饭好不好？”

关知意眼睛一亮，但很快又担忧道：“怎么陪我吃饭啊，我哥在的。”

戚程衍微微扬眉，忍不住笑道：“小五，你哥虽然有些生气，可没说我们不许谈了。”

“也是。”

戚程衍：“所以不用把他那凶神恶煞的样子当真。放心吧，明天我去接你。”

“那我等你啊。”

“好。”

两人又聊了好久，有一搭没一搭的，好像有说不完的话。后来还是关知意眼皮都要打架了，两人才结束了通话。

第二天，关知意起来时关元白已经去工作了，但他雇的家政已经到了，见关知意起来，赶忙给她做了早餐。

吃完早餐后，关知意便坐在客厅里看电影，她爱好不多，电影算是一个。

看完两部电影后又到了午饭时间，她坐在餐桌上吃饭时，手机振动了。

她接了起来：“云姐。”

“知意啊，那个，你昨天……”

“什么？”

刘云道：“昨天你回家没感觉到异常吗？昨晚有狗仔跟着你。”

关知意愣了愣：“没有啊，我什么都没发现。”

“也是……照片看着都不是近景，你没发现也正常。我就是告诉你一声，昨天你开那车去了星禾湾，这事都捅到网上去了。”

“啊？”

“总之你先去看看吧，看完之后给我个指示，我再想想公关怎么做。”

“好。”

关知意挂了电话放下了筷子，连忙拿出手机登微博。

果然，微博热搜上已经挂上了她的名字，而且还不止一个。

关知意豪车

关知意戚程衍

嗯?

拍到她开豪车，为什么会跟戚程衍挂上钩，昨天她也没跟他在一块儿啊。

关知意立刻点进了热搜，等看了前面几个博主发出来的照片和爆料后，她总算是弄明白了。

这狗仔竟然是从昨晚她在采访公司停车场就开始拍了，至于为什么联系到戚程衍，原来是这些照片爆出来后，有知情人士爆料，她开车所进的那栋房子，是戚氏集团戚程衍的私宅。

网友里向来有很多神通广大之辈，戚程衍长时间住在这里，他们能扒出戚程衍在这儿有房产也见怪不怪。

但问题是……昨天她去的是关元白家啊，戚程衍的房子是隔壁那栋！这眼神，还能不能行了！

关知意点进了评论区，此时这里已是一片乌烟瘴气。

【限量超跑，听说这车国内总共就两辆……】

【不是勤奋往上爬的穷苦人设吗？翻车了？】

【好笑，人都红了这么久了，就不能赚钱买辆车？】

【那车不是有钱就能买的，还真以为是关知意自己买啊各位粉丝！】

【最后还不是攀上了戚程衍？之前还极力否认，丢人！】

【为进豪门可真是铆足了劲啊！】

【那可不吗，勾搭上戚程衍，要车有车要房有房。】

【星禾湾的房子，这也太豪横了吧……】

【醒醒吧，人家顶多就是玩玩她，她一戏子还想进戚家啊？】

【玩玩她也赚了呀（狗头）……】

【我老公才不会喜欢她！！！】

【恶心恶心！】

……

这么多评论看下来，为她说话的粉丝和网友自然也有，但关知意最近正当红，想要黑她的人不仅仅是黑粉，还有各种营销号和对家，现在见她被拍了这种照片，自然抓着把柄，铆足劲挖苦她。

关知意看了圈下来，有些无奈。

从前她觉得自己只要能好好演戏就够了，所以她的私事从来不在网上分享。没想到，现在仅凭几张照片就能把她说到这份上。

浏览了一圈后，戚程衍正好打了电话进来。

“你看到了？”关知意开口便道。

戚程衍嗯了声：“你怎么想。”

关知意道：“我哥和我爸现在都挺支持我在这行混的，我倒也不担心公开这事。”

“嗯，那我和你呢？”

关知意：“嗯？”

“你会介意我们的关系公开吗？”

关知意愣了愣。此前她不太想把他们的关系公开，主要考虑到的是她黑粉实在是多，她的私事，尤其是涉及到戚程衍的，她不想被别人评头论足。

“你怎么这么问，我从来都不介意啊。”关知意道，“我是怕公开会影响你的生活。”

“你不用操心我。”戚程衍道，“其实之前我也没想过公开给这些陌生人知道，只是现在看来，很多事藏着掖着，可能后续会有更多麻烦。”

关知意想想也是，他们在一起谈恋爱总不能一直躲着，总有一天他们会一起出现，总有一天会被记者跟到，与其到时候再被议论，不如现在摊开了说……

“你说的也是，那，或许我们直接公开算了？”

戚程衍笑了下：“好。”

事情总得一件一件来。关知意跟刘云那边商量了一下后，决定先澄清那些照片的真实情况。

当天下午一点钟，关知意的澄清微博发出，没多久便登上了热搜。

众多网友在热搜榜看到 # 关知意澄清 # 这一主题时，眼睛皆是一亮，点进去的同时想着“正主这么快就有反应了，够胆啊”“让我来看看又要怎么狡辩”“肯定又要否认了，只是朋友，那只是朋友啊”……

众人兴致勃勃地点了进去，只见——

“别闹了，车是亲哥的车，进的家也是亲哥的家，戚总是隔壁那栋哈……”

众网友一脸蒙。

？？？

什么玩意儿？

微博发出后，关知意便放下了手机，准备再吃两口饭，然而刚动筷没多久，就有电话打进来。

接起后，刘云震惊的声音从手机那头传来：“你们俩速度也太快了吧！好歹给我点时间反应一下啊！这就要公开了吗？！”

关知意道：“公开？是要公开来着，但这事我还没说呢……是他发微博了吗？”

“不是啊，是你的微博！”

“我微博怎么了？”

“你不是发了澄清吗，戚总在你微博下面评论了你没看见吗！”

关知意有点蒙：“我在吃饭……等等啊，我马上去看。”

挂了电话，关知意重新点进了微博，然而她奇怪地发现，微博页面一片空白……

怎么回事……

关知意只好又给刘云打电话，刘云无奈道：“姐姐，微博因为你们俩的事，服务器被挤爆了。”

“……”

微博是真爆了。

后来好多人登微博都一脸蒙地发现自己刷不出东西，过了好一会儿，等后台总算稳定，这才有了显示。

关知意能看到自己微博后，赶紧点进新发的那条，看下面的评论。

热评第一条：

戚程衍：什么时候愿意进我家？

这条评论被网友回复了几千条：

【我是眼花了吗？】

【是本尊！认证的本尊！】

【这话什么意思！！！】

【表白？追求？我的妈耶！】

【更像是求婚好吧！】

……

网友们疑惑万千，但十多分钟后，这个疑惑就被解答了，因为，一个带着蓝V的官博发了一条消息：

“谢谢大家关注，老板和关小姐正在交往当中哦，希望大家多给些空间！”

这个蓝V官博不是戚程衍本人的号，也不是艺星娱乐公司的号，而是戚氏集团的官博。此官博平日里只是发一些经济板块的内容，这是第一次也可能是唯一一次，发关于情爱的私事。

发出后，很快就有大批网友前来围观。

【用官博发公告，这不摆明视关知意为正主吗！】

【可不得是正主！看之前戚程衍的回复，好像还是他追的人家啊……】

【我晕了，关知意到底是什么人啊！】

【还有人没去看扒帖？已经有人扒出关知意那辆车了，全国两辆，一辆在广州，在京城的这辆拥有者是关元白，也就是关知意她哥……】

【关元白是……】

【关氏不知道？那南爵五星级酒店这种大众都知道的地标总知道吧，人家旗下的！】

【那些说嫁进豪门的简直啪啪打脸，人家本身就是真豪门出来的。】

【可关知意早期发展是真的很一般啊，她家里难道没有帮她吗？】

【不是卖的穷苦人设？】

针对穷苦人设这件事，后来又有人挖出了一些料。

第一件被粉丝挖出来的事，是早期关知意直播时的一段视频。视频里，关知意极力说自己不穷，生活过得挺好，然而弹幕中压根儿就没人相信。

这个视频此时被放出来，评论下笑声一片：

【我觉得这位小姐姐已经尽力了，就是没人相信她。】

【哈哈哈笑死，她表情是真的很无奈。】

【看来前期是独闯娱乐圈，压根儿就没用什么家里的资源。】

【竟然有那么一点励志？】

【我女儿竟然不穷！天哪！喜大普奔，老母亲流下了感动的泪水！】

【那干吗不直说自己是关家的人啊，还不是卖惨博关注。】

【有病啊，说自己是关家的人更能博关注好不好，人家只是低调，不愿意带家庭出来！】

……

第二件被挖出的便是关知意的母亲林姿嘉。娱乐圈是有记忆的，此前不知道关知意是关家的人就算了，现在知道她是，那记者自然能联想到曾经嫁入关家的林姿嘉。

她是那个年代很多人的梦中女神，拥有绝色容貌，出演过很多电影，只可惜，过于貌美对她来说并不是一件好事，“花瓶”“上位”这些词汇一直黏在她身上。后来，她因为顶不住演艺事业中的挫折和大众谩骂，患上抑郁症，自杀身亡。

【林姿嘉是真的好看，但当初也是真的挡了很多人的路。】

【那会儿她名声不好，好多人说她只是花瓶，都不喜欢她。】

【关家没帮自家女儿铺路感觉跟她妈妈有关系……估计人家都不愿意女儿再走这条路吧。】

【感谢女儿坚持逐梦演艺圈！！！】

【关知意也是被网上喷得没办法才说出自己的家庭背景吧。】

【现在看来，林姿嘉当初真的是冤，其实也没做什么就被人骂……】

【天妒红颜！】

……

下午三点多，关元白和戚程衍都提前从公司回来了。

彼时关知意坐在沙发上，手机屏幕上是母亲从前的照片。

她公开自己是关家的人就知道大家会关注到这件事，但她不在意。

反正不管别人怎么看待她的母亲，母亲在她的心里，永远都是女神。

“小五。”

听到关元白的声音，关知意的视线才从屏幕上挪开：“哥，你怎么这么快回来了，是不是……爸也给你打电话了？”

关知意方才就接到她爸打来的电话，她说晚上回去当面说清楚，她爸才没直接上门找她。

关元白道：“这么大的事，他当然会给我打电话。”

关知意讪讪道：“那，戚爷爷那边来电话了吗？”

戚程衍道：“爷爷没打电话过来，可能暂时还不知道，等会儿回去我去跟他说。”

关知意：“嗯。”

关元白看了两人一眼“听说公开那会儿，微博都瘫痪了？你们俩可真行。”

关知意：“本来也没想这样……”

戚程衍笑了下：“这不挺好的吗，两件事一起说个清楚，省得以后麻烦。”

关元白冷哼了声，拍了下关知意的脑袋：“走吧，现在就回家。”

“哦……”

二十分钟后，三人一同回了御和公馆。

戚程衍没回自己家，而是和关元白、关知意一同去了他们家，毕竟跟关知意在一起这事，需要正式跟她父亲说一声。

车停下后，三人一同从车库上来，但三人走到客厅看到里头坐着的人后，都愣了下。

因为里面此时不是只有关兴怀一个人，还有戚老爷子。

戚程衍："爷爷，你也在。"

戚老爷子甚少看娱乐圈的新闻，这事还是别人跟他打电话求证他才知道的。此时看到戚程衍过来，他面无表情地勾了勾手："你过来。"

关知意见老爷子脸色不对，连忙道："爷爷，对不起啊，没第一时间告诉你。我们原本是想着稳定了再说的，所以……"

戚名胜打断她："小五乖，你先去边上站着。"

"……"

戚名胜："戚程衍，你给我过来。"

戚程衍顿了顿，走上前："爷爷——"

"你个混账东西！"

谁都没想到，戚名胜会突然拿起自己手边的拐杖用力地往戚程衍身上招呼，就连一直坐在戚名胜边上的关兴怀都惊得立马站了起来："哎？老、老爷子，不至于不至于——"

戚名胜拎开他的手，对着戚程衍的腿又是两拐杖："混账！你这人怎么回事！你你你，你对小五下手！啊！小时候都是怎么相处的，你怎么下得了手！人家还叫你哥哥，你这混账玩意儿！"

关知意："爷爷——"

事出突然，众人都没拦住。

戚程衍本是可以躲的，但他愣是没挪一下脚，生生挨了下来。

关知意见他站在那儿一动不动，连忙上前挡在他前面："爷爷，不是这样的，是、是我……"

"小五，你别替他说话！"戚名胜指着戚程衍道，"你说说你，要追求干吗不早点！人、人还是你自己弟弟的前女友！你干什么呢！"

"爷爷，这事有点误会。"关元白走上前来，顺便把戚程衍往边上一拉，免得他再挨揍，然后说，"之前知意跟泓希那事是这俩小孩为了躲避相亲假装在一起的，做不得数。"

戚名胜："什、什么？"

关兴怀也震惊道："真的假的？！"

关知意有些尴尬："爸，是真的……当时实在是你逼我逼得紧……"

"你、你——"关兴怀一时都不知道说什么了，一方面是因为被欺骗恼火，另一方面又因为关知意没跟华泓希在一起过，那和戚程衍在一起就没那么怪异而松口气。

戚名胜看向戚程衍："这事你也知道？"

戚程衍点头："是。"

"所以你和小五——"

"回国后和小五相处，喜欢上她，所以追了。"

戚名胜眯了眯眼，虽没表态，可脸色明显好了些。

戚程衍见此，面向关兴怀道："叔叔，今天来也是要跟您说一声，我喜欢小五，希望您允许我跟她在一起。"

关兴怀实际上是很喜欢戚程衍的，只是因为他年纪和自己儿子一样，又自小带孩子似的带自家女儿，所以他从来没觉得他会对他家小孩有这份心。

刚看到新闻的时候肯定是震惊的，但惊讶过后仔细想想，戚程衍这个人对小五来说，其实也很合适……

"那个，你们小辈间的情情爱爱，说什么我允不允许的，小五喜欢就行了。"关兴怀道。

关知意眼睛一亮："爸，所以你觉得挺好的对不对？"

关兴怀："下次你再敢瞒我这种事，看我怎么收拾你。"

关知意高兴道："不可能不可能，哪里还有下次啊。"

关兴怀睨了她一眼，轻哼了一声。

见关兴怀没生气，关知意走到戚名胜身边。她挽着他的手臂，试探性地问了句："爷爷，您是不是不喜欢我啊？"

戚名胜一愣，连忙道："怎么可能，爷爷哪里会不喜欢你。"

"可是我觉得你不喜欢我。"眼睛一眨，嘴角一撇，关知意带着一丝委屈道，"那要不然，为什么不希望程衍哥哥跟我在一起。"

戚名胜对关知意那可是打小就跟亲孙女似的疼，哪里愿意她这么想："小五，爷爷可不是不希望你们在一起，都是这小子不好！这事都瞒着我！"

"所以您还是喜欢我们在一起的对不对？"

戚名胜看着关知意眨巴眨巴的鹿眼，心都软了。

其实，他特别希望把这小丫头娶进他们家，要不当初他也不会那么生气外孙华泓希和她分手。只是他不曾想到，他这个孙子竟然会动这个心思，他以为戚程衍就是把人家当小妹妹而已……

戚名胜冷冷看了戚程衍一眼，拍了拍关知意的手背："算他有福气。"

关知意回头和戚程衍对视了一眼，眼中笑意满满："谢谢爷爷！"

折腾一通后，戚老爷子终于脸色平和地要回家了。

关知意送人出门时，趁没人注意，偷偷拉住了戚程衍的衣袖。

戚程衍回过头："怎么了？"

"疼不疼。"关知意小声道。

戚程衍笑了下："没事。"

"你回去看看有没有青。"

"好。"

"有的话跟我说，我们家好像有很有效的药来着……到时候给你送去。"

"放心吧，没那么严重。"

关知意瞪了他一眼："可是哥哥你还是笨死了，竟然都不躲。"

"动了你，这顿打也该挨。"戚程衍勾了勾唇，说，"好了不用送了，回去吧。"

关知意哦了声，依依不舍地放开了他："那、那你明天能不能来找我啊？"

戚程衍顿了下："嗯？"

关知意嘴角微微一扬："我是说既然大家都知道了，那我们就可以光明正大黏一起啦。"

戚程衍目光微深。

鬼知道他看着她现在这样子，要花多大力气才忍下直接把她打包带回家的冲动。

"好，明天我来找你。"

微博公开之后，很多人祝福关知意和戚程衍这一对，当然也有那么一大拨人，陷入了"失恋"的旋涡中。

当然，失的不是自己的恋，而是自己嗑的 CP 的恋。

关知意和肖燃的 CP 粉众多，这会儿女方公开了恋情，对这群粉丝来说，真可谓是自家屋顶着火。

而肖燃最近在深山老林拍戏，消息较为封闭，一直到工作结束去了机场才知道，关知意和戚程衍公开恋情了。

看到手机消息那一刻，他询问了好几个工作人员这事是真是假，得到的都是肯定的答案。

他虽早知道戚程衍这混账东西肯定会把人追到手，但没想这人这么有能耐，竟然哄得她这么快就公开了！

于是一进候机厅，肖燃立马就给关知意打了个视频电话。

接到肖燃电话的时候，关知意正在戚程衍星禾湾的房子里。今天她家里没人，戚程衍便轻轻松松把人接到这边来了。

关知意和肖燃很长一段时间没联系，今天看到他发视频过来，有些许意外。

"哈喽？"接通之后，关知意看到肖燃那张精致俊朗的脸出现在手机屏幕上，"肖燃，你杀青了？"

肖燃道："可不是杀青吗，要不是杀青，我都不知道你们两人在一起了。"

"嘿嘿，事出突然，本来也没有想这么快就公开的。"

肖燃眯了眯眼睛："老实说啊知意，是不是那家伙逼你了？"

"啊……"

"占有欲真强，肯定是怕你在娱乐圈被人勾搭走，早点给你贴个标签。"肖燃道，"啧啧，那家伙可真是人面兽心啊，你要早点看清他的本质！"

关知意轻咳了声："那个，他就在我边上，要不然你们聊聊？"

肖燃："……"

关知意将手机转了个方向，下一秒，肖燃就看到画面里，戚程衍正淡淡地看着他。

"要骂我怎么不直接给我打电话。"戚程衍道。

肖燃一噎："你能乖乖给我骂吗。"

戚程衍想了想："不能。"

肖燃呸了声："走开走开，我跟知意视频，不是跟你。"

戚程衍眉头一挑，本来看到肖燃给关知意打视频电话他就已经竖着耳朵听了，只是碍于要尊重关知意才没干扰他们，这会儿肖燃这态度，他就诚心开始捣乱了。

戚程衍直接把手机从关知意手里接了过来："没关系，我现在跟她是一体的，你有什么话跟我说，一样的。"

"戚程衍你要点脸！"

"脸跟女朋友比起来也不是很重要。"

"我的天……关元白知道你对他妹下毒手怎么没弄死你，他也太好心肠了吧！"

戚程衍微微一笑："不劳你费心，元白知道我跟他妹妹在一起不知道多开心。嗯……还有别的事吗，没有的话就挂了。"

"喂——"

"看你这背景还在机场吧？你边上眼线多，我就不跟你多聊了。"

"……"

"拜拜。"

戚程衍无视肖燃气得要死的脸，十分淡定地把视频给挂了。

关知意在这边看得直乐，"你们干吗啊。"

戚程衍把手机还给她："再打视频过来不要接。"

关知意把手机放到了一边，蹭过去搂住了他的手臂："这位哥哥，您不会在吃醋吧。"

戚程衍转头看了她一眼："你说呢。"

"哎呀，肖燃现在才不喜欢我，我猜他就是想气你。"

"气我？那也得看他有没有本事。"

关知意想了想，也是……肖燃不被他气死就不错了。

"对了，晚上宋黎说请吃饭，你想去吗？"戚程衍道。

关知意："人家都邀请了，那肯定得去啊。"

"没事，不想去就不去。"戚程衍道，"他们不过是好奇我们俩在一起这件事。"

"去呀，没问题。"

戚程衍："真要去？"

"嗯，去炫耀炫耀。"

"嗯？"

关知意幽幽一笑："去炫耀一下，你现在是我的人了。"

晚上七点多，关知意和戚程衍去赴了宋黎的宴。

在场人很多，关知意不是全都认识，但戚程衍跟宋黎经常待一起，跟在场的人都是相熟的。

宋黎见两人进来，连忙迎了上去。

他那天醉酒和戚程衍视频之后，脑子里的记忆一直模模糊糊的，醒来后，他觉得那些画面应该只是自己梦到的而已，所以那天也没有打电话跟戚程衍求证。

直到后来，看到网上爆出的消息，那可真让他震惊了，

他在视频里看到的那些画面不是梦就算了，里面那个女孩子竟然还是关知意！

谁不知道那姑娘是被戚程衍捧在手心一手带大的，结果，他竟然把自己带大的小妹妹升级成自己的女朋友了？！

禽兽啊！

宋黎过去一把勾住了戚程衍的肩："看到没有！咱们喝酒那次我没开玩笑，我是真的在视频里看到戚程衍跟一姑娘在一起！"

有人搭腔道："是是是，早知道你是认真的，我也去看一眼了。"

"现在看也不迟。"宋黎招呼两人坐下，"小五啊，你看你这就过分了，怎么被你程衍哥哥骗走了也不告诉我们一声呢。"

关知意："不啊，是我骗走哥哥的。"

宋黎摊摊手："瞧瞧，还帮着兜。"

边上人道："可不得兜着吗，这姑娘可自小就站程衍这边的，习惯就好。"

"也是。"

宋黎看向戚程衍："不过这事没通知大家，还让我们从网上知道，就真的很过分了。你今晚可得好好跟我们赔罪。"

戚程衍笑道："这事我还需要跟你赔罪？"

"那至少得跟元白赔罪！"宋黎道，"他今天不在，我全权代表他了，你勾搭妹妹，罪无可恕！"

众人嘴上这么说着，其实心里是替两人开心的，就像肖燃，嘴上骂骂咧咧，转头还是给关知意发了条祝幸福的短信。

关知意看着一众人热热闹闹地聊天喝酒，心里莫名满足。

此时此刻她坐在他的身边，总算不是以小屁孩的身份了。

后来因为开心，她也和大家一起喝了不少。

中途，戚程衍应付好众人，坐到了关知意边上："怎么样，喝多了吗？"

关知意支着脑袋，直勾勾地看着他："没事，喝得不多！"

"找你喝酒的都推给我。"

今天两人是主角，所以一直被大家拱着喝，但主要是针对戚程衍。

关知意摇摇头："不行，你喝醉了我可扛不动你。"

戚程衍笑了下，也没说之前那次是自己装的："不让你扛，放心吧。"

关知意有前车之鉴，不信他，所以后来偶尔有人来劝她喝，她都来者不拒。反正一屋子熟人，边上还有一个拿她当宝一样捧着的，她一点都不担心。

但到最后，也确实是有些醉了。

戚程衍不想让她继续喝下去，便带着她先离开。

宋黎和另一个朋友送两人出来，去了停车场。

戚程衍先把关知意哄进了车里，然后转身去跟宋黎他们交代两句其他事。

关知意坐在车里，只觉脸烫烫的，于是她开了车窗，趴在上面等戚程衍回来，然后不经意间看到不远处有辆车上，有人拿了相机。

好像是在拍她啊……

关知意愣了一下，直接开了车门，朝那辆车走了过去。

那辆车里的人确实是在拍关知意。关知意恋情公开后他们便暗暗跟着，就想挖出什么料来，但没想到今晚竟然被发现了。此时看到关知意突然朝他们走了过来，车里人都是一怔。

来人慢慢走近了。

车里的狗仔想着她肯定会发火，于是相机没撤下，继续摆着。他们就是唯恐天下不乱，因为明星越发火，新闻就越带劲啊。

然而出乎意料的是，眼前的这位女明星走到了他们的车外，朝他们笑了下。关知意本就清纯可爱，这么无害地一笑，让车里头坐着的摄像都有些晃神。

“你们是在拍我吗？”关知意歪了歪脑袋，好奇地看着拿相机的那人。

狗仔轻咳了声，不答反问：“你是在和朋友聚会吗？”

关知意酒精上头，诚实得很：“嗯，对啊。”

“刚才送你进车里的是戚程衍吗？”

“当然啦。”关知意笑了一下，“啊……他现在去跟朋友再说两句，马上就回来了。”

狗仔们压根儿没遇见过发现他们偷拍还凑上来聊天的艺人，一时间都有些激动：“你们是什么时候在一块儿的，可以透露吗？”

在一块儿……

关知意脑子蒙蒙的，只道：“我们从小就在一块儿了呀。”

“啊？”

“你们跟了我多久了，有没有吃饭啊？”关知意低眸在口袋里掏了掏，突然掏出了一把糖塞过去，“给你们，补充补充体力。”

狗仔们愣愣地接过。

关知意认真道：“这是我出门前随手拿的，很好吃，你们试试。”

“呃……谢谢谢谢。”

关知意鞠了个九十度的躬：“不客气！你们辛苦了！加油！”

“……”

“小五。”

这时，一个声音打断了这边的对话。

车里的几个狗仔闻声看去，只见不远处匆匆跑来一个男人。

“你跑出来做什么？”

戚程衍回来时看到自己的车门开着，关知意则站在一辆车旁跟人聊天……

他还以为她是遇到了什么朋友，走近一看才发现，都是陌生的面孔。

“没干吗，我给他们吃糖。”关知意拉住他的手，打了个嗝，“那什么，宋黎他们走了吗？”

“走了。”戚程衍说着看向车里的狗仔，“记者？”

几个人被他这么一看，心口紧了下，一时谁也没开口。

“哦对了！你们要拍，拍我就好了，他不要拍！”关知意突然警觉，用力把戚程衍往后一拉，对着狗仔们道，“虽然他长得挺帅的，但是不能拍。”

戚程衍：“……”

也不知道是被关知意萌到了还是被戚程衍的眼神吓到了，狗仔连忙把镜头往下扣：“放心放心，没拍到什么不该拍的。”

“嗯嗯，那就好！”关知意说着又想来个九十度鞠躬，但弯到一半就被戚程衍拉住。

戚程衍扶着关知意，看着车里的人，声色淡淡：“如果有什么不合适的照片请删掉。”

说得礼貌，但语气里“否则后果自负”的深意明显得不行。

几个狗仔连连点头。

戚程衍这才拉着关知意往回走。

“不是跟你说了我马上回来，让你乖乖的吗？”

“可是哥哥，车里有点闷哪……”

“关小五，车窗是开着的。”

“是吗？”

“就是想下来溜达是吧，不认识的人也敢上去说话？”

“不是啊……他们好像蹲了好久了，我想着反正我没干坏事，就去给他们拍一下，好让他们早点回家嘛。”

戚程衍严肃的表情快绷不住了：“果然是喝多了。”

“我没喝多！”

“……”

声音渐渐淡去，那对男女终是坐进了车里。

几个狗仔面面相觑，拿相机的那人道：“那啥……刚拍的还上传吗？”

“里头也没什么不适合的吧？”

“是啊。”拿相机的那人把方才录的画面往回倒了倒，忍不住道：“嘶……这姑娘还真可爱哈。”

重新回到车上，司机将车往御和公馆方向开。

“我们是去星禾湾吗？”关知意靠在车窗上，问他。

“不是，送你回家。”

关知意一听，脸上有些不高兴：“为什么不去星禾湾？”

戚程衍侧眸看了她一眼，嘴角溢出一丝笑意：“这么想跟我回家？”

“唔……能吗？”

戚程衍微微一顿：“不可以。”

“为什么？”

戚程衍倒不是不想，而是她现在这种状态，他都不知道自己能不能控制住。

当然，这话他不会直接说出来：“今天要是不把你送回家，元白恐怕会上门来找人。”

关知意拉了拉他的衣摆，小声道：“那我也不跟他走，我要跟你……嗝，回家。”

戚程衍笑了下：“现在说得这么坚持，看到他还不是怕得要命。”

“我哪里怕他啊……”

“嗯，最好是没有。”

关知意鼓着脸颊：“我看是你怕他才对。”

戚程衍闻言眉头微微一挑：“现在看来，确实也是。”

关知意愣住：“真的假的？”

“是啊，毕竟是你哥哥，怕惹了他，他就不让你跟我好了。”

平日里听来这肯定是玩笑话，可此时听在喝了七八分醉的关知意耳里，还真是那么一回事。

她认真道：“他和爸要是反对我们，你就不能强行带我走吗？”

戚程衍看了她一眼，乐了：“那你愿意跟我走吗？”

“愿意啊！”

“所以说，不要爸爸，也不要哥哥，以后只跟我在一起，是吗？”

关知意张了张口，眼神挣扎，想了好半天才道：“其实我爸和我哥很疼我的，最后他们肯定会选择原谅……”

戚程衍见她喝醉了这么逗，故意伤神道：“看来，我在你眼里还是比不上亲人，你说愿意跟我走也是假的吧。”

“不是不是，这根本不能比较……”

关知意整个人都是蒙的，这种问题现在拿来问她，就像你去问小孩子，爸爸重要还是妈妈重要一样。

戚程衍看了她一眼，见她一脸为难，好笑道：“行了，跟你开玩笑的。”

“你也很重要……”

“我知道。”

“你非常重要。”

“嗯，好。”

一路上，关知意都陷在刚才那个话题里。

到家后，戚程衍扶着她下车，进门的时候她还认认真真问道：“你刚才生气了吗……”

戚程衍哭笑不得：“小五，我刚才跟你开玩笑的。乖，到家了，回房间好好休息。”

“噢……”

关元白已经回来了。

他坐在客厅，见两人进来，走了过去：“她喝多了？”

戚程衍点头：“宋黎他们灌得厉害，你妹妹照单全收。”

关元白瞥了关知意一眼：“可不得照单全收吗，人家是祝福她跟你在一块儿，不把她给乐的。”

戚程衍嘴角微扬：“先让她去休息吧。”

“嗯。”关元白说着便想去扶她，结果他刚伸手，关知意就往后退了一步，缩到戚程衍背后。

关元白的手停在半空中：“怎么了？”

关知意傻兮兮地看着他：“哥，你会原谅我的吧……”

关元白：“什么？”

关知意指了指戚程衍：“我跟他私奔了，你会原谅我的吧？”

戚程衍顿了下，诧异地看向关知意。

酒精上头，入戏太深……

关元白不知道前因后果，顿时拔高了音量：“你什么毛病？突然私什么奔！”

戚程衍拉了他一下，提醒道：“喝多了。”

关元白怒道：“酒后吐真言，喝多了说私奔，这说明这家伙平日里心里想的就是这些东西！”

关知意轻哼了声：“你这么凶干吗，难道不会原谅吗……”

“……”

见关元白不吭声，关知意顿时哭丧着脸：“那你真的让我很难做，我不知道怎么选，选哪个都很伤心。”

关元白嘴角微微一抽：“还原谅，你要是真敢这么做，我现在就打断你的腿。”

关知意立刻拽紧了戚程衍的衣服。

戚程衍看了他一眼，警告道：“关元白。”

关元白捏了捏眉心：“行了交给我，我带她上楼。”

“我不……”关知意不肯松手，拽着戚程衍道，“别走……”

戚程衍摇了摇头，对关元白道：“你看吧，你吓唬一个喝醉的人干什么。”

关元白一阵无语，点了点关知意的脑门：“快点，跟不跟我上楼。”

“我不。”关知意从后面整个把戚程衍搂住了，不管不顾道，“你带我回家吧，好不好。”

关元白：“？”

戚程衍轻咳了声，转过身哄她：“不能带你回家。”

“你不喜欢我……”

“这真不是。”戚程衍道，“我带你回你房间，陪着你，等你睡了我再走，这样行不行？”

关知意犹豫了会儿，似是妥协了，只是目光直直看向关元白。

戚程衍嘴角一弯：“不让他跟着，放心。”

“嗯！”

关元白：“什么啊你们？”

“我带她去睡觉，你歇着吧。”戚程衍说完，拉着关知意往楼梯上走。

关元白看着关知意的背影，又好气又好笑。

说起来，这感觉真是好多年没有了。上一次关知意缠着戚程衍要跟人回家，那都是很小时候的事了……

第二天，关知意又登上了热搜。

她知道后点开微博，看到昨晚的那段视频时，也被自己的蠢劲给惊到了。

她昨天没喝那么醉吧，怎么这么有闲情逸致，还跟狗仔聊天?

视频从她下车就开始录了，跟人聊天，给糖，最后戚程衍来带她走……光线不怎么好，可是却能清晰地看出是她。

这视频倒是无伤大雅，顶多看出她喝了点酒……

只是，自己看自己这样子，还是觉得好蠢!

刘云看到这个热搜也丝毫没有想让人去压的意思，反而发了一长段哈哈哈的微信过来。跟刘云一样，评论底下也是一阵哈哈哈。

【笑死我了，听狗仔愣愣的声音，也是被关知意吓到了吧。】

【给人糖让人补充体力，你是觉得人家偷拍你辛苦了是吗？！】

【那个鞠躬给我笑断气！】

【只有我在意她说的“我们从小就在一块儿”这句吗?关知意和戚程衍是青梅竹马？？】

【关、戚两家关系很好，两人一起长大也不奇怪。】

【羡慕！配一脸！】

【关知意不让记者拍自己男朋友也是有点萌。】

【她好像有点喝醉了……】

【戚程衍叫她小五哎?啥意思?莫名觉得酥！】

【关知意是关家这一辈第五个孩子。】

【我前老公还是好帅！！！】

……

自从关知意公开恋情后，她和戚程衍就经常上热搜，主要原因是网上出现了一批粉挖料。

虽然戚程衍不是艺人，料会少一点，但粉丝们眼睛还是很尖。

比如早期星光盛典颁奖晚会两人同桌，当初在法国拍摄完广告，回来的时候两人坐同一班飞机等等。

这些小料被挖出来无关紧要，甚至关知意有时自己也看得津津有味。有些场景被粉丝们一加工，看起来还有点小甜蜜。

她在家休息了挺长一段时间，这段日子，基本上都是白天去跟戚程衍约会，晚上他再把她送回家，次次如此。

这样她倒想念起了没把这事公开的时候，那会儿……她还可以在他家里睡觉来着。

不过她偶尔也会想，家里人都知道他们在一起了，都是成年人，就算有一天她没回家睡觉也没什么吧……

但戚程衍好像并没有很想留她的样子。他没有留的话，她当然不会坚持住下，要不然显得她多主动啊。

这段日子虽是空档期，但综艺和影视邀约不断。

刘云精挑细选，终于在她预备复工后给她接了一个综艺。

该综艺近两年当红，是个体验型真人秀，每期都会设定一个主题，让嘉宾进行户外挑战运动。

这天周六，关知意出发去录制节目。节目录制期有两天，所以会住在节目组安排的酒店里。

这个节目的收视率非常高，就是录制期间东奔西跑，体力上有些耗费。

第一天节目录制完后，关知意的腿就因为走了一整天的路酸得不行，回到酒店洗完澡后，整个人就瘫在了床上。

戚程衍：结束了吗?

手机响了，是戚程衍发来的消息。

关知意躺在床上回复：回来了，好累好累好累。

戚程衍：今天录了一整天?

关知意：嗯，走得我脚都抽筋了，不过游戏还挺好玩的。

戚程衍：刘云他们在吗?

关知意：他们今天也跟了一天，我让他们去休息了。

戚程衍：好，等我一会儿。

关知意愣了愣：你不会要过来吧?

戚程衍：不远，很快到。

录制地点就在本市，说是不远，但开车过来还是需要大半个小时。关知意不想他大半夜奔波，便让他不用过来，但是半个小时后，他还是到了酒店。

说不开心都是假的。

小姑娘谈恋爱，看到喜欢的人在自己最累的时候出现在面前，心里的甜蜜都要溢出来了。

戚程衍进来的那刻，身上还带着外面的寒气，可关知意关上门后，还是一下就扑到了他怀里。

戚程衍摸了摸她的脑袋：“我身上很冰。”

“没关系。”关知意抱着他不肯撒手，见他手里提了东西，便问道，“你给我买了什么？”

“吃的，放心，知道你晚上吃东西怕胖，只是两盒水果。”

关知意道：“可是水果糖分也很高……”

戚程衍倒没想这么多，只是念及她喜欢吃车厘子和草莓，这才顺手买了。

关知意见他微微发愣，又道：“不过是你买的，就是长胖我也得吃。”

“我洗一下，你去躺着吧。”

“好！”

关知意噌噌噌地跑回床上。

过了一会儿，戚程衍把水果洗好，放到了床头柜上。

他坐到了床边，看了眼她的腿。

她此时穿的是酒店的浴袍，两条小腿露在外面，白皙细嫩，就是脚指头有些红肿。

“你什么时候走啊？”关知意一边吃水果一边问道。

“就来看你一下，等会儿就走。”

“喔……”

“明天还要跑一天？”他皱了皱眉，伸手碰了下那块红肿。

关知意怕痒，下意识缩了缩，但缩到一半又想起什么，连忙把腿往他手上递：“嗯嗯，还要跑一天，我现在小腿一抽一抽，可疼了。”

戚程衍扣住了她的脚腕：“我跟刘云说一声。”

“不用啦，一个节目而已，可不要搞特殊待遇。”关知意眨了眨眼睛，可怜兮兮道，“只要你先别走，帮我按摩一下我就觉得舒服了。”

·第十四章·

戚程衍心疼得很，一时也没意识到关知意是不舍得他离开，见她这么说，自然拉过她的小腿，轻轻地按摩。

关知意靠在靠枕上，目不转睛地看着他。

“这样有舒服一点吗？”戚程衍低着眸问道。

“嗯嗯，有呀。”

“明天穿双舒服点的鞋子，不要只图漂亮。”

“知道的。”关知意起身，拿了颗草莓递到他嘴边，“你帮我吃一点，这么多我一个人吃不完。”

戚程衍咬了口：“小鸟胃。”

关知意笑嘻嘻地靠在他肩上：“嗯，戚总手法真好，可以开按摩店了。”

戚程衍一顿，侧眸看了她一眼：“开一家服务大众？”

“不不不，就服务我一个人的那种。”

“这生意应该挺亏本。”

“不会呀。”关知意道，“你可以把我哄成超级 VIP，每个月交很多很多钱的那种。”

戚程衍笑了下：“那你也愿意？”

“我当然愿意了。”关知意在他肩上蹭了蹭，“你的按摩店要是开不下去了，我会拍戏养你的……”

“养我？”戚程衍戏谑地看着她。

关知意愣了愣：“干吗，你很难养吗？”

“嗯……好像也不难，有吃有住就行了。”

“你要求还可以再高一点点，不用跟我客气。”关知意道，“如果我实在养不起你，我还可以去偷我哥的钱养你啊。”

戚程衍忍俊不禁，伸手把她搂住：“你哥知道这事，大概会被你气死吧。”

关知意也不要按摩了，就着他的动作蹭到了他的怀里：“管他呢……所以，看在我对你这么好的分上，你要不要再多留一会儿？”

软香温玉在怀，他哪里舍得说不。

“我是怕你明天还要早起，我在这儿待太久影响你。”

“那你跟我一块儿在这儿睡不就不影响了。”关知意这话答得十分快，说完后，才后知后觉地发现自己这邀约有点羞耻。

戚程衍伸手捏了捏她的脸，声音带着几分笑意：“哦，原来是想跟我一块儿睡觉啊。”

“不是，我是说……”关知意噎了噎，突然就不知道怎么答了，想了半天只低声哼哼道，“又不是没有一起睡过。”

“行啊。”戚程衍直接把她压在了床上，低声道，“陪你睡一会儿。”

什么叫“睡一会儿”啊？

关知意有些蒙，但也容不得她多想什么，戚程衍已经吻了上来。

关知意被唇上的厮磨勾勒带走了所有思绪，两只手紧紧拽着他的衣服，任由他的温度透过层层阻碍，到达她的掌心。

“草莓味。”他说。

关知意轻喘着气：“你才是。”

“看来以后喜欢什么味道就要让你吃什么了。”

他抵着她的鼻尖，声音带着磁性，好听得揪人心。

关知意对他这会儿的声音几乎着迷，唔了声，喃喃道：“都可以呀……”

身下那张娇俏的脸顺从得让人心悸，戚程衍笑意微敛，突然有些受不住。

她对他的防备，真的几乎为零。

戚程衍轻叹了一口气，低下头又吻住了她的唇。

这次他没有很快放开她，缠绵悱恻间，慢条斯理渐渐远去，剩下的只是燃沸了的气息。

关知意对他确实没有任何保留，她喜欢他，喜欢得可以给他自己的全部。

她此刻就是觉得，她的程衍哥哥，做什么都是可以的。

于是，她伸手搂住了他的腰，搂得紧紧的。

牙关被撬开，是他在肆意游走，而她也不停地回应着，即便被他逼得退无可退，呼吸不畅，都没有吭一声。

而两人在床上这么折腾，关知意身上的浴袍自然也有些凌乱，一个翻身，领口便露了大半，腰间带子更是松散，似乎一扯便能完全掉落。

戚程衍躺在床上，看着伏在自己身上的女孩，眼深如潭，可却不敢再动了。

眼睛所看到的足够击溃他的防线，如果还敢上手，估计这事就真控制不住了。

“衣服穿好。”他拉起她滑落的浴袍，抱着她翻了个身，将人放在了床上。

关知意嘴唇被亲得有些疼，她伸手摸了一下：“嘶……”

“疼？”

“没有。”

戚程衍：“那早点睡，小心明天起不来。”

关知意愣了愣：“你要走？”

浑身的细胞都在叫嚣躁动，戚程衍轻抿了唇，被她这么看着，更是难耐。

“嗯，挺晚了，你得睡觉。”

“喔……”

戚程衍轻吸了一口气，坐起来，把被子拉开，盖在了她身上。

“明天你下班了我来接你，好不好？”

关知意闷闷应了声：“那你得准时啊。”

“嗯，一定。”

第二天，刘云进门来叫关知意起床。

关知意进浴室洗漱的时候，刘云看到了床头柜上放着的两大盒没吃完的水果，她立刻走到浴室门口：“姐姐，你昨天晚上大半夜的还叫外卖呢？”

关知意不明所以：“啊？”

“那车厘子和草莓啊。”

“哦……不是我叫的。”关知意道，“昨晚咱老板来了，他带来的啊。不过我没吃很多，你放心吧。”

“什么？昨天戚总来了？那么晚还来？”

“嗯。”

“啧，你们这热恋的情侣就是不一样啊。”刘云看了她一眼，“所以，他是大清早趁我们还没来走的？”

关知意差点被水给呛着：“没有啊。”

“那……昨天就走了？”

关知意脸都有些红了：“你在说什么？”

刘云倚在门口：“你觉得我在说什么。”

“别想歪，昨天我们没干什么。”

“你觉得我会信吗？”

“为什么不信？”

“男朋友大晚上跑酒店来，什么都没做就走了。”刘云幽幽一笑，“嘶，戚总这么纯情呢。”

“……”

“不过你放心，你们都官宣在一块儿了，情侣间的事我才不管。”刘云道，“我就是想问问……你没打算这么快就结婚吧？”

关知意一噎，怎么说到这儿了！哪跟哪啊都是！

刘云继续道：“那什么，要是没打算那么快结婚，避孕措施做好，毕竟你现在的情况，突然怀孕不好的——”

“你打住！”关知意耳根都烫了，“我、我没……”

“行了。”刘云露出个心照不宣的表情，“男人嘛，喜欢一个人肯定会有那类行为，成年人，我懂。”

关知意讪讪道：“那要是就是有这么一个男人，他到了那份上也没对女孩做什么呢……”

刘云怪异地看了她一眼：“要么是自身有问题，要么就是那女孩对他的吸引力还不够。”

关知意：“……”

“不过这两者应该都不可能出现在你们俩身上吧。”刘云笑笑道，“好了，快点洗漱换衣服，化妆师要过来了。”

说着，刘云便转身出去了，只留关知意一个人在卫生间凌乱。

自身有问题？

不可能吧。

那就是她对他吸引力还不够？

在一起后，每次约会他都会很准时地送她回家，期间亲密过，但都是适可而止……

更重要的是昨天晚上，她都表现得那么不想他走，他还是走了。

嗯？

关知意看了眼镜子里的自己，镜中人虽还没上妆，素着一张脸，但看着还是挺漂亮的，就是看着有些稚嫩，身材也没那么火辣罢了。

关知意愣了下，突然有些惆怅，难道说她的吸引力其实没那么大吗！

从浴室出来后，关知意便被抓着化妆去了，后来也容不得她想太多，就急匆匆地前往录制现场。

今天的录制比昨天会好一些，没有跑东跑西，更多是在室内头脑风暴。

综艺录制结束后已经是下午五点钟，关知意和节目嘉宾一块儿前往化妆间。

“刚才那个题目真的好绕啊，知意你这都答对了，可太厉害了吧。”她身边的一个艺人说道。

关知意：“我就是正好在学校那会儿看过这个题目，凑巧。”

“那你能记住，还是很厉害啊。”

关知意被夸得有些不好意思，正想着怎么结束这个话题的时候，突然边上有人道：“那是戚总吧？”

话音刚落，一众人都看向了关知意。

戚程衍这段时间在娱乐圈做得风生水起，艺星娱乐也一跃成为圈内翘楚，这会儿哪还有谁不认识他。更何况，他和关知意的瓜，大家可都在网上和知情人士那儿偷偷地吃过。

关知意侧头看去，只见不远处的走廊上，戚程衍真的出现在了那里。

她心中一喜，忙对同行的人道：“我先过去一下。”

“去吧去吧。”

关知意一路小跑到戚程衍边上：“哥哥，你太准时了！”

戚程衍拍了拍她的脑袋，低眸看了眼她的腿：“今天腿还疼吗？”

“还行，今天没在外面瞎跑。”

“那就好，走吧，回家。”

关知意点点头，喜滋滋地跟在了他边上。

只是坐到车上的时候，她突然又想起了今早和刘云的对话。

思来想去后，关知意觉得，自己在想这个，怪不正经的。

“今天怎么了，都不说话？”戚程衍察觉她的异样，问了句。

关知意：“没有呀……”

“还没有？”

“真没有。”关知意看向窗外。

戚程衍收回了视线，就在他以为她可能只是有点累不想说话的时候，边上的小姑娘突然转了过来，认认真真地问：“哥哥，你觉得我身材怎么样？”

前方正好亮起红灯，戚程衍一个急刹，转头看她时，眼里是明显的诧异。

关知意连忙摆摆手，说：“我就是随便问问，聊聊天嘛。”

戚程衍：“嗯……聊聊天，这话题挺有趣。”

“是吧？”关知意笑了笑，试探道，“所以我其实看起来也不是那么像小孩吧？”

娃娃脸对于演员来说有好处也有坏处，好处是看着年轻，胶原蛋白满脸谁不爱；但坏处是角色受限，有些对外貌有要求的人物演不了。

从前关知意对自己长相不太满意，就只有角色受限这点，但现在，莫名其妙又多了爱情问题，她觉得自己不够妩媚不够妖娆……

戚程衍哪里知道她脑子里想的是什么，听她这么说，玩笑道：“你要是不化妆，穿个校服站到高中校门口去，老师估计也会让你进。”

关知意皱眉：“我没开玩笑。”

戚程衍随口道：“我也没开玩笑。”

关知意噎了噎，顿时气呼呼地转向窗外。

红灯变换，戚程衍踩了油门。

“怎么了？”

“没什么！”关知意气恼道，“反正我就是幼稚，对吧！”

戚程衍勾了勾唇，伸手摸了下她的脑袋：“怎么还气起来了，你长这样有什么不好吗。”

“不好，就是不好。”

“哪里不好？”

关知意支吾了声，只得道：“就、就可能有些角色不会找我，比如说那种，蛇精？狐狸精？”

戚程衍莫名其妙地看了她一眼：“你想演这类角色？”

“怎样……”

戚程衍见她实在不开心的样子，想了想道：“也有可爱的蛇精和狐狸精，你演技这么好，肯定能胜任。”

关知意横了他一眼：“那你喜欢可爱的蛇精和狐狸精吗？”

“嗯？”

“喜欢吗？”

戚程衍有些哭笑不得，哄道：“你演的，我当然喜欢。”

关知意却不太信：“可实际上，还是妖里妖气的狐狸精才诱人。”

“怎么会。”

“就是会……”关知意不想再说话了，看着窗外不吭声。

什么穿着校服就能直接回去读书，什么可爱的狐狸精，这话不就是变着法说她长得幼稚，身材很一般嘛！

关知意一路生着闷气，一直到回到星禾湾这边，还是恹恹的。

戚程衍见她回家后就一个人缩在沙发上也不说话，有些忧心，于是便打了个电话给刘云。

“最近有剧组不满意小五？”

刘云一头雾水：“没有啊，我们还在挑剧本呢，哪里来的剧组不满意。”

戚程衍皱眉：“那有什么剧本里头的人物是蛇精或者狐狸精的？”

“也没有啊。”刘云道，“怎么了吗？”

戚程衍道：“没什么，小五似乎想要演这类角色。”

“不会吧，没听她说起过。”

戚程衍远远看了关知意一眼：“行吧，那我先挂了。”

“噢噢，好的。”

挂了电话后，戚程衍走到了关知意边上坐下，把她搂到了自己怀里。

“这什么电影。”

关知意看着电视屏幕，冷冰冰地道：“青蛇。”

戚程衍眉头微挑：“真这么喜欢？”

关知意轻哼了声。

戚程衍道：“最近艺星正好在开发新项目，你喜欢的话我们可以做一部。”

“我演？”

“给你制作的，当然是你演。”

“我一点都不合适好不好……”关知意瞥了他一眼，“你这电影做出来，投资肯定打水漂。”

“那也说不定。”

“我不演。”

戚程衍有些疑惑：“你不是喜欢吗？”

“我瞎说的。”

戚程衍不明所以，也没再说什么，只是陪着她看电影。

一部电影结束，已经晚上九点了。

“挺晚了，我送你回家。”

关知意一下子从沙发上坐起来：“送我回去？”

“这两天你也挺辛苦的，现在回去还早，不影响你睡觉。”

关知意这一晚上就在“自己对他没有那么大吸引力”的旋涡里郁闷，此时听他又要送她回去，心里一凉，脱口而出：“难道男朋友不是想方设法把女朋友留在家里才对吗！”

戚程衍本要起身，闻言微微一怔：“什么？”

关知意盯着他，干脆豁出去了，说：“你就这么着急送我走，一点都不想跟我一起睡吗！”

戚程衍定在原处，愣愣地看着她。

关知意脸烧得厉害，又窘又气：“对对对，我就是长得幼稚，我就是没有前凸后翘魔鬼身材，那也不至于……不至于让人一点都不想跟我睡吧。”

如果说前一句戚程衍还不确定，她后面这段说完，他就完全听明白了。

他看着眼前涨红着脸的小姑娘，顿时反应了过来。

所以从今天见面开始，她就是在试探他？

什么身材，什么脸蛋，什么蛇精狐狸精，都是她在试探他。

然而……他都是怎么说的来着？

关知意气呼呼地站了起来：“我自己回家，才不要你送。”

但才起来走了一步，就被身后的人一把拉了回去。他从背后揽住了她的腰，把她抱在自己腿上。

关知意：“干吗，我现在要回家了！”

戚程衍低声道：“你说你是不是傻。”

“你说什么？”

戚程衍有些无奈：“我着急送你走？我不想跟你一起睡？”

关知意一顿，这话她自己说还好，可从他嘴里再说出来一遍，听得她更是窘迫。

戚程衍：“所以你以为我为什么送你走，为什么不跟你睡？”

关知意：“我怎么知道……”

“你不是想得一套一套的吗？”戚程衍在她耳侧道，“长得像小孩，没有魔鬼身材，不像狐狸精也不像蛇精？”

“……”

“所以你就想当然地觉得，我对你没兴趣？”

关知意想到这里，又觉得不高兴：“难道不是吗？”

戚程衍轻吸了一口气，被惊的，也是被刺激的。

他突然带着她起身，拉着她的手往楼上走去。

关知意吓了一跳："干吗？"

戚程衍没理她，只拉着她往上走。关知意拗不过他，只能可怜巴巴地被拖拽着上去。

到了房间门口，戚程衍一下推门进去，把她拉到了床头柜前。

"打开。"

关知意不知道他葫芦里卖的什么药，站着不肯动："你到底要干什么？"

戚程衍让她在床边坐下，自己弯腰把抽屉打开，从里面拿了一个盒子出来放到了她手上。

关知意本来莫名其妙，等她低头看到盒子上的字，整个人僵住了。

"房间里为什么会有这个……"

戚程衍道："怕哪一天真的忍不住，也不至于伤害到你。"

关知意愣住，明白过来后觉得自己快要羞死了，她立马站了起来："我先走了。"

"去哪儿？"戚程衍从背后抱住她，"小五，你说你怎么这么天真。"

他一直非常有自制力。

她是他自小就捧在手心的人，所以即便之前有几次擦枪走火，他都忍了下来。

不舍得，也不敢。

他以为他做得很好，但没想到最后竟然落下个"对女朋友没兴趣"的罪名。

这可真是冤枉了。

方才他们进来得急，房间的灯都没有开，只有外面走道上的光照射进来。他的眼睛迎着光线，眼瞳深不见底。

关知意心口一颤，觉得今天这事似乎是她在犯傻，这么一说开，简直有种她在邀请他的意味。

她转身便想走，结果却被他拎小鸡似的拎了回来。

她被他按到床上，背后一沉，是他压了上来。

"本来今天想送你回家，但是现在有点不想了。"他说话的时候就靠在她耳侧，炙热的呼吸顺着耳际往下，沿着脖子灌至肩膀。

第二天醒来。

"啊……"关知意低呼了一声。

接着一只手从背后揽了过来，揽着她的腰，把她平挪了过去。

"醒了？"

他的声音还带着刚起来的低沉，有些哑，听着十分撩人。

她顿时就想起了后面这人昨晚在自己耳边的声音，有时候是在哄她，有时候是难耐克制的低吟，那种时候，他这声音可真是好武器，把她迷得云里雾里，任由他摆布……

"不舒服吗？"

她的后背贴上了他的胸膛，结实温热。

她刚想说什么，突然又意识到自己身后人的异常。

关知意一阵紧张：“你……”

戚程衍亲了亲她的脸：“抱抱就好。”

“那你松开点。”

“抱一会儿，等会儿我得起床了。”

关知意：“去哪儿？”

戚程衍轻叹了一声：“小朋友，哥哥要上班的。”

“……”

“放心，就开两个会，会早点回来的。”

“随便啊……我等会儿要回家。”

“不住这儿了？”

“行程结束家里人都知道的，我得回去一趟。”

戚程衍点点头：“好吧，那我晚上直接回御和。”

关知意闻言低低一笑：“哥哥，是不是以后我去哪儿你就去哪儿啊？”

“是啊。”戚程衍有些无可奈何，“小时候有个小屁孩跟着我跑，现在，我大概是得还回去了。”

关知意转过身面对着他，伸手去掐他的脸：“那你还得开心吗？”

“嗯，开心。”

“那就好。”关知意道，“那我晚上让阿姨做你喜欢吃的东西，你到我家来吃饭。”

戚程衍笑了笑：“好啊，你说了算。”

后来一段时间，戚程衍便时常在关家吃饭，那频率，比从前又高出了许多。

戚老爷子心里是暗暗高兴的。自家孙子若是能把小五娶回家，他自是求之不得，什么杨梦佳李梦佳，哪里比得上关知意讨他欢心。

而关兴怀原本就很喜欢戚程衍，如果女儿能托付给他，自己也放心。

至于关元白，他从一开始的“想打人”到现在的“逐渐适应”，甚至渐渐萌生出了压戚程衍这家伙一头的快乐。

原本两人平辈，这会儿能按着他的头让他叫哥啊！

最近关知意行程宽松，已经在家休息了很久，甚至因为太久没营业，微博上都有粉丝在闹腾了，于是刘云便让她做做直播或者录一些生活片段vlog。

关知意一天下来都没出门干什么，vlog素材根本不够，所以她选择给粉丝做直播。

直播内容便是亲手教粉丝做家常菜。

定好主题后，当天下午她便把手机和三脚架拿到厨房去了。

今天她爸和她哥都不在家，她跟家里的阿姨交代了一声让她们别进来，便开了直播。

直播开始后，粉丝和围观的网友陆陆续续进来了。关知意拿了张椅子坐在镜头前，先跟大家打招呼。

“哈喽，时隔好久的直播，今天教大家做几道菜吧……嗯嗯，都是家常菜，很简单的，大家在家里也可以做……好，那我现在先开始啦，东西方才我都洗好了的，我直接开始切……”

弹幕刷过：

【啊啊啊啊女儿你总算出现了！】

【直播做菜哈哈哈，等会儿还有吃播吗？】

【厨房好大好好看！】

【这是家里吗？！】

【宝贝今天都没化妆啊……】

【求家居服链接！】

……

关元白开车进小区的时候和戚程衍遇上了，两人在各自车里打了个招呼后，戚程衍便尾随他的车开到了人家的车库。

戚程衍这两天出差，这会儿才回来，一到家，只想先见关知意。

关元白看不得他这黏糊劲，从车库上来的路上就明里暗里嘲笑。

两人到客厅后没见着关知意的身影，只听到关知意的声音和饭菜的香味从厨房那边传了过来，于是两人循声走了过去。

“在做菜？看来是知道我今天回来了。”戚程衍道。

关元白险些翻白眼：“你觉得是给你做的？”

“要不然呢。”

“我才是她该孝顺的对象啊弟弟。”

戚程衍脚步生生一顿，回头看了关元白一眼。

关元白微微一笑，十分平和道：“有什么不对吗弟弟，你现在是我妹妹的男朋友，就是我弟弟。”

戚程衍：“滚。”

关元白继续道：“看在你是我这么多年的好友分上，我给你打个折，外人面前没关系，私底下必须叫哥。”

戚程衍眯了眯眼：“关元白，你是想跟我打架吧。”

“没，教育晚辈而已。”

……

关知意从两人进来那会儿就听到他们的声音了。

她是知道今天戚程衍回来的，但没想到他直接到她家来了。至于关元白，她也没料到他今天没去星禾湾住，而是回家里来了。

两人压根儿就没发现她在直播。关知意回头看了眼，用眼神示意他们俩闭嘴，然而两人丝毫没读懂，反而走得更近了。

关元白：“小五，突然在家做什么菜？”

“我不是说了吗，给我做的。”戚程衍笑了一下，特自然地伸手捏了下她的脸，“想我了吗？”说着，注意到边上立着的手机，“这是……录视频？”

关知意眼色实在使不下去了，干脆直接道：“我在直播啊……你们两个出去……”

戚程衍愣了下，又看了眼手机：“哦，这样，那这菜……”

“教粉丝做几道简单的菜，哎呀，你快离远点。”

戚程衍默默远离了镜头。不远处，关元白吐出两个字：“打脸。”

“也不是孝敬你的，嘚瑟什么。”

关知意尴尬地回过头，故作冷静地把最后一道菜从锅里盛出来。

而此时，弹幕也激动疯了。

【我没了！我听到了什么，想我了吗？！】

【狗粮狠狠地拍在脸上。】

【白色衣服的是女儿哥哥！那就是我儿子啊！】

【基因决定一切，哥哥也是无敌帅！】

【笑死我了，来自哥哥和老公的 battle！】

【戚程衍和关元白真的是好朋友哎……】

【能想象，妹妹被好友勾搭走是什么心情，心疼！】

【心疼戚总吧还是，女友的菜都不是为自己做的。】

【关知意你就别假装刚才什么都没发生了，哈哈笑死我了！】

【让那两人一起来吃吧！想看！！！】

【+1。】

【求同框！我要疯狂截图！】

……

三道菜都完成后，关知意便把菜都端到了餐厅里。

她看着屏幕上粉丝们的话，道：“你们是来看我直播还是看他们直播，为什么一直嚷嚷着让他们出来……他们不愿意的啦，嗯……脸皮薄……我可不敢劳驾……主要是请不动。”

戚程衍今天来就是因为出差几天想她了，所以此时也没走，只是站在镜头看不到的地方看着关知意。现在听到她这么说，他笑着说了一句：“请不动？不敢劳驾？什么时候这么客气了？”

关知意转头看了他一眼：“我不客气的话，你还真来直播吗？”

关知意只是开玩笑说说，她心里是觉得戚程衍这人不可能真的愿意做直播这事。可没想到她话刚说完，就见一旁站着的那人径直在她边上坐下了，还特自然地拿过她手里的筷子，夹了颗虾仁吃。

“嗯，挺不错。”

关知意：“我开玩笑的。”

戚程衍看了眼屏幕上欢天喜地的粉丝弹幕：“他们说没开玩笑。”

“那、那他们就是说说而已，你不用真的过来。”

戚程衍低眸吃着东西：“没事，我吃我的，你说你的。”

“喔……”

接下来戚程衍就没怎么说话了，只认认真真地吃着关知意的菜。后来还是屏幕闪过太多条“为什么关元白不一起过来”，他才幽幽说了句：“她哥哥大概觉得自己不上镜吧。”

关元白原本只是过来倒杯水喝，听到这话，愣是折了回来：“你说什么？”

戚程衍道：“没什么。”

关元白走到两人身后，弯腰凑近手机看了眼，等看到网友们“贴心”地解答后，不爽地对戚程衍道：“我不上镜？你开什么玩笑，我比你上镜很多好吧。”

戚程衍：“是吗，没看出来。”

“你眼睛不太好使是吧？”关元白愣是在两人之间挤出个位置，“看，不是比你好看吗！”

戚程衍默默放下了筷子：“她在直播，你别在这儿捣乱。”

关元白：“那你在干什么？”

“我在陪她工作。”

“是你自己想在这儿孔雀开屏吧，戚程衍。”

“那也要有屏可开。”戚程衍道，“你没有，你还是走吧。”

关元白不想跟他啰唆，干脆拍了下关知意的脑袋道：“你说，我跟他谁比较上镜。”

关知意：“啊？”

这无聊的问题怎么抛到她这儿来了！

戚程衍笑了下：“你问这问题不是自取其辱吗？从小到大，在小五这儿你赢过我吗？”

关元白一噎，想起来了……还真是没赢过！他这妹妹自小就是偏心眼啊！

然而在镜头面前就算没信心也不能尿，于是，关元白坚持道：“关知意，说说看吧。”

火药味十足。

关知意才不会傻傻地在直播时说这个，干脆假装没听见，拿着手机就站了起来：“直播快结束了，我跟我粉丝告个别，你们别来打扰。”

直播时间定的是一个小时，现在还有五分钟就要结束了。

关知意拿着手机飞快往小院外跑，等找到个位置坐下来后，她才对着手机道：“刚才那些都忘了吧……还有三四分钟，我们随便聊聊。”

此时粉丝们都乐疯了：

【哈哈哈哥哥太可爱了！】

【不觉得哥哥很惨吗，从小到大都没赢过？？】

【哥哥很帅啊，我站哥哥！】

【他们两个的 battle 我能看一年！】

【戚总最好看！不接受反驳！】

【呜呜呜呜戚总好好，我想嫁给他（不是）……】

……

关知意看着大家的留言，等看到“想嫁”那句时，顿了顿，缓缓道：“戚程衍不能嫁哦，他已经被我预订了。那个……我哥可以嫁，你们都嫁他吧，他还单身。”

关知意其实能预料到这次直播后肯定会上热搜，毕竟戚程衍和关元白都来凑热闹，不过没想到的是，其中一个热搜词条竟然是：

关知意为哥哥征婚

这条热搜上了后，亲戚朋友把关元白的电话打爆了，问他是不是“恨嫁”，把关元白的脸都气绿了。

好在这事发生已经是第二天下午了，关知意那会儿已经出发进组，避免了一场“暗杀”。

这是关知意休息许久后再一次进组，拍摄的剧是现代剧，拍摄地点在上海。

她进组后住进了剧组预定的酒店，巧的是，肖燃最近也在附近拍戏，住的也是这家酒店。

关知意虽然已经公开了恋情，但曾经的很多她和肖燃的 CP 粉依然“不离不弃”。两人在酒店大厅遇到打招呼的照片被网友传上微博后，顿时引起 CP 粉的躁动。

不过这些小事，关知意和肖燃的团队也不会放在眼里，两人现在正当红，小道新闻满天飞不足为奇。

这天，关知意下了戏坐上了保姆车。

“明天开拍时间是下午一点，结束大概是在晚上十点。”刘云道，“你有更多时间了。”

关知意疑惑道：“这算什么更多时间？”

这跟早上开拍下午收工也没什么区别吧。

刘云道：“啊……忘记跟你说了，刚才你拍戏的时候戚总打电话来了，我接的。”

关知意愣了愣：“他说什么？”

“他这两天在上海出差，想见见你，让我在你下戏之后送你去他那儿。所以我说你明天也有更多时间，不用一大早赶过来。”

关知意一阵意外，看了眼窗外，这才发现不是回酒店的路。

“他怎么没早点告诉我……”

刘云挑挑眉：“大概是要给你个惊喜。”

关知意眉眼染上了笑意：“喔……那快点开。”

“啧，恋爱的酸臭味。”

戚程衍在上海这边也有房产，不过关知意是第一回来。

到他家里的时候，戚程衍还没回来，于是她自己叫了个外卖，一边吃一边看综艺，吃完收拾了一下，进卧室洗了个澡。

衣柜里挂的衣服很少，显然戚程衍很少来住。关知意随便抽了件白色T恤当睡衣，然后就在客厅里等着他回来。

大概过了一个小时，外头响起了开门声。

关知意听到声音立马从沙发上起来，跑到一边躲着。

不一会儿，戚程衍便进来了。他刚开完一个会，穿的还是正式的西装，纯黑色，领带系得整整齐齐。

“小五？”

他进门后没在客厅看到她，便要往房间走去。

关知意暗暗一笑，在他转身过去的时候从拐角处跑了出来，一路飞奔，一下子跳上了他的背。

“你回来啦！”

戚程衍在她跑的时候便听到了声音，就是还没来得及回头，人已经上来了。

他被她冲击得往前走了一步，但很快就稳稳接住了她。

“瞎胡闹，也不怕摔着。”

关知意搂着他的脖子：“哪有，你这不接住我了吗。”

戚程衍转头看她：“等我多久了？”

“好久了，我都洗完澡了。”

戚程衍看了一眼她光溜溜的腿，这才发现她身上穿的是一件宽大的白T恤：“我的衣服？”

“嗯，在你衣柜里随便拿的。”

戚程衍勾了勾唇，就站在原处，把她从后面挪到了前头。

关知意配合得很，两条腿牢牢地钩住他。

戚程衍托着她，浅声道：“不下去？”

关知意笑嘻嘻地摇头：“你抱我一会儿吧，很久没抱了。”

“嗯……也是。”戚程衍看着关知意，把她往上托了托，直接咬住了眼前的唇。

热恋的情侣小别胜新婚，关知意此时见着他，压根儿克制不住自己的喜悦和思念，搂着他的脖子，不客气地回应着。

于是两人就站在客厅中间亲，气息交缠，一片旖旎。

亲了好一会儿，关知意才气喘吁吁地道：“好啦，放我下来吧……”

戚程衍嗯了声，却没放下她，而是抱着她走到沙发边上，自己坐下后，直接把她抱在腿上。

“吃饭了没？”戚程衍问道。

关知意随手玩着他的领带：“刚才到这里后发现厨房没什么东西，我就叫了外卖。”

“嗯，这里不常住，确实没什么吃的。”

“那你吃了吗？”

“还没。”

关知意道：“那我叫个外卖给你吃吧。”

“不用。”

“你不饿吗？”

戚程衍目光森森地看着她。

关知意：“怎么了？”

“是有点饿。”戚程衍抵着她的额头，缓缓道，“但想先吃你，行不行？”

关知意愣了一下，缓缓道：“也、也不是不行……”

结束后，关知意已筋疲力尽。

洗完澡，戚程衍躺在她身侧，有一下没一下地顺着她的头发。

“你要在上海待几天？”关知意柔软无骨地窝在他怀里，低声问了句。

“后天走。”

“喔。”关知意道，“我明天下午就要回剧组，一直到晚上。”

“没事，你忙你的，不用管我。”

“嗯……”

戚程衍道：“你最近有见到肖燃？”

“他啊，见到了，我们俩剧组定的同一家酒店。”关知意说完突然睁开了眼睛，“你是不是看到那些新闻了？”

关于她的消息他都会关注，那之前她和肖燃同框的消息自然也逃不过他的眼睛。

戚程衍道：“看到了，不是还上微博热搜了吗。”

“唔……都是粉丝拍的照，营销号拿走后瞎说了一通。”

戚程衍知道他们没什么，只是看到网上竟然还有那么多人在萌 CP，甚至还能写出一段段瞎编的文字，也是看得他眼睛疼。

“咦？哥哥。”关知意抬头看他，伸手戳他脸，“你不会是因为这事，才特地跑上海来的吧？”

戚程衍轻咳了声：“我是有工作。”

“喔！”

戚程衍反捏住她的脸：“怎么，我在你眼里是醋坛子？”

关知意含糊道：“你也不是没做过这事……”

戚程衍眯了眯眼，低头堵住了她的嘴。

这么一碰，两人又情不自禁地亲着。

关知意道：“嗯，不过你还一直没吃饭呢。”

“没事，我叫个外卖。”

“好。”

“你有想吃的吗，给你也叫一点吃。”

关知意摇摇头，把被子拉得老高，支吾道：“不吃了，累，想睡觉。”

戚程衍笑了一下，摸了摸她的脑袋：“行。”

第二天上午十点，关知意醒来，戚程衍已经不在床上了。

她迷迷糊糊地从床上爬起来，去了浴室洗漱。

出来找了一圈后，她发现戚程衍在书房。

戚程衍面前放着电脑，正在视频会议。

大概是听到了脚步声，他在她进门的时候抬眸看了她一眼。

关知意见他望过来，连忙就要退出去，以免打扰他谈公事。

“餐桌上放了早餐，先吃一点垫垫肚子。”他突然开了口。

关知意愣了下，视频中几个下属也皆看向自家老板。

戚程衍却丝毫不觉得有什么，见她站在那儿发呆，问道：“怎么了，不喜欢吃那个吗？”

关知意忙摇头，她都还不知道早餐是什么呢。

可戚程衍见她摇头，以为她不喜欢吃，于是摘下了一只耳机，道：“等我十分钟，我给你弄点别的。”

关知意张了张口，想说不是这个意思，但碍于视频那边还有别人，也不好说话，只得赶紧从书房退出来了。

戚程衍见人出去后才重新戴上了耳机，看向屏幕。

而此时，屏幕里几个经理皆目瞪口呆，刚才老板那神色，温柔得过分了吧……他们可从来不知道原来他还能用这种语气说话。

“不喜欢吃那个？”

“给你弄点别的？”

这还亲自下厨？

得，能让他这样的，估计是新闻上爆出的那位女朋友吧！

几个经理心里隐隐都有听到大八卦的激动，但面上却丝毫没敢表现出来。

“愣着做什么？”戚程衍皱眉，“市场部继续说。”

市场部经理回过神，连忙道：“哎，好的戚总。”

……

戚程衍时间卡得很准，十分钟后会议结束。

他从书房出来时，关知意正坐在餐桌边吃东西。

“不是不喜欢吃吗，怎么不等我。”

“我没说不喜欢吃，我是说没有不喜欢吃。”关知意喝了口牛奶，道，“刚才你那边人多，我不好意思说话。”

戚程衍在她边上坐下：“有什么不好意思的。”

“你在开会啊……”

“没关系，都是自己人。”戚程衍伸手擦了下她嘴边的一点面包屑，“而且你是老板娘，你说会儿话，他们敢有什么意见。”

老板娘……

关知意眼底含了丝笑意，低着眸道：“哦！”

中午十二点，刘云来接人，关知意回剧组拍戏，戚程衍则工作去了。

关知意很忙，所以后来戚程衍也没有再去剧组打扰她，工作结束后便直接回程。

一个月后。

距离杀青还有一周。

这天中午，关知意吃完午餐便一直在休息室里没出来，毛毛在外面等了好一会儿没见着她人影，就进去找她，结果看到她在厕所里吐。

“知意姐！你怎么了？”

关知意漱了个口：“胃不舒服。”

“没事吧？严重吗？我们先去医院看看吧。”

关知意怕耽误剧组的进度：“导演那边……”

“我跟刘云姐说一声，让她去通知。”毛毛道，“身体要紧，你最近都没休息好，还是去医院看看吧。”

“嗯……”

毛毛带着她出门，临走时随手拿了件羽绒服给她披上：“今天很冷，你别感冒了。”

“好。”

最后，毛毛和刘云一同陪关知意去了医院，检查了一番后确实是胃的问题，拿到医生开的药后才从医院回来。

回来的路上，正好接到了戚程衍的电话。

关知意整个人缩在宽大的羽绒服里，哼哼唧唧地跟他撒着娇。

但听到戚程衍着急地说要飞过来后，她立刻停止了惨兮兮的小抱怨：“我就是随口跟你一说……医生已经开了药了，没事。”

戚程衍还是不放心：“之前就跟你说了，不要老是控制饮食，有一顿没一顿的，你胃受得了吗？！”

关知意撇了撇嘴：“你不要训我嘛。”

戚程衍听着她这软绵绵的语气，又生气又心疼：“一周后杀青了是吗？”

“嗯……”

“我明天过来，到时候跟你一起回来。”

“不用不用，真的！”关知意道，“就是小事，我马上回去了，回去找你好吧。”

戚程衍道：“你放心我还不放心……”

“那你跟刘云联系，让她天天跟你汇报。”关知意道，“她是你下属，不敢骗你的。”

之后关知意劝了好一会儿，总算打消了戚程衍飞过来的心思。

一周后，剧组杀青，她同工作人员一起去了机场，准备返程。

上机前，刘云匆匆过来把手机推到关知意面前：“知意，你那天去医院穿的谁的羽绒服啊，那么蓬！”

关知意没明白她什么意思：“什么？”

“你自己看看吧。”

关知意接过手机，低眸看了眼，屏幕上，加大加粗的标题出现在了她的眼前：关知意疑似怀孕！

这标题真是容易让人受到惊吓……

而这篇文章的大致意思就是，有人爆料她在剧组有孕吐现象，去医院的照片都传了出来。

照片中，她穿了宽大的羽绒服遮掩肚子，手还频繁护着肚子……

关知意看完后都蒙了：“这新闻……够离谱的啊。”

刘云道：“最近圈内没啥新鲜事，记者们可努力呢。”

关知意无奈地笑了笑：“好无聊啊这些人，还上热搜……十个月后我是要变出一个孩子吗……”

刘云道：“你喜欢的话，也可以努力努力。”

“我要是真生一个出来，哭的是你吧我的大经纪人。”

“……”

圈内捕风捉影的新闻不少，关知意和刘云都没将这个新闻放在眼里。而且马上要登机了，他们便没再管这件事，想着晚点下机后发个微博否认一下就行了。

然而，京城这边不明所以的人就不一样了。

关元白在家里看到这消息的时候，差点儿从沙发上跳起来。

“什么情况……”

他虽知道网上消息不一定是真的，但也有点担心，所以立刻就给关知意打电话，结果她手机却是关机状态。

以关元白对关知意的操心程度，他怎么可能就这么算了。于是，他直接出门去找戚程衍，正好他们方才还联系过，这家伙现在就在家里。

关元白进了戚家，戚程衍正和戚老爷子在聊天。

关元白规规矩矩地跟老爷子问好，对戚程衍道：“有事，你出来一下。”

戚程衍还没看到新闻，也不知道什么事，跟他到了门口，问道：“怎么了？”

关元白回头，冷静道：“小五怀孕了？”

戚程衍压根儿就没料到他会这么说，愣了愣：“谁说的。”

“新闻啊。”

戚程衍拧眉，拿出手机翻了翻。

关元白见戚程衍都不知道，顿时松了口气：“看来是假的，吓死我了，差点儿想把你活埋。”

"……"

戚程衍没吭声。

关元白见他一直看着手机没说话，笑意缓缓消失："你什么表情？"

戚程衍抿了下唇，抬眸看关元白："其实……我不确定真假。"

"？？？"

关知意下了飞机连上网后，微信消息蜂拥而至。

点开来，许多圈内好友给她发了网上那个怀孕的新闻。

本来她还觉得大家这么惊讶有些好笑，结果竟然看到这些人里也包括戚程衍！

关知意愣住，别人就算了，戚程衍怎么也凑这个热闹啊！

她怀没怀孕，难道还会瞒着他不成吗！

这乌龙可真是大了……

关知意点开通讯录，立刻就要给戚程衍回电话，结果他的电话先进来了。

"喂。"

"车在外面等你，等会儿直接上我车。"戚程衍道。

关知意："你来接我啊？怎么没提早说。"

戚程衍停顿了下："你……"

"嗯？"

"你上次去医院，是因为胃病吧。"

关知意乐了，她还真是很少听到戚程衍这样的语气，这个样子，她倒想逗逗他了："唔……如果不是，怎么办？"

戚程衍顿时有些紧张："新闻说的是真的？可你没告诉我啊。"

关知意压着嘴角的笑意："这不是给你个惊喜嘛。"

对面安静了两秒，就在关知意以为他真的受到惊吓时，突然听到听筒里爆出了另一个人的声音："关知意！"

关知意笑意一僵，这声音？

不是吧……

另外一边，关元白已经抢过了手机："关知意你真是好样的啊，你现在给我过来，用跑的！"

关知意咽了口口水："不是，哥你怎么也在啊。我、我开玩笑的，我就是逗逗……"

"你别跟我说这些有的没的，快点！"他说完后似想起了什么，又改口道，"你、你等等，不用跑，就走过来，赶紧的。"

关知意无语。

还真当她怀孕了呢？

关知意和刘云等人匆匆去到机场外，一眼就看到了戚程衍的车。

看到她过来，关元白立刻开了门："上车。"

关知意的视线在两人之间转了转。关元白神色严肃，戚程衍更是。

当然，戚程衍的严肃中微妙地带着点小期待。

关知意看了两人一会儿，噗的一声笑出来："我怎么不知道你们什么时候这么傻啊，为什么会相信这种新闻。"

关元白："你什么意思？"

"哈哈哈哈你们可真逗。"

戚程衍拧眉："难道，不是真的？"

关知意道："当然不是。"

"那你刚才……"

"我就是听你声音怪严肃的，逗逗你，谁想到我哥也在。"

关元白冷漠脸："你最好不是在撒谎。"

"没撒谎。"关知意指了指边上的刘云，"不信你问我经纪人啊，那天她也在医院，我真的是胃不舒服。至于那照片……羽绒服是工作人员的，我穿有点大。"

刘云见状也道："确实是这样，假新闻，两位放心。"

关知意坐上车："就是，我真有什么，还会不告诉家里人吗……"

关元白见关知意一点没开玩笑的意思，总算是松了一口气，正色道："你们俩要是敢给我搞什么未婚先孕，直接给我扫地出门。"

关元白这语气可谓长辈范儿十足，听得驾驶位上的戚程衍微微挑眉。

关元白见戚程衍看着自己，冷哼了声："看什么，认清现实，我现在是你哥。"

"……"

之后，关知意发了澄清微博，总算是把大家的八卦心按了下来。

接下来好几天她都在家休息，养她可怜兮兮的胃。

戚程衍几乎一天三顿都掐着点打电话过来，生怕她亏待自己。

这天，她在家待得实在是无聊，便找了视频做烘焙。

她很少做甜点，耗了几个小时，总算是成功地做出了几个小蛋糕。

做完后，关知意拍了照片发给戚程衍看。

关知意：我的作品，怎么样？

戚程衍很快回复：看起来不错，给我留一个。

关知意：你晚上才能回来……放久了就不好吃了。

戚程衍：那可惜了……

关知意想了想：你今天会很忙吗？要不然，我送到你公司去怎么样？

送东西还是其次，主要还是想见他。

关知意：我不打扰你，送到马上走！

戚程衍：我还怕你打扰我？到了告诉我，我去接你。

关知意：好呀！

挂了电话，关知意兴致勃勃地把小蛋糕装到盒子里，直接开车去他的公司。

说起来，戚氏的公司她长大后再也没去过，一方面是因为平时真的很忙，另一方面就是她这职业，走到哪儿都会被围观。

今天也实在是兴致上来了，突然很想见他才会过来。

到了公司后，关知意将车停好，戴上帽子低调地去到前台大厅。

大厅人来人往，每个人都行色匆匆，一开始也没人注意到她。

关知意在大厅边上的会客区坐了下来，给戚程衍打了个电话，打完后，便低着头玩手机等他……

“小姐，请问有什么需要帮忙吗？”这时，前台的员工走了过来，顺便递过来一杯温水。

关知意抬眸看了她一眼，接过了水：“谢谢，我等人。”

女员工本是按照惯例，看到有客人过来便倒杯水询问一下有无预约，谁知道……这个戴着帽子的女人是关知意！

作为公司的员工，她自是知道自家老板的女朋友的，只是，从来没见过本人啊。

“关小姐！”

关知意见她认出自己，友好地笑了下。

女员工一脸激动：“那个，您是来找戚总的吧？”

关知意点头。

女员工：“那、那我帮您联系一下戚总的助理。”

“不用不用。”

“嗯？怎么了吗？”

关知意指了指她身后：“他来了。”

女员工回过头去，这才发现自家老板此时正往这边走过来。她愣了一下，连忙往边上退。啧，她够蠢的，还叫什么助理啊……正主都亲自下来接了。

大老板出现在这里，边上来往的人自然而然就望了过来。等看到坐在小角落里的那个人后，众人皆是一惊。

这不是大明星关知意吗！

“吃过饭了吗？”戚程衍站到关知意边上。

关知意起身：“吃了，你呢？”

“我也是。”戚程衍笑了下，“就等着你的小甜点了。”说着，接过她手里的小盒子，牵着她往电梯那边走，“这个要做很久吗？”

“当然了，前面还失败了两次呢，好不容易做出一次又好看又好吃的。”关知意道，“虽然你平时不怎么吃甜食，但这个真的要试试。”

戚程衍轻笑了声：“嗯，一定全吃光。”

两人在一众人偷偷摸摸的侧目中上了电梯，等两人的身影消失在电梯口，众人才低声议论：

“两人感情好好。”

“关知意好漂亮啊！”

“等会儿能去要个签名吗？”

“你有胆的话去问问咱们戚总啊。”

“我不敢……”

“哈哈哈哈哈——”

回了办公室，关知意把小蛋糕从盒子里拿了出来：“噔噔噔噔！焦糖菠萝反转蛋糕！试试吧。”

戚程衍接过蛋糕吃了一口：“嗯，味道不错。”

“是吧！”关知意道，“那你吃，吃完我就走啦。”

戚程衍把她揽在自己身边：“还真就走了？”

“你不是还忙着嘛。”

“再忙也想你陪我一会儿。”

她哪里抵挡得了他这话，笑嘻嘻地靠在他身上：“那好吧。”

于是等他吃完东西，她便待在他办公室里陪着他，一直到后来助理进来通知他去开会。

“大概要开一个小时，我让人送你下楼？”戚程衍问道。

关知意坐在他那张办公椅上，懒洋洋道：“等会儿我自己走就好，你快去开会吧，不用管我。”

“那你要注意安全，有什么事叫人……”

“哎呀知道的，戚总，戚哥哥，我的车就停在你家公司停车场呢，没人能拐走我。”

门口的助理抿唇偷笑。

戚程衍睨了她一眼：“那你到家之后给我发消息。”

“遵命！”

公司的月度报告会基本一开就是一个小时，而这次因为营销部那边出了问题，会议开了两个小时。

会议结束后，已经是晚上六点。

戚程衍因为在里头训了下属一通，出来时眉眼明显有些烦躁。

助理小心翼翼地跟在他边上，到了办公室后替他推开门：“戚总，那还要不要让广告那边跟着营销部的计划走？”

戚程衍拧着眉，轻扯了下领带。

助理见老板脸色不好，又改口道：“那我让广告部那边先——”

话没说完，突然见戚程衍抬了抬手，示意他住口。

“出去。”

助理愣了一下，这才发现办公室里竟然有人，而且还是那位……他突然松了口气。

老板现在这火气，也就她能灭灭了。

他没再停留，轻手轻脚地替他们关上了门。

暮色已至，落地玻璃外夕阳无限，昏黄的光芒透过整片玻璃倾洒进来，似将整间办公室笼在了一个梦中。

戚程衍往里走去，停在了办公桌边，看着眼前的人。

她竟然没走。

此时，她就坐在他平时坐着的办公椅上，侧靠着，睡得很乖。

光线朦胧，她安安静静，融在了这片夕阳中。

“小五。”他低声唤了句。

睡着的人幽幽转醒。

她睁开眼，抬眸朝他看来，眼底带着刚睡醒的迷茫：“哥哥？你结束了？”

“怎么没走？”他弯下腰，眉眼的凌厉如助理所预料的，尽数褪去。

关知意自然而然伸手搂住了他的脖子，低低笑了一声：“我在等你带我回家呀。”

戚程衍微微一愣，不知道为什么，突然想起了少年时的很多很多次……

那时，她总是在校门口等着人来接，看到他来，会甜甜地对着他笑，说，我在等你带我回家。

那时候，他大概怎么都不会想到，那个一直喊他哥哥的小姑娘，会是他现在再也割舍不了的存在吧。

关知意：“怎么啦？”

戚程衍将她从椅子上抱起来，心里莫名有股冲动。

不顾一切，只想永远留住她的冲动。

“小五。”

“嗯？”

“想不想跟哥哥结婚。”他突然道。

关知意呆住，愣愣道：“为什么说这个……你，是在求婚吗？”

戚程衍也不知道自己为什么会突然说这个，也许是夕阳下如梦似幻的催化，也许是他想起过往，想起他们空白的那些年。

他轻叹了一口气，浅声道：“因为我想带你回家，回只有我们的家。”

夕阳渐渐落了，光芒收敛，缓缓隐去。

整座城市都要陷入黑暗，一切好像都变得很安静。

她没有立刻说话，只是看着她。

戚程衍抿了抿唇，心里隐隐有些不安。

或许……她没有想这么远。

他轻抿了下唇，刚想说“没关系，以后再说”时，她突然对他笑了，眉眼娇俏，神色温柔。

“好啊。”他听到她说。

如黑暗中挣脱而出的光芒，一下照亮他的整个世界。

于是他便知道，他可以永远拥有这道光了。

– 完 –

番外·少年时

长大能当明星的人，大抵小时候也是分外出众的。

关知意从上幼儿园开始，就因为可爱乖萌的外貌受到周边男女老少的喜爱。等到人再大点，小朋友之间有了那丝朦朦胧胧的情愫后，她就经常收到情书。但这事她从来不会告诉家里人，因为她清楚，要是被她爸爸和哥哥知道，铁定讨不了好。

刚上初中的那一个月，关知意也因外貌在校内出了名。每次下课期间，总有别班的男孩子在走廊瞎晃。但她对此是很懵懂的，收到情书或者受到关注她挺开心，因为这代表大家是喜欢她的，但其他的情绪却是没有的。

喜欢？爱？这会儿她根本没开窍。

这天放学回家，关知意站在校门口等关元白过来接，等着等着，突然有人拍了下她的肩膀。

关知意回头，只见三个陌生的少年站在她边上。

“有事吗？”

三个少年推搡了番，最后最高的那个被推了出来。他面色有些红，支吾了会儿道：“那个，我叫蒋立阳，初三的。”

关知意点点头，礼貌道：“学长好。”

蒋立阳被这么一叫，脸更红了，一时都憋不出话来，还是他后面的朋友起哄道：“关知意，他想认识你！想跟你交朋友！”

蒋立阳回头瞪了同伴一眼，却没否认。

关知意经常遇到这种事，她不知道怎么招架，于是只是笑了下道：“喔。”

然而这声“喔”在蒋立阳听来却是不一样的，这是同意交朋友的讯号啊！

他连忙道：“那明天周六你要不要和我们一起出来玩啊！就、就是去游乐场，你放心，很多人呢，大家一起玩。”

关知意歪了下脑袋，拒绝得很干脆：“不行。”

蒋立阳愣了下：“为什么？”

关知意心里想着，自己才跟他第一次见面，又不熟，当然不愿意一起去玩了。但直说好像也不好，人家是学长，而且还挺热情的。

“因为我明天要去我哥哥的学校，他有篮球比赛。”关知意并不是说谎，她之前确实听关元白说明天有篮球赛，只是她此前还没想好要不要去看，现在正好拿出来当借口。

“你哥哥？你哥哥哪个学校的？”

“A 大的。”

“这样，那我明天——”

“小五。”

这时，一个声音打断了这边的交流。

关知意听到声音，立马回头看去：“哥哥！”

来人竟然是戚程衍。

关知意没想到今天会是他来接她，连忙背着书包小跑过去：“你怎么来啦？”

“元白社团有点事，所以我来接你回家。”

“真的！那太好了。”

戚程衍看了她后面的男生一眼，问道：“他们是……”

关知意刚想回答，蒋立阳就已经主动上前道：“知意的哥哥你好，我叫蒋立阳，她学长。”

戚程衍微微挑眉：“学长？”

“嗯，是我们学校初三的，刚刚才认识的。”关知意老实道。

戚程衍笑了一下，眼神却有些意味深长。

关知意浑然不觉，因为她现在整个人都陷在戚程衍来接自己回家的喜悦里，她高兴地牵住戚程衍的手：“走吧哥哥，我们回家。”

戚程衍收回目光：“好。”

关知意临走时礼貌地跟蒋立阳打了声招呼：“学长，再见。”

蒋立阳连连点头：“再见！”

这个小插曲，戚程衍没有太在意，直到第二天篮球赛……

周六的篮球赛，关知意还是跟着来了，到了场馆后，她被安排在了第一排观赛。

此时比赛还没开始，关元白和戚程衍等人正在场内热身。

“你就是元白的妹妹吗？”突然，边上有人跟她说话。

关知意转头看去，只见她旁边坐了一个小姐姐。小姐姐长得很漂亮，长发飘飘，又高又瘦。

关知意打量了她一眼，点了下头。

长发女孩道："哇，妹妹长得真可爱啊，这么一看，跟元白还有点像呢。"

关知意听她对哥哥的称呼还挺熟稔的样子，好奇道："姐姐你是我哥哥的同学吗？"

"嗯，同系的。"

"这样啊。"

长发女孩对她似乎很感兴趣，一直跟她聊天。关知意正闲着无聊，也乐于跟别人聊天，直到长发女孩突然问道："知意，你知道你这个程衍哥哥在校外有女朋友吗？"

关知意愣了愣，有些诧异。

其实她们刚才聊的一直是关元白，关知意以为她就算要问问题，也应该问关于关元白的才对，没想到，她竟然问戚程衍。

那女孩见她发怔，笑着道："哎呀姐姐就是随口问问，想着戚程衍跟元白走得近，你又是元白妹妹，那戚程衍有女朋友的话，你应该也可以见到。"

"我没见到过，应该是没有吧。"关知意奇怪道，"可是姐姐，你这么想知道，为什么不直接问程衍哥哥？"

"啊……这个，他平时看起来有点冷，我不太好意思问。"

关知意有些纳闷，冷吗……不会啊。

"不过没有女朋友我就放心了。"

"喔……"

过了一会儿，比赛开始了。

关元白和戚程衍人气很高，关知意全程就听着边上的女孩子们尖叫着给他们加油。

中场休息的时候，戚程衍朝这边走了过来。他脸上冒着薄汗，走近后朝关知意伸手："毛巾。"

他的运动包就在她脚边。

关知意连忙弯腰从里面把毛巾递过去："给。"

递完毛巾后，她又想着他应该很渴，需要喝水，于是准备把边上的水也递过去，结果刚拿起来，边上的人已经比她更快地把水递到了戚程衍手里。

是她边上坐着的那个长发姐姐。

戚程衍显然也是认识她的，说了声"谢谢"便接了过去。

"你们这场打得不错啊，领先好多分了，下半场可以放松点了。"长发女孩道。

戚程衍道："没，对方其实挺强的，接下来……"

他语气淡淡的，却很耐心地跟她说着接下来的策略。

关知意看着他手里的矿泉水，默默把自己手里拿着的那瓶放了回去。

她突然有些不高兴。

说不出为什么不高兴，只是觉得好像有一种被别人抢了什么东西的郁闷感。

下半场很快开始了，关知意瞄了眼边上激情加油的长发姐姐，突然没了继续看比赛的兴致。

“知意。”这时，关知意看到一个很眼熟的男生猫着腰溜到了她身边。

关知意意外道：“你怎么在这里啊？”

来人竟然是那个学长，蒋立阳。

蒋立阳道：“你昨天不是说今天会来这里看你哥哥打篮球吗，我、我也挺喜欢篮球的，所以我也想来看看。”

“噢。”

“A大好几个篮球场，我刚找错了，我是不是来迟了？”

“是来迟了，都快结束了。”关知意看他跑得满头汗，拍了拍自己边上的位子，“不过你坐吧，还能看个结局。”

蒋立阳哪里是真的来看篮球赛的，他不过是想跟关知意套近乎而已，听她这么说，喜滋滋地在她边上坐下：“好呀。”

戚程衍在篮球场上打球，不经意侧眸间，看到小姑娘边上坐了一个男孩，他记忆力不差，自然能认出那男孩就是昨天在关知意校门口遇上的那个。

其实他昨天就看出了一点猫腻，就是没想到这男生胆子这么大，今天还追到这儿来了。

等下……这俩小鬼头不会是在谈恋爱吧?

这念头进了脑子后，他顿时心口一凛。

但此时在比赛，他也没办法下场，只好加快了速度。

终于，十分钟后比赛结束。在一片欢呼声中，戚程衍走到了关知意面前。

关知意见他走过来，站了起来：“哥哥你赢了，恭喜呀！”

戚程衍瞥了她一眼：“有认真看？”

“当然了，怎么这么问？”

“我看你跟你朋友聊得挺开心。”戚程衍说完看了蒋立阳一眼，“约好来这儿聊天的？”

蒋立阳以为戚程衍就是关知意那亲哥哥，见他问话，连忙起身：“不是约好的，就……”

“那就是你刻意来的了。”戚程衍补充道。

男生之间最懂对方想的是什么，蒋立阳愣了愣，顿时有些窘。

就关知意不明所以，还道：“他是特意来看篮球赛的。”

戚程衍冷笑了声：“最好是。”

“程衍，给，吃块巧克力补充一下体力吧。”长发女孩又递了东西过来。

戚程衍脸色不太好，淡淡说了句“不用”便拿上东西，拉着关知意往场外走去。

“哎，知意——”蒋立阳立刻跟了上来。

戚程衍停住了脚步，回头看他：“同学，篮球赛现在结束了，你可以回家了。”

大学生已是成年人，身高和气场能把十四五岁的初中生完全碾压。蒋立阳被他这么一看，顿时不敢再向前……

戚程衍冷哼了声，带着蒙圈的关知意继续往外走。

“是不是走太快了，我哥还在里面……”关知意往后看了眼。

“元白等会儿自己会过来。”戚程衍说完又道，“你是舍不得你哥哥，还是舍不得那个学长。”

关知意一愣：“我为什么要舍不得学长？”

戚程衍看着她，有些忧愁。

眼前这个小姑娘是他拉扯着长大的，他对她比关元白这个亲哥哥还上心，所以，他自然不愿意她小小年纪被男生骗。

“小五，你这个年纪一定要以学习为重知道吗？谈恋爱是绝对不可以的。”

关知意呆呆地看了他一会儿，总算是明白过来了，他一定是把她和蒋立阳的关系想歪了。

“我、我不是……”

“刚才那个男孩子以后不要再联系了，又不是同年级的，有什么可聊的。”

关知意想解释，可不知道为什么，先想到的却是方才那个长发姐姐。

她鼓了鼓脸颊，闷声道：“为什么不能聊，你跟刚才那个给你递水的姐姐都能聊。”

戚程衍：“什么？”

“哥哥，你是不是也挺喜欢刚才那个姐姐？”

戚程衍愣住：“我什么时候喜欢刚才那姐姐了。”

“你不喜欢那个姐姐吗？可是我看你跟她挺好的，不仅喝了她给你的水，还跟她聊得很开心。”

戚程衍匪夷所思道：“她是篮球社的后勤，后勤是什么明白吗？我不能喝后勤给的水？而且我什么时候跟人聊得很开心了？你这小鬼，脑子里都在想什么东西！”

关知意眨了眨眼睛，原来……那个姐姐是后勤？所以他并不是特地去喝她的水，也没有跟人家相谈甚欢。

“等等，你别扯开话题，我现在是在跟你说刚才那个男生。”戚程衍认真道，“我告诉你，你绝对不能在这个年纪跟人谈恋爱，明不明白？”

关知意盯着他看，突然觉得心里的郁闷一下子就不见了。

她眼里染了笑，默默竖起三根手指：“明白呀，我发誓，我不谈恋爱。”

谈恋爱哪里有跟你在一起好玩。

戚程衍看她认真发誓的模样，稍微放了点心。

“小屁孩……”

“嘿嘿。”

“记住你自己说的。”

关知意：“当然。”

“行了，那回家吧。”

“嗯！”

彼时的戚程衍完完全全操的是一个当哥哥的心，他就是担心自家小孩被人骗，被人带坏。

那时的他从来没想过，小时候他护着的，竟然是自己未来的老婆。

当然，如果他那时有预知未来的能力的话，那对喜欢关知意的小男孩，就不只是简单警告一下了。

番外·情人节

2月13号晚上，关知意录了一个访谈节目。

节目结束后已经是晚上九点多，回酒店的路上，毛毛突然一脸羞涩地跟她请假。

关知意自然是同意的，同意之后，随口问了句："是家里有什么事吗？"

毛毛道："没有没有……就是，明天是情人节。"

当红艺人基本上是不过节日的，因为节日当天，他们不是在出席某晚会，就是在去某晚会的路上。

关知意听到这个理由愣了一下，她想，她从来没过过情人节。

不过自己虽然不能过，但还是乐意工作人员去甜蜜一下的。

"对哦，差点忘了，那你放心去过节吧，我会跟云姐说一声。"

"谢谢谢谢，不过知意姐，你和戚总明天没有什么安排吗？"

关知意："明天晚上有个晚会要参加来着……"

"但是那个晚会你出场早呀，七点就可以下班了。"

关知意迟疑了下："可是再赶回去也很晚了，来不及过节了吧。"

毛毛想想也是，她叹了口气，下意识道："哎，戚总真可怜，情人节都得一个人。"

说完后发现关知意直勾勾地看着她，毛毛一怔，连忙道："不是不是，我不是说你不陪他过，我只是说……哎，这都是职业原因，避免不了的。"

关知意倒没介意毛毛说这些，反而听她说完后，她也有种戚程衍很可怜的感觉。

他不是艺人，却因为老婆是艺人，很多正常人能做的事他都不能做，比如说和另一半牵手逛街，和另一半在周末去看电影等等。

“毛毛，一般情侣过情人节都要干什么……”

“其实也没干吗啦，跟平时一样，吃饭、看电影，一起逛逛。”

关知意若有所思：“喔……”

2月14号，情人节当天。

这天，戚程衍下午刚好从其他城市出差回来。因为几个朋友邀约，他从机场出来后就直接去了朋友的饭局。

吃完饭后，几个朋友坐着聊天，有人提议道：“等会儿也别回家了，晚上要不就去宋黎那会所玩玩吧？”

“你们要去倒是可以，但是我就不招待你们了。”宋黎道，“今天我得跟我女朋友玩去。”

“我也是，我今天就不去了，陪我女朋友。”

提议那人奇怪道：“哎你们怎么回事啊，突然都要陪女朋友？”

宋黎瞥了那人一眼“一看就是孤家寡人，今天什么节你知道不？情人节！情人节不跟女朋友过跟你过，有毛病啊。”

提议那人这才反应过来，说：“所以，今天就我一个人没人陪？”

宋黎道：“不不不，程衍可以陪你。”

“啊？他不是有老婆吗？”

“人家的老婆是大明星，哪有闲工夫陪他过节啊。”宋黎看了戚程衍一眼，贱兮兮地道，“是吧程衍？”

戚程衍默默喝了口酒：“滚。”

“哈哈哈哈说中了吧，恼羞成怒。”

戚程衍懒得理他：“吃饱了，我先走了。”

宋黎：“哎哎，你这就走了啊，我开玩笑的，你别生气嘛——”

戚程衍并不是因为生气才走，他只是吃饱喝足了，有点累想回去睡觉了，毕竟前两天出差，在外面没有睡好。

回到家是下午五点钟，他洗了个澡上床睡觉。

睡前，他给关知意发了信息，不过她没回。

他知道她现在应该正忙着彩排，所以没有再打电话，盖上被子睡去了。

关知意结束完自己的表演后，匆匆从晚会现场出来，马不停蹄地往家里赶。

她知道他此时一个人在家里，所以也没给他打电话，就想给他一个惊喜。

回到家后，她没在客厅看到他，于是上楼，推开卧室门。

此时房间里只开了一盏床头灯，站在门口，可以看到床上有个人在睡觉。

关知意看着这个画面，突然就鼻酸了。

多可怜啊……

她家程衍哥哥在情人节这种节日竟然只能睡觉，他一定是觉得自己反正没人陪吧。

戚程衍睡得很浅，意识到有人走到床边时他就醒了，但睁开眼睛看到关知意，也是有点蒙：“小五，你怎么在这儿？”

关知意在床边蹲了下来，伸手摸了摸他的脸。

她声音很低，像是在哄人：“哥哥，我来了，你别不开心。”

戚程衍愣了下：“什么？”

关知意道：“我听宋黎说了，他说情人节你自己一个人过，很失落。”

宋黎发什么神经病，竟然还给她打电话？

戚程衍：“你不是有工作吗，怎么回来了？”

“我的节目正好被排在前面，结束后也不算晚，所以我就赶紧回来了。”关知意道，“毕竟今天很特殊，我不能让你羡慕别人啊。”

戚程衍原本还在想宋黎多此一举，什么情人节，他并不是很在乎这个，但此时看着关知意一脸认真说要陪他的样子，他突然又觉得宋黎干的这事也不是很无聊了。

至少，他确实想见她，也想让她陪。

“会累吗？”戚程衍掀开被子，“进来躺会儿？”

关知意摇摇头：“不累，也不躺，今天是情人节呀，不能这么随便过。”

戚程衍微微挑眉：“那要怎么过？”

“别人有的你也要有呀，走，出门，我们看电影去。”

戚程衍愣了一下，因为关知意的职业，他们从来没有一起去看过电影：“你确定？”

“确定。我换身衣服乔装一下，没人能认出来。”关知意道，“你也是呀，记得戴个帽子。”

戚程衍看了眼时间：“这会儿还能买到票吗？”

“放心吧，票我早就让毛毛订好了。”

半个小时后，两人还真出发去了电影院。

因为今天是情人节，商场里人很多，但关知意穿着中性宽松的衣服，戴着帽子和口罩，一路过来倒也没有引人注意。倒是边上这位身高腿长的，就是戴了帽子也抵挡不住小姑娘侧目。

好在，他们很快就到了电影院，里面黑漆漆的，谁也看不见谁。

几分钟后，电影开始了。

因为是情人节档的，今天排片最高的就是这部爱情片，算不上多好看，但胜在甜甜腻腻，很应今天的景。

关知意内心有些小激动，她真的好久好久没有这样看过电影了，而且，还是跟戚程衍一起。

“哥哥。”

影片放到一半，关知意突然伸手点了点他的手臂。

戚程衍侧目，朝她靠近了些，低声道：“怎么了？”

关知意看准时机，飞速拉下口罩，在他唇上亲了一口。

戚程衍微微一滞。

关知意抿了下唇，小声道："毛毛说，很多情侣会在电影院偷偷亲，我也想让你试试。"

戚程衍看着她的眼神变得幽深，伸手便要扶住她的脖子，他的意图很明显，要反攻。

关知意轻吸了一口气，立刻挡开了他的手："那个，亲一下就好……别被人看见了。"

戚程衍皱了皱眉，有些忍耐不住，早知道就在家不出来了。

"那毛毛还说什么了？"戚程衍声音有些沉。

"也没别的……哦，对了，她说她和她男朋友第一次看电影偷偷牵手了，一直牵到结束呢。"关知意眨巴着眼睛，"我觉得挺浪漫的，我们也这样好不好？"

说着，也没等他回答，她伸手拉住他，和他十指相扣。

她的掌心软嫩细腻，戚程衍低眸看了眼，嘴角微微一勾。

关知意此时的视线已经在荧幕上了，她看了一会儿，附到他耳边低声道："这电影还挺好看的。"

戚程衍："一般。"

"你不喜欢？"

"不是，就是太长了。"

"啊？"

戚程衍是真的觉得电影有点过长了，因为他现在只想快点拉她回家，好好抱，好好亲……好好，做点别的。

好不容易挨到电影结束，戚程衍起身便牵着她往外走。

但没想到走到出口，突然被人认出来了。

"戚程衍？"

叫出声的是个小姑娘，她喊完后，自然而然地看向了他边上戴着口罩的女生。这人是戚程衍的话，那旁边这个不就是关知意吗！

"你、你们——"小姑娘很激动。

戚程衍脚步一顿，朝她点了下头，立刻拉着关知意走了。

"我的天，好像真的是！他们竟然出门看电影！"小姑娘紧拽着同伴的衣袖。

"手、手机，快拍一下——"

"喔喔喔好！"

"好甜啊。"

……

关知意在身后那几个小姑娘都还没反应过来的时候，跟着戚程衍一路小跑。

等两人进了电梯，她才松了一口气："你也戴口罩吧，我包里还有一个。"

她刚想伸手去拿，结果自己的口罩先被拉了下来。

电梯还在下降，她诧异地抬眸："干吗……"

"等会儿再戴吧。"他低眸看着她，道。

关知意："为什么？"

"这里没人。"

"所以呢……"

戚程衍微微俯身，额头抵住了她的，浅声道："所以，想亲你。"